有一种力量，叫文学；

有一种美好，叫回忆；

有一种感动，叫青春；

有一种生命，在鲁院！

鲁迅文学院「百草园」书系

我们如何变得陌生

川 妮 ◎ 著

WOMEN RUHE
BIANDE MOSHENG

江西高校出版社
JIANGXI UNIVERSITIES AND COLLEGES PRESS

站在悬崖边上的人性何去何从？

折射出一个时代有关道德伦理的尺度，
家庭婚姻关系

婚姻暗疾往往是社会隐疾最好的注脚，

图书在版编目（CIP）数据

我们如何变得陌生 / 川妮著. — 南昌：江西高校
出版社，2017.4
（鲁迅文学院"百草园"书系）
ISBN 978-7-5493-5149-7

Ⅰ.①我…　Ⅱ.①川…　Ⅲ.①中篇小说－小说集
－中国－当代　Ⅳ.①I247.5

中国版本图书馆CIP数据核字（2017）第040647号

出 版 发 行	江西高校出版社
社　　　址	江西省南昌市洪都北大道 96 号
总编室电话	（0791）88504319
销 售 电 话	（0791）88505573
网　　　址	www.juacp.com
印　　　刷	北京一鑫印务有限责任公司
经　　　销	全国新华书店
开　　　本	700mm×1000mm　1/16
印　　　张	18
字　　　数	270 千字
版　　　次	2017 年 4 月第 1 版 2020 年 7 月第 2 次印刷
书　　　号	ISBN 978-7-5493-5149-7
定　　　价	48.00元

赣版权登字-07-2017-163

C目录
ontents

杰西卡回家吃饭吧

钟　诚

　　到美国上学的第一天，我谁也不认识，坐在教室里，两眼一抹黑。女老师的蓝眼睛清澈而忧伤，但她讲的课听得我稀里糊涂。我压根就对老师讲的东西没有任何兴趣。

　　股权期权跟我有什么关系？我又不想成为华尔街的精英。我唯一的理想是当厨师。在这样一个幸福指数普遍降低的年代，我希望用美味增加人的幸福感。

　　一个从小爱吃，除了吃一无所长的男孩，长大了喜欢当厨师再正常不过，根本算不得离经叛道。但老钟跟我妈反应之激烈，差一点被我气疯。他们在烹饪学校看到我的时候，一副大白天见了鬼的样子，表情十分夸张。我是学厨师，至于吗？

　　从烹饪学校出来，老钟恶狠狠地把我推进汽车后座上，他站在汽车外面，居高临下地看着我，很不屑地说："当厨师？亏你想得出来。你不嫌丢人我还嫌丢人呢。"

　　我忍不住说："我就不明白了，不偷不抢，不坑不骗，靠辛辛苦苦的劳动挣清清白白的钱。当厨师丢的是哪门子人？"说到"清清白白"四个字的时候，我故意放慢了语速。我倒很想问问老钟，他那些乱七八糟的事情算不算丢人？但是，当着我妈，我什么都没说。

"你脑袋长包了？从小到大我怎么教育你的？白给你讲了那么多道理。你能不能正常一点！正常一点！正常一点！"老钟咆哮起来，然后泄了气，低声说，"我懒得跟你说。"老钟的脸涨成了紫色，就像涂了一层面具，把那张真正的脸掩盖了起来。

我也懒得跟老钟说。他那一套不择手段升官发财成为人上人的道理，把我耳朵都听出了老茧。我早就告诉过他，我对他那一套不感兴趣。我不想一天到晚削尖了脑袋到处钻营，我胆小，说谎会脸红，过不了提心吊胆的日子，干不了风险太大的职业。老钟推崇的当官和发财，那是两大高风险行业，根本不适合我。我只想踏踏实实干我喜欢的事，本本分分挣一分干净的钱。老钟才不会听我说什么，他装惯了权威。在老钟面前，我说什么都是错的。我跟老钟没有办法沟通，我们之间的代沟好比一条鸿沟。

早些时候，我跟我妈还有一些话说。自从老钟当了副厅长，我妈就变成了老钟的应声虫。我跟我妈也没什么可说了。老钟发火的时候，我妈眼泪汪汪地看着我。他们两个在别的地方貌合神离，管教起我来倒是配合默契。说一千道一万，就是要让我干个体面的行当。不晓得从什么时候起，大家都看不起劳动，靠辛苦劳动挣钱的职业都成了不体面的行当。

可恨的是，那些烹饪学校的老师和同学也跟老钟一样，认为我脑袋里有包。不晓得他们从哪里知道我是副厅长的儿子，看我的眼神马上不对劲，不像看人，倒像看怪物。教《刀法花刀》课的老师一本正经地问我脑袋有没有被门挤过？他的话引起一阵哄笑。他们死活不相信，一个副厅长的儿子会喜欢当厨师。他们的逻辑是，别说副厅长，就是科长的儿子都不会跑到烹饪学校学习怎么炒菜。这都是什么混账逻辑？可大家遵守的就是这种混账逻辑。

愿意不愿意，喜欢不喜欢，热爱不热爱，这些我最在意的感觉，在我妈跟老钟的眼里，连一堆狗屎都不如。快乐不快乐，幸福不幸福，这些人生当中最重要的情感，我妈跟老钟从来不关心。他们只关心我出息不出息，成功不成功。十六岁中考结束的时候，我曾经很虚心地问过老钟，所谓的成功，有没有具体的指标。老钟推心置腹地说："你怎么还没明白？金钱和权力，你总得有一样。权力和金钱是男人生命中的光芒，没有了这道光，男人的生命就是暗淡的。"老钟谈到权力和金钱的时候，用的是诗一样的语言。怕我听不懂，老钟又说："说句最直白的话，一个不成功的男人，没有女人会跟他。女人都是飞蛾，扑着光去的。"

我晕！面对这样的父亲，还有什么好说的。

我可以不在乎老钟的白眼球，但我不能假装看不见我妈的眼泪。我妈已经混得很惨了，她自己不觉得，她装假装成了习惯，骗不住别人倒把自己骗住了。在外人面前端端官太太架子也就算了，在我面前还要假装幸福，大秀特秀跟老钟的恩爱。恩爱是假装得出来的吗？她跟老钟的关系，看着就叫我别扭。我替她累得慌，不忍心再叫她难过。

还能怎么办？先出来混混吧。像周围那些不给父母丢脸的好孩子那样，到国外混几年，混个野鸡学校的洋文凭，回去靠老钟安排一个体面的工作。所谓体面，就是少干活多拿钱，或者干脆不劳而获。他们眼里正常体面的人生，不都是这样吗？反正老钟找得到钱，那个民营医院的马院长听说我要出国，马上慷慨解囊，上赶着送钱，还生怕老钟不要他掏腰包。不晓得老钟跟马院长有什么勾当？我心里特别不踏实，老钟跟我妈一副心安理得的样子。

这些破事，想起来就觉得没意思。

坐在我旁边的女生一直埋头涂自己的指甲，偶尔抬头看看老师，眼睛不聚光，一脸茫然。不晓得是不是跟我一样，被父母逼着到这儿混的。

下课后，女生告诉我她叫杰西卡，一口流利的英语。我反应不过来，在我的感觉中，说一口流利英语的杰西卡，该是一个满头金发的蓝眼睛女孩才对，而我同桌的女生顶着一头黑色的短发，黄皮肤黑眼睛，一看就是同胞。我小心地问她会不会说汉语，她嘎嘎地笑了几声，立马换成了标准的普通话，硬朗的北方口音。我松了一口气，尽管出国之前老钟给我请了家教，突击了几个月英语，听和说勉强能应付。我还是喜欢说汉语。汉字从嘴里吐出来，珍珠似的，圆润光滑。而说英语的时候，我觉得满嘴都是沙子。

杰西卡热情地邀请我到她那儿喝点什么。她两眼放光，仿佛彻底从梦中醒来，还了魂。

杰西卡的香槟色跑车让我愣了那么几秒钟。都说我们这样的野鸡大学里混着一些富家子弟，没想到，上课第一天就遇到一个。

一上车杰西卡就告诉我，她刚刚失了两次恋。一次是跟她同居了一个星期的男友不辞而别，没有留下任何踪迹，就像水蒸发到空气里。另一次是她暗恋了多年的那个钢琴老师昨天结婚了。这也叫失恋？女生的脑袋结构肯定跟男生不一样，不晓得装了多少奇怪的念头。

我真不该上杰西卡的车，她是个倾诉控，跟祥林嫂一样。我对杰西卡的故事不感兴趣，我不喜欢窥探别人的隐私。如果一个人表面上看起来很好，衣着光鲜，气色红润，我才不要管她是不是化了妆整了容，我更不想知道她的内心是不是千疮百孔，被生活的不幸打成了漏风的筛子眼。我宁可相信我的眼睛看到的光滑外表。这样简单些。

但我挡不住杰西卡倾诉的欲望。上车伊始，杰西卡一直喋喋不休地讲她的故事。她讲得眼睛发红，嘴角泛白沫。她的话像密集的子弹，打得我晕头转向。

车窗外，一个在雨中飞速后退的陌生城市，好像3D电影的逼真画面。车窗里，一个陌生女孩悲伤的往事，像黑白的老电影。这种感觉真的很奇特很穿越。

杰西卡

你知不知道啊，我的妈妈疯了，她已经在精神病院住了十年。她坐在那儿整天啃自己的指甲。

你什么都不知道。你看我开跑车，穿名牌，住好房子，在野鸡学校混，一定以为我是个没心没肺的败家女。没错，我是败家女。我就是要祸害林老板的钱，祸害得越多越好。是他害我妈妈发了疯。

我妈妈没有发疯的时候，我真正过了几年快乐的日子，林老板也拿我当过几年掌上明珠，还帮我请钢琴老师，一门心思要培养我做淑女。那时候没什么钱，一家人倒是其乐融融。可惜，好景不长。

那个该死的矿，挖出的根本不是煤炭，是魔鬼。自从林老板的矿挖出了成吨的煤炭，林老板就中了魔，一门心思只想生儿子，继承他的家业。

你想象不出一个中了魔的人有多疯狂，我妈妈还没有跟他离婚，他就把那个不要脸的女人带回家里来住。那时候我八岁。我听见林老板跟我妈说："不急，你慢慢想离婚的事。反正十月怀胎，她还有八个月才生。生男生女还不一定呢。不离婚也行，不离婚你是大房。你要是能生下儿子，我立马打发她走人。丑话说在前头，她要是给我生下儿子，恐怕你不离也得离了。我无所谓，但有儿子给她仗腰子，她肯定不愿意委屈当二房。自古都是母以子贵。你们女人就喜欢当正宫娘娘。我看大房二房都一样。"我妈妈气得脸色蜡黄，她看了林老板半天，只说了一句话："你们怎么这么不要脸？"林老板心情愉快地说："要脸有屁用，我要儿子。古话说得好，不孝有三无后为大。我这么大的家业，将来要是落到外姓人手里，我死了都闭不上眼睛。不过你放心，我绝对不会亏待你跟小洁。"林老板看了我妈一眼，又加了一句："毕竟，你和小洁跟我吃过苦。"

听到这里，我妈妈绷不住了，号啕大哭起来。

你知道那个女人干啥的？坐台当小姐的。那个不要脸女人，整天打扮得妖艳无比，穿着半裸的衣服在房间里晃荡，想吃什么马上就要，动不动就发脾气，她真把自己当女王了。

那个不要脸的女人住进来不到一个月，我妈妈就疯了。她不洗脸不梳头，不吃不喝，成天啃自己的手指头，把手指头的皮啃得发白。

我妈前脚进了精神病院，那个该死的女人后脚就跟林老板举行了隆重的婚礼，正式成了我的二妈。

跟二妈生活了一段时间，我算是见识了什么叫作两面三刀，什么叫作心狠手辣。我二妈当着林老板的面，对我那个亲啊，一口一个洁宝宝，叫得我鸡皮疙瘩起了一层又一层，心里跟大冬天吃冰棍似的，哇凉哇凉。她脸上那个假笑，堆了一层又一层，你根本看不出她的脸皮长啥样。实际上，我二妈一直想方设法害我。有一次我半夜醒来，看见一张五颜六色的鬼脸悬挂在我的眼睛上方。我吓得尖叫，她从容地把鬼脸取下来揣进胸前，换上一张堆了几层笑容的脸，伸出铁夹子一样的手臂，把我紧紧地抱在怀里。"洁宝宝你怎么了，做噩梦了吧，不怕啊，有方姨在，你啥都不用怕。"等林老板听到我的叫声跑进房间看见的，正是这样一个天使后妈。林老板大大地松了口气。不管怎么说，林老板不希望我受到虐待。我二妈当过小姐，表面功夫一流，三下五下就哄得林老板彻底放了心。只要林老板不在家，我二妈就露出了本来面目，她随时拿着一本书在我面前若无其事地念。那本书里写着各种致人死亡的办法，死得了无痕迹，死后查无证据。她念得旁若无人，字正腔圆，口舌生津。我吓得瑟瑟发抖。我二妈这一招太狠了，杀人不见血。

如果老天帮她，让她如愿生下儿子，你今天就不可能遇见我了。我早就被她吓死了，不吓死也得吓成精神病。那正是她希望的。所以，我要感谢我的三妈，她及时地出现在林老板的生活里，利用肚子里的孩子把我二妈挤了出去。

不能生孩子，是我二妈的死穴。老天有眼，她跟林老板结婚那天兴奋过度。穿高跟鞋、换婚纱换礼服、挨个酒席敬酒，还逞能跳了一个舞。她把自己折腾得太厉害了，到了半夜就大呼小叫送进了医院。从医院出来，她的肚子再也没有鼓起来过。她成天熬中药，弄得家里像个大药罐子。林老板回家就捂鼻子，渐渐就不回家了。

我二妈到处烧香，见菩萨就磕头，可是，没有菩萨保佑她生下一个安身立命的儿子。我三妈顶着大肚子出现在客厅里那天，我二妈的脸一下子就变成了灰白色，她知道自己玩完了。那是我最扬眉吐气的一天，我特意跑到精神病院告诉我妈妈，那个不要脸的女人已经滚蛋了。我妈妈安静地啃着自己的手指头。她对这些事情已经不在乎啦。

哪知道我三妈更不是什么好东西。她对我冷淡得很，当我是家里的空气，连我二妈那套表面功夫都懒得做。她本来在林老板那儿当会计，不晓得怎么就勾搭到了一起。估计是我二妈成天在家熬中药的时候，我三妈乘虚而入了。林老板这回很谨慎，特意请高人算过，说我三妈怀的是儿子。医院的 B 超检查显示也是儿子。林老板对我三妈百依百顺。我三妈跟林老板撒娇，说我眼神太恶毒，看见我晚上做噩梦，睡不好，怕对肚子里的儿子不利。林老板一天也不敢让我在家里多待，赶紧帮我联系了一个寄宿学校。

那是一所著名的寄宿中学，进那所学校的，个个都是学习尖子，以我的烂成绩，根本不可能进去。林老板花了一笔不小的钱，把我搞了进去。

寄宿学校的日子，我过得很开心，我妈疯了以后，我还从来没有那样开心过。我的英语老师李小姐为我打开了一扇希望的窗。李小姐喜欢在课堂上朗诵惠特曼的诗歌：

Captain！My Captain！our fearful trip is done，
The ship hasweather'd every rack，the prize we sought is worn，
The port is near，the bells Ihear，the people all exulting，
……

啊，船长！我的船长！我们的艰苦航程已经终结；这只船渡过了一切风险，我们争取的胜利已经获得；……

李小姐朗诵诗歌的样子太迷人了。她有一种优美的气质，她的目光充满了骄傲，就像天上的仙女下凡到了人间。实际上，她是一个地地道道的灰姑娘，她的爸爸妈妈是下岗工人，但她以优异的成绩考到一所著名的师范大学。大学期间，她一直在学校食堂打工，还给人做家教，靠勤工俭学完成了学业。

我太崇拜她了。我以往生活中的女人，没有一个是李小姐那样的。我的妈妈，我的二妈、三妈，她们把心机用在一个男人身上，她们的全部希望就是生儿子。

李小姐完全不同，她生活的世界是另外一种样子。李小姐对我的影响非常大。她脸上的笑容，是我每一天的阳光，照亮了我生活中最

黑暗的角落。我的名字杰西卡，就是李小姐给我起的。我喜欢这个名字，当我叫杰西卡的时候，我觉得自己是一个全新的女孩。这个全新的女孩生活美好，内心骄傲，没有乱七八糟的经历，没有伤心疼痛的记忆，有的是光明的未来。

杰西卡，这不是一个简单的名字，这是我的一次重生。每一天，我都跑到校园里没人的地方大声地对自己说："杰西卡，你要努力学习，成为一个优雅的职业女性，像李小姐那样。杰西卡，加油！"

别的同学都痛恨寄宿学校，一到周末就迫不及待要回家。我不想回家，周末不回，假期也不回，我就住在学校里。寄宿学校是我的乐园，是比家温暖的地方。早晨，我跟李小姐一起跑步，上午，她帮我补习英语，下午，她到外面教另外几个学生，她的男朋友帮我补习别的功课。李小姐的男朋友是我们学校高中部的语文老师，会写诗，长得超级帅。他们两个在一起，像偶像剧里的男女主人公。

在李小姐和他男朋友的帮助下，我考上了本校的高中。我以最烂的成绩进入初中，以最好的成绩考上了高中。老师一直拿我当榜样教育低年级的同学。发榜那天，在录取栏里看到自己的名字，我激动得哭了。我一个人在街上狂奔了几个小时。

假期回到家，我三妈一如既往地对我恶毒，她在生下一个女儿后，又一次怀孕了，原本干净的脸上布满了黄褐斑。我三妈整天吊着一张大胖脸，懒得说话。林老板对我三妈的女儿视而不见，我考上高中他也没什么表情。他回到家只盯着我三妈的肚子看，看得我三妈毛骨悚然。那个家，依然阴郁。我却不那么难过了，我已经不在乎他们了。

我三妈再次生下女儿后，林老板几乎要疯了，他把我三妈扔在医院不管，整天在外面喝得醉醺醺，喝醉了抱着酒瓶子哭。我主动到医院照顾我三妈，帮她熬鸡汤送去。我三妈挺感动，她很后悔当初那么恶毒地对待我。我倒不是要她忏悔，她在林老板身边的地位岌岌可危，我心里对她充满了同情。像李小姐说的，我正在变成一个有力量的人。没事的时候，我喜欢站在家里的大平台上，像李小姐那样，朗诵惠特曼的诗歌：

Oh，Captain！My Captain！our fearful trip is，done，

The ship has weather´d every rack，

the prize we sought is worn……

可惜，好景不长。又是好景不长。所有的好景都不长。该死的毕业典礼，林老板不晓得搭错了哪根神经，居然跑来参加我的高中毕业典礼。我千不该万不该，就是不该让林老板跟李小姐见面。我怎么想得到，林老板会追求李小姐，我最想不到的是李小姐会同意嫁给林老板。李小姐跟林老板，一个天上的仙女，一个脑满肠肥的矿主……我脑袋想爆了也没想到啊。

李小姐跟林老板认识不到一个月就结婚，然后从学校退职了。林老板把以前的别墅留给了我三妈和她的两个女儿，他跟李小姐另外买了新的别墅。一切都发生得太快了。我从学校出来，发现自己成了一个无家可归的人。我不想看到李小姐，她跟林老板在一起的画面太刺激我了，我怕自己疯掉。我也不可能到我的三妈那儿，她被遗弃在老别墅里，带着两个女儿，正在变成超级怨妇，躲她还来不及。

我拿到了大学录取通知，李小姐上过的那所大学。我把它撕了。我不要再去上什么师范大学。一切都不再有意义。

李小姐嫁给林老板，比我妈妈疯了对我的打击还要大。从那个时候起，我的心整夜整夜被凉风刺穿。

你明白这种感受吗？

钟　诚

你知不知道啊，我的妈妈疯了。

作为故事，这是一个很吸引人的开头。作为一个十八岁女孩的经历，这样的故事未免太悲惨了。

杰西卡开跑车，穿名牌，住好房子，抽大麻，在野鸡学校混，成

绩比掉到地板上的冰激凌还烂。笑起来肆无忌惮，像个没心没肺的败家女。我哪里知道她心里的悲伤像河流一样日夜流淌。

杰西卡房间里的东西堆得毫无章法，就像她混乱的生活跟情绪。喝过两杯咖啡之后，杰西卡抱住了我。我第一时间的反应有点僵。第一次，我希望跟自己心仪的女孩。杰西卡不是我喜欢的类型。我喜欢清秀的女孩，单眼皮，柔软发黄的长头发，很羞涩的那种。杰西卡是一个矮胖的女孩，黑头发超短，像刺猬的毛立在头顶，皮肤也黑，身材跟声音都很粗壮。

杰西卡坦言，我也不是她喜欢的类型，她喜欢皮肤晒成棕色的肌肉型男，她前男友那种，而我白胖无型，像一个新鲜出锅的馒头。杰西卡说到馒头的时候，笑得花枝乱颤。

"不过，那有什么关系，我又没打算嫁给你。你不要有什么负担好不好？"杰西卡的坦率让我沮丧。我心里清楚，杰西卡失恋了，家里尽是乱七八糟的事，负面的情绪无处发泄，她拿我当一只空白垃圾桶。

看我不吭声，杰西卡歪着脑袋问："这么紧张，不会还是个处男吧？"杰西卡笑起来满不在乎，白牙齿闪着光亮，完全不像刚才故事里那个女孩。我很想问问她刚才的故事是不是编的。一个生活优越的女孩，无聊了编一些苦难的故事，满足自己的苦情欲望。人一旦无聊了，什么事情都干得出来。

我张了张嘴，到底没好意思问。杰西卡的故事万一是真的，我那样说太残忍了。再说了，我已经十九岁，承认自己是处男太跌份了。我怕杰西卡看不起我，只能硬着头皮说："谁是处男？传遍江湖的猎艳高手正是本人。"

杰西卡耸耸肩，不晓得是相信还是不相信。

她都无所谓，我也只能表现得无所谓。

不做爱又能干什么呢？外面正在下雨，空气湿答答的，让人烦闷。

那就做吧。应该跟喝杯咖啡没什么两样。

我不晓得怎么睡了过去。睁开眼睛，一时间反应不过来是在哪里。杰西卡穿戴整齐站在床边。我对她笑了笑，有一点不好意思。杰西卡的脸向我俯冲下来，冲到离我的鼻尖只有一厘米的地方，突然停住，急促热烈的鼻息喷到我的眼睛里。完全是惊悚片的镜头。我往一边侧开脸，杰西卡的鼻尖碰到我耳朵的轮廓。我的心怦怦直跳，充满不祥的感觉。我强作镇定地说："你干什么？"

"我要你帮我杀个人！"杰西卡的声音直直地，像一根针，戳进我的耳朵里，刺破了我的耳膜，疼痛伴随着嗡嗡的响声。

我闭上眼睛说："拜托！这是玩的哪一出？你别吓唬我。我胆小怕事，别说杀人，踩死只蚂蚁都心疼半天。别人打我我绝对不敢还手。老钟，就是我爸，他从小就看不起我，说我没出息。"

杰西卡双手卡住我的脖子，说："我不管你小时候的破事，我只要你帮我杀了我四妈。就是李小姐。"

我倒吸了一口冷气，这个世界上没有免费的午餐，更没有免费的咖啡。怪不得她的同居男友要不辞而别，那个肌肉男肯定比我更适合干这种事情。

我费力搬开杰西卡的手，嗓子被卡得毛乎乎的，很难受。我笑起来，笑得眼泪都流了出来。

杰西卡问我笑什么，我告诉她，在我一岁的时候，老钟兴致勃勃摆了一桌子诸如钢笔、印章、钱之类的东西让我抓周。钢笔，代表将来会有知识。印章，代表将来要当官。硬币，代表将来会有钱……这些东西个个都不简单。可惜，一岁的我领会不了老钟望子成龙的意图，在老钟热切期盼的眼神中，我绕过了老钟摆在醒目位置上的钢笔、印章和硬币……爬到桌子的另外一边，抓起了我妈无意中掉在上面的一颗花生米，毫不迟疑地送进了嘴里，乐得嘎嘎大笑。在老钟他们老家，吃花生米就是吃枪子的意思。大大的不吉利。老钟吓得脸都白了。

我摸着自己的头说："想不到，刚刚到美国，命运就把一个吃花生米的机会摆在了我面前。要是老钟知道了，一定会目瞪口呆。"

杰西卡红着眼睛说："少废话！我才不相信你编的故事。你到底杀不杀？"

"杀人要偿命。我不敢。我跟你四妈无冤无仇，她嫁给你爸爸还是嫁给别人跟我有什么关系？那是她的自由！连你都管不着。"我企图给杰西卡讲道理。

"她嫁给谁都可以，就是不能嫁给林老板，更不能给林老板生儿子。我一定要杀了她！"杰西卡往窗户那边走了几步，她情绪激动，大喊大叫。

我迅速爬起来，边穿衣服边往门口跑去。

杰西卡比我更快地跑到门口，挡住了我。我只好退回沙发上，坐下来，给自己倒了一杯白水。我的手抖得很厉害，差一点把水杯掉到地上。

我真后悔上了杰西卡的车。没想到她这么变态。她的心酸故事看来是真的。怪不得她总把双手捂在肚子上，原来真有一肚子苦水。唉，同是天涯沦落人，如果不是杀人这种事，我倒很愿意帮助她。

"李小姐就要来美国的月子中心生孩子了。不晓得她给林老板灌了什么迷药，林老板倒是很听她的话。接下来，她就要鼓动林老板到美国移民了。我逃到美国都躲不开她，她这是逼我。"杰西卡咬牙切齿，一脸疯狂的表情。她反锁了房间，一步一步靠近了沙发。

我尽量用温和的语气说："杰西卡，你冷静一点，没什么好担心的，就算你四妈生了儿子，林老板也不能剥夺你的继承权，在法律上，儿子和女儿享有同等的继承权。"

"我才不在乎钱！不是钱的问题。给你讲了这么多，你怎么不明白，脑袋进水了？我本来可以当一个像李小姐那样的英语老师。那曾经是我的理想。可是……李小姐毁了我！她毁了我的理想。懂了吗？"杰西卡在房间里乱转，转得我眼睛发晕。

我担心杰西卡情绪失控。一个疯狂的人，不晓得会做什么。要紧的是，让杰西卡平静下来。

环顾杰西卡的房间，我看到一个面积不小的厨房，突然想到了办法。对我来说，不管遇到多大的事情，不管情绪多么糟糕，只要吃上一顿美味，马上觉得生活很美好。我一直以为，哪怕一个情绪糟糕到想自杀的人，如果及时地吃上一顿美味，一定会改变想法，从此热爱生活，珍惜生命。古人都说，食色性也。食排在色的前面，是第一位的。

"换个话题，厨房能用吗？"我大声问杰西卡。

"你会做饭？"杰西卡停下来，很吃惊地看着我。

杰西卡的冰箱里塞满了各种食材，琳琅满目。我找出一只胡萝卜，几下就把它旋成了一朵花。不过是烹饪学校刀法花刀课上的雕虫小技，却把杰西卡镇住了。我趁机告诉杰西卡，高二的时候，我曾经翘课去上烹饪学校。要不是被我妈和老钟抓回去，我早就当上厨师了。

"你想当厨师？"杰西卡夸张的表情很卡通。

"其实，一直以来，我都是个有理想的人。老钟跟我妈非要逼着我当混混。我也没办法。"我尽量说得满不在乎。我怕杰西卡也跟一般人的想法一样，觉得当厨师不是体面的行当。

"你很有意思。有点与众不同。"杰西卡歪着脑袋打量我。

"承蒙夸奖。我很高兴有机会为你效劳，在你面前秀秀我的半拉子厨艺。"杰西卡的态度让我放松了心情。

"自从我妈妈疯了，我再没有吃过一顿贴心暖胃的饭。我的胃老是空得慌，拼命吃，胃还是空。我落下了一个毛病，饿了会胃痛。冰箱空了我也会胃痛。我一到超市就拼命采购，把冰箱堆得满满的。可惜我不会做。从小就笨手笨脚。"杰西卡说着又把双手捂在肚子上。

我刮了一下杰西卡的鼻子，说："等着，我保证让你把胃吃得暖暖的。又温暖又满足。想吃什么？"

杰西卡说："我好想念妈妈煮的白水鸡蛋。刚刚好，不老不嫩，蛋白有弹性，蛋黄粉粉的。看我妈煮起来很简单，可我怎么都煮不好，不是老了，就是嫩了，皮也剥不下来。"

我松了一口气，不过是煮鸡蛋。我一定能煮好。

我给杰西卡煮了白水鸡蛋，还做了我拿手的家常鱼丸汤，洁白的鱼丸汤里漂着翠绿的蔬菜叶子和薄薄的西红柿片，摆在桌子上，像一个美丽的盆景。杰西卡禁不住赞叹起来。

我把剥好的鸡蛋放在一只有粉红色花边的盘子里递给杰西卡。吃下一口煮鸡蛋，杰西卡的眼泪流了下来。她边流泪边说："你煮的鸡蛋跟妈妈煮的一样好。"杰西卡流着眼泪吃了两个白水煮鸡蛋。她的脸上有了一种满足的表情。

煮鸡蛋让杰西卡暂时忘掉了她的四妈。趁她去洗手间刷牙的工夫，我逃了出来。一路狂奔回到我租的房子里。

到美国上学的第一天，赶上一部历险记了。但愿再也不要遇到杰西卡这么变态的女生。

第二天，头昏脑涨地去学校。这一课讲的是契约，讲到了卢梭，我听得比较认真。卢梭的书我读过。除了想当厨师，我还很喜欢读书，我读过很多稀奇古怪的书。老钟的书房里有几柜子漂亮的精装书，都是搬家的时候别人送的，老钟从来不读书，书房是他用来装样子的。老钟书房里的书，只有我读。我趁他们不在的时候偷着读。

杰西卡没有来。我松了一口气。

接下来的两个星期，杰西卡一直没有来。奇怪的是，我不像自己期望的那样如释重负，反而有一点替她担心，不晓得她会不会干傻事，当真跑去把她四妈杀了。杰西卡经历的那些黑暗往事，很容易导致极端行为。每晚睡觉前，我都要在网上浏览本地新闻，一条一条仔细看过，没有杰西卡，没有杀人的消息。看一遍不放心，要看两遍才能放心地去睡觉。每天早上起来，赶紧上网看新闻，生怕我睡着的那几个小时，杰西卡已经把她的四妈给杀了。

我本来就是一个容易精神紧张的人。杰西卡的突然消失弄得我心神不宁。我开始每天煮鸡蛋。不吃，光煮。我发现起床后煮一只鸡蛋，能有效缓解我内心的紧张和焦虑。

把鸡蛋放进冷水里，水开之后煮七分钟，捞出来用冷水浸泡三分钟，再把皮轻轻剥掉。这样煮出来的鸡蛋，个个完美。光鲜、洁白、温润、弹性、细腻，弧线优美。我能让一只小小的鸡蛋，拥有如此多卓越的品质。

刚剥开的鸡蛋，蛋白表面的颜色像婴儿眼睛的眼白，浮着一层蓝莹莹若有若无的光。手指触摸的感觉，像极了触摸婴儿的脸，令我内

我们如何变得陌生

脏的柔软度瞬间猛增。

抚摸婴儿脸蛋，那是我最早的记忆。那个时候，我妈在医院妇产科上班，她最喜欢带我到婴儿房看婴儿。进婴儿房之前，我妈用肥皂把我的手仔仔细细洗干净。她不准我摸婴儿的脸，我趁她不注意偷着摸，被我摸到的婴儿会睁开眼睛，露出一尘不染的白眼球和黑眼球。婴儿黑白分明的眼睛仿佛能看到我的内脏。我一直不相信婴儿的眼睛什么都看不见，只有光感。婴儿房的窗帘永远拉着。婴儿房里，最明亮的是婴儿的脸，还有我妈她们那群护士的笑声。

我妈离开妇产科后，再也没有笑得那么明亮了。我真希望我妈还是妇产科的护士，忙碌而快乐。不像现在这样，整天待在医院的资料室里无所事事。也就这么想想，我要是劝我妈回妇产科上班，我妈跟老钟还不得骂我脑袋里有包啊。妇产科是医院里最辛苦的科室，科里的护士都是没有关系没有背景的。无所事事，那是特权。我妈早就不问自己快乐不快乐了。

我对煮鸡蛋着了迷，哪一天鸡蛋煮得不够完美，我会相当难受，好像内脏有些地方冰冻了没有化开，始终僵硬。即使是上课的时候，我也会一直想我的煮鸡蛋，在脑子里检讨每一个细节。要花很大的力气才能控制自己不从教室里跑回去，重新煮另一只鸡蛋。

强迫症。我熟悉这种感觉。

初二的时候，我得过一阵强迫症。那次不是对煮鸡蛋着迷，是对拆钢笔着迷。我把钢笔拆成零件，越零碎越好。见钢笔就拆，根本忍不住。我妈不晓得被老师喊到学校赔了多少支钢笔。我拆完了同班女生的钢笔。同桌那个黄头发女孩的钢笔我是最后一个拆的。她妈妈跑了，她爸爸整天喝得烂醉，她是一颗可怜的小白菜。班里的同学都看不上她，不愿意跟她坐同一张桌子。我是唯一不嘲笑她愿意跟她坐一桌的，我还经常悄悄把我的零食塞进她的书包里。我拆了她的钢笔，她不敢吭声，不敢告诉老师，只是可怜巴巴地看着我。她的眼神弄得我心里摇晃，很不舒服。我再也不拆女生的钢笔。男生不好惹，我挑了前桌那个瘦小的男生，趁他上厕所的时间把他的钢笔拆得七零八落。瘦小男生的拳头雨点般落在我身上，打得我身上开了酱油铺。回到家，我妈边给我抹红花油边哼哼，不晓得是生气还是心疼。

我一千遍一万遍地告诫自己，别拆了！可我忍不住，没有钢笔我就拿钱买，我把零花钱全用来买钢笔，我还偷我妈钱包里的钱。

这些事情，我妈一直瞒着老钟。但是，我鬼使神差地把老钟抽屉里一支破旧的英雄牌钢笔拆了，零件摆在老钟的书桌上，钢笔里的陈年蓝墨水居然没干，染了我一手。我举着自己的手，好像我的手是一只流蓝色血液的鲨鱼。鲨鱼这种古老的动物，身上流淌着珍贵的蓝色血液，已经有 3 亿年历史。三亿年！它们没有像恐龙那样灭绝，它们经受住了一次次灾难的打击，顽强地活到了今天。太牛了！

我灵魂出窍，忘了自己身在何处。我经常灵魂出窍，有时候是看见操场上的银杏树，有时候是看见白墙壁上一个圆圆的光斑，有时候是看见同桌女孩苍白的小耳朵……然后，一下子，人还在教室里，魂已经漂出去十万八千里。那种感觉真的很美妙。

老钟回家开大门我没听见，老钟每次开大门动静都很大，就连老钟推开书房的门我也毫无知觉，直到老钟用一个响亮的耳光把我的魂重新打回到身体里，我还愣了半天才反应过来。

那只钢笔是老钟的初恋女友送的。老钟为了从志愿兵转成干部，毫不犹豫地背叛了他的初恋女友娶了我妈。但是，老钟一直珍藏着初恋女友的礼物。老钟是个矛盾重重的人。

我要知道他这么看中一支破钢笔，居然对我大打出手，我一定不会拆。老钟的手跟奥特曼的手有一拼。我的脸肿了一个星期，耳朵轰隆轰隆响了一个月。

当时，我妈从厨房里跑出来，脸黑得跟墨似的。我妈把老钟推开，把我拉进卫生间，洗干净手，用冷水打湿毛巾帮我敷脸。冷毛巾敷到脸上，疼痛像火星在脸上乱溅，溅湿了我的双眼。我妈墨黑的脸色像厚重的夜晚，让我觉得可以安全地躲进去。

我妈的脸只黑了一个星期。一个星期之后，老钟被任命为卫生厅的副厅长。我妈脸上云开雾散，像雨过天晴的天空。副厅长夫人这个新角色，让我妈变得轻飘飘的，骨头里都冒出了泡泡。我妈的脸再也没有黑过。自从她把自己的幸福跟老钟的官位捆绑在一起，她就不再为了我跟老钟黑脸了。她的脸变成了瓷砖一样的白色。

除了那个满脸皱纹的班主任老师，谁也没有问过我为什么要拆钢笔。那天，我站在老师的办公室里，低头看着地板上的一根头发，长长的，酒红色的头发。染得那么漂亮，结果还是掉到了地板上。我的班主任没有染发，她的两鬓已经白了。瘦瘦的脸，干巴巴的嘴唇。

"钟诚，你要是遇到了什么事，可以跟老师说说。"班主任老师的声音暗哑难听。要是一个人教了差不多一辈子书，天天在讲台上吃着粉笔灰，把那些没盐没味的话重复了 N 万遍，嗓子基本就算报废了。

我摇摇头。说什么？难道跟我的班主任老师说，我爸爸的情人来找我了。老师一定以为我疯了。很多时候，不是我疯了，是大人们疯了。

那一天刚出校门，就看见一个年轻美貌的女人，衣着时尚，亭亭玉立在一群灰头土脸的中学生中间，显得那么触目。居然是找我的，问了我的名字不由分说拉起我就走。我一头雾水被美女拉到学校附近的茶馆坐下，紧张得后背的汗水把校服都湿透了。

"你是钟诚？知道我是谁吗？"美女的大眼睛里有一股恶狠狠的劲头，跟她的美貌很不协调。

"不知道。"我低着头，声音像蚊子。

"好单纯的孩子。告诉你吧，我叫王橙子，是你爸爸的情人。没听你爸爸说过我？我们好了几年了。不信回家问问你爸爸。"

我的脸一定涨成了猪肝色。

王橙子抓着我的手说："放心，我当不了你后妈。谁也当不了你后妈。我真佩服你妈，你妈太了不起了，她居然说我造谣诽谤。你爸对她都那样了，她还有脸出来帮你爸洗白。你妈跟你爸真是天生的一对，一样厚颜无耻。你太幸福了，有这样一对不要脸的好爸爸好妈妈。你一辈子不用担心父母离婚。你妈敢说我诽谤，你回家告诉她，钟国庆背上有几颗痣我都清楚。往我身上泼污水，说我不要脸，不要脸的人是她。我有什么不要脸，我敢作敢当。你真是个好孩子，看你的脸红得……"王橙子笑得像林中的女妖。

我甩开王橙子的手，一口气跑了至少五公里，跑得肺都要爆掉了。

我不生王橙子的气，我只觉得羞耻。为老钟，也为我妈。家庭这块遮羞布，不晓得遮蔽了多少无耻的秘密。

我妈要是知道王橙子找过我，不晓得还能不能在我面前装幸福？

小　苗

老钟当了副厅长，成了一块贴在我脸上的金子，让我满脸都是光彩。护校的同学，科里的护士，凡是认识我的人都羡慕我，说我嫁得好。啥叫嫁得好？我最不喜欢听这种话。哪一个所谓嫁得好的女人不是忍辱负重。他老钟没有我，能当上副厅长？做他的大头梦！

老钟当副厅长，我表姐最得意了，一天到晚在我面前表功，生怕我忘记了当初是她把老钟介绍给我的。

我表姐还好意思说，当初就老钟那条件，一个志愿兵，还是农村人。没出蒋医生那档子事的时候，她要敢给我介绍，我不得唾她呀。

人家蒋医生是上海人，医科大学毕业分到我们医院的。人长得好，儒雅，性格温和，对人彬彬有礼，真正的大都市气质。他一到科里就吸引了我们护士的眼球。我敢说，十几个护士，包括结了婚的几个，连我表姐在内，都对蒋医生有好感。只是她们端着，不动声色，只有我傻，飞蛾扑火一样就扑上去了。没办法，女人对男人产生了好感，心里就像好多小蚂蚁在爬，麻酥酥的，脑子都被爬乱了。我把自己豁出去什么都做了，蒋医生跟什么事都没有发生似的，没多久就调回上海去了，听说他在上海有女朋友。对蒋医生来说，我不过是主动送上门的便宜，他没有不占的道理。

那是我第一次被男人伤，伤不起，以为天都塌了。那种时候，别说老钟，但凡有一个男人看得上我，我都会嫁。

老钟对我很上心，把我公主似的捧着。哪个女人不喜欢被捧着？经历了蒋医生的事，我也弄明白了，女人上赶着男人结不出好果子。

女人啊，就得端着点，被男人上赶着。认识不到二十天，我就跟老钟把婚结了，老钟急着回部队，回去没多久就转成了干部。我美滋滋给我表姐报喜讯，我表姐却告诉我，转干部是表姐夫答应老钟的，他们怕老钟看不上我，就给老钟开了这个条件，我表姐夫掌握了一个转干的指标。我表姐的话把我气了个半死，怪不得老钟火急火燎地要跟我结婚。

那会儿我就看出老钟是个不择手段的人。他太会来事了，每次回来休假，对我倒不怎么上心，把我表姐捧得跟王母娘娘似的。不过，我表姐夫真给办事，转了干，又安排他上学拿了文凭。拿到文凭老钟就转业了。转业的时候，安置到我们医院搞后勤。老钟对安置不满意，他把转业费全部用来打点关系，攀上了一个副厅长。那个八竿子打不着的副厅长跟老钟是老乡，一个县的。老钟后来就被安置到卫生厅当了副科长。

老钟对副厅长那叫一个忠心耿耿，副厅长家没儿子，就一个女儿，早早考到北京上学去了。副厅长家的大事小情，都是老钟在忙，副厅长老婆使唤老钟跟使唤长工差不多，老钟乐颠颠的，比亲儿子还孝顺。

有副厅长罩着，老钟在官场如鱼得水，我也跟着沾光。他当科长，我调到理疗科当护士，再也没上过夜班。老钟当上副处长，我就到资料室当了资料员。资料室除了两个年轻的专业人员，其他都是厅里和医院领导的家属。

混到家属队伍里，也就只能比比老公的官职了，那是贴在脸上的金子。老钟官最小，我不跟她们比，我有她们比不了的。资料室里的领导家属，个个人老皮黄，肥胖臃肿，脸色干巴，一看就没有男人滋润。老钟迷恋我，出差几天，回来就急吼吼围着我转，等不到晚上，就要把那事做了。我脸色红润，眼睛里有水。老钟对我身体的迷恋，让我安心。我不相信甜言蜜语，嘴巴靠不住。嘴巴会说谎，身体不会。性是夫妻关系最结实的纽带。

资料室里那些人老皮黄，被丈夫闲置不用的家属，非常嫉妒我。她们假装好心，提醒我小心点，把老钟看紧了。关键是要想方设法把老钟喂饱了，男人没有一个不贪嘴，即使在家里吃过了正餐，到了外面，还是会忍不住贪吃一些诱人的小点心。老钟正是年富力强的好时光，难免不多吃多占。女人一旦混到人老皮黄的队伍里，身体长期闲置，心思往往变得很恶毒。

那些老女人的话让我心情烦躁。我突然意识到，我也是她们中的一员，逃不过跟她们一样的命运，她们的现在就是我不久的将来。像老钟这种有点权的男人，走到哪儿都有女人奋不顾身往上扑，有几个挡得住？哪一个不是花花草草的？真要闹到离婚的分上，男人怕啥？前几年院长的老婆抓到院长跟手术室一个护士的现行，闹着离婚，院长放话出来："你以为我怕离婚啊？离了婚我至少可以找三代女人，跟我同代的、比我小一代的和小两代的。"院长的话让他老婆如梦初醒，从此睁只眼闭只眼。眼下这个社会，男人有太多的机会。家外彩旗飘飘，家里红旗不倒的男人已经算好男人了。

老钟是当了处长才有外遇的。那次去疗养院开了十多天会，回来我就知道他出轨了。老钟进门，看了我一眼就直接去了书房，说要整理材料。当晚，老钟睡在书房的沙发上。沙发很小，老钟的半个身体都悬在沙发外面，但他睡得很香。我站在沙发旁边看了他十多分钟他都没有醒过来。

老钟借口工作忙，在书房里放了张床，跟我分居了。除了出差，他倒是每晚都回家，就是回得晚。他的衣服上有了淡淡的香水味，他可能闻惯了，不觉得。我闻着特别受刺激，只好把家里的每个房间都喷上空气清新剂，弄得我的鼻子什么气味也闻不到。

老钟什么都不说，我只能装糊涂。装糊涂的感觉最难受，就像嗓子里塞了个苍蝇。恶心。想吐。

不管在家，还是在单位，我努力装出一切正常。但是，这种事瞒不住，身体会泄密。很久没有那种事情，身上的皮肤白起来就没有光泽，是一种僵死的白。脸上的肉往横里长。欲望得到满足的女人，脸上的肌肉是平静的，像静静的水，光滑，润泽。欲望得不到满足的女人，脸上的肌肉是挣扎的，紧张，扭曲，看起来就是一脸横肉。女人脸上的横肉不是别的，是欲望得不到满足的痕迹。

资料室的家属们对这种事最敏感了，我很快就从她们脸上看到了幸灾乐祸的表情。我不怕幸灾乐祸，我怕同情。同情的眼神，像CT机器，直接照进了生活的内脏，让你一览无余。任你穿着多么华丽的外衣，脸色看起来多么健康，都欺骗不了CT机。

当我从钟诚的脸上看到同情，我几乎要崩溃。

可是，除了继续装下去，我还能怎么办？跟老钟撕破脸只能便宜了那个狐狸精，让她坐享其成。我倒要看看老钟打算怎么办？

有一天晚上，我睡着以后，做了一个很美的梦。我梦见自己在一处山间的泉水里洗澡，泉水凉凉的，远处还有仙女翩翩起舞。一个陌生的男子从山林里走来，他走进水里，抱起我，把我放在岸边的草丛里，细心地吻我的皮肤。男子的嘴温热动人，我轻轻地呻吟起来，男子不慌不忙地吻着我，舌头像是小小的火苗，把我身上的每一寸皮肤都点燃起来，我把男子拉向自己，男子覆盖了我。男子进入的时候，我情不自禁地叫起来。我把自己叫醒了，真的有一个人覆盖在身上，很重很重，压得我透不过气。我拧亮床头的灯，看见老钟一丝不挂地覆盖在我身上。蓬松的身体打了一个寒战，一下子紧缩起来。我奋力把老钟推了下去。

老钟的行为太让我恶心了。我爬起来，冲进卫生间，吐得肠胃都翻转了。

我从卫生间出来，老钟还躺在床上。我说："你出去！"老钟躺着不动。我怕闹醒了钟诚，自己出了卧室。站在客厅里，看着洒在沙发上的月光，我的心情比夜晚更黑。

我躲进厨房。厨房的吧台，有一个小小的角落，平时炖汤的时候，我喜欢坐在那儿，被满屋子的香味和热气包裹，那是我最舒心的时刻。夜晚的厨房冷清清，食物的味道冷了很难闻。

老钟追到厨房里，站在我背后，说："生我的气了？"

老钟外遇后，我无数次想象过这个场面。在想象的场面中，我是一个审判者，老钟是一个悔罪者。我居高临下，老钟战战兢兢。老钟的声音伴随着眼泪、悔恨和恳求。那样的想象，是一剂药膏，贴在我心里，止住了疼痛。

老钟从背后抱住我，我奋力把老钟推开了。老钟说："这几年工作忙，冷落了你，你千万别胡思乱想……"

我拿起菜刀，用菜刀指着老钟，说"让开。"老钟快速地闪到一边，紧贴着墙壁。

我回到卧室，锁了房门，把床单被子全部换了。

第二天，老钟把钟诚打发到外面吃早点，他亲自买了早点回来摆在餐桌上。我坐在餐桌前，看了老钟一眼，老钟脸上除了焦急，根本没有悔恨惭愧这类表情。我站起来就走，老钟一把拉住我。

老钟说："有件事情需要你出面帮我澄清。两三年前，有一次到疗养院开会，碰到一个叫王橙子的护士，在市里找了个男朋友，我看她挺可怜，就帮她调到了市里的医院。怕你误会，没跟你说。哪知道王橙子是个野心勃勃的女人，调到市里没多久，就不当护士了，到药厂当了医药代表。她赖上我了，非要我给医院打招呼，买她的药。谁知道她都卖些什么药，这种忙我不能帮，搞不好丢官丢命。这下把她得罪了，她给厅里写了信，说她是我情人，跟了我好几年，还说我利用职务玩弄她的感情。这是什么世道，好人做不得了。"

老钟睁着眼睛把瞎话说得跟真的一样，说着说着还生气了。我真是瞎了眼睛，找了个什么男人！

老钟不管我有什么想法，只管继续说："省里正在研究我任副厅长的事情。王橙子这个时候跳出来。我怀疑她背后有什么人。厅里的情况太复杂了。你尽快找个时间到厅里，找厅长谈谈。那个王橙子很可能会来找你，她简直疯了。你一定要保持冷静，别被人利用了。这种关键时候，你决不能意气用事。"

老钟的脸皮真是厚啊，比城墙拐弯的地方还要厚。又厚又黑，刀枪不入。他不仅摘得干干净净，还要我出面帮他消除影响。我被折磨得胖了二十斤，他倒轻轻松松。一口气顶在我胸口，硬得像拳头。我捂着胸口回到了卧室，软软地倒在床上，身体好像一堆棉纱，乱麻麻地堆在一起，既理不出头绪，又成不了形状。

老钟站在卧室的门口看着我说："你没事吧？我帮你给资料室打个电话，说你身体不舒服，你今天不要到单位去了。你要快一点到厅

我们如何变得陌生

里找厅长，厅长是相信我的，有你出面，厅长也好帮我说话。要尽快消除影响，晚了就来不及了。"

我不吭声。老钟走到床边，弯下身子说："我当副厅长为了谁呀？还不是为了你跟钟诚。你咋个还不明白，我们全家在一条船上。"

老钟说完就走了。我躺在床上，把牙根都咬出了酸水。我拍打自己的胸口，像一面破鼓，四处漏风。

老钟的电话催命似的，一个接一个。他真急了。躺到中午，我躺不住了。到街上吃了饭，要了一个剁椒鱼头，煮了一碗面。辣椒和鱼头拌到面条里面，每一口都像是往里输送火苗，火苗一路下去，点燃了我的内脏。烧吧烧吧，烧死了才好！

吃完饭，叫饭店泡了一壶很浓的茶。很烫的浓茶喝下去，被烧伤的舌头和内脏又被烫伤了一次，舌头和内脏完全失去了感觉。我要的就是没感觉。从饭店出来，打了一辆车，去了卫生厅。

我直接闯进了厅长的办公室。厅长就是当年那个副厅长，老钟八竿子打不着的老乡，老钟一进厅里就是他的人。厅长对我挺热情，给我泡了一杯茶。从厅长手里接过茶杯，袅袅的热气熏到眼睛里，我的眼泪被热气引了出来。厅长拍了拍我的肩膀，说："小苗，受什么委屈了？是不是小钟欺负你了，小钟要是敢欺负你，我替你做主。"我赶紧喝了一口热茶，趁势将眼泪收起来，换了一副笑脸。笑得很僵硬，但我坚持把笑容保持在脸上。我不该哭，应该生气，义愤填膺。因为老钟没有欺负我，老钟对我好着呢。是有些人居心不良，想损害老钟的名誉，破坏老钟的前途。我不能把角色搞错了。

我说："厅长，你要帮我家小钟做主。有人不安好心，见不得我们小钟进步，给小钟栽赃。"厅长再次用厚厚绵绵的手掌拍了拍我的肩膀。厅长说："不着急，慢慢说。"我说："那个王橙子太不是东西了。王橙子在疗养院工作的时候，我们家小钟到那儿开会，王橙子认识了小钟，就让小钟帮她调工作，小钟没答应。王橙子追到家里，见到我就哭，叫我姐，一把鼻涕一把眼泪地说她男朋友在市里，她要是调不过来，两个人就要分手。我心软，三说两说就答应了。小钟拗不过我，帮王橙子调到了市里。王橙子调进市里，不好好当护士，辞了职跑去当什么医药代表，硬把那些不合格的产品往医院推销，还让我们家小钟帮她打招呼，这种事情，小钟哪能做。王橙子断了财路，恨死了小钟，到处写信，说我们家小钟玩弄她感情。这种话她都敢说，要不是我从头到尾清楚这件事，我们家小钟长十张嘴也说不清了。"我进入了角色，越说越生气。

厅长看着我，小眼睛发亮。我低了头，心里发虚，脸红得能滴出血。我的脸皮跟老钟比较起来，真是太薄了。

厅长笑了笑，说："这么说，帮王橙子调动的事情是你让小钟办的？"我点点头，说："我瞎了眼，我要知道王橙子是这么个不要脸的东西，我才不管她。厅长，你一定要帮我家小钟。"厅长说："你把这件事情的详细经过写一个材料交给我。"我赶忙说："好的，我回家就写。厅长，会影响小钟吗？"厅长说："有你出来澄清，事情就容易搞清楚了。"我站起来，握住了厅长的手，厅长的手指头似乎无意地在我的手心里划了一下。我一个激灵，出了办公室，脸上依然一片血红。

回到家，我来到老钟的书房。书房很安静。我打开电脑，把自己在厅长那儿讲的故事，一个字一个字敲了出来。敲字的时候，我恨不得抽自己两个嘴巴，我的脸一直滚烫，手心都是汗。

老钟回家，看了我写的材料，笑着说："你太有才了。"老钟把材料打印好，装进信封里，说："你晚上就去交给厅长吧。"老钟突然抱住我，嘴巴对着我的耳朵说："谢谢你！你放心，我一辈子不会跟你提离婚。你就跟着我享福吧。"老钟呼出的热气臭烘烘的。我推开老钟，甩手给了老钟一个耳光。

我说："从今往后，你不许碰我！"老钟被我打愣了，他摸着脸说："你要是相信那些谣言，你就是中了别人的计。"我说："闭嘴！我见过不要脸的，没见过你这么不要脸的！"

晚上，我往厅长家打了一个电话，厅长在家。我拿着信封，去了厅长家。厅长一个人在家。我进门就问："吴大姐呢？"厅长说："到北京看女儿去了。"

我把信封交给厅长，厅长给我倒了水，让我坐，我只好坐下来。厅长打开那几页稿子，对着阅读灯看，看了几行，坐到了我的身边。厅长指着稿子上的字说："小苗，这个字是什么？人老了，眼睛花，看不清楚了。"厅长把稿子往我的眼睛面前送，手碰到了我的胸。我假装看稿子，努力将身体坐正了。厅长抬起手，把稿子往灯光下举，胳膊抵住了我的胸。

厅长的意图很明显，我不能再装聋作哑，假装是混不过去的。厅长的胳膊丝毫没有放松的意思，他在等待我的一个态度。我很想站起来走掉，让老钟的前途见鬼去吧。但我没动。我不再是意气用事的年龄了。老钟跟我都明白，跟老钟的前途一起见鬼的，还有我和儿子。老钟被搞下来，我在资料室也待不住。儿子不省心，成绩不好，没有老钟罩着，将来真的只能去当厨师了。

李厅长翻完稿子，终于把自己的胳膊放了下来，身体还紧紧地挨着我。厅长说："小苗，材料写得很好。"我说："谢谢厅长。"厅长说："你明天把材料送给考察组。考察组得出什么结论，就不是我的事了。"我说："难道考察组不相信我的话？"厅长说："考察组会根据全面掌握的情况作出结论，不会偏听偏信。"我说："小钟要是骗了我，我会帮他？"厅长似笑非笑地说："换了我们家老婆子肯定不会。我们家老婆子没有一点政治头脑，听风就是雨。小苗你就难说了，你一直都特别懂事。小钟找了你，是小钟的福气。偏偏不知道珍惜。人啊，都是不知足惹的祸。"我的脸一下子就白了，冷汗从发根处冒出来。如果我继续装聋作哑，厅长这一关都过不了。这种材料，明显就是骗人的，骗人的基础是一方假装相信。

厅长的胳膊已经拿开了，现在再有点什么动作，倒显得生硬和不自然了。我双手捂住脸。厅长问："怎么啦？"我说："头晕。"厅长的胳膊从背后环过来，搂住了我。厅长说："你太紧张了。"我顺势靠进厅长的怀里。我自己都觉得自己犯贱。可是，还能怎么样？老钟说得对，我们一家人同在一条船上，船翻了，我们都会落进水里。

厅长的呼吸粗重起来，厅长的手果敢地伸进我的衣服里面，捏住了我的乳房。老钟一定想不到，他视为父亲一样的厅长，也会趁机在他老婆身上捞一把。我轻轻地叫了一声，厅长浑身都在抖。厅长一辈子老老实实，从来没有传出过一点花花事情。厅长的老婆有一种天不怕地不怕的劲头，厅长要是有点什么事情，一定会被他老婆搞死。想到厅长的老婆，我心里升起一股恶毒的快感，她一定想不到，厅长会用这种方式偷一把腥。我的身体变得灵活起来。厅长的表现，完全是狂风暴雨的拼命的感觉，仿佛要把一辈子的损失夺回来。

完了之后，厅长穿上衣服，把我抱在怀里，拍了拍我的背说："放心吧。"

回到家，老钟不在，钟诚也不在。不在更好，我哪个都不想看见。

钟　诚

每天早晨煮鸡蛋的时候，我都在想，要是当天在学校见不到杰西卡，我下课就去找她。但是，等到下课的时候，我又迟疑了。杰西卡让我心有余悸。到了第三个星期，杰西卡还没有出现，周五下课后，我鼓足勇气去了杰西卡住的地方。她不在。我一直等在她房间的门口，不管怎样，一定要见到她，知道她平安无事。等到半夜，杰西卡摇摇晃晃地回来了。

不晓得喝了多少，杰西卡醉得打不开房间门。我帮她打开门，把她扶到房间，安顿到床上。杰西卡的脸色很不好，我不敢离开，只好在沙发上陪着她。整个晚上，她都在梦里叫"妈妈"，听得我心里特别难过。

早上起来，我给杰西卡熬了粥，煮了白水鸡蛋。杰西卡把鸡蛋放在鼻子尖上，贪婪地闻了好久，眼睛潮乎乎的，一定是想到了她的妈妈。喝过粥，吃过鸡蛋，她情绪好了很多。三个星期不见，她的头发长了一些。我问她为什么不去学校。

"怎么，你担心我了？你不是跑得比兔子都快吗？"她偏了偏脑袋，顽皮的样子。

"你情绪那么失控，我怕你出事。"我老老实实地回答。

"我能出什么事？我四妈来了，我天天到月子中心陪她。"提到四妈，杰西卡的声音平平静静的，不像那天那样激烈。

"真搞不懂你，一会儿要杀你四妈，一会儿又无所谓了，还天天到月子中心陪伴，你简直是个受虐狂。何苦要让自己难受？干脆离她远一点，眼不见心不烦。"我苦口婆心地劝说杰西卡，我不相信她真的心平气和，不再仇恨。

杰西卡笑嘻嘻地说："我发现你很关心我嘛。我好感动哦！不过，林老板拜托我照顾她。林老板国内的公司正在操作上市，分身无术。我不能不给林老板面子。林老板一直对我很大方，不然我喝西北风啊？我总得面对现实吧？老是逃避也不行。这正好是个机会。我要跟她搞好关系。今天你陪我去月子中心吧。让你见识见识我四妈的风采。保管让你目瞪口呆，惊为天人。"

反正没事，我就跟杰西卡一起去了月子中心。以为很近，哪晓得开了三个小时的车才到。杰西卡开车玩命似的。我胆战心惊地说："开稳点行吗？我可不想在异国他乡车毁人亡。"杰西卡笑着说："我们俩一定能成为网站的热点新闻。中国富家女与神秘男子在美国飙车导致车祸，双双身亡，两人为 XX 学院的同学，疑似恋人。相关情况正在调查中，请继续关注。"杰西卡越说越来劲，笑得方向盘都打歪了。吓得我不敢再吭声。一路提心吊胆，总算平安到达。

月子中心的环境很优美，绿树掩映，鲜花盛开，游泳池边有几个大着肚子的女人在晒太阳，慵懒的样子。像一个现实版的世外桃源。

杰西卡的四妈住在一个豪华的大套间里。杰西卡站在房间外面深吸气，牙齿咬得咯咯响，然后，换上天使般的微笑，敲响了房门。

杰西卡四妈庞大的身躯超出我的想象，黄褐色的脸上布满了斑点，没有一点杰西卡描绘过的美丽和气质。我有点反应不过来。杰西卡冲我做了个鬼脸。

杰西卡一进屋就热情地把她四妈扶到沙发上，挨着她四妈坐下，她的热情之夸张，看得我起鸡皮疙瘩。杰西卡捏着嗓子说："四妈，今天感觉怎么样？"

杰西卡的四妈不冷不热地说："谢谢你，我很好。"

杰西卡没计较她四妈的态度，继续微笑着，用矫揉造作的声音说："四妈，你没事就好。费老师结婚了，你知道吗？我在 QQ 空间看见他贴的照片。你知道新娘是谁吗？跟你一个教研室的吴小姐。吴小姐矮墩墩的，哪有你漂亮，气质也不行。你要是不跟费老师分手，吴小姐根本没机会。费老师怎么会看上吴小姐，一定是太伤心了。你可是把费老师害惨了。你跟林老板结婚后，费老师天天喝酒，课都不去上。我真对不起费老师，都怪我多事。你说我干吗要介绍你跟林老板认识呢？不过，我真是想不到你会看上林老板。你那么骄傲，仙女一样的人物，怎么会看得上林老板？我到今天还没想明白，你为什么要离开费老师？林老板除了多金，哪一点能跟费老师比？难道当林老板的生育机器比做费老师的新娘更有吸引力？"杰西卡一脸天真地望着她四妈。

杰西卡每天开三个小时的车到这儿，就是为了用语言暴力谋杀她的四妈。我觉得杰西卡好过分。

杰西卡的四妈把双手交叉放在肚皮上，眼睛始终看着窗户外面。满脸的黄褐斑，看不出脸色有什么变化。

杰西卡固执地看着她四妈的脸，不依不饶地说，四妈："你还没有回答我，我真的很好奇呢。"

杰西卡的四妈低了头，轻声说："林洁，谢谢你！你不用天天过来看我，这儿服务很好。"

我赶紧说："杰西卡，你四妈好像很疲倦，我们走吧。"

杰西卡不急不恼，白了我一眼，说："你要有事你先走。我四妈跟我客气，我哪能不陪她，她一个人多寂寞啊。她要有什么闪失，林老板饶不了我。她肚子里装的可是林家的继承人。"

杰西卡不再理我，她继续望着她的四妈，笑着说："四妈，你怎么不叫我杰西卡了，这可是你给我取的名字。我好喜欢这个名字，它带给我多少快乐和希望啊。那个时候你对我真好，我的生活中从来没有出现过你这样的女人，你让我看到了另外一种生活。我崇拜你，拿你当偶像。

Captain! my Captain! our fearful trip is done,

The ship has weather'd every rack, the prize we sought is worn,

The port is near, the bells I hear, the people all exulting,

……

　　每当你在课堂上朗诵惠特曼的诗，我都激动得想哭。啊，船长！我的船长！我们的艰苦航程已经终结……你为什么要嫁给林老板？你怎么可以为一个你不爱的人当生育机器？我二妈可以，她本来就是个小姐，嫁给林老板是她最好的出路，她那算是从良。我三妈也可以，她本来就不喜欢工作，好逸恶劳，她的理想就是绑一个多金男。可你为什么？你有文化，有你喜欢的工作，有喜欢你的学生，有爱你的费老师。费老师又帅，又会写诗，你们俩多登对啊。你居然嫁给了林老板。所有人都想不到，这个弯太陡了，我一直转不过来。我脑袋都想爆了，还是转不过来。这个问题快把我折磨疯了。四妈，求求你，你今天就跟我说句实话吧，你到底为什么？有什么难言之隐吗？缺钱吗？你要是缺钱我可以帮你，别说钱，你要我的命我都可以给你……"

　　杰西卡的四妈眼光低垂，放在肚子上的双手攥紧了，嘴唇哆嗦着。

　　我实在看不下去了，强行把杰西卡拉出了她四妈的房间。到了车上，杰西卡气鼓鼓地说："你没病吧？你是帮我还是帮她？"

　　我说："杰西卡，你太过分了，你在学你二妈用软刀子杀人。"

　　杰西卡说："那又怎么样？有本事你帮我杀了她。不用我费口舌。"

　　我说："你太自以为是了，你从来没有替李小姐想过。也许，她就是要圆自己一个美国梦？"

　　杰西卡说："我不管她有什么梦，她毁了我的梦！我恨她！"

　　杰西卡眼睛发红，脸色发红，她整个人都被仇恨燃烧着。杰西卡就是一个自我中心狂。不可理喻。

我冲杰西卡喊道："你就是一个自我中心狂。你是不是觉得人人都欠了你。不可理喻。"我懒得再理睬杰西卡，狠狠地摔了车门，自己沿着公路往回走去。再跟杰西卡混在一起，我也会失控。

走得两腿发软的时候，杰西卡追了上来，把我拉上了她的车。杰西卡两眼红肿，声音嘶哑，她一定哭过了。杰西卡根本不像她表现出来的那么狠，她只是心中茫然，像一只漂在大海中的小船，在汹涌的波涛暗流里挣扎，不晓得会漂向哪里，只能拼命抓住点什么，她抓住的，刚好是仇恨。很多时候，我也一样，茫然之极，不晓得从哪里才能找到力量，好让自己站立着，不要倒下去。

杰西卡的父亲离婚三次，结婚四次，除了钱，他什么都给不了杰西卡。跟杰西卡的父亲林老板相比，老钟更是道貌岸然。也许在杰西卡的经验里，父母不离婚的家庭都很完整。她哪里知道，有一种金玉其外败絮其中的家庭，比离婚的家庭更糟糕。在这样的家庭里，人人都是伪君子。我跟任何人都不提父母的事。他们那些破事，我说不出口。老钟跟我妈总以为送我出国，我该感恩戴德。而我要的是什么，他们根本不知道。

我跟杰西卡都是不幸的孩子。我最恨别人说我们是泡在蜜罐里的孩子，什么都不缺，好像我们有多幸福。实际情况正相反，调查显示，我们这代人的幸福感比前几代人都少。什么蜜罐，闷罐还差不多。

我什么都没说，只把杰西卡紧紧地抱在怀里，许久许久，直到杰西卡僵硬的眼神柔软下来。

路上我们去了超市，我和杰西卡像两个饥饿的难民，看见什么都想买。

回到杰西卡的房间，我使出浑身解数，为杰西卡做了一顿丰盛的晚餐。杰西卡看着一桌子五颜六色、香气扑鼻的美味，像一个闯进藏宝洞发现了宝藏的人，眼睛瞪得溜圆。

"钟诚你太棒了！你简直是个魔术师！"听着杰西卡欢快的声音，我心里充满久违的自豪感。杰西卡一语中的，道出了厨师的自豪感。魔术师！对了，我就是要做一个美食王国的魔术师。

我们如何变得陌生

热腾腾的牛尾汤喝进胃里，身体立马暖了。我跟杰西卡坐在散发出食物香味的房间里，慢慢品尝着食物的美味。我们的味蕾盛开如花，享受食物带给我们的充实与安宁。身体的细胞像馒头一样发起来，蓬松柔软，热气弥漫。

杰西卡把头靠在我的胸前，轻声说："谢谢你。我的胃好温暖好舒服。要是每天都能吃上这么贴心暖胃的晚餐，我夜里一定不会觉得那么冷。我的胃一定不会那么空那么痛。"

多么可怜的愿望。我把杰西卡的脸抬起来，看着她的眼睛，说："杰西卡，只要你愿意，我每天给你做晚餐。"

杰西卡把嘴唇贴过来，紧紧地贴住了我的嘴唇。杰西卡火热的嘴唇点燃了我的欲望。燃烧的嘴唇，滚烫的吻，势不可挡的青春。我没有迟疑。进入杰西卡的时候，我感觉到一股热流流过全身，没过我的头顶，把我卷入到热流的漩涡里。我闭了眼睛，摇晃着，就像小时候坐在旋转木马上，身不由己地转啊转，在天旋地转中上升，下降；上升，下降……直到失重，飘浮。

失重的感觉。漂浮的感觉。美好的感觉。这才是我的第一次。我没敢告诉杰西卡，我把这次当成我们的第一次，真正的开始。我怕杰西卡嘲笑我。在有些事情上，我很保守，杰西卡很开放。

杰西卡杂乱的房间成了我们的伊甸园。我跟杰西卡去超市疯狂采购各种食材，堆满冰箱。我是杰西卡的魔术师，我把各种食材变成真正的美味。我尝试和创造各种食物的搭配，使用各种烹饪方法。杰西卡是最挑剔的食客，我是最苛刻的厨师。我们是一对理想的拍档。杰西卡激发了我丰沛的创造力和华丽的想象力。我随心所欲创造美味。在美食的王国里，我享受到自由与创造的快乐。

我差不多要忘记老钟跟他的那个钩心斗角的世界。老钟有一天打来电话报告喜讯，说他的名字上了公示榜，马上就要当厅长了。他的声音像被春雨滋润过的庄稼，生机勃勃，鲜艳明媚。我举着电话愣了半天，不晓得老钟的话是什么意思。杰西卡再也没去骚扰她的四妈。

身体与美食。我和杰西卡沉迷其中不能自拔。在我们的乐园里，她不再是被家庭抛弃无家可归的林洁，我也不再是焦虑压抑自我放逐的钟诚。我们是洁白如玉的少男少女，随心飞翔的自由小鸟。渴望与索取、给予与满足、抵达与重生……。饱满的激情，温暖的肠胃，甜蜜的心情。跟杰西卡在一起，幸福的感觉无处不在。

尽管如此，我跟杰西卡依然不能确定，我们之间的状态是一种爱情。我们都不太相信世界上还有爱情这种东西。我们在一起，只因彼此迷茫，无处安放我们的身体跟内心。我用美食为杰西卡和我造了一个安放身心的伊甸园。

这个伊甸园是那样美好，又是那样脆弱和不可靠。

这天早晨，我刚刚把鸡蛋放进冷水里，端到锅台上点着火。不管我创造了多少稀奇古怪的美食，杰西卡还是要每天一只白水煮蛋。粉粉的蛋黄滑过唇齿，那是她妈妈留给她的记忆，她要顽强地保留。

我的电话响了起来，我不接，我要用心把每一只鸡蛋煮出卓越的品质，不允许有丝毫的差错。可电话一直响一直响，我把鸡蛋煮好，剥了皮，放进盘子里，电话还在响，我不得不接了起来。

"你赶紧回来。你爸昏倒在办公室里，已经送到医院抢救去了，不知道能不能救过来。"我妈在电话里的声音又干又哑，像是在桑拿房干蒸得太久了。

没等我说话，我妈就挂断了电话。

慌乱突然而至。深吸气，深吸气，很快让自己平静下来。我不想让杰西卡发现什么。坐在餐桌边，看着杰西卡把鸡蛋吃下去，她的嘴唇沾了一些蛋黄的粉末，我忍不住伸手帮她擦掉了。冰凉的手碰到杰西卡柔软的唇。杰西卡敏感地察觉到我的变化。

"出什么事了？"杰西卡的声音不知道从什么时候起有了水分，润了，甜了，柔了。她不再是刚刚见面那天的小刺猬。

"没什么。"我微笑着，很平淡地说。我家的事，我一个字都不告诉杰西卡。在跟杰西卡相处的几个月，我做到了守口如瓶。杰西卡偶尔问起我家的情况，我只说我的父母是医院的工作人员，其他一概不说。杰西卡一直戏称我是神秘男子。现在，我更不能说。以杰西卡豪侠的性格，我怕她会跟我一起回去。而老钟跟我妈那个世界，还是我独自面对比较好。我不想破坏她对一个完整家庭的渴望。

我们如何变得陌生

"真没事？刚才谁打的电话？"杰西卡仰脸看着我。

"房东。不晓得什么事，让我今天过去。"我说谎的时候，脸一定红了。我不像老钟，谎话说得比真话自然。杰西卡疑惑地看了我好几眼。

杰西卡把我送到原来租的房子外面。我下车，把杰西卡抱在怀里。杰西卡头发的气息浓浓地扑进我的鼻子，我用力吸进肺里，想把它变成我的气息。几个月朝夕相处都不能确认的感情，在即将分别的时刻突然明了。我真的真的爱上了杰西卡。杰西卡也需要我。这个满心伤痛满身长刺的女孩，这个无家可归内心迷茫的女孩，她需要我的美食填补她荒凉凄寒的胃，需要我身体的热度帮她抵御内心寒冷。可我，又能怎样？

"你没什么事吧？"杰西卡靠在我的胸口上，声音直接撞进我的心里。

我赶紧放开了杰西卡，装出漫不经心的语气说："没什么。你先回去吧，我进去等房东。几个星期没过来，不晓得乱成什么样子。我就不请你进去了，房东不喜欢我带人来。"

"我在车上等你吧。"杰西卡的目光牢牢追着我。

我受不了杰西卡的目光。我从来没有告诉过杰西卡，我出国的费用是一个民营医院的老板提供的，他是老钟的朋友，他跟老钟有什么勾当我不清楚。我只清楚，老钟要是不在了，他不会再给我提供一分钱。

我拍了拍杰西卡的肩膀，说："不用了。等人多无聊。你先回去，到学校看看。或者去超市买点东西。"我不想说告别的话。无法面对一个伤感的告别场面。

"我想喝牛尾汤。"杰西卡终于放心地笑起来。

"好，牛尾汤。你要买整根牛尾哟。"我笑得很努力，快要撑不住了。

杰西卡上了车。她冲我笑了笑，说："早点回来煲汤。"

我挥挥手，杰西卡的车消失在路的远处。

当我办完一切事情上路的时候，空荡荡的感觉伴随了我一路。一路的蓝天和白云，它们只飘在别人的天空中，跟我没有任何关系。

　　杰西卡，对不起。我又一次从你那儿逃跑了。连着两任男朋友都不辞而别，无影无踪。我不晓得你要如何面对。

　　我回来的那天下午，老钟清醒了过来。到医院看老钟的人很多。只要一来人，老钟立马从病床上坐起来，精神百倍，朗声笑谈，如果不是手上还吊着液体，完全不像有病的样子。

　　我妈还真行，当了几年官太太，练出来了，表情和声音都拿捏得很到位。那些来看老钟的人也把表情和声音拿捏得很到位，他们在医院走廊里还嘻嘻哈哈的，进了病房，马上变脸。他们用充满关切的眼神看着老钟说："厅长，你就是太累了，趁机休息几天，把精神养足了，我们来接你。我们还等着你领导我们大干一场呢。"他们对我妈说："钟夫人，你不要担心，钟厅长吉人天相。"他们对我说："钟诚，你小子得赶紧娶个媳妇，厅长要是抱上了孙子，保管什么病都没有了。你可不能找个洋媳妇哟。"他们的表演无懈可击，每个人都是天生的好演员。

　　老钟很受用的样子。自从当了副厅长，老钟身边围绕的，都是这一帮阿谀奉承的家伙。老钟天天泡在虚伪的糖浆里，每一个毛孔都甜得发腻，他早已经习惯了。

　　但是，病房里上演的这一套，叫我腻烦得要命。头一天我还强迫自己待在病房里，装模作样地配合他们表演。第二天，实在受不了，只要一来人，我赶紧从病房里跑出去，躲到走廊尽头的厕所里抽烟。

　　我无时无刻不在想念着杰西卡。杰西卡，这儿是下午，你那儿是凌晨了。你有没有喝醉？我走后，你有没有找到一个听你倾诉的人？那根完整的牛尾是不是还在冰箱里？有没有人给你煲成一锅浓稠厚重的汤？有没有人安抚你空虚疼痛的胃？……杰西卡，我知道你是个爱记仇的女孩，当仇恨涌上来的时候，我希望有人温柔地拥抱你。

　　老钟的诊断结果很快出来了。胰腺癌晚期。老钟活不了几天了。

　　死亡的阴影笼罩在病房里。死亡不再是遥远的事情，它就在老钟的身边，触手可及。实际上，死亡是潜伏在每一个人身体里面的幽灵。生与死，本来就是一对双生子。只是，这个潜伏在身体里面的幽灵什么时候激活，我们不得而知。死亡是生命最大的秘密，你不知道它会在何时来临，也不知道它会以哪一种方式将生命捕获。我一直觉得生命的终点在很远的地方，生命的长度可以延伸再延伸。待在病房里，我突然了悟，生命无所谓终点，起点之后，任何一点都有可能是终点。

我不晓得老钟是不是后悔了，他本来应该早一点到医院看病的。早在半年前，我还在家等着出国的时候，老钟的身体已经出现了症状，我妈都发现了。有一天吃早饭的时候，我妈问老钟感觉身体怎么样。老钟疑惑地看着我妈问："你觉得我有什么问题吗？"我妈说："你脸色不好，吃得也不如以前多，你有没有觉得哪儿不舒服？"老钟说："偶尔觉得内脏有个什么地方疼，像被针扎了一下，很快又不疼了。"我妈说："有病一定要早检查早治疗，耽误不得。"老钟说："我没病。"我妈说："有病没病，检查一下也好放心。"我妈的声音很温柔，尽管我妈和老钟的关系假得像三流剧，看着都别扭，我妈依然在我面前装出跟老钟很恩爱的样子。我妈真可怜。老钟提高声音说："我工作这么忙，哪有时间去做检查。"我妈继续温柔地说："看病能耽误多少时间，你又不用排队等候。"老钟生气了，他说："你不要一天到晚疑神疑鬼的。我告诉你我没病！你别在外面瞎嚷嚷，弄得满世界的人都以为我病了。"老钟说完，昂首挺胸出门去了。我妈被晾在那儿，满脸的委屈和不知所措。我抓起没有吃完的包子赶紧溜了。

确实，老钟很忙，每一天都上足了发条在旋转。但没有时间只是借口，根本的原因是老钟不能上医院，考察组刚刚对他进行了考察，他马上就要晋升为厅长了。这个厅长的位置，老钟日思夜想了好几年，不晓得想掉了多少根头发。副厅和正厅，虽然只差一级，但这一级的差别是本质性的，升了正厅，老钟就是卫生厅的真正掌门人。到了厅长的位置上，副省级也不是不可能。权力的路就是这样一个台阶一个台阶爬上去的。在这种关键的时候，他哪能上医院，即使查不出病，也容易让人误会。要是被别有用心的人利用了，老钟的仕途就有

杰西卡回家吃饭吧

可能搁浅。任何的节外生枝，都会导致阴沟里翻船。厅长的位置已经伸手可及，老钟志在必得，哪怕死亡的幽灵已经蠢蠢欲动，老钟也顾不上了。

被老钟教育了多年，我对老钟那点事基本搞明白了。可我妈永远都不晓得老钟心里的算盘拨的是哪颗珠子。

老钟的努力没有白费，他从竞争中胜出，名字上了公示榜，他给我打越洋电话的时候，声音洪亮，他一定亢奋得早已经忘记了身体的不适。但是，突然而至的疼痛将他击倒在办公室里。没人能躲过死亡的追踪。

我曾经在网上看过一本书。除了烹饪，我最大的爱好就是阅读。那本书记录了好多起死回生的人的死亡体验。有女人也有男人。女人的死亡之路大多很明媚，她们总是沿着鲜花盛开的小路奔跑或者飞翔，一路有光。而男人往往看见自己往黑暗的深渊里掉下去或者被黑暗的大山压下来。跟女人相比，男人的死亡之路充满了恐惧。

老钟恐惧吗？我不知道。他一直是个强悍的人。小的时候，我被别的小朋友打了，不晓得还手，只会哭。老钟从来不安慰我，他总是生气地把我推到一边，恶狠狠地说："不准哭，哭有屁用！没出息！"老钟身上有一股狠劲。在我成长的过程中，老钟所有的努力都是为了改变我，把我培养成他希望的样子，也就是像他那样有一股狠劲，敢于不择手段。

我记得老钟每次教育我的时候，说起话来神气十足，咄咄逼人。他的目光像是两把剑，刺在我的眼皮上。我只能低着头站在老钟的面前。尽管心里不服气，对老钟那套一定不择手段取得成功的人生理论不以为然，但又不知道怎么反驳老钟。现在的社会，流行的就是老钟说的那一套。人们崇尚的只是成功，只要成功了，没有人管你是怎么成功的，而为了要成功，什么样的手段都可以使出来。

坐在老钟的病房里，眼看着老钟的生命之光就要熄灭。我终于发现老钟那些从小到大教育我的话有很大的漏洞。他放大了权力和金钱对人生的作用。权力和金钱不过是一盏灯，它远远不能照亮人生的全部，疾病和死亡就是权力和金钱永远照不到的暗角。老钟虽然如愿当上了厅长，生命却到了尽头。再大的官位，再多的金钱，都不能让他起死回生了。

不晓得老钟在生命的最后时刻能不能想到这些？

病情确诊后，到医院来看老钟的人一天比一天少。单位里的人都不来了，他们再也没有必要把时间浪费在老钟身上了。老钟的精神一下子垮了，他整天闭着眼睛，一句话不说。

老　钟

我就要死了。死亡将把我从生活中捡出去，就像从绿豆中捡出去一只虫子。绿豆不会损失什么。生活也一样。我死了，所有人的生活都会继续。

我闭着眼睛，不愿意去想，我的样子很像一只面临危险的鸵鸟。小苗不肯放过我，我只要睁开眼睛，她就要盯着我的眼睛说："老钟，你不能抛下我跟钟诚不管啊。"

我都要死了，我还能管谁？

小苗根本不关心我，她只惦记她跟儿子。我死了，她就没有厅长太太当了，钟诚也不能再去留学了。

小苗恨我。别看她天天待在病房里，我死了，她一点都不会伤心。她一定会哭，女人都擅长这一套，那是哭给别人看的。我们两个演了几十年的戏，谁都信不着谁了。

钟诚会伤心吗？我拿不准，钟诚怕我，从小跟我不亲。这一代的孩子都是狼孩子，喝狼血长大的，对父母不晓得感恩。

就算跟父母很亲的孩子，父母死了，当时很伤心，过后，也就越来越淡了。淡到一年到头，除了祭日，再也想不起他们。我的父母死了十多年，我总共回去给他们烧过几回纸？不到四回吧？

单位里的人，我敢肯定，个个都会兴高采烈。我死了，腾出来一个位置，下面好多人都可以跟着动一动。就像一辆拥挤的汽车，中途下去了一个人，人人都觉得松快了一点……单位的人都不来看我了。

人还没走，茶就凉了。现在的人，就是这么现实。换了我也一样，谁愿意把时间浪费在一个没用的人身上？

真没意思。死亡把一切都赤裸裸地暴露了出来。生命没了，什么都没了。生命就像一棵树，树倒了，猢狲就散了。我曾经迷恋的一切，不惜代价取得的一切，费尽心机算计的一切，拼死拼活弄到手里的一切，位置票子女人……所有长在这棵树上的东西，都将烟消云散了。

再没有比站在死亡入口更叫人灰心丧气了。

这天下午，我梦见了小玉。这么多年，我还是第一次梦见她。她在我的梦里还是我当兵走的那天送我的样子，白白的皮肤，乌黑的头发，被风吹得发红的脸蛋，嘴唇像一个鲜红的李子。

小玉这是在召唤我了。

趁着清醒，我让钟诚赶紧去找老烟，给他钱，叫他回去给我准备老屋。钟诚不明白什么是老屋。我告诉他，老屋就是坟墓，给死人睡的房子。小苗把脸俯下来，很小声地问："老钟，你什么意思？"

我的意思很明确，我死了要回老家。我懒得跟小苗废话。

没多久，钟诚把老烟喊来了。老烟站在床边，站得那么直。这一辈子，就是在部队站军姿的时候，他都没有站得那么直过。他什么都混不上，靠了我，才在卫生厅守大门，我死了，他连大门都没得守，只能回乡下老家去。可他脸色红润，声音洪亮，一副健康得要活一百岁的样子。

老烟弯下腰来，他宽大的脸悬挂在我的眼睛上，像一块往下压来的磨盘。他说："国庆，你怎么个意思？"

我说："老烟，拜托你回去帮我准备老屋。"

老烟说："你死不了，你用的都是进口药……"

我说："别说没用的，我自己知道就要死了。你帮我这一回。"

老烟点点头，他心里一定特别平衡。他什么都没有，而我要死了。

安排好自己的老屋，我也没什么牵挂了。安心等死。

每一天，我都感觉到我的血正在变冷。跟小玉在一起的时候，我的血是多么的热啊，岩浆一样奔涌在我的血管里，烧得我坐立不安。玉米地里，小玉的身子像一朵洁白柔软的棉花，一层一层地包裹我，贴心贴肺的暖。可我到底还是辜负了她。用那么卑鄙的手段。

如果团长不找我，不把他老婆的表妹介绍给我，不暗示我只要接受了他老婆的表妹，他就会把转干的名额给我。我可能一辈子都不知道自己是个什么样的人。男人只有在机会面前才能彻底暴露本性。机会是对男人最大的考验。

团长找过我之后，我脑袋像高速火车，一秒钟也停不下来。我只想一个问题，怎么跟小玉分手。我一定要想出一个安全有效的办法。

老烟退伍离开部队之前的那个晚上，我终于想出了办法。我约老烟到训练场上见面。月亮太亮了，我拖着老烟，躲在白杨树的阴影里。我要给老烟说的话，是见不得人的。我低着头，不敢让月光撒到脸上。我说："老烟，你回去了，要好好照顾小玉。"老烟说："小玉有你，用不着我照顾。"我说："老烟，你想不想娶小玉？"老烟说："想，做梦都梦见小玉呢。"我一把抓住了老烟，老烟以为我要打他，直往后躲。我说："老烟，我成全你跟小玉。"老烟的呼吸变得不均匀起来。他说："不可能，小玉看不上我。"我说："你听我的，保证小玉会跟你。一个月后的那个星期天晚上，你把小玉约到你家，想办法拖住她，我没出现之前，你不能让她走。"听完我的话，老烟突然跑开了。我追上老烟，重新把他拖到白杨树的阴影里。老烟的脸跟月光一样白。我说："你跑啥，那点出息。"老烟的嘴唇哆嗦着说："钟国庆，你太不是东西了。你就不怕小玉伤心？"我说："屁话！我的事不用你管，你就想想你娶不娶小玉。"说完，我甩开老烟跑步离开了训练场。

老烟上车的时候，脸色发青，嘴唇一直在风里哆嗦。我相信老烟会按照我说的话去做，不然他的嘴唇不会哆嗦得那么厉害。老烟以为他是什么好东西，不过他运气太差，一辈子遇到的最大机会就是我把小玉让给了他。

一个月后的那个星期天，我选择了半夜回到村子。老烟家的房子，正好在村口的路边。我早就想到了这一点。我大呼小叫地敲开了老烟家的房门，让老烟来拿我从部队给他带的东西。老烟打开门，我看见小玉坐在老烟的床上。小玉看到我，脸比一张白纸还要白。我一脚踢向老烟，踢得老烟跪倒在地上。小玉说："国庆，你听我解释……"我不看小玉，第二脚，踢在老烟家的门槛上，把我的脚踢肿了，一个星期才消了肿。尽管是我安排的，当真看见小玉跟老烟在一起，我还是生气了。踢完两脚，回父母家放了东西，我就头也不回地离开了村子。

老烟娶了小玉。但是，老烟这个没用的男人，他居然一五一十把我在训练场上说的话告诉了小玉。老烟说，他不忍心看小玉伤心，明明是我钟国庆对不起小玉，凭什么让小玉蒙在鼓里？他真是愚蠢的男人，他把真相告诉小玉，等于要了小玉的命。

老烟带着小玉来看病那年，我刚刚当上副厅长。老烟背着小玉找到我，我把小玉安排在最好的医院，让医院把所有的费用挂起来我处理，让医院给她用最好的药。小玉从医生那里听说是我给她安排的，第二天就出院回去了。小玉不给我赎罪的机会，她到死都没有原谅我。她是个有骨气的女人，不像小苗，懂得妥协。小苗毕竟是城里的女人，啥事都看得开。小玉一根筋，钻进牛角尖里出不来。在官场上混饭，小苗倒是比小玉适合当老婆。

我就要见到小玉了。唯有这个念头让我安心。

死亡之前，最难忍受的是疼痛。痛发作起来，内脏像拧衣服那样拧着，越拧越紧。吗啡的作用越来越有限。即使打了吗啡，我依然感觉到疼痛在身体上扩散。疼痛的扩散跟波浪不同，波浪扩散起来，一层比一层弱，巨大的波浪扩散到最后，就和水面一样平静了。疼痛的扩散是一层层加剧的，越远，越剧烈。内脏的疼痛扩散到指头尖上，指头尖就成了最痛的地方。

这一次，疼痛的波浪只扩散到了大腿和胳膊上，不像每一次疼痛都扩散到指头尖上。我动了动指头，指头是直的，不会弯曲。

我明白过来，我的手和脚已经先于身体的其他部分死了，它们再也不会疼痛了。

最后的死亡开始了。跟我预想的不一样。身体居然是一部分一部分死掉的。我感觉身体变成了一个组装玩具，死亡像一只无所不能的手，正在一个零件一个零件地撤除身体上的装置。手和脚还在身上，我的眼睛还能看见它们，我的手还被小苗握着，但是，它们已经被死亡这只手撤除了。

接下来是胳膊和大腿。随着胳膊和大腿的死亡，活着的身体面积越来越小，面积的缩水让疼痛更加集中，我不得不咬着牙齿来忍受疼痛。很快，我的内脏就不痛了，腹部和胸部也被死亡之手撤除了。我的身体，只剩下一个脑袋还活着。

我的脑袋变得清醒起来，非常非常清醒。这就是彻底死亡之前的回光返照。我已经到了一生的最后时光。我看见钟诚的眼睛里面蓄满了泪水，他一直是个软心肠的孩子，我真后悔没有好好对他，动不动就打他。现在我看明白了，即使当厨师又有什么关系，只要他快乐健康。如果人生可以重来，我只想跟小玉在村里种地。

我说："钟诚，不要恨爸爸，你要是喜欢，就去当厨师。"我说得很费劲，像搬石头那样，一个字一个字地往外搬着。说完，我咧开嘴，对着钟诚笑了笑。我的笑一定很恐怖。小苗尖叫了一声，按响了床头的呼叫铃，病房里面跑进来很多人，他们忙着在我的手上扎针，挂液体。往我的胸口上安装仪器。好像所有人都希望我起死回生。这一套讨厌的抢救，让我的死亡变得很喧嚣。我真该让老烟把我接回乡下去，安静地死在我出生的房子里。

突然之间，所有的声音都消失了。我的耳膜像是被什么东西敲打着，一下一下地震动。我的耳膜不再是耳膜，它变成了一面被敲击的鼓。我看见小苗的嘴一张一合。钟诚把脸凑了过来，钟诚的脸白胖白胖的，嘴唇红润饱满，湿乎乎亮晃晃的，钟诚的嘴也一张一合的。他们都在说话，可我什么声音都听不见。

一种奇怪的气味，又冷又黑，阴森森地驱散了各种暖烘烘的味道，钻进了我的鼻子。钟诚身上的食物味，小苗身上的空气清新剂味，护士身上的消毒水味，医生身上的烟味，刚刚还围绕着我的活色生香的气味，全都消失了。阴森的死亡之气笼罩着我，我再也闻不到活人身上的气味。

接下来是眼睛。头一秒钟还看得见钟诚和小苗的嘴唇在动，下一秒钟就看不见了，钟诚和小苗变成了两个黑影子。房间里晃动的人全都变成了黑影子。死亡的眼睛看见的世界，像是皮影戏。我眨了一下眼睛，外面的世界就全黑了，连影子都没有。我跟这个世界的关系彻底中断了。

我看见了另外一个世界，一个明亮的世界。我的父母和小玉，他们就站在我的面前，他们很高，我要仰着头才能看见他们的脸。我父母的脸很白，脸上没有表情，冷冰冰的样子。小玉的脸也很白，眼睛特别黑，也是冷冰冰的样子。他们见到我并不高兴，看了我一眼，转身就跑。我追赶着他们，追到了一面悬崖的底下，悬崖很高，一面黑色的峭壁直立着。悬崖的顶上，一片光亮。他们轻松地一跳，就跳到了悬崖的上面。我跳了几次，都被峭壁挡落下来。我的身体很沉重。我父母和小玉的脸，在光亮的山顶上若隐若现。我绝望地看着山顶。突然，从悬崖的顶上垂下一根闪光的绳子。我的父母和小玉在悬崖的上面拉着绳子的另外一头，我马上伸手去抓绳子，发光的绳子就在离我头顶几米远的地方晃荡，我努力地伸手，甚至跳起来去够绳子。但是，绳子短了一截，我的手怎么也够不到绳子。我看见绳子的中间打了几个结。我的父母和小玉在山顶的光亮里晃动，他们谁也没有注意到绳子短了一节。我急得对着山顶大叫了一声：把绳子拉直！

我的声音被山崖撞出了一片回声，在奇怪的回声中，山崖摇晃着倒下来，把我压在无边的黑暗中。

钟　诚

一个人临死的时候会说什么？谁也不知道。一个人不到临死的时候，自己也不晓得会说什么。

拜伦勋爵说："来啊，来啊，别示弱；死也要死得像个男人！"

马克·吐温说："死亡，唯一的不朽者。对我们一视同仁，给所有人以平静和庇护。无论污秽的还是洁净的，富裕的还是穷苦的，被

我们如何变得陌生

爱还是不被爱的。"

弗朗茨·卡夫卡说："亲爱的马克斯，我最后的请求：我身后留下的一切……凡举日记、手稿、书信（我本人的和别人的）、素描，还有别的，不要看，全烧掉。"

爱米莉·迪金森说："我得进去了，要起雾了。"

詹姆斯·乔伊斯说："没人能懂吗？"

……

这些死了多年的人，因为是公众人物，他们的临终遗言得以广泛流传。但是，他们临终遗言的真实性值得怀疑。毕竟，写在传记里的东西，有很多都是靠不住的。如果他们的临终遗言靠得住的话，我要说，不管他们生前活得怎样纠结，他们死的时候倒是简单明白。

拜伦勋爵只活了三十六岁，他死得像个绅士，他的话理解起来并不困难，鼓励自己像个男人那样迎接死亡，这很符合那个浪漫主义时代男人对自己的要求。

马克·吐温活了七十五岁，他死得像个哲学家，到死了还在对死亡进行理性的分析。不得不承认，他说得很对，在死亡面前的确有点人人平等的意思。

弗朗茨·卡夫卡活了四十一岁，他是个伟大的作家，但他死的时候倒像是一个保险公司的职员，把身后的事情交代得清清楚楚。

爱米莉·迪金森活了五十六岁，她死得最像诗人，她写完了自己的最后一句诗：我得进去了，要起雾了。

詹姆斯·乔伊斯生前的作品只卖了六本，死了许多年，他的作品依然是最晦涩难懂的。没有人懂他的小说，成了他的心病。到死都还惦记着自己的书有没有人懂。

老钟临死的时候，我守在他的身边，我亲耳听到了他在人世间说的最后一句话。

"把绳子拉直！"

这是一句最最奇怪的临终遗言，完全让人听不懂。除了我，谁也不关心老钟临死的时候说了什么。大家忙着给老钟办丧事。

老钟死的时候还在任上，卫生厅成立了治丧委员会，新上任的李厅长亲自任治丧委员会主任。有厅长挂帅,众人的积极性空前高涨,殡仪馆最大的厅布置成了遗体告别的会场。老钟化了妆,身上盖了党旗,睡在鲜花丛中。遗体告别是老钟参加的最后一个社会活动,他以一个死者的身份参与其中。这个活动借用了老钟的名义,却跟老钟没有什么关系。老钟作为人生舞台的角色已经结束了。成了尸体的老钟,只能任人摆布,毫无怨言地充当别人的道具。

老钟的死让很多人感慨不已。老钟的人生正在辉煌的时刻,老钟的下一个角色是厅长。但是,老钟没有出演新的角色,他突然死在舞台的中央,围绕他展开的戏剧意外结束,不得不紧急落幕。每个人都不晓得自己的人生如何落幕,是像老钟这样紧急落幕,死在辉煌的舞台中央,还是退出舞台了,却迟迟不肯谢幕,像卫生厅的很多老头那样,把一个朽木老人的戏拖得又长又乏味。

参加告别仪式的人全都是黑西装,白衬衣,深色领带。告别大厅的冷气很足,但是人太多了,房间很热,好多人都出汗了,西装里面的衬衣湿乎乎地贴在背上,不舒服的感觉让大家的表情看上去挺悲伤。老钟的身体周围放了冰块,老钟的遗体散发出的味道不算浓,但还是直往人的鼻子里钻。

我妈以为会来一个副省长,毕竟,老钟是厅长,虽然只上了公示榜。但是,副省长没有来。我妈很失落。她就在乎这些无聊的事。

遗体告别之前,李厅长主持搞了一个追思会。李厅长代表组织追忆了老钟一生的业绩。"钟国庆同志,生于1958年,因病于2008年6月16日去世,享年50岁。钟国庆同志的一生,是光辉的一生,战斗的一生,为共产主义事业奋斗不息的一生……"李厅长的声音很洪亮,富有穿透力和煽动性。别看李厅长声情并茂,实际上李厅长最恨老钟,李厅长和老钟是一对老竞争对手。老钟一直压着李厅长。要是老钟不死,李厅长的副职还不知道要熬到什么时候。也许一辈子都没有机会扶正。老钟比李厅长还年轻一岁。老钟死了,李厅长恨不得放鞭炮庆祝。

李厅长的声音吸引了大家,大家不由自主地把目光集中到了李厅长的脸上,那么多热烈的、赞许的目光把李厅长的脸照得很亮。李厅长从中学时代就喜欢演讲，他对自己的声音非常着迷。但他一直没有机会在众人面前演讲。大家都心知肚明，遗体告别不是老钟的告别演出，而是李厅长的登台秀。

所谓的遗体告别和追思会，不过是借用了老钟的遗体做道具，各色人等进行一次充分到位的表演。

老钟的遗体告别仪式上，最引人注目的是我妈。作为死者的未亡人，我妈明白，老钟死了，她作为厅长夫人的角色也结束了。老钟的遗体，为我妈提供了最后一次表演机会，这是我妈的告别演出。老钟被推进炉子之前，我妈扑过去，抱住老钟的头，然后，晕了过去。

我妈的告别演出非常完美。

从殡仪馆回家的当天晚上，我妈一句话不说，早早休息了，她很累，她的谢幕演出太耗神了。

我坐在老钟的书房里，毫无睡意。想起老钟无数次坐在这个地方，居高临下地骂我，或者推心置腹地给我讲他的人生道理。现在，老钟变了一堆灰。我忍不住要问一个问题，生命到底有没有意义？

我的心情像一杯混合了太多元素、调制失败的鸡尾酒。色彩，层次，味道，口感……都是混乱的，烈度与柔和度的比例完全不对。

我很想去厨房煮鸡蛋，心无旁骛专心致志地煮上一只鸡蛋，或许能让我的情绪平稳一点。想到煮鸡蛋，脑袋里跳出杰西卡吃煮鸡蛋的样子，嘴唇上沾着粉粉的蛋黄。

哦，杰西卡。你还好吗？我这里是半夜，你那里该是中午。你那里的天空是否有阳光？我打开电脑，希望杰西卡在网上。人在某一个混乱的时刻，心里的话就像洪水，一定要奔流出去，不然会把五脏六腑都冲毁。我要把所有的一切说出来。老钟，我，我妈，王橙子……我们家的所有秘密，我一直捂得紧紧的，生怕漏出一丝一毫的那些事，我都要说出来，全部说给杰西卡听。我不想再假装自己是个神秘男子，我要在杰西卡面前一览无余，就像杰西卡曾经在我面前那样，通体透明，不再有一丝一毫的隐瞒。

杰西卡不在，哪里都没有她。QQ头像黑的，没有任何反应，几个她平常玩游戏的地方也没人。找到一个熟人问了问，都说她好久没上来了。我疯了一样找她，在所有她曾经出没过的地方给她留言，叫她回复我。我在网上窜到凌晨五点，筋疲力尽，头晕眼花，心里的混乱有增无减。我强迫自己去睡觉。

我梦见了老钟。老钟站在我的床边，弯着腰，把被子从我的胸口拉上来，盖住了我的嘴巴和鼻子，只留眼睛在被子外面。老钟的两只手捏着被子的边，悬在我的脸颊上。老钟瘦削的脸上有一种焦急不安的表情。我担心老钟的两只手突然掐住我的脖子，或者在被子外面捂住我的嘴巴和鼻子，用不了两分钟，我就会闷死在被子里。我挣扎着想要坐起来，身体却动不了，压在我身上的被子很重。我惊恐地看着老钟。老钟把腰弯得更低一些，他的鼻子差一点儿就要碰到我的额头。我说："你想干什么？"我的嘴巴蒙在被子里，说话很费劲。老钟把嘴唇贴在我的耳朵上，他的嘴唇冷得像冰块。老钟一字一顿地说："钟诚，帮我把绳子拉直！"老钟的声音呸啦呸啦的，像是喘不上来气。说完这句话，老钟把头抬高了一点，他的脸悬挂在我的眼睛上面。老钟的脸很瘦，颧骨很高，双颊塌陷，眼窝很深，看不见眼球。我茫然地看着老钟，说："什么绳子？"老钟大声咳嗽起来，急赤白脸地说："把绳子拉直！一定要拉直！"他的眼珠突然从眼窝里掉了出来，像溜溜球那样掉到了我的脸上，滑腻腻冷冰冰的。我吓得从被子里坐了起来，心怦怦跳着。拧亮了床头灯，橘黄的灯光洒了一地。

我的后背冒出一层又一层的冷汗，湿透了睡衣。我靠在床上，再也睡不着。

第二天，我问我妈"把绳子拉直"是什么意思。我妈说："莫名其妙，什么绳子？"我说："这是老钟说的最后一句话，我还以为你听见了。"我妈说："那会儿抢救那么乱，谁听见他说什么了。再说，他那会儿处于谵妄状态，说的话根本没意思。"

我妈睡了一觉醒来，忙着找人清理老钟的东西，联系装修公司，她要重新装修房子。我觉得很没趣，干脆联系了烹饪学校。我告诉我妈，我还是想当厨师。我妈叹了一口气，算是默认了。估计她没心思管我，老钟死了，她比我更需要调整自己的生活状态。

我以为老钟不会跟到烹饪学校的集体宿舍来找我，他压根不知道我上的烹饪学校在哪里。我错了。死人是没有疆界的，他变得无所不能。老钟天天晚上来到我的梦里，站在床前，重复那套动作，帮我把被子拉上来，盖住我的鼻子和嘴巴，只露眼睛在外面。每次都把滑溜溜的眼球掉到我脸上，弄得我心惊胆战。老钟的样子，一次比一次焦急。连语气也变得低三下四的。他反反复复只说那句话。"钟诚，帮我把绳子拉直！"

我白天无心上课，晚上不敢睡觉。老钟到底想说什么？什么绳子？为什么要让我帮他拉直？我想得头皮发胀，也想不出老钟的话是什么意思。

杰西卡没有任何消息，无论我怎样呼唤，她始终石沉大海，无影无踪。所有的一切都让我无能为力，几近崩溃。

我忍不住把每夜梦见老钟的事说给烹饪学校的同学听，我没说得那么具体。烹饪学校的同学告诉我，乡下人讲究入土为安，你赶紧把你爸埋了。

我回家跟我妈商量去乡下安葬老钟的事。我妈忙着指挥工人，房子里到处是东西，房间变成了工地。她让我等她把房子装修完再去处理老钟的骨灰盒。她说，活人的事还忙不过来。骨灰盒先放着吧。

我妈的房子不晓得要装修到猴年马月。我不能等，只好自己把老钟的骨灰盒带回他的老家，让他入土为安。走前，我妈让老厅长帮忙写了老钟墓碑上的字，他退休后天天练书法，他倒是很乐意给老钟的墓碑题字。

老钟的老家在一个偏僻的小村子里。老钟的父母在我两三岁的时候就去世了。老钟偶尔带着我回去，到他父母的坟地烧点纸，忙起来好几年才回去一次。我记得一共也就回去过那么两三次。坟地在村子外面，每次都是烧完就走，连村子都不进去。老钟很低调，不喜欢衣锦还乡那一套。村子里只有老烟跟老钟有点联系，也不晓得老烟回去把老钟的老屋准备得怎么样了。

带着老钟的骨灰，转了几次车，终于来到了老钟的家乡。小村子比我印象中的还要小，村里的路长满了野草，好半天也看不见一个活人。住在村里的鬼比人都多。

老烟让我把老钟的骨灰盒先放到村口的庙里。乡下的规矩我搞不懂，只能听老烟的。

放完骨灰盒，老烟带我到祖坟看了他给老钟准备的老屋。老屋的样子像一把椅子，很气派的椅子，椅子底下才是墓穴。老烟说："老钟一辈子喜欢当官，当官就是坐交椅。这老屋我用了心思的，他一定满意。"老烟做事倒是认真。我不管老屋弄成什么样子，只愿老钟入土为安，从此不要到我的梦里，让我帮他拉直什么绳子。那个梦实在太恐怖。刻墓碑的石头老烟也准备好了，老烟找来刻字的石匠第二天才能来。

当晚住在老烟的家里。老烟破旧的小屋收拾得倒挺整齐，床上的被子叠成方块。太累的缘故，我上床没多久就睡着了。我刚睡着一会儿，老钟就到了我的梦里，他穿越起来一定很方便。老钟更焦急了，每说一次"帮我把绳子拉直"，嘴里都喷出火苗。我怕火苗烧到我，就往一边躲，结果掉到床下，把自己摔到了梦外。

老烟还没睡。我把老钟临死说的最后一句话告诉老烟。我说："你跟老钟知根知底，没准知道老钟什么意思。"

老　烟

我也不晓得"把绳子拉直"是个啥意思。国庆这人，从小就比我有心眼。我哪搞得懂他？我是被他卖了还帮他数钱那个人。

我们两个一起当兵，在部队那会儿，我只晓得老老实实训练，国庆可精，有个空子就会钻。一路高升，当厅长，娶城里的老婆，我在乡下待一辈子。这世道，老实人吃亏。

要成事，光精也不成，还要狠。国庆就狠。转了志愿兵不满足，非要转干，为了转干，啥阴招都敢使。他跟小玉玉米地都钻过了，谁不晓得。他说丢下就丢下。怕小玉不跟他分手，硬把我拽上，让我回家把小玉约到我家，拖着小玉，等他回来。他没明说，那意思我懂，

我们如何变得陌生

他想捉奸在床。他计划得真周全，甩掉了小玉，还成全了我。我跟小玉啥都没干，就是说说话，他闯进来，照着我就是一脚。脸都气歪了，根本不听小玉的解释。都是他安排好的，他弄得那个真，好像小玉真做了对不住他的事。小玉不明真相，天天哭，后悔自己做事不检点，深更半夜还待在别人家里，难怪国庆要误会。明明是国庆下的套，硬把屎盆子扣了小玉一头。我看不过，就把国庆怎么安排我给她下套的事一五一十地给小玉说了。小玉从那以后再也没有哭过。跟我生活的那些年，小玉就是个活死人。她生生被国庆害死了。国庆还骂我不该把真相告诉小玉，说小玉是我害死的。我肠子都悔青了，我不该掺和这事。我上了国庆的当。小玉的心从来没在我这儿。话说回来了，就是我不掺和这事，国庆照样想得出办法甩了小玉。谁都挡不住他的道。国庆就是心狠。话说回来，也不能怪国庆，我们乡下人没背景，国庆能混成那么大个官，不容易。心狠的人才有出息。我们乡下人都说，狗跑千里吃屎，狼跑千里吃肉。人跟动物一个球样。

过去的事，不说了。说也白说。国庆风风光光一辈子，我窝窝囊囊也是一辈子。各人是各人的命。命中注定，国庆跟小玉还是一家人。小玉前脚走了没几年，他后脚就跟去了。要说了解，我还真了解国庆的心思，他要我帮他起老屋我就晓得，他这辈子最惦记的人还是小玉。要说为他国庆，我还真不帮他起这老屋，我凭啥呀？他就是帮我找了个看大门的活，拿些别人行贿他的东西给我，我也不领他情。他欠我的更多。我是为小玉。我晓得小玉一辈子没有放下他。小玉活得屈啊，到了那边，他只要能给小玉认个错，他这老屋我就没有白起。

不说了不说了，早点睡吧。明天石匠来，把碑刻好就齐了。

钟　诚

老烟很快就睡着了。我不敢睡，睁眼想着老钟的一生。的确，很不容易，每得到一点什么，都牺牲掉更多。为一个干部身份，牺牲了初恋，那是他一辈子最爱的女人。为了当厅长，他终于把自己的命给牺牲掉了。老钟满怀野心从这儿走出去，几十年后，装在一个盒子里被送回来。老钟他们那一代人的生活，实在太沉重了。难怪他要逼着我去当什么体面人。

迷迷糊糊的，也不晓得睡了多久。老烟找的石匠天还没亮就来了。老烟把我叫起来，我晕晕乎乎从包里翻出老厅长写的碑文。老烟拿出去，跟石匠两个对着灯光辨认上面的字。老烟突然叫起来。他说："你来看看，这儿是不是写错了。"我爬起来，凑到老烟跟前看了看。没发现哪儿写错。我说："没错。照这个刻上就行了。"老烟指着"1958—2008"那行数字，说："我跟国庆一年生的，我53年，他咋是58年。我55岁了，他咋才50岁。肯定搞错了。"我说："不会搞错，老钟身份证上写的就是这个年龄。这碑上的字是老厅长写的，他是老钟的上级，当了老钟二十几年上级，怎么会搞错。"老烟跑进屋，把自己的身份证拿出来给我看，上面的出生年月的的确确写的是1953年。老烟说："肯定是国庆改了年龄。"石匠不耐烦地说："到底刻哪个？死都死了，多少岁还搞不清爽。"我说："当然是按老厅长写的这个刻，这是他身份证上的。"老烟说："那样刻不成，那不少了五年的寿。"石匠说："你们城里人就是搞怪，生辰都敢改来改去。"我不晓得该咋办，本来想打电话给我妈问问情况，手机居然没信号。石匠不耐烦了，刻完这个他还有别的活。老烟很坚决地说："就照我说的刻，他就是改了，他还是那年生的。"

以我对老钟的了解，把年龄改小这种勾当他干得出来。官场里不晓得多少人伪造年龄跟学历。相比较老钟的证件，我觉得老烟的话更可靠。我对石匠说："老烟说得这么肯定，就按照老烟说的刻吧。1953—2008。其他字不变。"

说来也怪，自从把墓碑刻好，老钟再没有在我的梦里出现过。坐在回程的车上，老钟的村子渐渐远离了我。我突然了悟，那根折磨了我那么久的绳子，就是老钟的年龄吧！

我没有回家，直接去了烹饪学校。我妈装修好房子给我打电话，让我回家看看。家里焕然一新，不再有一丝一毫老钟的气息。我妈给我的感觉也是焕然一新。吃饭的时候，我妈扭扭捏捏地说："钟诚，妈跟你商量个事。"看我妈的样子，我还以为她找了男朋友。结果不是。我妈说："我从单位退休了。你马叔叔想请我到他那儿当护士长，帮他管管妇产科。"这有什么好扭捏的？我妈一定是官太太当久了，放不下面子。我给了我妈最热烈的拥抱。我说："妈，太好了！我还记得小时候你总带我去婴儿房看婴儿，那时候你和那班护士阿姨成天笑得多开心。"我妈看着我说："三岁的事你也记得？"我说："我记得所有快乐的事。"我妈抹了一把眼睛，说："你真长大了。"

我妈忙碌起来，人瘦了，脸色好了，笑容回到了脸上。我心里踏实了，不再为她揪心。

我一直在网上寻找杰西卡。没有杰西卡的消息，我想她是换了名字跟账号，躲在暗处，看我着急。这种事她干得出来。那根完整的牛尾，一定让杰西卡对我恨之入骨。我骗了杰西卡，活该被杰西卡折磨。我不灰心，我一定会找到她。

一年后，我拿到了厨师证。我的成绩太优秀了，还没拿到证已经有几家大饭店找我。我一家都没去。我直接去了南巷子的一家小饭店，小饭店的工资只有大饭店的一半。我的同学都骂我脑袋被门挤了。我不管。我喜欢这家小饭店，因为它的名字不叫什么楼，什么馆，什么堂，什么店……那些名字都太大，太堂皇了。这家小饭店的名字叫"妈妈的厨房"，经营私家菜品，老板是孤儿院里长大的。为了寻找这样一家小饭店，我几乎跑遍了这个城市的每一条街巷。

我跟老板的合作很愉快，我为他提供的私家菜品让他赞不绝口。他问我怎么能把菜做得这么好。我笑了笑。我的每一道菜，都是用心为杰西卡做的。

很快，"妈妈的厨房"就有了名气，需要提前预订才有位置。招牌菜是我独创的"杰西卡牛尾汤"。每一天，我都有一款新创的菜品，那是我为杰西卡独创的。只要想到杰西卡，我就充满了创造的灵感。杰西卡让我的想象力无限飞翔。

我每天中午十一点上班，上班前，我花一个小时上网，把我头一天独创的菜品发到微博上，然后给杰西卡写一句话，一句只有她懂的话。我的微博名字叫魔术师，这也是我跟杰西卡之间的蜜语。我知道杰西卡就在网上，我能感觉到她躲在某个地方看着我。二十岁生日那天，我把一只白水煮鸡蛋的照片发了上去。我写道："杰西卡，回家吃饭吧。我在'妈妈的厨房'等你。'妈妈的厨房'在南巷子。你一定能找到。"

第二天上网才晓得，我那条微博被转发了几十万次。在转发的过程中，有的网友对我的微博进行了修改。我写给杰西卡的私语变成了红遍网络的经典语录。"杰西卡，你妈喊你回家吃饭。"

"×××，你妈喊你回家吃饭。"

这温暖的呼唤，不晓得唤起了多少人心底柔软的记忆。

我相信，总有一天，我会在煨着牛尾汤的砂锅旁听到一声惊呼。"魔术师，我回来了。你给我炖的牛尾汤呢？"

我们如何变得陌生

一

去买那个学区房的路上，我跟在在爸爸还觉得生活充满希望呢。那时我刚怀孕，选择怀孕生子源于对我们感情和婚姻的信心。结婚近十年，磨合期的种种困难，传说中的七年之痒，我们都成功地挺过来了。生活在平常岁月，这样的感情也算得上经历过风雨了，不说坚如磐石，至少比较牢固。谁能想得到，几年之后，我跟在在爸爸的婚姻会像失掉了动力的船只一样搁浅，再无半点前进的可能。曾经的亲密爱人，变得形同陌路。真是世事难料。

我们努力想把日子过好，努力要给孩子一个美好的未来，怎么会一步步走向了穷途末路？睡不着觉的时候，我翻来覆去地想，所有看似平静的日子，看似正常的欲望，看似漫不经心的地方，到底藏着哪些致命的暗礁。

还得回到那个学区房。学区房大家都懂的，小区有一名校，房价高得离谱。我跟在在爸爸，一个媒体从业者，一个没有官职的公务员，根本买不起成熟的学区房。

实际上，我们买了一个疑似学区房。在在爸爸有一研究生时代的同学在教育部门，平时关系稀薄，因老家有事需要在在爸爸帮忙协调一下，作为回报，透露给在在爸爸一个信息，一个著名的小学要搬入某个小区，正在谈判，基本没问题。

凭空掉下一个学区房，别说在在爸爸，换谁也保不准要晕。在在爸爸按耐不住，当天就从单位溜出来带我去看房。那天天气很好，连日的雾霾被前一晚的八级大风刮到了日本海上，天空蓝得没有一点瑕疵。在在爸爸满脸光彩，眼睛、鼻子、嘴巴看起来似乎变大了。我担心在在爸爸太过兴奋，开车出状况，不过还好，在在爸爸心情很飘，车开得倒很稳。

在在爸爸边开车边说："幼儿园我已经找到人帮忙了，小学太难。像咱们这种钱不厚、关系不够的，能趁早买个学区房，是最省心的。"怀孕之前，我还真没看出来，他是这么一个深谋远虑的好爸爸。我不住地点头，表示赞同他的意见。对天上掉馅饼这样的小概率事件，我跟在在爸爸一样满心欢喜。不过我不敢太激动，一激动就想吐。在在爸爸很体贴地放了一张碟，是我喜欢的《神秘园》。我闭着眼睛听音乐的时候，在在爸爸冷不丁又说了一句："那个地方有一点点远，以后上班会辛苦些。"我赶紧说："没事没事。"我对孩子上不上名校倒无所谓，但我不想破坏了在在爸爸的好心情。

平时堵车堵惯了，那天的车子很顺畅，似乎没开多久，感觉不是太远，睁开眼睛一看已经到了四环边上。从车里下来，心都凉了。小区第一期刚开盘，周边配套设施几乎没有，几公里内都是乱糟糟的工地，尘土飞扬。离我们上班的地方不是远一点点，是远了太多。对我们这样的上班一族，除非病得起不了床，上班是每天都要面对的事情。上班路上的各种拥堵，想想都头疼。看来对天上掉馅饼这种事情，一定不能盲目乐观，说不定掉下来的是一坨鸟粪。一路上高涨的情绪低落下来，坐在售楼处，我的脸色就比较灰暗。

那阵楼市低迷，售楼处卖房的比买房的多，几个买房的，估计都是跟在在爸爸一样听到什么内部消息的。在在爸爸对我的脸色不是太关心，他的注意力都集中在售楼小姐拿出的一堆资料上了。果然发现效果图上的学校没有标明就是我们听说的那个，文字宣传材料也没写具体的学校名字。在在爸爸问学校落户的事，售楼小姐笑容灿烂，言之凿凿，一再表示不用担心。在在爸爸到外面给他那个同学打了一个电话，说了好长时间，总算放了心。在在爸爸好不容易注意到我的脸色，安慰我说："这个环境是暂时的，名校一搬进来，什么配套都跟上了。"

我挤出一点笑容，说："没关系，我懂。大人的问题都好解决，关键是孩子。"

在在爸爸松了一口气，当机立断交了定金。刷完卡，在在爸爸把收条拿在手里，说："以这样的价格买个未来的学区房，怎么说都值了。"他发自内心地笑起来。我该跟在在爸爸一起笑才对，可我笑不出来。

怀孕四个月。在在，除了我们给 TA 取的这个名字，才是一个刚刚具备人形的胎儿，偶尔的胎动提示我 TA 的存在。TA 要是知道 TA 的爸爸妈妈已经在为 TA 上幼儿园的事求人，为 TA 上小学的事忙碌购买学区房，不知会感动得哭还是会害怕来到这样的人世？

我心里突然冒起一股深黑的情绪。回家的路上，我坐到了后座上。在在爸爸高涨的情绪无处释放，居然唱起了歌，不仅跑调，唱的还是我最不喜欢的周杰伦。

忍了一路，回到家，我的情绪突然就失控爆发了。"有什么好得意？上个小学都要折腾成这样。"在在爸爸瞪大眼睛，嘴角依然挂着笑意，说："那可是全市排名前五的名校。"我冷笑一声，说："所谓名校，不就是设施好点、去参观的人多点、受关注的程度高点吗？师资力量强点又能怎样？教育模式、教育思路什么学校都一样。抓尖子保升学，跟校外教学机构勾结一起搞什么推优蹲坑占位，背后算账分钱。学校这些个猫腻，你又不是不知道？我真搞不懂你对名校的信心从何而来？"

在在爸爸的好心情被我叨叨得所剩无几，忍无可忍终于翻出白眼球。"你是怀孕变傻了还是原来就傻啊？管他什么教育模式，你没钱移民，孩子总得上学吧？名校不光教学质量、师资力量、学校设施一般学校比不了。关键是生源，上名校都是什么人，你我心知肚明。读名校，说白了，读的是将来的社会关系网络。"在在爸爸语速稍快，

我们如何变得陌生

语气还算温和。明显不想跟我吵架。

我小声嘀咕："人怎么变得跟蜘蛛似的，从小就在给自己织网。"在在爸爸靠过来，摸了摸我微微隆起的肚子，目光坚定地看着窗外蓝盈盈的天空，说："织一张什么样的网关系到孩子一辈子的发展。作为负责任的父母，我们一定要竭尽全力帮孩子织一张有用的网。咱不能叫孩子输在起跑线上。"

我看着在在爸爸的脸，脑子里闪出在在爸爸上过六年的乡村小学。我跟他结婚回去那年早已废弃了。一排残破的平房，门窗皆无，裂口的黑板上沾了厚厚灰尘，隐约可见几个粉笔字的残肢断臂。平房外一块平整的地上长满齐人高的荒草。在在爸爸指给我看篮球架的位置，扒开荒草，果然有散落朽坏的木板。在在爸爸的起跑线，比我们大学里的好多人，不晓得落后了多少米……起跑线真有那么重要？

弱弱的一声质疑，引爆在在爸爸一腔怒火。语速快如子弹。"我上那样的小学是不得已，你以为我愿意？我要是有更好的起跑线，一定不是今天的样子，三十好几了还在听人呵斥。我缺的不是能力，是人脉。不用我告诉你什么是人脉吧？你马上要当妈了，拜托你不要活在梦中。清醒一点，务实一点，正常一点。"

千言万语在心里翻滚沸腾，却说不出。我举手投降。最后问了一个最务实的问题"钱呢？"交完定金我们已经身无分文了。在在爸爸胸有成竹，微微一笑叫我放心。果然，半个小时，一个长途电话，在在爸爸用关系网络和起跑线理论成功说服我的父母，拿出积蓄，帮我们付首付。平日节俭的父母，一下子拿出所有积蓄，居然不心疼。

我惊疑，关系网络和起跑线，何以成了一个人人都会掉进去的大陷阱。

二

买学区房的事就这么定下来了。每个月的月供搞得我们经济很拮据，在星巴克喝一杯咖啡都嫌贵。

在在一出生，我也顾不得想那些没用的。前所未有的百般忙乱。两家父母年龄大了，指望不上。在在爸爸坚决不用亲戚帮忙，他说亲戚的麻烦比保姆只多不少。

一年多换了五个保姆。最长的干了五个月，最短一个只干了半个月就要辞工，说她妈妈得了急病。我给她算了一个月工钱，开车把她送到车站，一路安慰她，还帮她买了车票，回家后发现我的几条围巾和一个相机丢失。

不知道自己哪里做错。都说以心换心，扪心自问，我对保姆算是不错了吧？除了工钱，各种洗漱卫生用品都跟我用同一个牌子，节假日送礼物，家里的电话随便打，水果随便吃。只要有空，我什么活都帮着一起干。即使她们烫伤了在在，令我心疼肝颤，我也强忍情绪，仅小心地批评几句，提醒以后注意点，也没认真履行条款扣工资。怕伤到自尊，从来没说过重话狠话。

倒是在在爸爸偶尔注意到在在身上的烫伤，当即把保姆叫出来一顿呵斥，高仿红色电影里恶霸训斥丫鬟的场面。我站在一边惴惴不安，小声提醒在在爸爸注意分寸，说话不要太伤人。在在爸爸很不屑地看着我，大声说："收起你那套知识分子腔调。什么人人平等？你就是自讨苦吃，被人当傻瓜。你该拿出主人的威严，让她们知道，你不是好糊弄的。那些个保姆、下人，都是欺软怕硬的货色。"

下人？我讶然。一度以为自己听错。至今，他的好多远房表姐表妹，还散落在各个城市里做着保姆。

让我郁闷的是，被在在爸爸呵斥过后，只要在在爸爸回家，保姆干活分明认真起来。在在爸爸和保姆似乎演了一出双簧，要教会我做一个刻薄的主人。

三

在在一岁多拿到房子，我们赶紧装修搬进去，把单位这边的房子租了出去。可是，搬进去之后，小学落户的事没了消息。二期房子卖不动，小区周边环境不见改善，物业服务奇差，小区停车场劫匪出没，已经好几个单独回家的女人被抢，弄得人心惶惶。

小区论坛上，业主自发组织了一个维权小组，找开发商维权。开发商说："关于学校的事，我们没有宣传过，合同里也没有相应的条款。你们道听途说，干我们何事？"

那些孩子已经到了上学年龄的家庭，根本耗不起。好多住户打算卖房走人。

从在在爸爸的同学那儿传来消息，小学落户谈判出现问题，暂时搁置了。在在爸爸问要搁置到什么时候。他那个同学打起了太极拳，你家孩子那么小，急啥。怎么也不能搁置到你家孩子上学的时候吧？在在爸爸虽然哈哈不断，却难掩脸上的焦灼。同学安慰在在爸爸："放心吧，不过是前任答应的事，现任上台，给点脸色瞧，打点好现任，一切 OK。"

在在爸爸从其他渠道打听的消息却不容乐观，小学要到另外一个小区落户。在在爸爸跑去看了，那个小区的房价果然一夜之间涨了几千，开盘就日光。在在爸爸看完房回来脸色发白，埋怨他同学为了让他帮忙，竟然提供虚假信息骗他。

我的心理承受力似乎高于在在爸爸，在他焦虑的时候，我还有心思安慰他。我说："名校落不了户，总有一个别的小学来落户，这么大一片社区，不可能没有配套学校。实在不行还有单位附近的小学可以上。"

在在爸爸心情不爽，被骗的感觉挥之不去，对他同学再次要他帮助老家协调的事，一拖再拖，连我都看不过去。我说："能帮你就帮了嘛，你同学想为老家做点事，也算对家乡的一分情意。再说他也不是成心要骗你。你这么世故，哪里还有同学情谊？"

"你怎么知道我同学没收他老家政府的好处？你怎么知道他不是成心骗我？同学情谊？你以为社会是中学校园啊？现在中学校园都不讲同学情谊了。同学是什么？竞争对手！我最烦你这套不食人间烟火的文艺腔。只有脑残剧里用得上。"在在爸爸的黑眼球立在眼睛正中间，冒着寒光，声音冷飕飕刺疼皮肤。

被在在爸爸如此鄙视的文艺腔，以前是我们两个倾心交流的话语，现在是我独自一人重回我们青春与爱情的路径。结婚十年，真是沧海桑田。念及此，心情寂然。

赶紧闭嘴，省得又是一场两败俱伤的争吵。孩子出生这一年多，我跟在在爸爸争吵的次数已经超过以前的总和。每吵一次，原来柔软的内心就变得坚硬一点。我吵不动也不想吵了。

四

在在爸爸对他同学的怨气无处发泄，黑着脸进进出出，随便一句话就成为导火索，点燃他的愤怒，弄得我神经紧张，不敢轻易说话。

还好他单位新换了主官，转移了他的注意力。新换的主官跟他是老乡，两家的村子相距不到五公里，两人前后上过同一个小学，同一个中学，班主任也是同一个。那点久居他乡无人可说的乡情在两人心里发酵，有一点醇厚醉人的味道。上司浓重的乡音被在在爸爸听出了别样的意思。跟上司的每一次交谈，成为在在爸爸回家跟我交流的唯一话题。复述上司的原话，分析上司说话的语气，揣摩上司话里话外的意思，揣度上司喜好……在在爸爸津津乐道，费力把一块鞋底胶皮咀嚼出红烧猪蹄的味道。我极度不耐烦之后终于悟出，敢情在在爸爸一直渺茫的前途出现了曙光。

果然不久提了处长。提了处长，最立竿见影的变化是，应酬多了，待在家里的时间大大减少，后半夜回家成为常态，多数时间回家还醉着。酒量突飞猛进。家里的一应事务，理直气壮全都交给了我。

不到半年，在在爸爸明显发胖起来。

很久之后我发现，一位文化老人送我的书法作品不见了。那是我当文化记者采访老人时，老人当场写了送我的。老人的书法作品不多，老人去世后价格飞涨。我一直用心珍藏，藏的不是价格，是对老人的敬意。搬家的时候，别的东西都由在在爸爸操心整理，唯有这幅书法，我亲自带到新居，跟几本喜爱的书和一些珍贵的信件一起放在樟木箱子里。本想找出来送给父亲做生日礼物。父亲在一个特殊时期曾跟老人一起劳动过，那时年轻的父亲对老人颇多照顾，这也是老人当场写字送我的缘起。

问在在爸爸有没有见到老先生书法作品。在在爸爸惊奇回应："早些时候我上司过生日，不是你拿给我当生日礼物了吗？"在在爸爸红唇白牙，字字清晰。

"我怎么没一点印象？"我瞪圆眼睛看住在在爸爸，掩饰不住怀疑的眼神。

在在爸爸毫无惧色跟我对视，眼睛瞪得比我还圆："你总稀里糊涂不记事，还好意思瞪我。"

我承认自己糊涂，但绝不弱智。把自己珍藏的书法拿去送给他上司？别说我不可能有这么贤惠的举动，就是有，也一定记忆深刻，怎会毫无印象？

在在爸爸喋喋不休自圆其说，自证清白。一个人要说多少话才能让自己相信一件没有发生过的事？他要说服的不是我，是他自己。

我低下头，藏起自己的脸，内心万般寂静。我奇怪他怎么还不闭嘴？

五

第五个保姆离开后，一时间找不到人，我只好休年假在家带孩子。眼看年假一天天减少，物色保姆没有着落，心急如焚，嘴唇上急出几个泡。这些事，在在爸爸根本不管，我也懒得跟他说。我要是抱怨他回家太晚，他马上横了眉毛说："你不知道现在拼爹啊？我还想下班就回家呢。可我不拼出一个前景，儿子将来拿什么跟人拼？"儿子成了他冠冕堂皇的动力。

一天买菜回来，郑立像往常那样帮我把买菜的车推到电梯门口。郑立是我们楼的保安，高高大大一个小伙子，五官端正，见人爱笑，爱打招呼，看见谁手上拿着重东西，马上过来帮忙拿到电梯口，看见谁家的孩子没人跟着，马上把孩子看起来，等着家长过来找。不像另外两个保安，坐在保安室里眼睛都懒得抬一下。楼里的住户，大人小孩都喜欢郑立。一些大妈甚至要给郑立介绍对象。得知郑立已经有了老婆孩子，才遗憾作罢。

等电梯的时候，我问郑立："你们村有没有在这边做家政的？要是有合适的人，你帮我问问。"我真是病急乱投医。郑立居然点头。

电梯来了，郑立帮我把车推进电梯。从电梯的镜子里看见自己，头发蓬乱，脸色苍白，原本长在合适位置的五官似乎抽抽巴巴挤到了一起。胸前挂着熟睡的孩子，脚下放着装满蔬菜水果的小推车。将一把头发，愣怔一瞬，电梯开了，推起车子回家，放下孩子，马上冲进厨房准备孩子的午餐。

保姆啊保姆，对我来说哪里是保姆，简直是救星。

三天后，正喂在在吃饭，传来敲门声。端着一碗鸡汤混沌去开门，见郑立和一个女人站在门口，脚边放着一个小提箱。女人高大白净。郑立介绍她叫余秀芳，是他家那口子，从老家来。

余秀芳一脸笑意。我让他们进来，郑立说要接班，转身就跑下楼接班去了。在在蹒跚着走到我身边，用好奇的眼光看着余秀芳。我奇怪在在没哭，要是往日，喂饭中途端走他心爱的食物，早哭得惊天动地了。余秀芳冲在在挥挥手，在在笑了。余秀芳笑着说："我跟在在有缘呢。"

我把余秀芳让进屋。余秀芳站在门厅里说："罗老师，你先看我体检单。郑立打电话回家嘱咐我去做过体检了。"她在包里翻出体检单给我看，我拿过她的体检单，是在县医院做的。等我看完，她才跟着进到客厅，一路顺手把在在扔在各处碍手碍脚的玩具拢到一边。前后五个保姆，第一次进家门没有一个看见地上的玩具，都是四处打量完我家的设施，看过自己的住处，然后，大大咧咧坐在沙发上跟我谈附加条件。家政公司谈好的条件之外，往往附加出更多苛刻条件，到了家里才谈，形如逼宫，不答应都不行。

我对余秀芳顿生好感。紧张端立的肩膀瞬间塌下，身形松弛。救星来了。

我们如何变得陌生

六

当晚，余秀芳带着在在睡下了。我到书房赶一篇时评稿子，编辑约的稿子没到位，急得没办法临时抓我。带了一段时间孩子，脑袋基本锈住了，磕磕巴巴写了半天，找不到感觉，硬着头皮一个字一个字敲，总算敲出了几百个字。

在在爸爸回家的动静很大，脚步不稳，不是撞到墙上就是踢翻了家具。进了屋，推门看儿子，门推不开。问我怎么回事。我告诉他在在跟新来的余秀芳睡了。

在在爸爸哼了一声，问："哪里来的？不是说找不到吗？怎么一下子又找到了？靠不靠谱？在在没哭吧？一直跟我们睡的，突然叫他跟一个生人睡，他能接受吗？要不慢慢过渡一下……"在在爸爸的话不是一般密，听得我头皮发紧。

我说："郑立介绍来的，是他太太。今天刚从老家过来，人很不错。在在一见就喜欢她。"

在在爸爸眯着眼睛想了会儿，说："郑立？哪个郑立？"

我说："咱们楼那个高个子保安。"

在在爸爸说："哦。楼下那个保安的老婆？今天才来，体检了吗你就让她带着在在？"他的声音陡然高起来，吓了我一跳。

我说："在老家县医院做过体检，我看了，没问题。"

"随便拿一个体检单你就信啊？我真搞不懂你，一些鸡毛蒜皮的屁事你上心入肺，这么重要的事你轻描淡写。要是有什么病……"在在爸爸的声音越来越高。

我压低声音说："你小声点，别吵醒他们。郑立把太太叫来是为了帮我，他知道做家政要健康证明，特意嘱咐她来之前去县医院做了体检。县医院的水平查个肝功也没问题吧？"

在在爸爸的声音一路高上去："你脑子坏掉了吧？这是县医院的水平问题吗？她说什么你就信啊？她也许根本没做体检，找个熟人填个单子。就蒙你这种脑子不拐弯的人……"

我把在在爸爸拉进卧室，关上门，转移战场继续争吵。在在爸爸挣脱我，指着我鼻子说："你拉我干什么，我说话大声怎么啦？明天赶紧带她去体检，合格再留。"

我把一口气咽下去，像一口冷硬的剩饭，顶在胸口。我打掉在在爸爸戳在我鼻尖前的手，说："我请郑立帮着找人，郑立不放心叫别人，叫了自己太太。人家余秀芳二话没说，放下家里跟在在一样大的孩子跑来帮我。就凭这个我相信她。人家来帮我带孩子，自己的孩子变成了留守儿童。让她重新体检，我做不出来。"

在在爸爸愤怒得脸都变了形，声音倒是克制住，没再走高。"这有什么做不出来？你是主人她是保姆，你告诉她需要重新做个体检。就这么简单。什么叫帮你？你给她开工资，这叫雇佣。帮你是不拿钱白干活。她的孩子变成留守儿童也不是你的责任。你最让我受不了的就是这点。矫情。"

我背转身，懒得看在在爸爸脸上的横肉。刚刚空旷起来的心里又堵得满满当当。

七

早晨起来，秀芳已经煮好了早饭，新熬了小米粥，烙了千层饼，还做了几样开胃小菜。不知道她什么时候起来的。她忙着喂饱了在在，自己却不吃。叫她吃饭，她说："罗老师你一会儿陪我去医院，体检要抽血不能吃早饭。"

在在爸爸看了秀芳一眼，点点头，说："我上班顺便把你们捎到医院门口。"

秀芳低着头说："谢谢程先生。"

血往脸上涌，我的脸一定红了。我竭力克制住声音，说："县医院也是医院，做过体检不用再做了。"

在在爸爸用目光横扫一遍我的脸。两个人之间剑拔弩张，一触即发。秀芳拉我去了她跟在在的房间，关上门说："罗老师这个事情是我做得不好，不怪程先生。我们县医院的水平跟这儿不能比。"

我说："秀芳你赶紧去吃饭。不关你事。"

秀芳红着眼睛说："抽一次血没事。你要是跟程先生吵架，我还怎么在你家待？"

秀芳越是懂事，我心里越是难过。

坐在车上，我一声不吭。在在爸爸也一声不吭。只有在在高兴得手舞足蹈，呜呜哇哇一直说着我们听不懂的话，偶尔蹦出一个极清晰的字——姨。

抽完血，我索性带秀芳吃饭逛街，买了条白裙子送她。看她从更衣室换了裙子出来，亭亭玉立的身材，有红似白的脸，还真是好看。禁不住，我有点感伤。要是生在城里，受过好的教育，秀芳又该有怎样的花样年华？

八

体检完回家，秀芳叫我把在在带到外面晒太阳，她拉开架势大扫除。不晓得从哪个角落里扫出了我的结婚戒指，小心捧着还到我手里。生完在在就没见过戒指的踪影，我以为早丢了。哪晓得它一直在家里，就在某一个角落，落了满身的灰尘，一如我跟在在爸爸的婚姻。

秀芳来了几天，家里变得窗明几净，除了在在的玩具，其他东西井然有序。书房被秀芳彻底打理了一遍，拧得很干很干的抹布，把书架上的每一本书轻轻擦拭过，放回原处。

秀芳脾气好，爱说爱笑，但她带着在在去外面晒太阳，从来不跟那些保姆扎堆聊天，她步步紧跟着在在，生怕在在跌倒。碰到郑立上班，两人在楼门口站几分钟，互相看着，也不多说什么。

在在爸爸喝了酒回家，不管多晚，秀芳都要起来，端出温在锅里的小米粥。以前的保姆，别说小米粥，就是呕吐得天翻地覆，醉倒在卫生间，都假装听不见。

在在爸爸心安理得，倒是我过意不去，叫秀芳太晚了不要起来。秀芳总是笑笑不说话，下回照样起来。

秀芳唯一的要求是每周一天的休息日不要固定，要跟郑立调到同一天。她跟郑立，二十多岁，正是如饥似渴的年龄。我答应秀芳，只要报社没事，她想哪天休都行。秀芳红了脸，不好意思看我。

休息那天，郑立特别高兴，换上干干净净的衣服，早早等在楼下，可视对讲告诉了秀芳。秀芳在房间里磨蹭好久才出来，穿了我送她的白裙子，一脸喜色。

说好晚上八点前回来，过了八点还没回，也没消息，打她电话关机了。打郑立的电话也关机。我坐立不安，不知道两个人出了什么事。在在爸爸破例没有出去应酬，在家看球赛，嫌我走来走去晃着他。

等到十点，秀芳打来电话，让拿五千块钱去派出所。问她出什么事了，她不吭声。只说"罗老师对不起，麻烦你了，钱我会还你。"声音带着哭腔。我叫她别急，我马上过去。

我挂了电话让在在爸爸看着孩子，我得带钱去派出所，先把人弄回来。在在爸爸眼睛盯着电视屏幕上奔跑的球星，不动。

我关掉电视，说："你听见我的话没有？"

在在爸爸慢吞吞站起来，说："哪个派出所，我帮你问问什么情况。"

在在爸爸打了一通电话，总算搞清楚了。原来秀芳跟郑立在外面开房被当成卖淫嫖娼给抓了。

在在爸爸黑着脸说："你还说人老实，才来几天就跑去开房。"

我说："警察扫黄抓赌倒是积极，还不是为了罚款。郑立跟秀芳这么年轻，很久没在一起了，去开房也正常。不开房你叫他们去哪里？"

"他们在不在一起关你啥事？别人家的保姆怎么就没这些破事，偏偏是你，非要去管你管不了的事。你以为你是谁？救苦救难的菩萨？说白了不过是报社的打工者，新闻民工。以为自己多大本事。"

在在爸爸声音里都是火。

我不知道他哪里来那么大火气。每次他的上司叫他，哪怕大冬天半夜从被窝里爬起来也是乐颠颠的。我懒得跟他多说，把孩子交给他，自己去了派出所。找了报社跑公安部门的记者，总算没花钱把秀芳领了出来。

从派出所回来后，秀芳变了个人，干活更加卖劲，却不爱说话，更难得一笑，人也瘦了。

没过多久，郑立不在我们楼，调去了地下车库。地下车库老出事，保安都害怕，跑了好几个。秀芳担心，郑立说没事，公司给地下车库的保安加了工资呢。

九

小区第三期都开盘了，小学落户依然没有消息。业主们从各路渠道打探到的消息五花八门，难辨真假。业主自降诉求，再不提什么名校，只要是个学校就成。开发商一味敷衍，拖延。开发商当然不愿意随随便便搬个普通学校进来，那不是把一只凤凰贬成了肉鸡？小区修建学校的时候，所有硬件设施都是以名校为标准的，游泳馆、科技楼、足球场……占了好大一片。

学区房疑似时间过长，弄得在在爸爸的焦虑症间歇性发作，诱因多是仕途上的坎坷。其实说不上坎坷，不过是捕风捉影的猜测，引起心底的热望，挖空心思表现一番，马也拍了，礼也送了，却被兜头浇了一盆冷水，自然不甘心。发作期间，借酒撒疯，秀芳带了在在紧闭房门不敢出来。我没处躲，只好听他尽情倒出心底垃圾。

在在爸爸平日里掩饰在光鲜外表下的内心，除了黑黢黢堆积如山的垃圾，似乎别无他物。他滔滔不绝的愤怒跟委屈，听得我悲从中来。想着我们相爱的岁月，一起演话剧，一起读诗，一起憧憬美好的未来，每一天醉在彼此青山绿水的内心里。我突然不能自禁，试着给在在爸爸一个温暖的拥抱。我贴在他胸口，喃喃地说："嘘，安静，听，你的心跳。我有多久没听过你的心跳了。你还记不记得……"
在在爸爸一把推开我，断喝一声："火烧眉毛了，眼看在在就要没学
上了，你还歪歪唧唧听什么心跳声，真是病得不轻。"

情绪瞬间收紧。我的悲伤跟在在爸爸的愤怒，实在风马牛不相
及。我尴尬地转过头去，红了脸，自己都觉得滑稽。抹了一把脸，像
川剧变脸似的，瞬间换过一副表情。轻松说起在在爸爸能听懂的话。
"在在还小，还有几年，耐心一点，情况没有那么糟糕。名校不指
望，普通小学落户还是有希望……"

说着说着闭了嘴。这样淡而无味的废话，不说也罢。

十

在在爸爸平时对在在也不见得上心，吃喝拉撒这一套，完全交给
我和秀芳，他自己从不过问。他也没时间陪在在玩，去公园的次数屈指
可数。唯有对在在上幼儿园的事，十分上心，费了九牛二虎之力，能用
的关系都用上了，总算搞了一个公立幼儿园的名额。公立幼儿园设施好，
价格低，名额少，早成为某种特权标志。在在爸爸为此得意了好久。

送在在去幼儿园那天，在在爸爸的脸上溢出一层细密的优越感。

在在的表现实在不配合他爸爸的好心情。第一天还好，高高兴兴
去了。从第二天开始，哭着不肯去，找各种借口不起床，到了幼儿园
门口死死拉着我的手，怎么哄都不管用，眼看上班要迟到，在在爸爸
的耐心临界，狠心掰开他的手，叫老师抱走。看见别人的孩子都高高
兴兴跑进幼儿园，在在爸爸更是气不打一处来，开车还不忘记数落
我："没见过这么难缠的孩子。都怪你平时太惯他了。你就是脑筋不
清楚，不知道哪是轻哪是重……"我没心思听他唠叨。车开走老远，
我还听到在在撕心裂肺的哭声。

幼儿园老师安慰我们，说小孩子刚上幼儿园，都有不同程度的分
离焦虑，过一段就好了。在在的情况不见好，每天送到幼儿园门口，
几乎要进行一场搏斗。在在晚上回家做噩梦，在梦里大喊大叫，哭得

伤心欲绝，叫醒过来还一直哭。安抚他重新睡着后，我再也无法入睡。深黑的夜里，握着在在肉乎乎的小手，心脏紧缩，在在爸爸狠心掰开在在小手的那个瞬间，在在心碎怀疑的目光闪烁如电，击中我心底最软最疼的地方。

坚持了两个月。幼儿园门口噩梦般的一幕一再上演，令我崩溃。尽管在在爸爸不同意，我还是果断给在在办了退园手续。

在在爸爸眼睛里的火苗往我的脸上喷过来："罗书静，你真给儿子退园啊？你疯了。脑子被你儿子哭坏了。你知道我费了多大劲？你知道多少人想进进不去？你知道公立幼儿园是什么行情……"

我当真是疯了，把一本厚重的字典砸到地板上，扭着脖子，说："你听不见儿子的哭声啊？儿子两个月瘦了好几斤。别告诉我你是为了儿子，你根本不在乎儿子快乐不快乐。你只在乎你那些优越感、自豪感、人上人的感觉，说白了就是特权。我真想不到你会变成了这样？……"

在在爸爸飞起一脚把地板上的字典踢到房间角落的垃圾篓里，拳头攥得咔咔响，极力克制着没有打出来。声音不加掩饰，炸开，在墙壁上撞出回声。"收起你那套知识分子论调。少给我装他妈清高，动不动批判我，好像你多有道德优越感。你不食人间烟火？你看不到这是个什么时代？罗书静你听好了，我不管了！有本事你自己管去。"

在在爸爸果真袖手旁观，冷眼看我四处奔波，他等着看我狠跌一跤再乖乖回头求他。我怀疑他连冷笑都准备好了奉送给我。

十一

在在上幼儿园后，秀芳从家里搬了出去，她和郑立在离我们小区不远的一个城中村租了房子，有了一个自己的小窝。她只每天下午到我家做卫生和晚饭，上午和中午到另外两家做钟点工。

秀芳得知我给在在退了园，什么也没说，立马搬回来照顾在在，那几家钟点也顾不得了。秀芳搬走时承诺，只要在在需要，她立马搬回来。在在爸爸根本不信。因为我放走了秀芳，在在爸爸还跟我吵了一架。看到秀芳搬回来，在在爸爸倒是惊讶了几分钟。

经过一番周折，把在在送进了一家推行蒙氏教育的幼儿园。蒙氏教育的理念是以孩子为中心。教室巨大，分成 N 个区，手工、绘画、建筑、商店、消防队、诊所、厨房……上课不要求孩子坐在椅子上，随便爬来爬去都没关系，有时候老师也跟孩子们一起在地上爬。

在在一个星期就适应了新幼儿园，岂止适应，说喜欢也不过分。早晨到了园门口，扔下我就往里跑。

在在爸爸的冷眼终于冒出点热气，但每个月好几大千元的费用让在在爸爸肉疼不已，眼里的热气冷下去，嘴里哈出一股冷气："你这个败家娘们，一个幼儿园下来就要花十几万冤枉钱啊。"

我懒得跟他计较。在在红脸蛋上花朵一样盛开的笑容，早晨起床时刻露珠般滚动的笑声，都是无价的。

十二

在在五岁那年，小学落户的事终于尘埃落定。第二年正式在小区招收一年级新生。在在六岁上学刚刚赶上。

消息传出，小区的房价立时翻了数番。小区的第四期和第五期房子直接卖爆了。

学校通知里的招生条件苛刻至极，要落户小区五年才有资格。只有第一期房子的住户达到五年，第二期第三期都不够资格。

够条件入学的孩子越少，用来择校的名额就越多。一个名额，少则十万八万，多则没有上限。学校太黑，业主愤怒了。维权小组开始新一轮维权。这一次，完全是豁出去拼命的架势，二期三期有孩子的家长分组排班，轮流去学校门口打着横幅静坐。

疑似学区房转正，在在爸爸一扫满脸的阴霾，心情大好，非要拉着我一起喝酒。

酒没喝几口，有二期、三期的家长代表来联络我们签字，在在爸爸堵在门口，一口回绝。那个家长不甘心地说："你再想想，如果反过来你的孩子上不了，你来请我声援，你希望我坐视不管吗？在在爸爸不屑地说："如果反过来，你会和我一样。"那个家长很有耐心地说："我不会。如果我拒绝帮助别人，我怎么还能指望有人帮助我？"在在爸爸说："谁能证明你不会？我最烦有人拿这种貌似正确高尚的东西绑架别人，说穿了，你还是为了自己的利益。你找别人去吧。"我走到门口，让那个家长把签字本给我，在在爸爸把我的手往后一挡，签字本掉到了地上。在在爸爸黑脸冷面看着我说："你来搅和什么？这事跟我们没关系。你想证明你比我高尚？"那个家长弯腰捡本子的时候，在在爸爸狠狠地关上了房门。

　　我不想说话。干掉一杯白酒，看着在在爸爸油光程亮的脑门，堆满脂肪的橘子皮脸，心里一片白茫茫。那个恋爱时代的程志，何等清秀，脸上的皮肤光滑干净。腼腆的眼神何时变了贼光四射的样子？翻动的嘴巴，说了成筐废话，却再也说不出一句清香四溢的话。哦，对了，那样的文艺腔，他早已弃之如敝屣。

　　他志得意满精明市侩的腔调，我懒得听，闷头喝，几杯就把自己喝醉了。我每一次喝醉，都不是因为高兴，而是心烦，不想说话，不想听四处流窜的噪音浊音，急急忙忙要把自己渡到一个另外的地方。血液一旦奔跑起来，我就听不见在在爸爸的喋喋不休啦。从现实到幻境，还有什么比酒更近的桥？

　　在在爸爸从来不懂，他一直以为我没有酒量。

　　二期三期家长们的静坐坚持了一个月，学校方面终于撑不住，放宽了入学条件，落户满三年即可。二期三期的业主没等到过年就放起了鞭炮。

十三

　　秀芳依然每天下午过来打扫卫生、做晚饭，饭后收拾完回家。秀芳把孩子接来了，准备在租房的村子里上学，村里有个打工子弟校。

秀芳说老家的小学招不到孩子，并了校，要走十来里地才有学上。

我叫秀芳没事带孩子到家里跟在在一起玩，她犹豫着没答应。我知道她有顾忌，她怕在在爸爸不高兴。在在听说秀芳家的哥哥来了，扭着秀芳要叫哥哥到家里玩。在在爸爸出差的时候，秀芳果然带了过来。那个叫郑余余的男孩，足足比在在矮了一个头，满口家乡话，听得我一头雾水。郑余余刚进门怯生生的，但是很快就跟在在扎进玩具堆里，玩得满头大汗，不时爆发出咯咯笑声。郑余余的笑极有特点，每一次都像在跟人比赛似的，笑的时间很长，笑得似乎要闭过气去。第一次听他笑，我还真提心吊胆，以为出事了。两个孩子玩得热火朝天，聊得也很热烈。不知道在在如何就听懂了余余的家乡话。

在在很喜欢跟余余玩，过生日邀请了余余。在在爸爸有应酬不在家，两个孩子玩疯了，笑声此起彼伏，吃蛋糕把奶油弄得满头满脸，我拿着相机追着他们拍了好多有趣的照片。中途在在爸爸回来，看见余余，黑着脸不吭声。

秀芳马上带着余余走了。在在不明白发生了什么，哭着要找余余。在在爸爸无比恼火，不好跟在在发，迁怒于我，怪我不该叫保姆的孩子到家里玩。

我看着在在爸爸，至少一分钟没转动眼珠子。这个振振有词的男人，我还了解多少？

十四

销声匿迹了许久的抢劫团伙突然出现，半夜在地下停车场抢劫一个独自开车回家的女子。当班的郑立拼死相救，被砍了五刀，那个女子除了受到惊吓，倒是毫发无损。

我接到秀芳电话赶去医院，看到郑立血肉模糊地睡在推车上被推进手术室。秀芳脸白如纸，浑身颤抖。

我扶着秀芳颤抖不止的肩膀，像是被什么东西狠狠地击打了一下。这一下，打在心脏的位置，好半天，一股强烈的钝疼顺着血管跑进脑袋，造成脑子黑屏，短路。

脑子短路再接通的一瞬间，电流过于强大，把老早遗忘在暗角里的陈年往事照得雪亮。我看不见对面的秀芳，却看见从前的自己。

大学毕业刚进报社，一头短发，格子衫牛仔裤，脸上年轻，心里光洁。时时刻刻，胸口烧着一团火，把人照得亮堂堂暖洋洋。跑社会新闻，起早贪黑地采访写稿，为了真相甚至不惜冒死卧底……正义也好，信念也罢，总之，相信自己干的是有价值有意义的事，不晓得退缩和害怕。管他是主编还是上级主管部门的领导，一样敢质问为什么撤我稿子，愤怒起来甚至摔门而去。那时候的样子，好像一辆性能卓越的跑车，只晓得勇往直前。哪里知道，老跑负面新闻，早成了领导的眼中钉，直到领导以加强文化新闻为由，不让跑社会新闻了，才一个急刹，停在旷野，四顾茫然。

改跑文化部门，干了几年娱记，倒是没什么风险，但无聊得要命，不知道每天屁颠屁颠跑去新片发布现场领受一番明星的傲慢嘴脸，回来写一点明星八卦，到底有什么意义。越干越没劲。唯一的动力就是月底领钱，养家糊口。胸口那团火熄灭多时了，几时熄灭的亦不记得了。脸上的皱纹看得见，心里的皱纹看不见，皆成燎原之势。偶尔，扶着冰凉的胸口，会一阵钝痛，眼睛潮涌。

有了在在之后，娱记也不当了，跑不动了。改写时评，每天找个新闻点，配合着上面的意思，写些不疼不痒的话，混混日子。

日子却不好混。写时评最容易招主编不满，写得太过火太尖锐太有煽动性通不过。太温暾，太轻描淡写，太不咸不淡，又击不中读者的神经。读者不好伺候了，网络上，想看什么没有？网络堪比江湖，热闹纷繁。卖萌卖粉卖茶卖药卖肾卖身卖思想卖黑幕卖隐私……求救求援求助求包养求真相求转发……约饭约赌约架约炮……大V们的粉丝动辄几百万，那就是几百万读者啊。纸媒层层监管，带着镣铐跳舞，做死做活也比不过。

有时候绞尽脑汁也找不到主编说的那个平衡点，时评写得脑髓枯干。思来想去，决定做一点自己喜欢的事，远离世事纷争。小时候学了几年书画，抱着试一试的心态策划了一个书画版，主动请缨当编辑。没想到主编痛快应允，当即上马，试着编了几期，反响不错。一贯对我工作冷嘲热讽的在在爸爸破天荒表扬我摸准了时代脉搏。"孩他娘，你总算开窍了。盛世收藏，编书画版一定大有可为。"在在爸爸从彼得堡出差回来甚至送了我一块紫水晶。我知道他打的小算盘，无非叫我用报社的版面卖自己的人情，收藏些书画，好提供他官场结交贵人使用。我假装不懂，只安心编稿，别的，懒得过问。

我都不记得，有多久没写过新闻稿件了？

手术室门口，秀芳两眼发直，额头上全是细密汗水。郑立在手术台上生死未卜，医院收费室来了一个工作人员催交费用。物业公司负责人一直没有出现。无良公司不顾员工死活的事太多了。我害怕郑立被抛弃在医院。那对一个本来就脆弱的家庭，将是致命打击。

我重新操起荒疏的业务，一刻没敢耽误，在手机上写了一篇报道，写的时候，手指肚灼热，感觉着每一个字都有温度。写完，即刻发给报社值班的同事。

郑立还在手术台上，他拼死擒住抢劫团伙的事就在我们报纸登出来了。

我的初衷只是想叫物业公司承担郑立的医疗费用，没承想赶上宣传部门要塑农民工典型。郑立的事经过媒体发酵，被宣传开了。到医院看望郑立的人络绎不绝。物业公司不仅全额承担费用，承诺郑立出院后继续回去上班。开发商奖励了郑立一套一居室的房子，尽管只有居住权，郑立和秀芳已经很满足了。

好事接踵而至，那个被郑立拼命救了的单身女子，很巧是刚搬进小区那个小学校长的宝贝女儿。校长感动之余，把一个入学名额送给了郑立的儿子郑余余。

十五

秀芳一家人因祸得福，住进了小区的房子，郑余余上了名校。余秀芳欢喜得不知如何是好，回来上班后，把天花板都擦了一遍，好像有使不完的劲。我替她高兴，给在在买书包的时候，特意买了两个一样的送给郑余余一个。学习用具也一式两份，在在一份，郑余余一份。

学区房业主对条子生、择校生深恶痛绝，经常在小区论坛上声讨他们。对郑余余入校，倒没有任何意见。大家都说，郑余余能上这所学校，是他爸爸郑立用命换来的。

我们都兴高采烈，只在在爸爸冷着脸说："怕你们是高兴得太早了。那个学校，根本不是郑余余上的。"在在爸爸似笑非笑的表情，脸上起伏的橘子皮，自以为高人一等的官腔，惹出我一肚子恶气。我板了脸，一字一顿地说："我真没看出来，程志你变得太彻底了。倒回去几十年，你不跟郑余余一样吗？原来就是你这种人得了点势，才变得这么势利。"

我从来不在吵架的时候提起在在爸爸的出生，我原本不以为那有什么值得说的，是他三番五次在秀芳的事情上表现出来的势利嘴脸，逼得我说出这样的话。

他居然没生气，跷着二郎腿，悠悠闲闲地说："你不要妖魔化我，以为我多歹毒多势利，我这算忠言逆耳，不信你就走着瞧。说起出生，我要纠正你一个概念，我的父母一辈子守着土地，他们的身份是农民。郑余余父母的身份是农民工。一字之差，差别大了。还有，我比较幸运，赶上一个知识改变命运的时代。郑余余很不幸，赶上一个拼爹的时代。你迷恋的那套知识分子腔调，说起来义正词严，头头是道，很感人，很崇高，很容易占领道德制高点。实际上，屁用没有，自己骗自己。"

在在爸爸说完，居然笑了一下。那个只在他脸上保持了两秒钟的笑容，落进我眼里，却让我失明了一整夜。一整夜我睡在他身边，看不到一点光亮。

我们如何变得陌生

十六

小学校门口的那条路，从大马路拐个弯进去，设置了禁止车辆进入标志，平时没人、没车，灰白干巴像一条废弃的旧河床。一到放学时间，孩子从学校涌出，接孩子的家长从四面八方涌入。人潮汹涌，开闸泄洪般欢腾奔流。

不知道是谁泄露了孩子与家长的信息，在在上学后，手机上每天几十个电话几十条短信轮番轰炸，全是各种教育机构的。一上来就指名道姓，把你孩子的名字说得一字不差。学校门口每天逡巡着各种教育机构的推销员，笑容满面把宣传资料往你手上塞，附带送个环保袋什么的，很难拒绝掉。每个推销者都伶牙俐齿，红唇白牙张嘴就能说一大通让家长脑袋发懵的道理，层层铺垫，挖好无数个陷阱，怎么都能把你绕进去。碰到不好说服的家长，推销者还有一招撒手锏，愤怒质问你："是孩子亲妈吗？哪有亲妈让孩子输在起跑线上的。"弄得你不报班自己都怀疑不是孩子亲妈。说起报班的事，没有家长不急，本来还不打算报班的，每天被推销者围追堵截，又听到别的家长给孩子报了各种班，也心急起来，赶紧打听。生怕差这一小步，就输掉了孩子的人生。

不晓得哪个混蛋发明了起跑线理论。不让孩子输在起跑线上。这句貌似正确根本经不起推敲的混账话，被教育机构当成绝对真理反复强化，炼成一枚超级病毒，别有用心地种植到家长们脑子里。不发作还好，发作起来，就是剥夺孩子童年快乐的元凶。

我一般掐准时间到，尽量不提前，即使早到一点，也绝对不参与妈妈们的讨论。我没有给在在报任何班。看多了望子成龙的父母强加在孩子身上的爱，令孩子窒息。那不是爱，那是以爱的名义施加的压迫。怀着在在的时候我就发了誓，要给在在一个快乐的童年。人生，也只有童年没有任何重负，可以做到彻底的无忧无虑，纯粹因为快乐而快乐。

我们如何变得陌生

跑过一年教育部门新闻，学生自杀的事经历了好几起，尽管一起也不让报道。记得第一次听到有学生跳楼，急匆匆赶去现场，不敢靠近，双腿软到站立不住。无法接受几分钟前还是一个灿若云霞的生命，瞬间变了一堆血肉模糊的残骸。仰望高楼的顶部，阳光刺疼眼睛。从飞翔到坠落，只有几秒钟。几秒钟隔出生死两界。那是比黑暗更黑的几秒。横亘在心，冰冷坚硬，无法化解。之前，孩子无助凄惶的时刻，本来有机会获救，可她得到的是父母的横眉冷对、愤怒斥责。父母强大有力的双手，不是用来拉绝望的孩子入怀，给一个结实温暖的拥抱，而是，一把推开，把孩子推入无底的深渊。仅仅因为排名靠后、考试分数少了几分、没有考上重点学校、竞赛的名次不理想……跟生命相比，这是些多么微不足道的东西。父母事后的追悔哪怕肝肠寸断，也让我无法释怀。是什么，让父母变得如此冷酷，只看见孩子试卷上的分数，看不见孩子无助的眼神。最最信任的父母之爱，被我推到了怀疑的悬崖上。

在在出生后，我一直警惕着，不要以爱的名义施暴给他。爱他，就给他快乐。给不了一生，至少给一个童年，让他在长大成人以后，有一段可以回望的温暖岁月。

幼儿园还能退园上私立，小学不得已只能上公立，踏入一条应试教育的路。明明知道这条路上，荆棘暗礁险象环生，我也只能将他投入其中，没有能力没有胆量将孩子置于大路的外面，另辟蹊径。我能做的，就是不看他考了多少分，哪怕不及格，也不施压给他。不给他报班，不逼着他去学那些绞尽脑汁耗费心血除了应付考试毫无用处的东西，尽可能保证他玩的时间。这一点微弱的努力，已经千难万险。不说别人，在在爸爸就对我嗤之以鼻。

为了在在的教育，我们已经数次爆发战争，每一次都激烈到恶语相向，以致彼此怀疑以前怎么会被这个人吸引。价值观如此殊异，居然朝夕相处那么多年相安无事。想起大学时候一起读诗演话剧的往事，常常怀疑是我臆想出来的。

孩子真是婚姻里的一面照妖镜啊，有了孩子，所有被遮蔽的嘴脸都照出来了。

好在他热心仕途。那个老乡上级被人举报，仕途遇险后，在在爸爸沮丧了很长一段时间，差点一蹶不振。官场上跟错人无异于跌入深渊。想避开阴影，再度创造升迁的可能，谈何容易？后来遇到一个高人，在在爸爸终于振作起来。听从高人指点，抓住了一个援疆的机会，不辞辛苦跑去援疆，在新疆的某个市代职，要三年才回。偶尔回来几天，还要忙着到处疏通打点，请人吃饭喝酒 K 歌桑拿……半夜不归。

不在一起，倒是避免了更多争吵。一段时间不见，在在看他已如陌生人。

十七

每次接在在，我最怕文老师叫住我，"在在妈，您等一下。"文老师不紧不慢的声音，对我就是惊魂一叫。文老师每次叫我等一下，一准是在在又惹事了。紧接着就会有一大通关于在在的投诉，上课不听讲，把铅笔橡皮尺子摆一桌子玩，一边玩一边自己跟自己说话，影响同桌，考试卷子只做了一半，上课坐不到五分钟就下了座位，满地乱爬……这些琐琐碎碎的破事，被老师一说，就是不得了的大事。

刚开学几乎天天被文老师叫住，心烦无处说，电话里给在在爸爸发了几句牢骚，被在在爸爸几句话堵在高速路口。"你现在知道了吧？让孩子上私立幼儿园是大错特错了，不是心疼钱，也不是什么狗屁优越感。我知道你想什么。人家公立幼儿园和公立小学的思路是一样的，三年幼儿园下来，该有的规矩孩子都学会了，老师一个眼神，孩子已经在座位上坐得笔直了。公立幼儿园，就是公立小学的三年预科。你滞后了三年，能比吗？人家都拼命把孩子往公立幼儿园送。就你疼孩子，小知识分子心态。我懒得说你，你自己慢慢调整吧。该付的代价，迟早要付。"

没等挂电话，我已经后悔自己多事。怎么能指望在在爸爸安慰我？不管多难，我也要自己撑住。

我以为在在不过是淘气一点，适应得慢一点。哪知道还有什么感统失调。

　　那一天，被文老师通知去学校会议室开会，余秀芳也接到了通知。除了我跟秀芳，会议室还有其他班的十几个家长，不知道要开什么会。等了一会儿，来了位女老师，三十多岁，样子看着挺平和。老师自我介绍叫路老师。

　　路老师开门见山地说："各位家长都很忙，今天把大家请来，是想告诉大家，经过一段时间观察，发现你们的孩子都有程度不同的感统失调症状。简单给大家介绍一下感统失调。感统失调就是感觉统合失调，指外部的感觉刺激信号无法在大脑神经系统进行有效的组合，使机体不能和谐地运作，久而久之形成各种障碍，最终影响身心健康。说太专业了大家不一定听得明白，简单说就是，你的孩子智力是正常的，但是，大脑对身体各器官的控制和组合的能力发育不够，这会影响孩子的认知能力与适应能力。之前你们的孩子在学校的种种表现，上课坐不住啦，注意力不集中啊，小动作不断，写字慢，不会系鞋带，不会扣纽扣，总是把 b 和 p 写成反方向……，都是因为你的孩子感统失调。不是孩子不听话，不想坐住，是他坐在那儿难受，你打他也没用。

　　家长们目不转睛地盯着路老师，很多人一脸茫然。我以前似乎听同事说起过感统失调，没往心里去。性急的家长已经按捺不住站起来发问："这个病严重吗？怎么办啊？"

　　路老师微笑着说："家长们不要急，首先要告诉大家，感觉统合失调不是病，只是一种症状。孩子通过训练完全可以克服。训练进行得越早越好。我们学校正在筹备一个感统训练教室，由我来主持，但我刚来，人员设备都没到位，顺利的话，下学期可以开始训练。你们接下来一定要带孩子去医院做一个专业的测试。感统失调分三种情况，触觉问题、前庭问题和本体感觉功能问题。你们把测试结果交过来，我们先给每个孩子做好针对性训练计划，等训练场地和人员配齐，孩子们就可以来进行训练了。我们学校的训练是免费的。不过，你们也不要等着学校，孩子越早开始训练越好，我建议你们先到一些训练机构进行训练。"

路老师接下来介绍了几家比较有名的训练机构供大家参考。下面有些家长小声说着话,路老师微笑着用目光扫过大家的脸,有问题的家长提问,没问题的家长可以走了。

家长们奔到前边,抢占离路老师最近的位置,有太多东西要搞清楚,太多问题要问,太多担心要说……争先恐后,七嘴八舌,生怕漏掉了自己的问题。一片喧哗。我悄悄离开了会议室。余秀芳跟了出来。她叫住我,说:"罗老师,怎么办?"看她急得一脸一头都是汗。我安慰她说:"没那么严重。既然不是病,也不用太担心。我回去查查资料,再找人问问。"

余秀芳到底不安,晚上做完活,特意留下来问我资料查到没有。我告诉她,资料查了,也找人咨询了,大概情况就是路老师说的那些。其实以前也有这些情况,不过没人重视,很多孩子长大一些自己就好了。现在重视起来,本来不是坏事,但各种训练机构趁机推波助澜,还不是为了挣钱?我们也不用太紧张了。

秀芳松口气,说:"罗老师,谢谢你。我跟郑立都要急死了。"

十八

打电话预约检查,约到十天之后。我带着在在和余余、秀芳一起去医院,填了无数张表格,填到头昏脑涨,孩子被带去进行问话,做各种测试,历经三个小时,测试结果出来了。在在属于前庭方面的问题,余余属于触觉方面的问题,两人都还兼有一些本体感觉功能问题。

秀芳拿了单子去问医生严不严重。医生看着单子说:"当然严重啦,你这个孩子尤其严重,讨厌被人触摸,爱打架。发展下去就是暴力倾向。赶紧训练吧。我们医院有训练门诊,你要想在我们这儿训练,拿着诊断结果去训练门诊排队,等医生给你做计划。"医生脸上一点表情都没有,说话的时候眼皮都不抬一下。

秀芳怯生生又问了一句:"多少钱?"

医生这次把眼睛抬了起来,打量着秀芳,说:"训练一次一个小时,一对一训练200元左右吧,具体你得问训练门诊。"

"这么贵啊?"秀芳显然被这个数字吓住了,她一个小时才挣20块。

医生不满地说:"这还贵啊?学一小时钢琴是什么价?学一小时游泳是什么价?钱重要还是孩子重要?嫌贵我什么都不说了。回吧你们。下一位!"医生的声音冷得让人起鸡皮疙瘩。

出了医院,秀芳的脸一直僵硬着,脸色灰突突的。看见一家麦当劳,余余喊着要进去。秀芳突然冲余余发起火来,要打余余。我赶紧拉住秀芳,把他们带进了麦当劳。两个孩子很快吃完,开开心心跑去角落玩儿童滑梯,又笑又叫。

天气不好,阴沉沉的。秀芳什么都没吃。僵硬的脸在明亮的光线下,显出愁苦的样子。我跟她说:"不用那么发愁,咱不训练了,贵不说,也没那个时间陪着来。等下学期学校的训练教室开起来,他们就能免费训练了。路老师不是说十二岁之前训练好就没事吗?耽误这几个月也不要紧。再说了,我们还可以在家做一些简单训练。我查到了一些家庭训练的方法,回去打印一份给你……"

秀芳用手纸巾捂着脸,半天,才拿开。她说:"罗老师,幸好有你。"秀芳的眼睛红红的,脸倒是缓和过来了。

十九

接在在放学又被文老师叫住了。我站下,尽量靠边,把在在拉到身后,躲开那些冲撞过来的孩子和家长。

人声鼎沸,人头攒动,一张张脸从眼前滑过,奇怪没有留下任何印象。脑子里的画面跟眼前的情景毫不相关。脑子里满屏都是主编愤怒的脸,脸上的肉颤动着。主编的声音好像朝鲜电视台的播音员,直愣愣冲撞到耳膜上。:"搞什么名堂?下周三就开会了,人员一个都没定？请不动你想办法，白在报社这么些年了，你积攒的人脉不知道动用啊。别给我讲那么多原因，你就告诉我，你还想不想干？……"主编的口水星子一股烟味。我小幅度地摇晃了一下脑袋，把主编的脸晃得颠簸了几下，随即不见了。

不晓得过了多久，或许只是几分钟，路上一下子空了，刚才汹涌的人潮四散开去，留下零星的几个孩子围在各自的班主任身边。

马豪豪妈妈还在跟文老师说话，那张年轻漂亮的脸上似乎飘荡着一层焦虑的神色。马豪豪妈妈的路虎停在不远处。马豪豪家里干什么的我不知道，只知道有钱，一开学就替全校学生购买了夏季校服，还有诸如帮全校孩子出钱联系郊游汽车之类的善举。马豪豪的妈妈有钱又有闲，还热心，自告奋勇当了家委会的会长，曾打电话邀我参与家委会，一起为班级做点事情。我婉拒了，满心愧疚，实在没有时间跟精力。马豪豪妈妈帮全班家长印制了通讯录，建立了公共邮箱，还随时参与班级的活动。老师对这样的家长，自然另眼看待。也不晓得马豪豪妈妈都跟文老师交流什么，怎么会有那么多话。

我等得有点心烦。下午要开会跟主编汇报工作，可我的工作根本没落实，也没法落实。书画版编得刚刚有点顺手，主编就打起了算盘，想借着版面研讨开个会，把书画界几个大佬请来，借机留下墨宝。算盘打得刮精，雁过拔毛。这才晓得主编是个狂热的收藏家。我擦！怪不得痛快答应创办书画版。我这不是自己挖个陷阱自己往里跳吗？那几个大佬是什么价位？凭我也请得动？果然有几个电话里直接拒绝了。还有几个，没有直接拒绝，也没有答应一定要来，话说得滴水不漏，圆滑到家。到时候一个都不来，主编还不得暴跳如雷啊？一会儿真不晓得怎么跟主编汇报。想着这些破事，脑袋里面的血管扭曲得厉害，太阳穴隐隐作痛。

马豪豪妈妈终于走了，她站过的地方，香水味还在静静飘散。文老师说："在在妈，在在今天上课撕了马豪豪的本子，还跟马豪豪打了起来。"文老师的嗓子干得要冒烟，听得我嗓子疼。我回过神来，忙问："没伤着马豪豪吧？"顺势检查了在在的脸和手，没有伤痕，松了口气。马豪豪比在在高出一头，胖出一圈，真要打架，在在根本不是对手。文老师说:"伤到没伤着。被我及时制止了。"我说:"那就好。本子明天叫在在带来赔给马豪豪吧。回家我好好批评在在。"我看了一眼手表。我得赶紧结束,过一会就要塞车了,文老师说:"您还有事?"

我说:"没事没事,您说。"忙在脸上堆出笑容。

文老师三十多岁,一张团团脸,左侧有个小酒窝,看着像个甜妞,说出话来噎死人。"在在妈,我知道您忙,我也不耽误您太多时间。您是文化人,书读得比我多,道理比我懂得多,在在这种情况,您得用点功夫,一定要按照路老师说的,先去训练机构做训练,您不能把什么都推给学校。"

我心里说,什么叫推给学校,现在是你们把什么事都推给家长。芝麻大点事就找家长,恨不得家长跟到学校陪读,也不晓得学校还能干什么……脸上的笑却不敢懈怠。

"在在情况特殊点不怕,怕的是家长不重视。路老师跟我说其他班的孩子都在外面开始训练了,就我们班在在跟余余没参加训练。郑余余就算了,她家那个情况,怕是没钱去训练。但是你不应该耽误……"文老师的语气始终温温的,声调也平缓如一,就是酒窝明显立了起来。

我脸上的笑容又堆了一层,一个劲抱歉。"对不起对不起,在在叫您费心了。在在没去外面训练,是我的问题,我实在没时间。"我低下头,脸上的笑堆得累,心里就窝了火。在孩子的老师面前,平白无故就跟罪人似的,一副卑躬屈膝的样子。

文老师叹息一声,说:"您也不要怕麻烦,抓紧给孩子训练。有什么问题我们及时沟通吧。"我一连说了好几声谢谢。一番千恩万谢。心里冒起几股难闻的燥气,脸上的笑还努力保持着谦卑的水平,脸皮都快僵住了。

文老师尖叫一声冲出去,一把抓住了郑余余,郑余余举着不晓得从哪里捡来的石头,正要往一个别班孩子的头上砸。文老师把郑余余拖过来,动作很大地推了几把,厉声说:"郑余余,站好了!怎么能拿石头砸人,砸坏了怎么办?你妈怎么还没来。你妈的电话多少?"

文老师激动起来，声音干裂。郑余余翻一下白眼，什么都没说。我悄悄放松了脸皮。文老师看了我一眼，说："没事了，你们走吧。我还得等郑余余妈妈。"声音低了些，掩饰不住的厌倦与疲惫。

一个程在在，一个郑余余，剩下那三十六个，也都不是省油的灯。文老师这一天下来，怪不得嗓子都干裂了。当个小学老师真够受的。这么一想，心里的郁闷松动了一点。

我赶紧拉了在在逃一样离开了。转身迎面碰上余秀芳气喘吁吁跑过来，脸上汪着汗水，身上一股清洁剂的味道，头发梳得一丝不乱。她刚忙完活，一路小跑赶过来了。她一点二十到三点二十在六号楼一家韩国人家做清洁，韩国人要求高，做完了要验收，合格了才放行，每次都不能准点下工。我劝她干脆不要做那家韩国人了，现在是孩子的事要紧。她跟我说，韩国人做事死板，跟她签了两年合同，现在才一年，毁约要赔钱。我知道她舍不得钱，韩国人一小时给三十元，我们才二十元。郑立当保安挣的是死工资，一家三口在城里生活，孩子又上学了，老家不时有各种花销，她不多挣点怎么办？我已把每个小时的工钱给她涨到了二十五元，能做的，只有这点。

文老师的嗓门高出几个八度："郑余余妈妈，你怎么才来，我不是叫你早点来吗？每次都不准点，你知不知道，你家郑余余把田格格推倒了，田格格哭了半天。田格格妈妈说了，不要再跟你家郑余余坐同桌，现在已经有一半孩子的家长给我打过电话或者当面交流过，不愿意跟郑余余坐在一起。刚才稍不留神，又拿石头差点砸了别班的孩子……"配合这样的声音，文老师的表情一定更加难看了，不仅酒窝，连眼睛都得立起来了吧。

听不见余秀芳的声音。她又能说什么？

二十

好不容易说服主编，放弃了邀请那些大腕的计划。请了几个实力、正处上升阶段的书画家。他们需要借力媒体，所以痛快答应参会并留墨宝。总算松了口气。

精疲力竭回家，秀芳已经照顾在在吃过晚饭。正看着在在写作业，在在写作业超级慢，每天费时很久。我催她赶紧回去看余余，她说不急，眼睛里包了一包泪水。问她怎么回事，是不是跟郑立闹矛盾了。她摇头，说："是余余。太不省心了，每天训练不肯做，叫他拍球不拍，跳绳不跳，拣豆子不拣，什么都不干。今天接回去连作业都不写了。问他，他说明天不去学校了。气得我打了他。他能上这个学校多不容易，他爸爸差点命都没了，他咋就不知道珍惜？"

我说："你可不能打孩子，孩子还小，哪懂这些？在在也不愿意做训练，要哄着做，急不得。余余怎么就不愿意去学校了，刚开学不是很喜欢上学吗？你好好问问他，看看在学校有什么事。"

在在从书桌上抬起头，说："我们班的人都不跟郑余余坐一张桌子。他们都讨厌郑余余。"我问："为什么？"在在说："他们说郑余余的妈妈是保姆，郑余余的爸爸是保安。他们叫郑余余二保。郑余余生气，谁叫二保，他就跟谁打。"我说："不许胡说。你们老师也不管？"在在说："老师都忙死了，管不过来。再说了，老师也听不见。"我说："在在，余余跟你是好朋友，他们不跟余余坐，你跟余余坐。"在在说："我也不跟郑余余坐。我今天跟郑余余玩了一会儿，马豪豪就打我。他们不准我跟郑余余玩。"

秀芳的眼里涌出大滴大滴眼泪，没等我说什么，她已经走了。

在在慌忙跑过来抱着我说："妈妈，秀芳阿姨哭了。你告诉她，我跟郑余余玩，叫她别哭。"

我摸着在在的头，说不出话。

在在班三十八个孩子，除了十来个是购买了学区房按照划片入学，其余孩子，不是父母用钱买的就是父母用关系置换的。不缺钱的主有的是，缺的是门路，拿着钱都进不来。进得来的，既不缺钱，也不缺门路。据说最低也要十万，最高二十万也不止。当然不叫择校费，择校而且收费，那是明令禁止的，谁也不敢公开违反。换个说法，叫捐资助学，你总不能挡着别人做善事，捐资助学吧？心知肚明，却不说破。说破了违规，不说破就是潜规则。大家默默遵守潜规则，秩序井然。

在在班上一小半孩子家里开奔驰、宝马、路虎、住别墅。其余家庭，即使开不上宝马、奔驰，至少有房有车，属于中产家庭。就郑余余的父母是农民工。

谁说孩子是一张白纸？六七岁进入学校的孩子，早已经染了家庭的底色。

想起开学之初，在在爸爸的预言，我的冷汗从手心里冒出来。

二十一

为了余余，秀芳把我家的工辞了。我找了个小姑娘住家里，接送孩子的事都交给小姑娘。

不接送孩子了，基本上见不到秀芳。她偶尔打电话跟我交流下孩子的训练情况，好像不怎么乐观，听得出来她很着急。在在的情况也不容乐观。路老师又亲自找我谈了一次。我只好在外面找了个训练机构，每周六、周日带在在去训练。一次两个小时，四百块，一周就是八百。我没告诉秀芳在在到训练机构训练的事，怕她更着急。一周八百的训练费，他们根本承担不起。

在在训练一段时间，被文老师投诉的次数明显少了。训练看来真有些效果。郑余余的情况似乎更坏了。我听在在说，郑余余每天都要跟同学打架，被老师调到最后一排，自己坐了一个位置。我也不知道怎么才能帮到秀芳，心里盼着下学期赶紧到来，余余也能在学校的感统教室训练了

那天下了一场雪。马豪豪妈妈突然打电话给我，要请我喝茶。我跟她素无来往，客气问她什么事。她说："没有事啊，就是孩子们一起读书是缘分，我们家长也该多联系。罗老师你不要看不起我们家庭妇女嘛。"电话里，马豪豪妈妈的声音甜蜜蜜的，带着点撒娇的味道。我有点发愣，不知道如何回绝。马豪豪妈妈说："我已经在你们报社楼下了，罗老师你就赏个脸呗。"

坐了马豪豪妈妈的路虎去到一个很隐蔽的四合院。马豪豪妈妈说这是个会所，后来我才知道，这个会所就是马豪豪家开的。一屋子人，热气腾腾。马豪豪妈妈告诉我是家委会的几个家长。我认出田格格的妈妈、吴天骄的妈妈、裴裴的妈妈，其他几个不认识。她们彼此都很熟，似乎经常一起喝茶。马豪豪妈妈泡了极品的冻顶乌龙。她们悠闲地谈着寒假出国游的计划、保养皮肤的秘诀。听得出来，这些话题是她们经常一起谈论的。马豪豪妈妈间或问我一些报社的事，我只是笑笑，知道她并不是真的有兴趣，不过是没话找话。

不知道她们找我何事，肯定不单纯是喝茶。想想我无权无势没有任何利用价值，就安心喝茶，紧巴巴的情绪倒是喝得蓬松起来。

马豪豪妈妈终于沉不住气了，她说："罗老师，我们几个找你来，是跟你商量一件事。你知不知道郑余余是个有毛病的孩子？"

我说："知道，他跟我们家在在都是感统失调的孩子，我带他们一起做的检查诊断。"

田格格妈妈说："不一样，你家在在不打人，郑余余老打人。他是个有暴力倾向的孩子。那孩子太恐怖了，我家格格的脸被他抓破差点破相。"

几个妈妈七嘴八舌投诉郑余余。我听着一言不发。我在心里一一替郑余余辩解："你们只看到郑余余打人，你们有没有听到你们的孩子怎么羞辱余余？你们的孩子脸上受点伤你们就跳起来八丈高，郑余余心里的伤，你们谁在乎？"

等他们说累了，我才慢吞吞说，郑余余跟程在在，是他们班比较特殊的孩子。一个班有这样的孩子，对别的孩子，可能是考验，也可能是机会。他们如果学会了包容余余跟在在，甚至帮助余余跟在在，我觉得这个学就没有白上。特别是郑余余，他的爸爸拿命换了这个上学机会，他该被尊敬而不是被歧视。

静默。妈妈们面面相觑。

吴天骄的妈妈替我添了一回茶水，说："在在妈妈，是这样的，你说的这个东西太过理想，我们可不敢冒险拿自己孩子当试验品。谁也没有歧视郑余余，是他动不动就打人，孩子们都怕他，我们家长也提心吊胆。"

田格格妈妈说："我们知道郑余余妈妈在你家当过保姆。但是你没必要把在在跟郑余余绑在一起，他们确实不一样。在在不打人，对人没有危险。郑余余是个危险的孩子。"

裴裴妈妈点着头说："对的呀，郑余余是个危险孩子，他留在班上，对其他的孩子不公平。是三十七个重要还是一个重要，这个账要算得过来啦。"

马豪豪妈妈说："罗老师，是这样的，我家老马咨询了教育部门的朋友，我们跟学校方面也反复商讨过了，像郑余余这种情况，只要我们班其余三十七个孩子的家长签了名，证明郑余余有暴力倾向，危及其他孩子的安全，学校就可以让郑余余休学治疗。"

另外一个胖乎乎的家长说，不能叫一颗老鼠屎坏了一锅粥。

她们轻声笑起来，有的还掩着嘴。"哧哧"的笑声像是淘气的蝴蝶，飞飞停停。

我端起茶杯，遮住自己的脸。茶的热气和香味缭绕在眼睛里。我想起那部韩国电影《诗》，一帮家长在饭店商量如何赔偿那个被男孩们性侵后投河的女生家庭。家长们说着那件事，态度随意，举止松弛，还开了啤酒喝。只有那个喜欢写诗的奶奶受不了，跑出去看花。

我放下茶杯，站在窗户边开了一点窗，寒冷的空气扑到脸上，扑进我的眼睛里，冻结了我眼睛里缭绕的热茶气息。雪更大了，窗外寂静的院子，大块雪花飘落着，白白的松软的雪花盖住了地面。我背对着她们问："多少人签字了？"

"三十六个了。只差你没签。"马豪豪妈妈的声音依然甜蜜蜜的，随着声音飘动的，还有她的香水味。

三十六。这个数字像一把尖利的叉子，一下子叉在我喉咙上，使我产生了短暂的窒息感。冷空气帮了我，使劲吸进冷空气，缓解了窒息。我关上窗户，把冻得有点冷的脸转过来，对着她们。我说："我没有权利剥夺郑余余上学的机会。谢谢你们的茶。"

字字清晰，相信她们都听懂了。我抓起自己的包，跌跌撞撞往门口走去。

我们如何变得陌生

田格格妈妈的冷笑追过来，击打在我的背上。她说："看不出来你还挺有个性。不过我要告诉你，我们想做的事，谁也挡不住。"她冷硬的声音同时击打在我裸露的脖子上。

"哎哟，这是何苦？郑余余妈妈不过在你家做了几年保姆，你这么护着她家孩子？犯不上啊在在妈妈，你为一个保姆得罪我们这么多人。这个账怎么算不过来啦？"裴裴妈妈的声音不紧不慢，就像拿着一条光滑的绸缎套住别人脖子，微笑着慢慢收紧。

我挺直了腰，走出门去，走进飞舞的大雪里，走进一片白茫茫的街道上。

二十二

几天后，在在爸爸突然回来了。我回家光看见行李，不见人。小姑娘说："叔叔放下行李就走了，下面有人等着。叫我们不等他，可能晚回。"

在在爸爸回家已经半夜。在外面找了半天钥匙，打不开门，打电话叫我开门。我打开门，他扶着墙进来，一屁股跌进沙发上，随即又坐起来，一把拉我坐在旁边，嗓门很大地说："没醉，我没多。痛快，今天喝得真痛快。"我说："你小声点，吵醒了孩子。"他压低声音说："你知道马总把我叫回来干吗？他要去我们市投资办个厂。这工厂要是落了地，你老公的职务就能上个台阶了。"在在爸爸两眼冒着晶亮的光，身上酒味混合着各种可疑的香水味。我甩开他的手站起来。我问："马总？哪个马总？"

在在爸爸说："马总就是咱们在在的同学马豪豪的爸爸。你看看，借上我儿子的光了。当初我跟你说什么来着？名校，就是资源丰富。老婆，你真傻，在在班上的家长资源就是个富矿啊，开采好了，太有价值了。你也得学会资源共享，把你报社的资源跟他们整合……"我把一条热毛巾敷到在在爸爸的脸上，打断了他的喋喋不休。

拿掉毛巾，在在爸爸油乎乎的脸似乎干净了点。我问："马豪豪爸爸叫你回来的？除了投资办厂，他还给你说什么？"

在在爸爸歪着头，想了想，说："就是办厂，意向合同都给我了。回头就跟着我去市里考察。我明天打电话让市里准备接待，财神爷要来了。"

我不放心，问："没提郑余余的事？"

在在爸爸使劲晃了晃脑袋，说："哦，提了提了，你不说我还忘记了。让郑余余休学的事，让我回来跟你说说，叫你签个字。我答应他了，没问题，不就签个字嘛？我帮你签都行。马总说"不行，你老婆有脾气，已经到学校声明过了，坚决不签字。"而且，我签的也不作数，理由是，我们家意见不统一，我不能代表在在家长。我是在在他亲爸，怎么就不能代表了？复杂复杂，头都晕了。我不能代表你，但你能代表我，你全权代表，你就签了吧。"

我说："程志，你现在喝多了，我不想跟你说。洗洗睡吧，明天再说。"

在在爸爸站起来，挡在我面前，他说："我没喝多，我的酒量，一般人都不是对手。你为什么不签？三十六个人都签了，这实际上是学校的意思，签字就是走个过场，你签不签都不会影响最后的决定。三十七个和一个。这也是我们大家遵守的多数原则，你有什么想不通？"

我说："要是那一个是在在呢？"

在在爸爸摇晃着我的肩膀，说："你不要瞎联想。我们就说这件事。"

酒味混合着各种香水味冲进我的鼻子，我想吐。我推开在在爸爸，走到沙发的另外一边，中间隔着茶几。

我说："程志你听着，我无权剥夺郑余余上学的权利。我问过了，只要一个家长不签字，就不是百分之百家长强烈要求，学校就不能让郑余余休学。他们要敢乱来，我就曝光他们。我们报纸可能不敢发，但别的报纸就难说了。富豪学生家长联手赶走农民工孩子？即使不是为了正义，就是为了吸引眼球，这也是一件值得报道的事。郑余余上学的机会是郑立用命换来的。我绝对不会做帮凶。"

我们如何变得陌生

在在爸爸红着眼睛，胖脸上挂着一点嘲讽的笑。他说："罗书静，你脑子进水了，你为了一个保姆，得罪在在一班同学家长。你有什么好处？马总要去市里投资，投资成功是我的政绩。这是我唯一的机会了。你得罪了他，你就是在挡我的道。"

我心里的火一定是《西游记》里那些个妖怪点着的，腾空而起，势不可挡。我咬着舌头，把火压灭在口腔里。我说："你脑子才进水了，你想过没有，他们能合伙把郑余余赶出去，下一个就轮到在在了。"

在在爸爸一把把我推倒在沙发上，指着我的鼻子说："罗书静，你个白痴，你以为你能挡得住吗？你少给我说这些酸掉牙的文艺腔。告诉你没用！"

在在爸爸把一腔怒火烧到我脸上，然后回到房间，关紧了房门。

我用羽绒服盖住自己，在沙发上缩成一团。在在爸爸的呼噜声破门而出，回响在房间各处。

二十三

第二天，在在爸爸带着马豪豪爸爸去新疆考察投资环境。他一走，家里顿时空旷许多。

在在睡下了，秀芳打电话说过来看看我。

灯光下，秀芳看起来瘦了好多，原本滋润的脸，干巴了。放在膝盖上的手，红彤彤的，跟往年一样，长了冻疮。我问她余余怎么样了？

秀芳说："余余现在听话多了，每天训练都做得很认真，成绩也好了，连着两次考试都九十多分了。"说着说着，秀芳哽咽住了。

我拍了拍秀芳的肩膀，说："余余是个好孩子，也聪明。你不要太急了。"

秀芳抹了一把脸，说："罗老师，不是余余有暴力倾向，他们那么说他，他受不了才打人的。我跟余余说，你不要跟他们打，他们说什么你当听不见，你只好好学习，好好训练，下学期学校就有老师训练了。你要争口气，叫他们看看。余余现在乖多了，可他们为什么还容不得余余？还要逼余余休学？"秀芳红红的眼睛，里面空空洞洞。

我说："秀芳，你放心，我不签字，他们就得不到百分之百的签名。余余爸爸用命给余余换来这么一个上学机会，我不能看着他们得逞。"

秀芳眼里涌出大股泪水，在脸上肆意。她说："罗老师，有你这句话就够了。我怕你太为难了。"停了一会儿，她又说："你就是签了，我也不会怪你。三十六个都签了，你一个怎么顶得住？要怪，只能怪我跟郑立没本事，不能叫余余活得体面。"

我递给秀芳几张面巾纸，秀芳并不用来擦脸。她拿在手里搓着，很快搓成了碎条子，掉到地上。

我什么话都说不出来，就那么看着满脸泪水的秀芳，感觉着一股一股的血液奔向四肢，奔向脑袋，心脏却空了，空得痛。

秀芳坐了一会儿，情绪平静了一些。她把地上的纸屑捡干净拿在手里，说："罗老师我走了。"我点点头。

秀芳关门的声音很轻。

二十四

没几天，在在爸爸又带着市里的头头脑脑来到北京，跟马豪豪爸爸正式签约。在在爸爸打了一个电话，说晚上陪市里领导一起住在宾馆，不回家。

第二天去上班，打开电脑收到一封陌生邮件，是个视频。点开看见在在爸爸赤身裸体躺在宾馆的床上，一个陌生女人睡在身边，丰腴的手搂着在在爸爸的胸口。我关掉视频。脑袋空白坐在办公室里。

那一天好漫长。好不容易熬到下班，回家后好不容易熬到小姑娘带着在在睡下。开了一瓶52°的酒，我想喝醉，把自己渡到另外一个空间里，那样我就不用去想在在爸爸的事了。喝了几杯，却没有醉意。在在爸爸回到家，不由分说冲过来，把我酒杯里的酒一口干了。他说："你还想醉，你害死我了！"

我奇怪我居然很平静，我说："离婚吧。"

在在爸爸掐着我的脖子说："你脑子有病啊？我什么也没干。别说妓女，就是清纯玉女我都没兴趣。我是被马豪豪他爸爸陷害的。"

我掰掉在在爸爸的手，依然很平静的地说："我不在乎你干没干。你怎么还不明白，我在乎的不是你跟不跟妓女睡觉。我就是不能签这个字。我答应过秀芳，我不会签字。"

在在爸爸几乎咆哮起来。"胳膊拧不过大腿，就你那根细胳膊，还想扭转局势？你以为你是谁？你充什么大尾巴狼？你想毁掉我是不是？你为了别人，为了你那什么也不是的所谓原则，你要毁掉我，毁掉你儿子的亲爹？你就是不签字，死扛到底，郑余余也上不成这个学了。你还没看出来，他们要干的事，谁也挡不住！"在在爸爸的嗓音干辣辣冒火气，裸脸在灯光下晃着青寒白光。

四肢的血涌到心里，淤泥般堵在胸口。我说不出话。

在在被吵醒了，怯生生走出来，站在房间门口不敢过来。我把在在抱进房间，小姑娘居然没醒，我叫醒小姑娘，哄睡了在在。

回到客厅。在在爸爸坐在沙发上，低着头，灯光照着头顶稀疏的头发和大片光亮的头皮。他抬起头来，很泄气地说："你到底在坚持什么？你毁掉我也要坚持吗？随便你吧，你要是不签就不签吧，大不了就让他们把视频发到网上。后果……管他什么后果。我明天回新疆。"

在在爸爸说完，回房睡觉去了。没多久，传出了呼噜声。他居然安睡如常。

我躺在沙发上。不知道几时睡着了。梦见去学校参加在在的公开课，家长跟同学一起看电视，电视里突然出现在在爸爸赤身裸体跟一个女人睡在一起的画面，哄笑声中，我用手去挡在在的眼睛。惊醒过来，一头冷汗。身体不由自主发着抖。我努力抱紧双肩，不让自己哭出来。

好不容易天才亮起来。我早早把在在送进了学校。看着在在进了校门，我转身来到大马路边，等在马豪豪妈妈平时停车的地方。

风很大，刺骨的寒风吹到脸上，我感觉不到冷，也感觉不到疼。马豪豪妈妈看到我，叫了我一声罗老师，脸上绽开一个甜蜜的笑容。

我坐马豪豪妈妈的车去了上次去过的四合院。还是上次那个茶室，古筝弹唱的春江花月夜袅绕不绝。这次没有别人，只有我跟马豪豪妈妈。马豪豪妈妈什么话都不说，安静的泡茶，泡的金骏眉。白金版金骏眉。泡好茶，马豪豪妈妈出去了。

我突然渴得要命，浑身都干裂发痛。我一杯接一杯喝茶，喝不出滋味。

喝了十几杯。看到茶桌上放着两张打开的纸，纸上压着一个U盘。白纸黑字打印着：一年级五班家长要求郑余余休学治疗的报告。我翻到第二页，三十六个家长的签名撞入眼球。眼睛冒出一片金花。

我在最下面的角落签上自己的名字：罗书静。我的手发着抖。几个字写得张牙舞爪，面目狰狞。签完名，我拿起U盘放进包里。

我走出来，院子里没人，地面的雪化得干干净净。我怀疑自己在一个梦中。

二十五

很久没有见到在在爸爸了。这样也好，有些事情，不去碰它就像冬眠的蛇，没有什么危险。他还在新疆代职。除了把工资按月打进我的银行卡，偶尔发条短信问问在在的情况，我们之间不再有任何形式的亲密关系。

我跟在在爸爸的情感就这么搁浅了。情感搁浅是一种奇怪的状态，仿佛悬停，既不在水里，也不在岸上。不进不退，不上不下，不死不活，不阴不阳，若无还有，若有似无。表面看一切如常，内瓤子像秋天的西瓜，汁水全无，空留一堆絮状物。

二十六

日子如常，小姑娘每天送在在去学校，我每天开车上班。

有一天大雨，车堵在如流的车阵里，无法移动。打开音响。周杰伦唱，"风筝在阴天搁浅，想念还在等待救援……"我果断关掉声音。尼玛瞎唱。风筝搁浅是因为没风，跟阴不阴天有啥关系？晴天没风风筝照样搁浅。即使风和日丽，放风筝的技术不行风筝照样搁浅。

我在盒子里翻找，想找一盘汪峰或者随便什么人的碟换掉周杰伦。我从来没有喜欢过周杰伦。从盒子里掉出一张照片，在在低头吃蛋糕，余余的额头上沾着奶油，举着一块蛋糕正往嘴里送，笑得眼睛眯成一条线。

车窗外大雨如注。我试着像郑余余那样笑起来，直笑得闭过气去。伏在方向盘上，流了一脸泪水。

后面响起排山倒海的喇叭声。我惊醒，前面的车已开出好远。我突然不知道自己该干吗，踩油门还是踩刹车？

暗　疾

信

　　信写在淡蓝色信纸上，一笔一画，工工整整，像刚学写字的小学生吃力写下的。看第一遍，费丽虹心不在焉，习惯性地一目十行，目光一滑而过。有些字词组合的句子似乎很怪，它们绊住了费丽虹的目光，就像滑冰时遇到障碍物，费丽虹不由得打了几个趔趄。但是，速度太快了，没等搞清楚是什么障碍物，已经滑过去了。第二遍，费丽虹是用手指着一个字一个字读的，读完一个完整的句子，还要抬起头来想一想，就像读深奥的古文，要认真想一想才知道读到的文字是什么意思。读完第三遍，费丽虹终于明白，她多么轻率地低估了这些貌似工整的汉字，它们根本不是看上去笨拙的普通汉字，它们是伪装成普通汉字的超级病毒，是青面獠牙的敌人。

　　费丽虹后来数过，不算标点，一共七百八十九个字，它们集合在一起，成为一支训练有素、装备先进的精锐部队，轻而易举地通过眼睛入侵了费丽虹。费丽虹来不及组织一次有效的抵抗，就彻底沦陷了。

　　这些入侵的敌人在费丽虹的身体里安营扎寨，修筑工事，霸道地占领了她的血管、她的骨髓、她的神经……这些心怀鬼胎的敌人，把她的身体变成了丧失主权的殖民地。她活着，但她做不了自己的主。

别人看不出来，费丽虹自己知道，时时刻刻都清楚地知道，她病了。她的病，说不出，看不见，躲在黑暗中，侵蚀她，损毁她。

信是罗兰写来的。二十世纪九十年代初期，手机是少数有钱人的奢侈用品，写信才是多数人的联络交流方式。罗兰当时在一所护士学校读书。护校在一个地级市的郊区，周围是大片的农田，同学基本来自农村，又土又没见识。罗兰无聊，幸好有一个在北京读大学的费丽虹可以写信、倾诉。

罗兰给费丽虹写信，真是用足了心思，信封的颜色和邮票，要根据季节变化来选择，里面的信纸，也要跟信封颜色进行仔细搭配。每一个细节，都要做得无可挑剔。罗兰小心翼翼地讨好着费丽虹，她跟费丽虹的关系，从一开始就是这种不平等的模式。

但是，罗兰的努力用错了地方，费丽虹对罗兰这种小情小调没兴趣，她更看重信的内容。信写得好，哪怕装在邮局出售的那种老土棕色信封里，也让人期待。罗兰的信刚好相反，唯美的信封和信纸，配上精心挑选的邮票，内容却像一杯白得不能再白的水，翻来覆去就她们护士学校那点事，加上她自己那点无事生非的烦恼。就像美轮美奂的糖纸里包了一颗发霉的玉米粒。

费丽虹总是把罗兰的信随手扔到一边，闲得无聊的时候才捡起来扫一眼。她很少给罗兰回信。给罗兰写信是一件头疼的事，对着信纸把干枯的感觉颠来倒去，像是努力把一团死面饼子发酵成蓬松的面包，无奈缺了酵母，怎么也发不起来。费丽虹细密缠绵的心思，从来不屑跟罗兰倾诉。一个人的心思，要写给读得懂的人才有意思。写给罗兰，就是浪费了，罗兰不懂。

费丽虹跟罗兰，从小就没有什么共同点。费丽虹是学霸，罗兰是超级学渣。费丽虹爱看书，罗兰爱收罗各种小玩意，扎头发的皮筋、发卡、挂钥匙的链子、耳朵坠子、石头戒指……五颜六色，装了满满一糖果盒子。罗兰爱不释手的小玩意，在费丽虹眼里，就是一堆破烂。到了初中，罗兰不翻检她的百宝箱了，她弄了一个钩针，买了一本钩织图案大全，学着钩织各种各样的东西，杯子垫、小包包、沙发垫、床罩……。那本钩织图案上的针法花色，什么元宝针、长针、短针……费丽虹看着头晕，罗兰倒是无师自通，一看就懂。罗兰不光会看图案，手也巧，就那么一根钩针，几团各种颜色的线，一边跟费丽虹聊着天，两个手飞快翻动，费丽虹都没看清她是怎么弄的，她已经勾出了一片葵花状的杯子垫。那是费丽虹第一次意识到，罗兰也有她聪明的地方。

有一次，罗兰钩了两个小包包，心形的奶白色主体，配了一朵黑色玫瑰花，两个人挎着小包包上街，居然有人追着问是从哪里买的。罗兰告诉人家，不是买的，是自己钩的。罗兰的眼睛放着光，那个自豪的劲，甚至超过费丽虹考了年级第一名上台领奖的时候。

费丽虹心里仍是不屑。在费丽虹的印象里，研究院里只有那些没有工作的家属、没什么追求的家庭妇女才会整天手里拿着根针抱着一团毛线。费丽虹觉得罗兰好可怜，才十几岁，就提前进入了家庭妇女的行列。

燕雀安知鸿鹄之志。给罗兰回信的时候，费丽虹总要想起这句话。在费丽红看来，罗兰就是一只在自家屋檐下飞来飞去的燕雀，看见地上几粒小米就欢呼雀跃。而她，是注定要翱翔天空的鸿鹄。两个人之间的距离，远到无法测量。

上大学以后，费丽虹已经清醒地认识到，小时候的友情有太多的局限，大多难以为继。那些跟不上自己节奏的人，终会被甩出自己的生活轨道。

罗兰信上一地鸡毛的护校生活和莫名其妙细细碎碎的烦恼，终于叫费丽虹失去了耐心。费丽虹决定终止跟罗兰通信的愚蠢行为，她写下了最后一封回信，态度坚决地叫罗兰不要再写信了，有时间写那些无聊的事，不如在学业上用点功。费丽虹毫不客气地写道：护士学校的课程，对你来说，一定不轻松。考到护士学校，你已经用了吃奶的力气。不要费劲巴力考去了，最后弄个考试不及格毕不了业。真要那样，谁也救不了你!!!费丽虹在最后一句话后面打了三个感叹号。她懒得再顾及罗兰的感受了。她忙得很，她忙着的任何一件事，都比看罗兰的信有意思。

费丽虹的回信，罗兰读着都有些脸红了。罗兰知道自己笨，知道自己踮起脚尖也够不到费丽虹的脖子，但她还是觉得委屈，拿自己热乎乎的脸，贴着一个冷冰冰的后背，还被推了一把说，你别靠过来。费丽虹的傲慢，真是难以消化。有一瞬间，她想把信撕了，不是一类人，就不要硬往一处凑了。堵着气把信撕开一点小口，罗兰就住了手，就像拔了气门芯，心里的气一下子全漏光了。她恨自己软弱，她更清楚，费丽虹可以没有她，她不能没有费丽虹。费丽虹一直是她的主心骨，为了她，费丽虹敢在课堂上跟老师叫板，为她主张公道。因为费丽虹，才没有人敢欺负她。在这个灰头土脸的护士学校，费丽虹是带给她光彩和满足她虚荣心的人。跟失去费丽虹的巨大空虚相比，受点委屈真的不算什么。

罗兰依然保持着每个星期写一封信给费丽虹的节奏。罗兰觉得自己患强迫症了，一定要写了寄出去才安心，不写，就心慌，六神无主。费丽虹觉得无聊，她就不写护士学校的事，她们有那么多美好的往事可以回忆。她突然醒悟，共同经历的往事，才是她跟费丽虹之间永恒的话题。你还记得有一回我们一起去吃烤串吗？就是赵普耀的嘴唇被烫起了泡那次？你还记得有一年下雪吗？就是赵普耀被自己埋在雪地里的绳子绊倒了那次？……头脑里电影镜头一般的往事，写出来总是干巴巴的，罗兰不满意，就一遍一遍修改。修改的过程，又一遍一遍重温了往事。那些往事里面，有一种让罗兰心里发软的东西，她简直迷上了往事。

读了罗兰的信，费丽虹吃惊地发现，那些年，她们差不多形影不离，有费丽虹的地方就有罗兰，还有赵普耀。父母上班的研究院里只有他们三个同一年出生的孩子。他们三个，总在一起。罗兰翻动的往事，更叫费丽虹心烦。

不过，罗兰有她的好。费丽虹到北京读书，没过两个月就到了冬天，北京冬天刺骨的寒冷简直要了她的命。费丽虹的妈妈只会写信叫她穿厚点，妈妈对这些生活琐事向来不太在乎。罗兰却给她寄了一条厚厚的马海毛围巾，红彤彤的颜色，又大又长，起风的时候可以包住头，在脖子上绕两圈，围得严严实实，特别暖和。费丽虹一个冬天都围着那条围巾。

想起那条温暖的围巾，费丽虹的心软了一下，她后悔给罗兰写了那样绝情的信。费丽虹紧急采取了补救措施，给罗兰寄去了一张北京风光的明信片。

费丽虹阻止不了罗兰写信，只能寄希望于时间。时间终会冷却罗兰回忆往事的热情，抑或，时间终会消耗掉罗兰储存的往事。费丽虹不再给罗兰回信，只是偶尔寄一张北京风光的明信片。

又是罗兰的信。一个星期一封，费丽虹简直要绝望了。心情不好的时候，费丽虹甚至怀疑罗兰这么固执地写信，固执地把往事翻起灰尘，是一种不怀好意的计谋，一种伪装成巴结讨好的冒犯。这种时候不多，更多的时候，费丽虹是同情罗兰的，待在一个那么破的护士学校，不回忆往事又能干什么？但是，费丽虹真没时间陪罗兰回忆往事，她正要去阶梯教室参加年级辩手选拔。

费丽虹做了充分准备，她泡图书馆恶补了古今中外的辩术，看了能够找到的所有辩论录像，加上平日读书的积累，她有十足的把握在年级拿第一。费丽虹做事喜欢有把握，能掌控局面。唯有这样，她的内心才足够饱满，才能保持一种骄傲的状态。她喜欢那个内心骄傲的自己。

妈妈常说作为女孩子，心气太高不是什么好事。费丽虹不服气，女孩子怎么了？女孩子就该像罗兰那样笨得不可救药？妈妈只能摇头叹息。中年女人靠阅历积攒的人生感悟，岂是年轻气盛的费丽虹能够懂的？费丽虹不在乎，妈妈远不是费丽虹崇拜的人，研究院医务室的医生，躲在当院领导的丈夫羽翼下，过一分悠闲日子而已。妈妈聊胜于无的事业，当然是低于费丽虹心气的。

"遇见你我变得很低很低，一直低到尘埃里去，但我的心是欢喜的。并且在那里开出一朵花来。"高三那年读到张爱玲，费丽虹大吃一惊，简直不敢相信，心高气傲才华横溢的张爱玲居然也会心甘情愿低到尘埃里去，还心里欢喜。费丽虹怅然若失，却顾不上探究。

费丽虹才不要低到尘埃里，她就要骄傲地站在高山之巅。从小学到高中，费丽虹跟赵普耀都是班里的学习尖子，费丽虹一直把赵普耀当成强劲的对手，门门功课都要跟赵普耀争个你高我低，总要超过了赵普耀心里才舒服。哪次被赵普耀超过，费丽虹心里就会发堵、憋气，像掉进沼泽烂淤泥里面，有一番不小的挣扎。低到尘埃里，还不把自己憋死？

上大学后，费丽虹心里起了一些微妙的变化。这一次的辩手选拔，她不想拿第一了，她要控制自己的表现欲，不露痕迹地屈居第二名，她想让赵普耀拿第一。想到赵普耀拿第一，她心里不再发堵，她是心甘情愿的。不光辩手选拔，班里的各种比赛、各科成绩，她都不想超过赵普耀了。想起以前那么多年，一直都在跟赵普耀争高下，她觉得自己有点傻。

也许，妈妈是对的，女孩子不能一味要强。不妨把心气收一收，紧一紧，不要那么咄咄逼人。但是，要像张爱玲那样低到尘埃里去，似乎做不到。最好是比赵普耀低一点点，就像两个人站在一起的样子，赵普耀一米七八，她一米六六。这是最自然的样子。如果硬要踮起脚尖或者穿上高跟鞋比赵普耀高，那才不自然。

费丽虹在心里打着自己的小算盘，年级辩手选拔最理想的结果，赵普耀第一，费丽虹第二，第三第四不管是谁，就是个灯泡的位置。当然了，年级辩手选拔仅仅是个开始，接下来，她就要跟赵普耀一起面对一场又一场的辩论，他们要并肩作战，直到取得最后的胜利。想到跟赵普耀并肩作战，费丽虹心里升腾起一股黏糊糊的热气，鼻腔发胀，想流泪。

曾经，妈妈在研究院元旦晚会上的保留节目是跟赵普耀妈妈一起合作配乐诗朗诵，赵普耀的妈妈拉小提琴，费丽虹的妈妈用湿漉漉的声音朗诵舒婷的《致橡树》："我必须是你近旁的一株木棉，作为树的形象和你站在一起。根，紧握在地下，叶，相触在云里……"

朗诵到这里，赵普耀妈妈的小提琴声和费丽虹妈妈的声音总是激越起来，两位妈妈都泪光闪烁。那个时候，费丽虹不懂，这样一句诗，怎会让平时表情严肃的妈妈们流出眼泪？

现在，费丽虹突然就懂了妈妈们的眼泪，还有妈妈独自一人喝茶时空寂无物的眼睛。舒婷的那句诗，应该就是独立女人的爱情理想了。当妈妈们无奈只能在落差巨大的现实中安生，曾经有过的理想就像哽在喉头的鱼刺，拔不出咽不下。

懂是懂了，却不像解开数学题那样明了，通透，反而陷入了混沌，仿佛闯进了一个神秘的领域。这片秘境，于幽暗隐秘中闪烁着诱人的光泽。费丽虹又是欣喜，又是害怕。心跳乱得已经不是自己熟悉的节奏了。怪不得同宿舍的秦晓谈了恋爱总是一会儿哭一会儿笑的，原来爱情是要让人混乱的。

费丽虹的心思，罗兰哪里能懂？费丽虹自己，也还来不及把这些前所未有的感觉理出头绪呢。

费丽虹叹口气，把罗兰的信扔进抽屉里。费丽虹没有任何预感。即使把罗兰的信捏在手里，敏感的手心跟携带致命消息的文字之间只隔着薄薄的信封，费丽虹都没有一丝一毫异样的感觉。那些携带致命信息的文字，并不比别的文字沉重，它们跟别的文字一样，待在信纸上安安静静、无声无息。

费丽虹后来想，如果当时看了信，她一定没有力气去参加辩手选拔。费丽虹庆幸自己延迟了读信的时间。

费丽虹急匆匆奔到教室，看了一圈，没有赵普耀，再看，还是没有。费丽虹心里咯噔一紧，赵普耀不会出了什么事吧？随即又放松了。赵普耀这个家伙，说不定记错了时间。费丽虹跑去教研室打电话，电话打到宿舍的楼层，等了半天才听到赵普耀懒洋洋的声音从电话里传过来："谁啊？"费丽虹说："赵普耀你干吗呢，还在睡觉啊？年级辩论会马上就开始了，你赶紧过来。"尽管急，费丽虹的声音还是很柔和。赵普耀慢悠悠地说："你搞错了吧？我说过要参加辩论会吗？"

"我问过你，我记得你答应了。以我们两个的实力，一定能冲进学校代表队。"费丽虹的语气强硬了一些。赵普耀笑了一声，然后说："你问过我不假，可我压根没答应你。你不要老替别人做主好不好？赶紧去吧，预祝你冲进学校代表队，冲出学校，冲出亚洲，为国争光。"说完就挂了电话。费丽虹举着话筒，脑袋里一片轰鸣。

"费丽虹，你干吗呢？辩论会开始了！"辅导员的声音像是从海底升起，被海水吸收了多半，只剩一星半点落进了费丽虹的耳朵，费丽虹吃力地捕捉到了。

费丽虹飞奔到教室，一路跑一路用力甩自己的头，进教室之前，她已经把脑袋里的轰鸣，以及在轰鸣声中沉浮的一切杂念，包括赵普耀令人费解的笑声，甩到了脑后。

辩论的题目居然是"女人，你的名字是弱者。"这个题目，刺激着费丽虹的神经。费丽虹是反方，反方四个全是女生。幸好是反方，反方的观点正好是费丽虹的立场。如果是正方，费丽虹辩论起来还真没有底气。遇到对手，费丽虹身上那种不顾一切要拿第一的劲头，立马给唤醒了。去他的收紧心气，她就要咄咄逼人。去他的低到尘埃里，她就要站到珠峰上去，俯视人间。

费丽虹坐在对手面前，血热突突地在身体里奔流，她的身体变成了高速灵敏的武器，充满力量，直击对方软肋的词句瞬间在脑袋里集合起来，自动排列整齐，只要费丽虹轻启嘴唇，它们就像子弹一样拼命扑向正方。正方四个男生组成的团队，根本抵不住费丽虹一个人的火力。正方的男生几个回合就落荒而逃，反方的四个女生跳起来拥抱。费丽虹获胜了还不忘补上一句："你们如此不堪一击，也是一个证据，证明女人的名字不是弱者。"

费丽虹获胜了，却没有胜利的喜悦。赵普耀没参加辩手选拔，费丽虹明明记得他答应一起参加的。他什么时候改了主意，也没跟她说一声。这个没有赵普耀的胜利，不是费丽虹期待的。费丽虹从椅子上跳了起来。从小到大，费丽虹说什么赵普耀听什么，研究院的人都知道赵普耀怕费丽虹，连赵普耀妈妈都说，一物降一物，费丽虹降得住赵普耀。费丽虹喜欢这种降得住的感觉，换成当下的话语，这是女神的感觉。

赵普耀竟然没参加辩手选拔，费丽虹气鼓鼓地走到赵普耀宿舍楼下，她远远看见赵普耀跟几个男生抱着球往球场去了。赵普耀的背影那么挺拔，他不再是那个她降得住的小男孩了。他的腮帮子和下巴上长出了黑森森的胡子茬，他电话里懒洋洋的声音，看人时坚定的目光，都是费丽虹不熟悉的。费丽虹想叫住他，张开嘴，却没有发出声音。

　　几股陌生异样的情绪涌进来，把费丽虹的心堵得满满当当，滋味混杂。其中一股酸酸的往鼻腔里冒，费丽虹辨认出来了，是委屈。还有一股，麻麻的往四肢扩散，费丽虹也辨认出来了，是惆怅。还有一股，咸乎乎的闷成一团抵在心窝，费丽虹努力辨认了半天，终于辨认出来，是胆怯。

　　费丽虹回到林荫路上，慢慢走着，不知道要干什么。不时碰到身体紧紧相拥的情侣，散发出浓浓烈烈的热气。情侣的气息干扰着费丽虹，她无法集中精力理清自己，只能不停地走。走出了汗，张开的毛孔被风吹着又紧缩起来。身体忽冷忽热，心情忽然放松又忽然一个激灵。更多陌生的情绪生长出来，费丽虹认不清，也掌控不住。她生自己的气，她不喜欢这个被陌生情绪主宰的费丽虹。她回到宿舍，她要让自己冷静下来。

　　宿舍正乱着，宿舍里的几个女生在换衣服，要去参加舞会。费丽虹她们这届，学生舞会已经很少举办了。女生恨不得武装到牙齿。房间摆满了各种颜色的裙子，镜子太小，照不到全身，她们互相充当对方的镜子。费丽虹挤过她们热气腾腾的身体回到床上。她坐在床上，双手抱在胸前，茫然地看着眼前忙碌的景象。秦晓穿了一条白色的长裙，一转身，裙底转成一朵喇叭花。秦晓对自己的裙子满意了，把摊在床上的衣服收拾起来。秦晓注意到费丽虹脸色不好。她说："费丽虹，你没事吧？赶紧换衣服，参加舞会去。"另外两个女生"哧哧"笑着说："费丽虹才不像我们这样没有追求，只知道跳舞。人家胸怀大志，要当辩手为学校争光，还要考硕博连读。费丽虹，我们将来一定会以你为荣。"费丽虹从床上跳起来，说："少说风凉话。谁说我不去？"我偏去。费丽虹兴冲冲翻出箱子，几个女生帮她在箱子里找衣服。费丽虹的衣服，款式基本牛仔裤搭衬衣、T恤、毛衣，颜色多是深色，没有适合舞会的裙子。女生们七嘴八舌批评费丽虹，要她买裙子，买鲜艳的衣服。费丽虹没吭声。要是平时，她只几句话就驳得她们哑口无言，现在没心情。秦晓找出一条黑裙子叫费丽虹换上，腰身还合适，胸的部分太大了。秦晓穿D罩杯，费丽虹才穿A罩杯。秦晓用别针处理了一下，才勉强合适。穿在裙子里的身体不自在，费丽虹要脱了裙子穿自己的牛仔裤，被宿舍的人拉住了。

女生们开始化妆，秦晓有整套化妆用品，是男朋友送的生日礼物。一人一个小镜子，专心地描眉画眼线……费丽虹不会化妆，她不晓得别的女生怎么会无师自通学了这些，就像罗兰，没人教过，就会钩织，也会化妆。假期回去，罗兰要教她化妆，她没学，她看着罗兰咧着嘴忍着痛把好好的眉毛拔掉，画成细长的一条，很是不屑。她突然想到，不晓得赵普耀喜不喜欢女生化妆？要是喜欢，她也该学会才好。她们要是知道她喜欢赵普耀，会不会很吃惊？

秦晓化完自己，又来帮费丽虹化。费丽虹这次没有反对，她听话地闭着眼睛，由秦晓在她脸上折腾了一阵。化好了，秦晓让费丽虹自己看。小镜子里的人眉毛浓黑，嘴唇艳红，睫毛又黑又长，眼睛涂了很深的眼影，看着很怪异。费丽虹咧了咧嘴。秦晓解释说："你的眉毛太浓，又没有拔过，现拔来不及，只能画黑加粗，倒也适合你，你五官大，眉毛细了反倒不配。"费丽虹不懂这些化妆心得，她只知道，自己不喜欢化了妆的样子。只是这会儿，把自己藏在怪异陌生的妆容里，正合了她的心意。

一帮人浩浩荡荡出发去跳舞，一路上，秦晓她们几个的笑声飞得比麻雀还高，赢得无数回头率。

跳舞的地方在别的学院，人很多。她们面对舞池站在一起，秦晓她们几个很快就被男生邀请走了，跳完一曲不见了踪影。费丽虹找了一个角落坐下来，邀请费丽虹的男生很少，有几个男生个子实在太矮了，费丽虹拒绝了。坐过了几首曲子，费丽虹勉强接受了一个高个子男生的邀请。男生个子虽高，却太瘦，费丽虹的手搭在他肩上，感觉直接搭在骨头上。男生跳起舞来更可怕，老往一边倾斜。赵普耀就不会这样，赵普耀任何时候都是稳稳当当的。想到赵普耀，那些陌生的情绪又冒了出来。费丽虹的脚步乱了，连着走错步子，踩到男生脚上。男生满脸不悦，不等音乐结束就把费丽虹带到了座位上，自己溜走了。费丽虹站在那儿，一时间不知身在何处，旋转的光、旋转的人、旋转的声音，好像一股强劲的风，要裹挟着她，把她卷向某一个可怕的地方。

费丽虹跌跌撞撞来到外面，在寂静中站立良久。柔软的风拂在脸上，舞会上热烈浑浊的气息渐渐消散，她闻到了微凉的夜晚的气息，夹杂了槐花的香气。费丽虹的内心再次涌满各种陌生的情绪，如暗香浮动的夜晚。早些时候，女生们在宿舍里密谈，把班里的男生跟女生配对。在所有的配对中，从没有人把赵普耀跟费丽虹配成一对。费丽虹不晓得她们根据什么觉得某个男生跟某个女生是合适的一对。在女生们眼里，跟赵普耀般配的女生竟然是吴玉，一个看着傻傻的女生。费丽虹觉得吴玉一点也不出色，除了乳房。吴玉的乳房跟罗兰有得一拼。都是波霸，洗澡的时候费丽虹看见过，乳房很大，很饱满，穿 D 罩杯，两只乳房挤在一起，有一道很深的乳沟。

费丽虹当时只是轻蔑地一笑。她们知道什么呀，就在那儿瞎说八道。赵普耀才不会喜欢傻乎乎只有乳房大的女孩。

现在，她笑不出来了。原来觉得很有把握的一切，突然飘忽起来。她努力在过往的经历中寻找赵普耀喜欢她的种种证据，找到一星半点，就欢喜得喝醉了一样，晕乎乎，美滋滋。但是，很快又清醒了，找出更多无法判断的证据。就像诊断疑难病例，好像所有症状都支持确诊又似乎所有的症状都指向了另外的病情。

费丽虹不喜欢这种不明确的感觉。她要去找赵普耀，把一颗心举到他面前，任他温柔地接纳或者粗暴地摔碎。不管什么结局，要来个痛快。费丽虹下着决心，一会儿觉得自己很强大，就像被风鼓起的帆，被大海诱惑着，无所畏惧，内心激荡，敢去任何不可知的远方航行。一会儿又感觉自己那么软弱，就像一棵大风里飘摇的花朵，花瓣四散，低落到尘埃里，卑贱如尘。

费丽虹真去找赵普耀，是两天后。决心下了又下，才先打电话去约见面，说有事要问，赵普耀倒是很痛快地答应了。费丽虹按照约定的时间到了赵普耀的宿舍楼下，等了一会儿，赵普耀才下楼来。赵普耀往费丽虹面前一站，顿时挡住了一小片光亮。费丽虹心脏一阵猛烈跳动，她无法控制自己的脸发热发红。她仰头看着阳光从槐树的白花和绿叶间漏下来，努力去想赵普耀小时候的样子，一张瘦瘦的脸，两个黑亮亮的大眼睛，眼球一转，就是一个鬼主意。那个时候，赵普耀有再多的鬼主意，费丽虹都不怕他。费丽虹只要把眼睛盯住赵普耀几秒钟，赵普耀就会乖乖听话。

她本来想说，我们找个地方坐坐。可是，不晓得为什么就是说不出口。费丽虹的脸烧得发烫，突然闻到槐花香，她说："赵普耀，槐花开了。"赵普耀吹了一声口哨，说："你没事吧？槐花早开了。"费丽虹不好意思再仰望槐花，只得低下头来，一张发红发烫的脸，要隐藏起来还真是件困难的事。看见赵普耀穿着拖鞋，她脱口就说："你怎么穿拖鞋下来了？"赵普耀干笑了一声，说："穿拖鞋怎么了？你还跟小时候一样，喜欢当太平洋警察。"赵普耀声音里有一种嘲讽的腔调。

费丽虹心里恨着自己，本来是要告诉赵普耀自己喜欢他，一见面却指责他穿拖鞋。穿拖鞋又有什么关系。费丽虹的目光从赵普耀脚上的拖鞋慢慢上移，她在心里下着决心，等目光移到赵普耀脸上，看着赵普耀的眼睛，她就把那句话说出来，我喜欢你。四个字，多么简单。可是，她的目光刚刚移到赵普耀的脸上，就看见他黑森森的胡子，胡子茬上挂了一个嘲讽的笑容。费丽虹嗓子发紧，像是被谁勒住了，根本说不出话。

赵普耀说："你找我到底什么事？没事我上去了，宿舍正打牌呢。"

费丽虹挺直身体，昂了昂头。那句话明明就在嗓子里，"你喜欢我吗？"或者干脆用英语直接说，"I love you, do you love me？"这几个字就像鱼刺卡住了嗓子，费丽虹咳嗽了几声，想要借助咳嗽把它们顺利地送到嘴边，送给对面这个人。可是，不能。咳嗽过后，嗓子似乎肿胀了，鱼刺卡得更深。

说出这句话，怎么就这么难呢？费丽虹心里委屈得不行，每一个细胞里面似乎都躲藏着一个软弱的念头，这会儿全都跑出来，千百条细流汇聚成一条汹涌的大河，在费丽虹的身体里奔腾，她站立不稳。在一个自己爱着的男人面前，低到尘埃里去，原来这么容易。

费丽虹怕自己哭出来，只得再次仰头看着高大的槐树。赵普耀说："你到底什么事啊？老看着那破槐树干吗？"赵普耀已经很不耐烦了。费丽虹眯着眼睛，躲开了从树叶间漏出来的一束阳光，她突然找到了话题，她说："就是问问你，考硕博连读，你准备得怎么样了？"这些无关痛痒的话，倒是珍珠一样顺滑，只消张嘴，它们就滚落出来，毫无阻碍。说完，费丽虹松了口气，脸上的热度降了下来。

赵普耀说："费丽虹，我太佩服你了，你当真还没有把书读够啊？五年大学，已经够长了。要不是我妈逼着我学医，我才不会读五年大学，四年就够了。还要硕博连读？饶了我吧。我想早点毕业，早点工作。"赵普耀的声音大得有点夸张。

赵普耀什么时候改了主意？费丽虹记得读硕博连读还是赵普耀提议的。拿到通知书，她跟赵普耀和罗兰一起吃饭庆祝，赵普耀饭间说要一口气读到博士。还问费丽虹要不要读博士。费丽虹笑着说："读就读，谁怕谁啊。"罗兰很崇拜地看着他们两个说："那我就有两个博士朋友了。"三个人还为此干了一杯。

赵普耀微微上翘的嘴角上挂着一个含义不明的笑容。若隐若现的嘲讽意味，让那个笑容像一个造型别致的风铃，似乎发出了一串叮叮当当的声音。费丽虹好想伸手把它摘下来扔掉。

赵普耀嘲讽的笑容和不耐烦的表情是一堵墙，费丽虹骄傲的内心是另一堵墙。站在两堵无形却坚实的墙体中间，费丽虹不由自主把身体挺得笔直。

赵普耀还在说着什么，但费丽虹听不清，所有嘈杂的声音风一样吹进她的耳朵里，变成一团凉丝丝的感觉囤积在耳膜上。耳朵跟大脑的通道堵塞了，耳朵似乎成了一个堰塞湖。费丽虹有一种要决堤溃败一泻千里的恐惧。她打断赵普耀，说："我知道了。没别的事了。你赶紧上去打牌吧。"赵普耀逃脱般跑了。

费丽虹一个人在校园里晃荡，漫无目的地走，脑袋空白，不想任何问题，她知道要面对一个重大的问题，但她不愿意面对，她刻意延宕再延宕。天黑才回到宿舍，宿舍没人，她不开灯，捧着脸坐在窗前，看着外面影影绰绰的灯光。赵普耀为什么不考硕博连读了？他为什么不参加辩手选拔？……无数个为什么的追问之后，费丽虹艰难地想到了：赵普耀不喜欢我。想到这点，模模糊糊的一切都豁然开朗了。就像病情一旦确诊，原来似对非对似是而非的所有症状突然清晰起来，一起指向了这个正确的诊断。

"赵普耀不喜欢我。"费丽虹加重语气在心里重复了一遍。她像念出了一句神秘的咒语，突然有些措手不及。很久以来，赵普耀像一颗秘密的种子，被费丽虹养护在心里。费丽虹以为，只要自己决定了，给它施肥浇水，它就会按照自己的心愿成长。最早把这颗种子种进费丽虹心里的，是赵普耀的妈妈。赵普耀妈妈喜欢费丽虹，她不止一次对费丽虹说："可惜你不是我女儿，我没你妈妈的福气，但你长大了要给我当儿媳妇。"

"赵普耀不喜欢我。"费丽虹舔了舔干裂的嘴唇，终于把这句话说了出来。说出来心里反而松动了一点。"可是，为什么？他为什么不喜欢我？"刚松动的地方又被费丽虹堵上了一块厚重的石头，堵得更加密不透风。费丽虹被这个问题绕来绕去，就像在迷宫里，筋疲力尽却找不到出口。她拍打自己的脑袋，她要把这个问题从脑袋里拍打出去，把自己从迷失的地方唤醒过来。

"面对。"费丽虹对自己说。她从凳子上站起来，腿发软，眼睛冒着星星，地和床都在旋转，好像要转成了一个漩涡。费丽虹稳住自己，从漩涡里逃出来，赶在宿舍的人回来之前，把自己搬到了床上。她拉起帘子，关了灯，用被子蒙住头。身体躲进黑暗中，脑袋却如黑暗影院里的屏幕，怎么都暗不下去。

一颗刚刚冒出嫩芽的种子，没等见到阳光，就被活生生捂死在黑暗里。费丽虹独自失了一场恋。她很庆幸从来没有对人说过什么，要是一宿舍的人都来安慰她，她真的会崩溃。向别人展览伤口，是她最不屑的方式。独自面对，把所有的痛压在心底，用骄傲和意志压碎它，压成齑粉。

第二天没去上课，宿舍同学都走后，费丽虹躺在被窝里，心慌气短。"为什么？赵普耀为什么不喜欢我？"她再一次陷落在没有出口的迷宫里，心里的某个地方出现一个空洞，泪水不知不觉流出眼角。费丽虹狠掐自己的腰，那是身体上最软最疼的地方，她要让疼痛止住心慌。她在心里喊："费丽虹，你不许哭！"她爬起来洗冷水脸。身体发飘，要虚脱的感觉。她用滚烫的水调了一杯果珍，闻到橙子的味道胃里一阵绞痛，酸水冒进嘴里，差点吐出来。她强迫自己把酸水咽下去，把一杯很热的果珍喝光，还吃了几块饼干。

费丽虹挺着胸，端端正正地坐在桌子前，智力恢复了，脑子也清楚了。她想起宿舍里熄灯后的闲谈，除了她，其他几个人都相信一见钟情。就像秦晓和她男朋友，在火车上坐了相邻的座位，四目相对，电光火石。她们的理论是，爱情要有神秘感，两个陌生人才会有神秘感。青梅竹马不容易擦出火花，都熟悉得跟兄妹一样了，还怎么谈恋爱。她当时没说话，因为心里装着赵普耀，她认为她们都错了。可赵普耀证明她们对了。赵普耀不喜欢她，也许就是这个原因，他们太熟悉了。她跟赵普耀真比一般兄妹更熟悉。她终于为赵普耀不喜欢自己找出了一个理由。这个接受起来不那么难受的理由，让费丽虹的心里稍稍舒服了一点。

费丽虹的手指无意识地在桌子上划出赵普耀的名字。他最近很反常，辩手选拔不参加了，硕博连读不想考了，班里的公共活动，他也不积极参加了，说不定他已经跟某个女生擦出了火花。他喜欢谁？吴玉？小白？朱蓝蓝？……费丽虹把班里的女生从脑子里过了一遍，除了已经有男朋友的秦晓，人人都有可能。跟费丽虹相比，她们跟赵普耀之间，都有足够的距离感和陌生感。可是，她多么不甘心，急着从每个人身上找出一两个缺点，替赵普耀否定掉她们。

"我是多么无聊啊。"费丽虹在桌子上拍了一巴掌，拍得手掌生疼。她不能这么无聊下去，她拉开抽屉想写点什么，她一直有记日记的习惯，把她认为重要的事情记下来，有时候也抄写一些励志的话和有哲理的话。漂亮的日记本扉页上抄着海子的诗："姐姐，今夜我在德令哈，今夜我谁也不想，今夜我只想你……"

抽屉里躺着罗兰的信。"要是罗兰知道了，一定会跟我一起大骂赵普耀有眼无珠。"罗兰做一个小跟班倒是最合格，从小，费丽虹叫她不理谁，她就不理谁。不过，她才不会告诉罗兰，这么丢人的事情，她谁都不会告诉。在罗兰面前，她要保持自己优越骄傲的形象。想到罗兰也要来同情她，她无论如何受不了。

费丽虹顺手撕开罗兰的信，匆匆看了一遍，她的目光被罗兰的信绊住了，用手指着，一个字一个字地读了一遍，又读了一遍，一共读了三遍。

"丽虹，我要告诉你一个秘密。上个星期，我突然收到赵普耀的信，看完信，我都不敢相信，赵普耀说他中学的时候就爱上我了。我还以为他根本看不起我呢。你晓得的，我们三个一起玩，都是你们两个聊得热火朝天，我根本插不上嘴。其实，我一直在心里默默喜欢他，他要是不告诉我，我会一辈子把这种喜欢埋在心底，我觉得自己配不上他呢。我那么笨，他那么聪明。我怎么敢想，他居然爱我。天啊，我太幸福了！我的心跳得要蹦出去了。丽虹，我不是在做梦吧？你帮我拿拿主意，赵普耀不会是在骗我吧？你跟他在一起上学，他不会是在学校失恋受刺激了吧？……"

费丽虹的眼神变成了一条粗粗的直线，看着信纸，看不见文字，只看见一双手，这双灵巧的手放下正在编织的毛衣，隔着老远的距离伸过来，毫不犹豫地勒住了费丽虹的脖子。

费丽虹至少狂笑了一分钟，才挣脱了勒住脖子的那双手。大口吸了点空气，眼神弯曲了一些，重新看见了文字："我们宿舍的同学说，男孩要辛苦追到手才会珍惜。丽虹，你说，我是要马上答应他，还是要端着点，让他追。可是，我不敢端着，他身边有那么多优秀的女同学，我怕被人抢去呢。我答应他了，即使他以后不爱我了，能跟他谈一场恋爱，也是我一生的记忆，丽虹，祝福我们吧……"

罗兰的信解答了费丽虹之前的所有疑问，随即产生了一个更加令费丽虹迷惑的疑问。赵普耀为什么要爱罗兰？他们两个难道不比亲兄妹还熟悉？

从小到大，赵普耀都在捉弄罗兰，小时候把鞭炮系在罗兰的辫子上点了，差点没把罗兰烧了。在学校读书的时候，罗兰成绩差被老师骂，赵普耀每次都跟其他男生一起起哄把罗兰弄哭，每次都是费丽红充当罗兰的保护人，为罗兰仗义执言。他们三个一起玩，她是中心，是纽带，赵普耀是她的朋友，罗兰也是她的朋友，有她，才能把三个人聚集到一起。

他们两个居然相爱了。不是罗兰，而是她费丽虹一直充当了电灯泡的角色。

费丽虹真要怀疑自己的脑袋也跟罗兰一样，里面装满了不会思维的豆腐渣。

赵普耀爱上了罗兰。赵普耀爱上了罗兰！赵普耀爱上了罗兰？

这句话，反反复复，像鼓点一样敲击费丽虹的脑袋。

费丽虹把越来越多的时间用来坐在图书馆里看书。她没有地方去，不想待在宿舍，不想看见认识的人。看书是最好的躲藏。都知道她要考硕博连读，她正好假装用功。专业书一个字也看不进去。她的眼睛跟脑袋之间似乎脱了钩，连接不上了。她把专业书放到一边，找了一堆杂志看，试图在那些美轮美奂的图片和轻松自在的文字中寻找到一丝半毫的药剂。她知道自己病了，那些被骄傲和自尊强行压缩在心底深处的疼痛，像一块癌细胞，在暗地里吞噬她的健康。但她不能求医，她只能靠自己，她要治愈自己。

"女孩子长到十二三岁，脱掉了女童的天真稚气，又没有少女的水灵舒展，身体和心理都处在了一个尴尬的时期。心智的成长和性别的觉醒让她们对身体的发育格外敏感，没来得及长开的身体处处显得紧巴、局促。她们感到别扭，表情不自然，手脚没处放，动作不协调。就像刚刚长出来的一枚花蕾，紧紧地包裹着，青涩，含苞待放许诺的是未来，现在的形态并不动人。身体的不自在，内心的不自信，自我的不确定……各种问题纠集到一起，拧成一股粗大的麻绳，时时勒着她们脆弱的神经，弄得她们无所适从。原本乖巧听话的女孩，变得乖张叛逆，满不在乎，像刺猬一样浑身长刺，恨不得把每一个关心她的人都刺得不敢靠近。她们需要一个幽暗的空间，把稍纵即逝的自信心保护起来，像蛹一样，努力修炼，渴望有一天破壳而出，化蛹成蝶。

"青春期是女孩的第一个炼狱。女孩们一路磕磕绊绊，挣扎着长到十七八岁，局促别扭的身体舒展了，紧张不安的情绪消失了。经历了青春期的女孩变得光彩照人。青春期之后的三十年，是她们一生最美好的岁月……"

这篇配了一张美女照片的文章，费丽虹几乎一口气读了下来。她合上书，呆呆看着窗外炽热的阳光，心里空虚到疼痛。

文章里写的那样一个青春期，一个化蛹成蝶的挣扎过程，她没有经历，或者说没有感觉到。直到现在，经过一场不为人知的失恋，她对自己的身体，才有了一个觉醒。她终于借助失恋这件事，看清了一个存在了很久的事实，她，费丽虹，一个从小被捧着，在赞美声中长大的骄傲女孩，居然是不漂亮的。

而他们，自己的身边的所有人，父母、老师、赵普耀、罗兰……他们一定早就看得明明白白了吧？就像她此刻回过头去，看那一段没有被她感觉到的青春期，那一段她觉得风平浪静的日子，其实发生了好多事情。

当时百思不得其解的种种问题，现在都豁然开朗了。一起长大的女孩，最早进入青春期，化蛹成蝶的，就是罗兰。

那一年，罗兰十四岁，刚刚进入初三。费丽虹回想起来，放暑假之前，罗兰还长着一张胖嘟嘟的娃娃脸，身材也是胖墩墩的，心智更没有脱开女童的懵懂。眼睛很大，但没有内容，显得有点呆。秋季入学的时候，罗兰就变得让人不敢认了。身体抽了条，个子高了，腰细了，胸饱满了，下巴颏尖了，婴儿肥的脸变成了瓜子脸。木呆呆的眼神亮了起来，大眼睛含了水，笑起来眼睛里的水会波动。原先白皙的皮肤变成了白里透红，好像有一束光从里往外照着，整个人都亮了起来。

罗兰的美丽，像一道春天的阳光照进了男生的心里，他们的心就像三月的土地，暖烘烘的，埋在地下的草籽草根蠢蠢欲动，压不住想往外生长，一直安静的身体喧嚣起来，像是干涸的河流突然涨了洪水，听得见血液在血管里奔跑。原来跟女生坐一桌都要划界限的男生们突然改变了态度，整天围着罗兰转，变着法子找罗兰搭讪，主动送上自己的学习用具，没事找事，哪怕说上几句废话，也要兴奋半天。男老师对罗兰的态度也来了个一百八十度大转弯，原先当着全班同学往罗兰脸上扔考卷的物理老师，上课的时候老是不由自主地把目光转到罗兰的座位上，说话的声音里恨不得放进一吨蜜，脸上的青春痘比灯泡还亮。

跟男老师的态度截然相反，那些上了点年纪又还没有彻底变老的女老师，对罗兰比任何时候都刻薄，罗兰的笨为她们的刻薄提供了很好的借口，假公济私，借着罗兰的烂成绩，她们把心里的嫉妒宣泄得理直气壮。再没有比骂一个漂亮的笨女生更痛快的了。

本来敏感的女生倒是比男生迟钝了好些时候，才发现了罗兰的美貌。女孩的迟钝是一种本能，她们不喜欢比自己漂亮的同性，即使发现了，也假装没看见，要不是男生对罗兰那么殷勤，她们可以一直假装下去。但是，男生们的表现太过分了，就连班里那些优秀的男生都在罗兰面前变得低三下四的，跟罗兰说上一句话就两眼放光，好像罗兰是个了不起的大明星。

罗兰的美貌像一面镜子，这面镜子太清晰了，不仅照出了她们身体的不完美，还照到了她们的心里，照出了她们刻意要藏起来、不让人看，甚至不让自己看见的卑微。卑微的感觉最容易引发内心的嫉妒。作为同性的同龄人，她们没有能力欣赏罗兰的美丽，嫉妒却像火苗一样烧烤着她们，让她们坐立不安。她们一定要做点什么，但她们不能像女老师那样动不动就骂罗兰白痴，她们没有这个权利。共同的卑微使她们互相靠近，结成小圈子，把罗兰排除在外。她们对罗兰充满敌意，故意找茬，想挑起争端，只要争端一起，她们就有机会狠狠地收拾罗兰。但是，这招对罗兰不起作用，罗兰胆小怕事，从不敢与人为敌，哪怕是明目张胆的敌意，她也假装看不见。躲避危险是一种本能。很多时候，本能的反应总是正确的。

女生们无奈，只能在罗兰面前夸耀她们的团结，她们成群结队，叽叽喳喳，故意凑到一起小声嘀咕，好像她们有什么了不得的秘密。其实什么秘密也没有，她们就是要虚张声势，就是要抱成一团，互相借力，这样才能让自己好过一点。面对罗兰无敌的美貌，她们是无辜而弱势的一方。无辜和弱势的个体，最容易抱团取暖。

男孩萌动的青春，女孩幽暗的内心，皆因罗兰的美貌而彰显无疑。罗兰笨得不知所措，费丽虹竟然也无知无觉，被罗兰的烦恼弄得一头雾水。费丽虹竟然跑去责问赵普耀，问他男生为什么要欺负罗兰。赵普耀似笑非笑，吊儿郎当地说："你那么聪明都不知道，我怎会知道。"赵普耀没看罗兰，他在班里也不搭理罗兰，但费丽虹记得赵普耀红了脸。费丽虹威胁说："赵普耀你要敢搞鬼，我饶不了你。"

费丽虹坐在大学的图书馆里，想起这一切，就像被赵普耀当众抽了一个耳光，脸上火辣辣的疼，心里的屈辱冰山一样，让她寒冷发颤。

费丽虹从小受到的教育都是，只要努力，就能梦想成真。现实却是，罗兰凭借天生的美貌，赢得了爱情。美貌也可以成为制胜武器。费丽虹没有美貌，所有的努力都是白费。一个你爱的人，不会因为你努力，不会因为你优秀，就爱你。费丽虹万箭穿心。这是多么荒蛮无理的现实，这样的现实，彻底颠覆了费丽虹以前建构起来的基础。她站在高高的楼顶，眼看着地基塌陷，坠入了不可知的深渊。

也许，除了罗兰，赵普耀随便爱上哪一个人，哪怕那个人美若天仙，费丽虹都不会有现在这种大厦倾覆的灭顶之感。

偏偏是罗兰。

费丽虹受了致命重创，只有皮囊是完整的，皮囊里包裹着的一切，从有形的五脏六腑到无形的心灵智慧，都成了碎片。她整天待在图书馆里，把头埋在散发出尘埃和旧纸张味道的书里。只有在图书馆里，她用不着伪装，出了图书馆，在任何有第二个人的地方，费丽虹还得装成一个正常人，装成什么事都没有发生。她在消瘦，她在憔悴，她的目光是散的，要拼了命才能把目光聚集到某一个焦点上，坚持不了五分钟，又散了。她装不下去了，她祈祷生一场病，她需要一场看得见说得出口的病掩护自己不堪示人的真正的病。

　　费丽虹吃各种容易引起过敏的东西，用劣质的护肤品，也不晓得哪一样起了作用，她果然病了。过敏，皮肤瘙痒，发红疹子。费丽虹到处看病，医生问她吃过什么用过什么，她一概否认。医生做各种脱敏实验，查找过敏源，但是，找不到任何过敏源。医生开了外用药叫费丽虹涂抹，又开了内服的抗过敏药和地塞米松，地塞米松是激素，一般的过敏，用了差不多就好了。费丽虹偶尔吃一次药，控制一下病情，多数时候把药扔了。学校最权威的皮肤科专家亲自给她看病，开出了最权威的处方，依然无效。费丽虹不想治好自己。皮肤痒起来，她的身体就变成了敌人，她满怀仇恨，用尖利的指甲去抓去挠，抓出血，挠出一条又一条血道道。她感觉不到疼痛，只觉着痛快。

　　反复发作的过敏症，让费丽虹成为一个令人同情的人，这分对过敏症患者而不是对失恋者的同情，费丽虹坦然接受了。费丽虹有时候也疑惑，罗兰和赵普耀，他们那么心安理得地相爱了，他们难道一点没有发现过她的心思？她甚至有一种冲动，想试探罗兰，从罗兰那里确证他们是完全不知情，还是装作不知情。万一他们是装作不知情呢？这个想法让费丽虹的恐惧无处不在，恐惧让她的过敏症更加严重，不得不吃药控制。冷静的时候费丽虹认定他们是不知情的，她庆幸那天没有对赵普耀表白什么，庆幸没有扔掉罗兰那封关键的信，庆幸没有在同学那里流露任何蛛丝马迹……自己暗恋的男生跟自己身边最愚蠢的女友恋爱了，这是个多么狗血八卦剧的情节。当医生的妈妈似乎察觉了一些什么，几番用眼神试探她，她用坚硬的眼神顶住了热腾腾铺天盖地的母爱诱惑，同时顶住了内心要柔软坍塌的欲望。再没有人怀疑什么，没有人知道她真正的病，她终于安全地躲在过敏症患者这个躯壳里，任由学业一落千丈，心安理得放弃了硕博连读。家里和学校都让她休学一年，先把病治好，但她坚持不休学。五年读完，费丽虹勉强毕了业，没有人责怪她，大家都觉得她不容易，带着久治不愈的过敏症，居然毕了业。

罗兰已经早他们两年从护校毕业，在省医院外科当护士。赵普耀跟罗兰的恋情还没有公开，赵普耀不敢跟他妈说。以赵普耀妈妈的优越感，怎么可能接受罗兰当她家的儿媳妇，且不说罗兰的笨，单是罗兰的父母，接受起来就是一件难事。罗兰的父亲是研究院的锅炉工，母亲从农村出来，没有工作，就在研究院里做做家政，打打零工。他们一家人，从来没有入过赵普耀妈妈的眼。

费丽虹跟赵普耀都分到了省医院。赵普耀分到外科，费丽虹分到了内科。费丽虹找了院领导，把自己调到了外科。费丽虹不喜欢内科，实习的时候，她就发现自己喜欢外科。每一次看主刀医生手起刀落，一大坨血淋淋的组织就从身体里剥离了出来。费丽虹的心情总是为之一振，仿佛拥堵在自己身体里的诸多无用之物也被一同拿掉，清洁的光照进了身体，把每一个暗角照得通亮。可惜那时候助理都当不上，只能当助理的助理，拉拉钩止止血，偶尔才会让她切开皮肤。她渴望更深地割开身体，割掉病变组织和周边组织。她尤其想做乳癌手术，切掉丰满的乳房，连同周边的组织，有时候还要拿掉肋骨……她多么喜欢那种切割的权利，主宰的感觉。只有在手术室里，她才是手握武器主宰一切的女王。

手术室

你一定会以为，手术室是很严肃的地方，寂静无声，空气凝滞，分分秒秒都在跟死神赛跑。跟你想的完全不一样，医院的手术室，是一个玩笑开得最多，医生护士笑点最低的地方。外科医生和手术室护士，天天开膛破肚，看多了血腥，见惯了生死，都是些性格通透好玩的人。在手术室待过的护士都明白，越是医术高明的医生，在手术过程中的表现越是轻松幽默，仿佛摘肿瘤跟摘西瓜似的，移植器官跟搬个家具差不多。人家那叫举重若轻。

手术台上的玩笑开起来简单，只要把医学术语换成日常话语，玩笑的效果就出来了。仅仅一笑了之，显然过于浅显了，笑过之后，再笑，那就有意味了。任何玩笑，笑是次要的，笑过之后的意味深长才是重点。男男女女，笑过之后再回味，打情骂俏的意味就像是香水的后味，绵绵不绝地环绕、袅绕直至缠绕。

整个省医院，只有费丽虹在手术台上不苟言笑，除了下达指令，一句废话都不说，更别说开玩笑。只要她穿一身绿色手术衣走进来，肃穆与冷寂，立刻达到了一种饱和状态，让人担心任何一句废话和一个多余的动作，都是不合时宜的导火索，能引起空气裂变。

费丽虹往手术台上一站，人人都得绷紧了神经。器械护士递出的手术器械不对，她随手就扔到角落里，绝不给护士替换的机会。虽说费丽虹的要求是没错的，器械护士不熟悉手术程序，那是技术不过硬。但一般的医生不敢让护士这么难堪。只有费丽虹敢，她就是要给手术室护士穿小鞋。费丽虹的小鞋很有技术含量，穿着不舒服还没人敢脱下来。历任的手术室护士长派出来上费丽虹手术的护士，都是手术室的技术尖子。护士们手术前一定会做足功课，把第二天的手术程序熟悉再熟悉。手术室的老护士都会跟新护士讲，千万不敢栽在费丽虹手里。

医院的人都知道，费丽虹跟手术室护士有仇。君子报仇，十年不晚。费丽虹的仇，报了何止十年。当事的于梅护士早就不在手术室了，她已经离开医院不知所踪。但是，于梅护士走了十几年，还活在手术室。每一次上完费丽虹的手术，于梅护士的名字都要在手术室护士的舌头尖上碾压几遍。"于梅，你个狐狸精，你勾引谁的老公不好，偏偏勾引费丽虹的老公。费丽虹是好惹的吗？"

出事之前，谁也没看出费丽虹的决绝和厉害来。不过，要是认真回想，还是能发现一些端倪。那时候，费丽虹才是医院外科一个普普通通的住院医生。在同年分来医院的大学生里面，费丽虹不怎么讨人喜欢，长得不好看，也不爱说话，除了跟科里的护士罗兰关系密切，跟其他人的交往不远不近。综合业务能力不是特别拔尖，在科里总是提不起精神的样子，但是，在同年毕业的医生中，费丽虹手术是做得最好的，她喜欢做手术，一进手术室，她就跟打了鸡血一样亢奋，她做手术有一种男医生都难以企及的果敢凶狠劲。尤其乳癌手术，费丽虹上手最快，她敢下刀，刀头精准，切得非常干净。科主任和科里的几个老医生觉得费丽虹是一个好苗子，有很好的天赋，就是不在状态。

罗兰积极为费丽虹辩护，她告诉所有的人费丽虹以前如何优秀，要不是得了久治不愈的过敏症，早就考上硕博连读了。科里的人都看出来了，罗兰总在巴结费丽虹。

年轻的医生、护士到了合适的年龄，都忙着恋爱，恋爱成熟的忙着结婚，没对象的看到别人出双入对，都不甘落后，忙着找对象，喜欢做媒的忙着当红娘……

费丽虹没有男朋友，医院里没人追她，也看不出她对谁有一星半点的意思，她从来不像别的医生那样死皮赖脸或者半推半就地拜托科里的老同志帮着介绍对象，喜欢做媒的老同志最得意那样的年轻人，豁出去一张老脸也要帮着介绍成。费丽虹不急不慌，还真没有人张罗给她介绍对象。谁都没把握，不敢管费丽虹的闲事，怕好心吃个闭门羹。费丽虹看着简单，却叫人看不透，大家都不晓得为什么，对她有些畏惧。虽然大家都觉得费丽虹其实是科里最值得同情的人，但她偏偏有一种仿佛天生的傲慢，压根没有那种让人同情的感觉。科里的人私底下都说，也不晓得费丽虹有啥可骄傲的，长得又不好，性格又不随和，皮肤病那么严重。哪个男人敢找她，还真得有胆量。这些议论，都不避着罗兰。罗兰在科里的人缘很好，罗兰的那点烦心事，科里人都知道，每个人都在帮她出主意，想办法。他们说："罗兰，你跟费医生那么好，你知道她要找个什么样的男朋友吗？她接不接受别人介绍对象啊？你倒是跟我们说说，我们也好想办法帮帮她，省得她落了单。虽然我们不喜欢她，我们也不愿意看见她形单影只。"

罗兰说："我还真不知道，费丽虹从来不跟我说这些。"但罗兰知道费丽虹的心气有多高。费丽虹即使落难了，考不上硕博连读，浑身长满治不好的红疹子，依然保持着骄傲的姿态。罗兰自然不敢劝费丽虹放下架子，务实一点，找个条件差不多的对象。罗兰自己还有烦心事呢，好在一个科室的护士都是罗兰的高参，她也用不着费丽虹出主意，费丽虹智商高，读书厉害，论这种事儿，还真不如科里的护士有主意。

同年龄段的人都相继结了婚，最难办的罗兰也奉子成婚了。罗兰要不是怀了孕，赵普耀的妈妈死活也不会同意他们结婚的，赵普耀妈妈一百个看不上罗兰。赵普耀妈妈多高的心气啊，她压根想不到，自己引以为骄傲的儿子，名牌大学毕业，前途无量的医生，会娶罗兰这样一个白痴样的女人。她最想不通的是，罗兰这么个蠢女人，凭什么把赵普耀迷得神魂颠倒。想得通想不通都没关系，科里的老护士告诉罗兰，你只要怀了孕，老太婆没有不松口的。天大地大，孩子最大。就是最厌恶儿媳妇的婆婆，也喜欢孙子。罗兰正是听了老护士的话，才豁出去未婚先孕，铺平了结婚的道路。

谁都以为，费丽虹要把自己剩下了。但是，罗兰结婚不到三个月，费丽虹就不声不响地嫁给了从县医院上来进修的宋和平医生。宋医生除了说话一口县城腔，样子很正点，一米八十的个子，高鼻梁大眼睛，脸部轮廓硬朗。宋医生一到医院就开展爱情攻势，他专门追求那些家在省城有一点家庭背景的医生、护士，目的很明确，就是要留在省城。宋医生企图利用自己的相貌优势拼出一条路，却处处碰壁，未婚的医生、护士都躲着他。宋医生绝望地发现，女人不看重男人的相貌，男人可以冲冠一怒为红颜，女人不会。在婚姻市场上，女人的美色是硬实力，男人的颜值连软实力都算不上。

宋和平医生心灰意冷，医院里的人却突然发现，宋医生把能追求的人都追求过了，独独漏掉了费丽虹。有那促狭的家伙就问宋医生是不是嫌弃费医生有病。宋医生说，过敏又不是什么治不好的绝症。"那为什么不追费丽虹。你不是想找有关系的吗？费丽虹家的关系才是最硬的。"宋医生哭丧着脸说："我也知道她家关系硬，可我不敢啊，别说追她，我跟她说话都紧张。费丽虹的眼睛，看人就像手术刀，能看到骨头缝里去。"那帮促狭的家伙，也不是真觉得宋和平医生能追上费丽虹，宋医生跟费丽虹，就像两个星球的人，运转几百年都不可能撞到一起。他们就是想看热闹。他们使劲鼓励宋和平去追费丽虹，他们说："费丽虹就算是老虎，也不会吃了你。她可是你最后

119

暗
疾

一根救命稻草，一咬牙一跺脚说不定就抓住了。"不管他们如何起哄，宋医生始终哭丧着脸，不为所动。

就在宋和平医生绝望的时候，费丽虹把宋医生约到外科大楼外面的喷水池旁。费丽虹盯着宋和平端正英俊的脸，心里平静如一潭死水，有过对赵普耀那种卑微得低到尘埃里的感觉，费丽虹在宋和平面前，气定神闲，收放自如。她不爱这个长相英俊没有气质的男人。这个男人也不爱她。在这个男人的心里，压根没有爱情的位置，他还在解决自己的生存空间问题。没有爱情。只有婚姻是他们两个共同的需求。宋和平需要婚姻来解决生存空间的问题，费丽虹需要一个婚姻的躯壳来躲藏自己。赵普耀跟罗兰结婚了。那天罗兰在科里发喜糖，罗兰那张洋溢着幸福的漂亮脸蛋，晃得费丽虹站立不稳。在赵普耀妈妈拼死阻拦他们的几年里，费丽虹的过敏症已经控制住了。她知道赵普耀跟自己没有任何可能，一纳米的可能都没有，但，只要不是罗兰。她抱着朦胧的希望，可惜赵普耀妈妈没有挡住他们。费丽虹吃完喜糖，舌根都苦了。那颗苦涩的喜糖，就像一个动员的指令，把驻扎在费丽虹身体里的敌人顷刻间动员起来，这些全副武装的敌人，因为短暂的休眠，变得更加凶猛。费丽虹仿佛又回到当初躲在图书馆里的时候，只有皮囊是完整的，皮囊里包裹着的一切，从有形的五脏六腑到无形的心灵智慧，都成了细小的碎片。过敏症汹涌地卷土重来，几乎将她击倒。费丽虹早就知道，她的过敏症不是皮肤病，是精神的疾患。吃过敏药没用，受过敏症的影响，她不得不停止上手术。她要做手术。她不能再依赖过敏症了。过敏症已经不能给她安全的庇护，反而要影响她上手术台。她想到了结婚，她要躲在婚姻里面，把那个粉碎了的自己隐藏起来。她的过敏症可以退场了，婚姻是她的另一场过敏症。

费丽虹直截了当地对宋和平说："我们结婚，我可以帮你调进医院。"宋和平白净的脸泛起一股红潮，他没想到，费丽虹这么直接。他不敢看费丽虹，站在费丽虹面前，他就像被剥光了衣服，毫无遮挡。费丽虹笑起来，说："是不是觉得我说话太赤裸裸了？真是，有什么好遮遮掩掩的？你在医院追了一圈，不就是想调进医院吗？反正也没有人愿意帮你。我呢，也想结个婚，省得医院的人当我有毛病。我们互惠互利，不是挺好吗？哦，对了，你不要担心我的皮肤问题，我会治好的。"宋和平惊讶地看着费丽虹，想着自己像个女人那样打着爱情的旗号去骗人结婚，畏畏缩缩还失败了。而这个不漂亮的女人，思维方式如此霸气，如此磊落，如此强大，他简直要崇拜这个女人了。他慌忙点着头说："好，我愿意。"

费丽虹伸出手，握住了宋和平医生的手。宋和平医生的手肥厚绵软，缺乏力度。费丽虹握了一下就放开了。不谈爱情，一切如此简单明了。不是唯一的那一个，换了任何一个都是无差别的。费丽红说："等我治好了皮肤，就去登记。"说完，转身走了。

宋医生那一口县城腔，叫费丽虹妈妈直皱眉头。费丽虹妈妈对宋和平医生的家庭背景十分不满意。宋和平担心过不了费丽虹妈妈那一关，费丽虹倒不担心，她要干的事情，谁也挡不住。除了爱情。爱情被赵普耀挡在了门外。

费丽虹结婚后，费丽虹妈妈和赵普耀妈妈更加亲密，两个同病相怜的老闺蜜，花更多的时间在一起喝茶养花，互相控诉，互相疗伤。

费丽虹的父母虽然没反对他们结婚，但也不积极帮宋和平调动。宋和平进修结束，恋恋不舍地回了小县城。费丽虹对这种分居的状态倒是很满意。宋和平心里没底，这个让他高山仰止的女人，他彻底弄不懂。宋和平没心思上班，三天两头请假来看费丽虹。给罗兰出主意的那帮人，给宋医生出的还是同样的主意。赶快让费丽虹怀孕生个孩子，费丽虹父母看在孩子的分上，没有不帮忙的。果然，费丽虹刚刚怀孕，家里的态度就积极起来，父母动用了一些关系，不到三个月就把宋和平调进了医院。医院分的筒子楼，费丽虹住不惯，又不愿意跟宋和平一起回娘家住，母亲对宋和平的态度，还是不住一起更好。父母怕费丽虹委屈，出钱在医院附近租了个两居室的房子，帮他们把家安顿好。

结婚后，费丽虹日渐显示出来的业务能力让大家都意识到，费丽虹是一个事业型的女人，而宋医生是绣花枕头，业务上不可能有多大的发展。但宋医生会干家务，买菜做饭都是好手，费丽虹怀孕后，被他养得很滋润。费丽虹妈妈到他们家视察了几次，彻底改变了态度，高度赞扬费丽虹给自己选了一个最适合的丈夫。医院上上下下几乎达成了一致的认识，费医生跟宋医生的结合，各得其所。这样的婚姻，往往是最牢固的。

哪晓得宋和平会出轨。换作今天的话来表达，一个靠相貌上位成功的屌丝，居然敢出轨。在费丽虹休产假期间，宋和平医生跟于梅护士居然在手术室里抱在一起亲嘴，被费丽虹的闺蜜罗兰撞见。被谁撞见不好，偏偏被罗兰撞见。罗兰不光是费丽虹的闺蜜，还是典型的没脑子。不出一个小时，全院都知道了这桩出轨事件。罗兰跟科里的人一起愤怒声讨了宋和平还嫌不够，又急匆匆跑去告诉费丽虹。赵普耀听说罗兰去找费丽虹，放下正在开着的处方，以百米冲刺的速度去拦截罗兰。晚了，罗兰已经垂头丧气从费丽虹家出来了。赵普耀一把抓住罗兰，凶巴巴地问："你告诉费丽虹了？"

罗兰脸颊气得通红，说："告诉了。就凭他宋和平，也敢在费丽虹坐月子的时候出轨，太不是东西了。我要不告诉费丽虹，让她蒙在鼓里被人骗，我还算什么好朋友。"

赵普耀气得推了罗兰一把，说："你有没有脑子啊？人家两口子的事，你瞎掺和什么？你知道怎么回事，看见两个人抱在一起就是出轨了？"

罗兰眼里汪起泪水，声音发硬，说："抱在一起亲嘴还不是出轨？我要跟别人抱在一起你没意见？我就不明白，你到底向着谁？我们可是费丽虹的朋友。你，我，费丽虹，我们三个一起长大的，你为什么站在宋和平一边？你们男人，都不是东西！"罗兰索性哭起来。

赵普耀跺着脚说："你以为告诉费丽虹是在帮她？费丽虹有多刚烈多要强，你知不知道这样会出事的。别哭了。费丽虹什么反应？"

刚才只顾着义愤填膺，血往头上冲。赵普耀这样一说，罗兰脑袋里的血一下子凉了。费丽虹刚才什么反应？好像没反应，听完就听完了，说要喂孩子，就让罗兰走了。罗兰这才吓坏了。以费丽虹的性格，她怎么受得了这样的委屈？她的反应太不正常了，坏了，要出大事。

罗兰抓着赵普耀的手说:"我好怕,我们上去看看吧。"

赵普耀觉得不该去,但他实在好奇,除了费丽虹,任何别的女人遇到这种事会有什么样的反应,他都可能猜得到,但是费丽虹,他真猜不到。他们两个敲开门,费丽虹已经叫保姆泡好了一壶绿茶,汤色嫩黄明亮,香气袅绕。她坐在沙发上,笑着给他们一人倒了一杯,说:"就知道你们两个会一起来,喝茶吧。上好的竹叶青。"罗兰"哇"的一声哭起来,说:"丽虹,你想哭就哭吧,有我们呢。"费丽虹挺直了脊背,宋和平出轨带来的伤害,还真不如这会儿被赵普耀和罗兰居高临下俯视着。居然轮到罗兰来同情她,简直奇耻大辱。她咬着牙,把一腔就要喷薄而出的愤怒咽了下去,奋力地笑着说:"不就是老宋跟于梅抱在一起吗?多大点事啊。我还连茶都不喝了?罗兰你真是太不了解我了,长这么大你见我哭过吗?何况为一个男人哭。"罗兰抹了一把挂在脸颊上的眼泪,瞪大了眼睛还想说什么,赵普耀端起一杯茶递给罗兰,说:"喝茶!"自己也端起一杯一口干了。赵普耀拉着罗兰说:"我们回去上班了。我就知道你没什么事。罗兰纯属瞎操心。你还不了解罗兰,她那智商,从小就让人着急。"赵普耀说完就把罗兰拉走了。

费丽虹坐在沙发上,一杯接一杯喝茶。茶真好喝啊,一路烫着舌头、口腔和食管,进到胃里还热乎乎的。被茶水烫过的舌头、口腔,涩涩的,随即泛起一股甘甜。费丽虹放慢速度,让自己的舌头、口腔和食管充分感受被茶水烫过的舒适与熨帖。保姆发现了,来夺她的杯子,保姆说:"费医生你喂奶呢,不能喝茶。"费丽虹笑了笑,说:"你的职责是家务,懂吧?"保姆讪讪地放下杯子,站在那儿欲言又止。费丽虹抬头看着她,问:"还有事?"保姆到底忍住没说出什么安慰的话来。费丽虹喝完茶,回到卧室,刚刚满月几天的儿子宋扬酣睡在小床上,粉嘟嘟的脸。费丽虹俯身抱起儿子,把脸贴在他的小脸上,满腹的酸楚溢出了血管,溢满了眼眶。这个小东西,他什么都不知道,他不知道他这么个小人儿,却有那么大的能量,正是在怀着他的日日夜夜,在他出生后的时时刻刻,费丽虹感觉到她的心在变软。

她不止一次想到了，爱情的世界里，也许不是只有唯一那么绝对，唯一之外，也可能有平凡温润可以相伴一生的情感。对宋和平那种无所谓的硬邦邦的态度，像遇到暖洋的冰山，正在一点点消融。

太可笑了，她差一点就要爱上宋和平，而宋和平根本没有爱上她。正是这一点，让费丽虹充满屈辱的感觉，她无法原谅自己。一个人一生不能两次踏入同一条河流，她却差一点两次踩入同一个陷阱。她把孩子放回床上，狠狠地抡起拳头砸在墙上，手指骨的疼痛撕心裂肺，疼痛成功击退了酸楚的感觉。

费丽虹站在窗户边，看了一眼蓝蓝的天空，刚才一杯一杯喝进去的茶似乎全流进血管里，它们替换了她黏稠的血液奔跑在血管里，那么清澈那么无牵无挂。费丽虹感觉自己被清洗了一遍，身体里黏糊糊浓稠的东西都被清洗掉了。这个轻盈的身体，是她可以做主的。脑袋里活跃的细胞，让她的思维快速、简洁、直达目的。婚姻不是过敏症，费丽虹一个人掌控不了。她不再需要这个不能为她提供庇护的婚姻。她要考研究生，回去读书，把被过敏症中断的学业重新完成，做一个追求事业的女人。事业，才是女人坚固的庇护所。

离婚的决定，只用了一分钟就做出了。既没有灭顶之感，又没有摘除了五脏六腑般的空虚。爱与不爱，的确天壤之别。除了孩子，这个无辜的孩子，他不幸做了费丽虹的孩子。但是，费丽虹想到要失去孩子，竟然也是可以忍受的。她必须要做自己喜欢的那个费丽虹。看起来完好无损，内心充盈着骄傲、自信，做得了自己的主，掌控得住跟自己相关的局面。

医院的舆论一边倒，都骂宋和平医生不是东西、于梅护士是个不要脸的狐狸精。人家费丽虹在家休产假呢，真是一对狗男女，连狗都不如。

继罗兰之后，费丽虹科室的医生、护士一拨一拨跑到费丽虹家，安慰的、劝解的、帮她出主意的，忙得不亦乐乎。费丽虹一副跟自己不相干的神态，安安稳稳地坐在床上，一只手抱孩子，一只手拿一本厚厚的医学书，看得很专心。科里的医生护士挺没趣，满腔的同情像柔软的春风吹出去，原本指望吹到奄奄一息的花朵上，吹出些许生机，受伤的花朵再来一番梨花带雨。对于施舍同情的人，那是最美好的时刻。没想柔润的春风吹到岩石上，岩石岿然不动。遇到这种事，怎么可能无动于衷？费丽虹就是披头散发跑到手术室拿把手术刀往于梅脸上划，大家都能理解。费丽虹哪怕爬到医院顶楼往下跳，大家都觉得不过分。一个女人，生孩子的时候老公跟别人搞到一起了，这是多大的不幸？多没面子的事？多让人崩溃？可她居然不哭、不闹、不倾诉，还有心思看书。这就有点过分了。过分到超出了大家的理解能力。

宋和平在外面躲了几天，战战兢兢回到家，做好了被费丽虹盘问的各种准备，甚至想了好几套方案，痛哭流涕、赌咒发誓、推脱责任、下跪求情，只要费丽虹能原谅，啥办法都可以用。哪晓得费丽虹跟什么事都没有发生一样，提都不提，该吃饭吃饭，该喂孩子喂孩子。宋和平不相信费丽虹就这样放过他了，他始终觉得头上悬着一把没有落下来的剑，整天提心吊胆。跟于梅不敢再有一丝瓜葛。

费丽虹休完产假要上班，保姆被她辞掉了，孩子没人带。她主动提出让宋和平的妈妈来帮着带孩子。宋妈妈来了之后，费丽虹对宋妈妈非常客气。孩子晚上跟宋妈妈睡，宋和平终于搬回去跟费丽虹住一个房间，他迫不及待要用身体试探费丽虹。费丽虹什么话都不说，指了指床上另一边的被子，用眼睛的斜光看了宋和平一眼，宋和平昂扬的身体立马就偃旗息鼓了，宋和平钻进另一床被子里。费丽虹靠在床上看大部头的专业书，好像在另一床被子里辗转反侧、唉声叹气的宋和平是空气。宋和平实在受不了，掀掉被子跪在床上，绝望地问："你要惩罚我到什么时候？不过是男人女人之间那点事，是个男人只要有机会都会出轨。打一打、骂一骂、哭一哭、闹一闹，就过去了，该过日子还过日子，你至于这么不依不饶吗？我跟于梅，就是一时糊涂，没有经得住诱惑，我们再也没有接触了。我知道你骄傲，要强，你要觉得丢了面子，我明天就到医院的大楼顶上打一横幅给你道歉。我让全院的人看见我给你认错，行吗？你就原谅我，我们好好过，好好抚养儿子，我给你当牛做马……"费丽虹手术刀一样的目光在宋和平脸上扫了一遍，用一根手指掩住嘴巴，嘘了一声，说："你要做什么，不用跟我商量。请不要影响我看书。"宋和平跪着的腿只好放平了，拉过被子盖住自己，恨不得床上有一个洞，直接坠进地狱里。

第二天，宋和平当真爬到医院的楼顶上打了一条横幅：费丽虹我对不起你，请你原谅我。整个医院都轰动了。那些丈夫出了轨仅仅在家里口头道歉就原谅了丈夫的女人，羡慕死了费丽虹。好多人预测，费丽虹赚足了面子，肯定会原谅宋和平，她不是一直没说过离婚的话吗？费丽虹脸上波澜不惊，看不出任何迹象。没有人敢问费丽虹到底怎么想的，罗兰更不敢问。宋和平忐忑不安地回到家里，沮丧地发现，费丽虹对他的道歉无动于衷。他的行为，除了让自己变得可笑，根本不可能对费丽虹有任何触动。晚上躺在床的另一边，他杀费丽虹的心都长出好几颗来了。

费丽虹休完产假回去上班，手术室护士于梅的日子就不好过了。尽管护士长从来不把于梅派给费丽虹，尽管费丽虹一句话没说过，甚至看都没看于梅一眼。但是，费丽虹只要进了手术室，于梅那一天注定心神不定，频频出错。手术室护士都说，费丽虹的气场太强大了。于梅眼看着一天天憔悴下去，小脸瘦得剩一小巴掌。坚持了半年，于梅自己调走了。

宋和平这才知道，会哭会闹会上吊的女人，都是纸老虎。而费丽虹确确实实是一只真老虎。不，是比真老虎还吓人的怪物，杀人不见血，吃人不吐骨头。

孩子一岁半的时候，悬在宋和平头上的剑终于掉了下来。费丽虹起草了一份离婚协议，孩子归宋和平，她按规定付抚养费。房子是费丽虹父母掏钱租的，宋和平要住，就自己掏房钱，不住可以搬去住医院分给他们的房子——筒子楼里的两间房。费丽虹把离婚协议放到桌子上，叫宋和平签字。宋和平嬉皮笑脸地说："孩子为什么归我？我可听说孩子一般归妈妈。"费丽虹抬了一下头，说："这是你母亲的意思，她舍不得孙子。不信你叫她出来问。"宋和平拉下脸，说："你早就准备好了。我要不同意呢？"费丽虹一点表情都没有，说："我律师都找好了，不同意就上法院。"宋和平黑着脸，眼睛冒着火，说："你舍得咱儿子？"费丽虹说："那是我的事，不烦你操心。"宋和平差一点要扑过去掐费丽虹的脖子，但他不敢，他稳了稳情绪，口干舌燥地说："费丽虹，你真狠啊！你让儿子一岁半就没了家，你让我带着孩子、老妈搬去住筒子楼，你就不怕医院的人骂你？"费丽虹依然毫无表情地说："签字吧！骂不骂是他们的事，我从来不关心。"

离婚后，宋和平带着儿子和老妈住进了医院分给他们的两间筒子楼，他的工资加上费丽虹付的那点抚养费，要养活儿子和老妈，根本付不起那舒适的两居室房租。费丽虹果断退了房子，搬回父母家里，她不再需要房子。离婚不到一个月，她参加了研究生考试，以比第二名高出好几十分的成绩考入了母校。罗兰像是自己中了头彩一样，见人就说："我说得没错吧？费丽虹就是优秀。她读完硕士肯定还要读博士，这下她要飞走了。我们省医院这个小鱼塘，养不下她这条大鱼的。"

费丽虹果然读完研究生又读了博士。但是，跟罗兰预测的不一样，费丽虹没有飞走，她又回来了。倒是罗兰和赵普耀先后离开了医院。先是赵普耀离职去承包了药厂，发了财，罗兰就辞职回家当了全职太太。

博士毕业回来，费丽虹成了医院最拔尖的医生，技术骨干。她对乳癌的诊断和治疗无人能及，她凭借触摸做出的诊断，准确率达到百分之九十多，她做过的乳癌根治手术，只要没有血液和淋巴转移，基本没有复发的，治愈率非常高。她被坊间称为"神医"，"一把刀"。她是病人的福音，乳癌患者慕名而来，排着队等着费丽虹做手术，费丽虹的手术安排，一般要到几个月之后。精湛的医术为费丽虹赢得了名声，媒体争相采访她。她在事业上一帆风顺，很快当了主任，四十岁刚出头，就是副院长兼主任了。

最不希望费丽虹回来的，要数手术室的护士。费丽虹一回来，手术室护士的小鞋又穿上了。悲催的是，穿了十几年，还得一直穿下去。随着费丽虹的职务越升越高，小鞋的号码只会越来越小。按照费丽虹目前的发展趋势，过几年说不定还能当院长，即使当不上院长，也是知名专家。医院的专家，七十岁都退不了休，医生越老越值钱。手术室护士算是霉到家，没有出头之日了。

另一个不希望费丽虹回来的，就是费丽虹的前夫宋和平医生。宋和平一直在医院，勉强靠资历混了个副主任医生，不到五十岁，头发白了，背驼了，看着就是一脸倒霉相。自己辛辛苦苦带大的儿子，也被费丽虹成功策反了。自打费丽虹掏钱让孩子出国读高中，宋和平想见儿子一面都难了，假期要不就不回来，费丽虹反正会给钱让他度假，回来也是在费丽虹住的院长楼待的时间长，到宋和平那儿也就点个卯。宋和平气不过，在科里发牢骚，说自己寒心，现在的孩子，有奶就是娘。科里的年轻医生意见一边倒，他们说："老宋，你别这么看不开，人家费院长本来就是亲娘，离婚也是因为你风流，费院长抚养费一分没少过。儿子要出国留学，你这当爹的没钱，要不是人家当妈的主动奉上，孩子能到国外上学吗？换了哪个孩子不都得乐颠颠回到这样的母亲身边。"年轻医生都崇拜费丽虹，看不起宋和平。宋和平碰一鼻子灰，自找没趣。老一拨医生、护士倒是比较同情宋和平，他们又有另一样的想法："孩子回到母亲身边，说不定是一件好事呢。你看你一直没有再娶，费丽虹也没有再嫁。孩子是你们两个唯一的孩子，有了孩子做桥梁，你们说不定还能破镜重圆。"听到破镜重圆，宋和平差一点从椅子上摔下来。他哭丧着脸说："跳一次火坑就够了。"宋和平的样子太滑稽，年轻医生们笑喷了。

发生在医院的事，大家都看到了。但是，发生在费丽虹心里的事，谁也看不到。

多少年过去了，费丽虹依然记得上班第一天，她独自去了位于外科大楼顶层的手术室，站在手术室的大门外，躁动的心突然安稳下来，就跟站在落雪的旷野似的，空旷，清冽，浑身有一种被寒冷激发出来的力量。

无荧灯下血肉模糊的一团，在费丽虹眼里分明是一株经脉清晰的植物，花瓣突起，艳丽妖娆，吐着腥甜的毒汁，根茎深入到肌肤与血管里，结结实实，狠命要扎进去更深，把触须伸得更远，占领更多的领地。好一朵贪婪的毒之花，凶蛮强劲，敲骨吸髓，饮血吃肉。寄生之处，一切正常组织都变成养料和粪土，滋养它更强更壮。

手术室的空气被口罩隔离过，依然有一股复杂的气味，消毒水微

我们如何变得陌生

微刺激黏膜的辛味，各种手术器械冷幽幽的金属味。最突出的是一股闷乎乎的腥甜气味。被切割的组织，裸露在空气里，就是这股味。

很多常年做手术的医生，在手术室待了太长的时间，嗅觉都很迟钝。费丽虹不。她的嗅觉高度灵敏，任何时候，她都能精准地分辨出游荡在空气里的各种气味。气味是个很有意思的东西，跟人一样，有不同的气质与脾气。有的气味总是单独游离，显出孤独高傲自信的气质；有的气味却喜欢相互混合缠绕，不自信的感觉；有的躲藏在别的气味里，像小孩藏在水里，偶尔露一下小脑袋，调皮可爱；有的霸气十足，总要把别的气味包裹覆盖，企图藏匿消灭，唯我独尊……

尽管隔着口罩，吸进去的各种气味还是在费丽虹鲜活热络的肺里乱串。费丽虹一阵恶心，心脏摇摆慌乱，内里的器官翻转失控。吸气吐气。深吸。再倾力吐出。吸进去的空气加了温度，被费丽虹狠巴巴地吐出来。温热的气息被口罩阻挡，顺着鼻梁爬到眼睛里，像一团浑浊的雾。费丽闭眼，睁开。恶狠狠施力于薄薄眼皮，将雾气阻挡。

经过一番无人知晓的暗斗搏击，费丽虹已经准备好了，可以投入战斗。没用的器官，没用的感觉，统统丢掉了，只剩下最有用的心脏、眼睛和手。心脏强劲稳定，像被某个螺丝固定住，不再摇摆。眼睛明亮，像接通了身体深处的某一处光源。双手更是灵活柔韧像着了魔。费丽虹握紧手术刀，一股明晃晃的力量直抵指尖。手起刀落，出神入化，刀刀精准。

在这个战场上，费丽虹是唯一的女王，她手握武器，发号施令，掌控全局，决定成败。可是，有一点她无法掌控，每割一刀，都有一阵疼痛袭击她身体的相同部位。无法控制莫名其妙的疼痛，让费丽虹从女王的宝座跌落下来，她不是女王，她连自己都掌控不了，不管爬得多高，不管过了多久，她还是那个无法治愈的病人。那一瞬间，费丽虹沮丧极了。她像割韭菜那样一茬一茬割掉，又一茬一茬长出来的各种病变，不管长在谁的身上，都是自己的病，它一次次改名换姓，移花接木，在别人的身上发作出来。费丽虹只能一次次站在手术台上，一次次割掉它们。就像无法把石头推上山顶的西西弗斯，只能无休止地推下去。

荷塘月色

　　费丽虹是医院里知名度最高的女人，因为经常上报纸和电视，连医院的清洁工和护工都认识她。她出现在任何地方，都衣着整齐，精神饱满，腰板挺得笔直，脸上洋溢着自信飞扬的神采。可是回到家就不行了，她饱满的情绪只能保持到走进客厅，往沙发上一倒，腰就塌了，人也散了。空荡荡的房间，没有男人气息的稀薄空气，没有人间烟火气的冰冷厨房，没有热乎气的宽大双人床，没有男士用品的洗漱间，无人收拾的花草干死在窗台上……家里的一切，都在提醒着她作为女人的失败。她越来越怕一个人回家，尤其是刚刚结束一段短暂的恋情，一个人回到家，更像孤魂野鬼。

　　有一阵，费丽虹喜欢去罗兰家蹭饭。赵普耀不在家。热气腾腾的厨房里，费丽虹坐在高脚凳上，喝一杯茶，翻一本闲书，居高临下地看罗兰围着围裙在厨房里摘菜，洗菜，切菜……罗兰的动作优美流畅，她干这些事，似乎有无穷的乐趣。这场景让两个人都有一种时光倒流，回到了小时候的感觉。只是，罗兰老多了，一张脸干巴巴的，眼皮周围的皱纹粉底都盖不住。当年湖水一样波光潋滟的眼睛，如今干涸得露出了河床。罗兰已经是美人迟暮、江河日下的光景了。费丽虹忍不住会想，自己要是嫁给了赵普耀，会过上什么样的日子？她不可能成为罗兰这样的妻子。可是，难道生活不会有另外一个范本吗？费丽虹到底不服气。

　　罗兰依然是愚蠢的，对着单身的费丽虹，她也忍不住要倾诉自己的幸福。摘菜洗菜的空隙，她就跟费丽虹谈起了女儿和丈夫。女儿赵萝美貌如花，重点中学火箭班的前十名，丈夫赵普耀，挣钱，顾家，没有绯闻，是个模范丈夫。罗兰脸上的每一根皱纹都在放光。"我就是个平庸的女人，有一个幸福的家庭，有这样的丈夫和女儿，还有什么不满足？"她站在费丽虹面前，十分知心地说，"丽虹，你也不能光顾了事业，有合适的，也该成个家。"

我们如何变得陌生

哪壶不开提哪壶。罗兰的知心体己话，总是起到诅咒一样的恶毒效果。费丽虹不得不借口上洗手间，离开了厨房。

罗兰的家，处处都是舒适惬意的。窗明几净的房间，摆放有序的家具，搭配合理的色彩，各种有趣可爱的小摆件，厨房里热气腾腾的食物香味，花园里修剪整齐的花花草草……只有心情美好的女人，才能把家打理得这么舒适。罗兰家里的点点滴滴，都在证实罗兰是个幸福的女人。罗兰的幸福，刺激着费丽虹，在这个别人的家里，她被强烈的孤独感包围了。偶尔碰上赵普耀回了家，一家三口温馨暖人的场面，更是刺得费丽虹的心血淋淋地疼痛。她再一次绝望地意识到，她是被幸福放逐了的人。她的爱情，刚刚发芽就被捂死在不见阳光的黑暗里。

费丽虹越来越少到罗兰家里去蹭饭，她总是想尽一切办法逃到外面，到公共场所去，到各种娱乐的人群里去。费丽虹在许多公共场所发现了赵普耀的身影。这个忙碌的男人，整天在外面推杯换盏，他真的像罗兰说的那样，结婚十多年，还一如既往地爱着罗兰？费丽虹不相信，她的前夫和断断续续交往过的男朋友都没有给她这种信心。赵普耀是个例外吗？她不相信，更不愿意相信。费丽虹怀着一种隐秘激动的心情，追踪着赵普耀的踪迹，她经常去赵普耀喜欢光顾的地方，她比罗兰更熟悉赵普耀家庭之外的生活轨迹。虽然一直没有发现什么，但她有足够的耐心。是狐狸总会露出尾巴。她相信。

差不多半年以前，费丽虹追踪到了赵普耀的狐狸尾巴。那个周末去湖边的会所，本来约了罗兰，罗兰临了却没去，说赵普耀出差了，赵萝感冒了。费丽虹只好自己去了。一个人喝茶还是孤独，但比一个人在家容易忍受。费丽坐在临湖的地方，点了一杯花果茶。孤独的时候，她迷恋花果茶的缤纷色彩和甜腻滋味。等待上茶的时候，费丽虹看见邬米米在湖边散步，她犹豫着要不要打个招呼。

邬米米是都市晚报的头牌女记者，采访过费丽虹。采访之后没多久，邬米米麻烦费丽虹帮她堕过一次胎。邬米米跟一个有妇之夫怀了孕，本想利用怀孕逼人家离婚，无奈那人躲了起来，踪影全无。眼看胎儿一天比一天大，邬米米心力交瘁，不得不放弃奉子成婚的痴心妄想。堕胎过后，邰米米脸色蜡黄，精神萎靡，躲到郊区度假村里疗伤，邀请费丽虹去小住两天。费丽虹去了才知道，那个叫荷塘月色的度假村，是邰米米的。看到费丽虹一脸惊讶，邰米米嗤嗤地笑着说："这是我第一任男朋友的分手费。还是他最了解我，知道我总有一天还会需要这样一个疗伤的地方。"邰米米年轻，坦诚，敢于把伤口亮出来给人看，敢于拿自己的伤口开玩笑。伤口亮出来，晒晒太阳，消消毒，也就愈合了。像费丽虹那么捂着，永不见天日，永远也好不了。但费丽虹没有勇气揭开自己的伤口，她跟邰米米是两代人，她把骄傲和尊严看得很重。费丽虹佩服邰米米，亮出伤口跟亮出旗帜一样坦然，谈论失败的恋情就像在炫耀丰富的经历。两个人散步，喝茶，赤裸着泡在温泉里看星星，聊知心话，大有要成为闺蜜的趋势。仅仅是趋势。邰米米的伤口很快愈合了，她马上投入了一场新的恋爱，新的男人带给她新的生活。她恢复过来，依然是一个红润饱满、妖媚迷人的美女。最让费丽虹不能忍受的，不是邰米米超强的愈合能力，而是邰米米当着费丽虹的面就毫不在意地把四十多岁的女人称作老女人。那种年轻女人的优越感，让费丽虹心里泛起恶毒的酸水。

费丽虹跟邰米米有一阵没见面了。邰米米不停地看表，似乎在等什么人。茶端了上来，费丽虹索性不跟邰米米打招呼了。她喝了一大口滚烫的花果茶，身体被温厚甜腻的茶水滋润起来，这样的时刻，孤独也成了一种享受。邰米米等的人到了，两人牵着手往茶室这边走，越走越近。

费丽虹瞪大眼睛。邰米米的新情人，竟然是赵普耀。

似乎猝不及防，其实等待已久。费丽虹拿起一本杂志遮住自己，趁他们黏糊着搂在一起鼻尖碰鼻尖地看一本茶水单，迅速离开了。

赵普耀果然不是那个例外。费丽虹像一个追踪许久，终于追到了猎物踪迹的猎人，心脏狂烈地跳动着。她告诉自己要冷静，她开着车在湖边会所周边的路上乱转，居然迷了路。很久，才开出会所，开到了回城的高速路上。她把车开到了罗兰住的别墅区，但她在门口掉头开回了自己家。费丽虹躺在自己家的沙发上，不开灯，任黑暗笼罩了全身。罗兰自欺欺人的幸福泡影，只要她轻轻一戳，就会破灭。她想笑，却在黑暗中哭起来。

费丽虹又开始去罗兰家蹭饭。她发现，罗兰家的幸福场景，已经刺激不了她。她坐在厨房里，看罗兰动作熟练地摘菜洗菜炖汤……她跟罗兰谈笑风生，哪怕赵普耀回家，她也不再有那种刺疼的感觉。她安心地做着一个旁观者。这个美轮美奂的家，这个假模假式的模范丈夫，这个幸福的妻子，这些温馨美好的场面……It's magic. 而她，手里掌握着 magec key。只要她对着手里的魔法钥匙吹一口气，说一声：Over，就一切都结束了。

她握着那把魔法钥匙，不急于说出那个结束的口令，就像一个观众，不希望舞台上的戏马上结束。但她知道，戏总要结束，魔法钥匙的光总会熄灭。Magic is over。也许，她只是在等待一个时机，让戏结束得精彩一些，结束在一个华丽的地方。

赵普耀请费丽虹开会，他的新药想卖到医院来，费丽虹有关键的一票。自从当了主任，费丽虹就上了各个药厂的公关名单，经常被各个药厂邀请去开会。赵普耀把开会地点选在邰米米的荷塘月色，说明费丽虹是赵普耀这次会议的公关重点。荷塘月色被邰米米接手后，引温泉水入户，并且在主楼的顶楼修建了一个豪华的女洗浴中心，可以白天晒太阳，晚上看星星。荷塘月色的女洗浴中心，是荷塘月色最富特色的地方。

接完赵普耀的电话，费丽虹的心变得躁动不安。荷塘月色。要是她把罗兰叫上，就所有人都登场了。赵普耀搭台，费丽虹导演，没有剧本，戏会往哪个方向发展，谁也不知道。太有悬念，太刺激了。荷塘月色，简直就是另类版本的梦想剧场。想一想，费丽虹的血液就有要沸腾的感觉。

周末，罗兰起得比平时晚，晚上追一个半夜三更播放的韩剧，看到三点才睡。即使不追韩剧，她也睡得越来越晚。

赵普耀不在家，说是开会去了。自从赵普耀承包了药厂，邀请各个大大小小医院的院领导、科主任到风景区开会就成了一项重要工作。他们是药厂的客户，赵普耀的财神爷。说是开会，其实就是把这些人找来吃吃喝喝，打打牌，唱唱歌，泡泡温泉，娱乐娱乐，送点礼品，拉近感情。赵普耀告诉罗兰，感情拉近了，生意就好做了。这种会一般都安排在周末或者节假日。

罗兰在家待久了，闷得慌。她非常希望赵普耀开会的时候带着她。罗兰知道，朱副厂长的老婆每次都跟着朱副厂长，其他几个副厂长和销售经理的老婆，也偶尔会跟着去玩。

罗兰不奢望赵普耀每次开会都带她去，她只是希望偶尔有那么一两次，赵普耀主动提出来，带着她去散散心，她保证不会影响到赵普耀的工作。但是，赵普耀从来没有提过。罗兰也不提，不管心里多想去，她都不提。她牢牢把握着一个婚姻中的原则，不做赵普耀反感的事。她跟赵普耀的婚姻，当初遭到了赵普耀妈妈的激烈反对，在赵普耀妈妈眼里，她是个一无是处的女人，她嫁给赵普耀，只会拖赵普耀的后腿。

所以，罗兰宁可处处委屈自己，也要让赵普耀幸福，让赵普耀妈妈的预言落空。她竭力要证明自己不是一个一无是处的女人，她可以做一个好妻子，做一个让赵普耀幸福的女人。她不能在事业上帮助赵普耀，但她在生活中对赵普耀无微不至，她做到了让赵普耀心无旁骛去奔事业。家里的事情，大大小小，无论装修房子还是赵萝半夜生病，她从来不给赵普耀打电话，好多次半夜独自带着赵萝去医院输液，以前的同事还以为她发生婚变，成了单亲母亲。就是现在，小区里的住户，家家都有钟点工保姆，她依然坚持自己干家务。不是不想请人，两百多平方米的房子，每天光打扫卫生就要半天时间，她经常有力不从心的感觉。但她知道一旦请了人做家务，赵普耀妈妈会怎么说。赵普耀离开医院去承包药厂，赵普耀妈妈怪她贪图享受，钱迷心窍，嫌赵普耀当医生挣得少，逼赵普耀去挣钱。赵普耀妈妈痛心疾首，从此拒绝接受他们的任何礼物，不花赵普耀一分钱。赵普耀的药厂做得再好，他妈妈也不认为那是事业。在赵普耀妈妈眼里，只有当医生才是生身的事业。好多次，罗兰白天刚动了请个保姆的心思，晚上就梦见赵普耀妈妈。梦里，她是个小女孩，赵普耀妈妈是她小时候见到的年轻样子，小女孩的罗兰抱着洋娃娃在院子里哭，为什么哭记

我们如何变得陌生

不得了，好像是洋娃娃被赵普耀那帮男孩弄脏了。赵普耀妈妈走过来，冷冰冰地看着她说："罗兰，你为一个洋娃娃哭得这样伤心，你还真像个公主。"说完，院子里很多人都笑起来。罗兰就在众人的笑声中醒过来。

一个人要是跟另一个人较着劲，活得就很辛苦。这分辛苦是她自找的，她不能说。罗兰跟任何人都不能抱怨，一旦有一句半句抱怨的话传进赵普耀妈妈的耳朵，她所有的努力就白费了。遇到别人问她，怎么没跟赵普耀一起去玩玩。她就说要照顾赵萝。这是最好的借口。这个借口，不光说给别人听，也说给自己听，让她的心里不那么波澜起伏。赵萝是她的女儿，她的最爱。有了女儿她才明白，一个母亲对孩子的爱，要远远超过一个女人对男人的爱。母亲对孩子的爱，是任何时候都不会计较得失的。女人对男人的爱，或者男人对女人的爱，只有情感最浓烈的时候可以做到不计较，情感的浓度一旦不够，立马就会打自己的算盘，哪怕嘴上不说，心里也会盘算。

吃过早饭，赵萝回她房间写作业去了，罗兰坐在厨房的椅子上，头昏沉沉的，想着中午给赵萝做什么吃，煲汤来不及了，牛肉和骨头都没有化冻。只能简单点，做个虾仁炒饭，煮个黄瓜清汤。罗兰把冰箱里的虾拿出来解冻，顺便把牛肉也解冻，晚上炖罗宋汤。

手机在客厅里响了好半天，罗兰才听见。打她手机的，不是各种课外班培训机构、商场、卖房子的，就是推销理财产品的，卖保险的……接不接都无所谓。罗兰慢吞吞擦干手。电话却是费丽虹打来的。费丽虹说："半天不接电话，在搞什么鬼？"费丽虹在电话里"咻咻"笑，说不定又有了新的恋情。罗兰懒懒地说："给赵萝准备午饭呢。"

费丽虹说："别忙了，我去开个会，你跟我一块儿去玩两天，就在郊区一个叫荷塘月色的度假村。"

电话里，费丽虹的语气听上去很平淡，实际上，她有一种抑制不住的兴奋感。

罗兰自然没有任何疑心。自从费丽虹当了医院的副院长，各种会议多了起来，有些药厂和医药机构邀请的会，没什么正经议程，就是打打牌、唱唱歌、泡泡澡。费丽虹对娱乐活动没兴趣，一个人泡澡又很无聊，就经常邀请罗兰一起去，两个人有个伴。费丽虹对别人介绍罗兰是她的助理，都知道费丽虹是单身，没有老公带，带个助理也正常。罗兰乐意冒充助理，省得身份不明，她穿着价格不菲的职业装，帮费丽虹拎着包，脸上挂着得体的微笑，还真像那么回事。还真有急于推销药品的销售主管来贿赂她，送的礼品相当有档次。罗兰倒不在乎人家送什么东西，她喜欢被当成有能力的职业女性、被人捧着敬着的感觉。

跟费丽虹开了几次会，让赵普耀知道了。赵普耀很生气，板着脸说："你好好在家待着，管好赵萝就行了。你跟费丽虹混到一起干什么？你要想玩，假期带着赵萝去国外玩。谁知道费丽虹脑子里有什么鬼主意。再说，费丽虹接触那些人，好多是我的同行。你最好不要掺和。"

罗兰不反驳，她不习惯跟赵普耀争论，心里并不认同赵普耀的说法。在费丽虹的生活中，罗兰根本就是一个没有用处的人。费丽虹跟她能玩什么鬼主意？她顶多可以充当一下费丽虹生活的旁观者。就像罗兰那些地区卫校的同学，她们大多在县医院当护士。她们在罗兰的生活里，也是彻底没用的人，但是，她们是罗兰生活最好的旁观者。不管哪一个到省城来了，罗兰都要热情地开车迎接，请吃饭、陪逛街、送礼物，好像彼此是多么亲密的朋友。罗兰并不喜欢那些乡下的同学，她喜欢的是她们艳羡的目光，在那样的目光里，罗兰确认自己的生活是令人羡慕的。这就是旁观者的作用。女人的生活是需要被人看见、让人羡慕的。赵普耀不懂这些，也不懂她内心的烦闷，他满脑子都是药品开发、市场拓展。

罗兰承认赵普耀的担心有一点道理，都在争夺市场，同行是冤家。她也想过，不要跟费丽虹去混了，但是，只要费丽虹叫她，她还是去了。那种被人捧着敬着的感觉，在罗兰的生活里太稀缺了。尽管那一点点被巴结的感觉，是从费丽虹那儿偷来的，罗兰也很着迷呢。她管不住自己，只能瞒着赵普耀。

想起赵普耀对这种事的态度，罗兰犹豫着说："赵萝没人管呢。"费丽虹说："我已经在路上了。赵萝还不好办，一会儿顺道送到你妈

我们如何变得陌生

那儿。找什么借口，我还不知道你想去。是不是你家赵普耀给你洗脑了，叫你不要跟我混。怕我把你卖了？你们两口子自我感觉真是超好，也不看看卖不卖得掉。"费丽虹说完就挂断了手机。

费丽虹总这样，一句话直戳到罗兰心窝里，也不管罗兰爱听不爱听，受得了受不了。费丽虹就是霸道惯了，难怪宋和平医生要在外面乱来。罗兰举着电话，被自己的想法吓了一跳，原来心里还藏着这么恶毒的念头。

"呸呸呸！"罗兰朝着窗户吐了三口晦气，快速脱下身上的旧睡衣，从衣帽间拧出一条宝石蓝色的裙子穿上。罗兰有一柜子各种款式各种质地的宝石蓝裙子。宝石蓝裙子是罗兰的最爱。罗兰瓷白的皮肤跟丰腴高挑的身材配宝石蓝裙子，既彰显典雅高贵又暗藏妩媚妖娆。和赵普耀恋爱的时候，罗兰每次穿着宝石蓝裙子跟赵普耀去跳舞，都会成为舞会的焦点。紧俏的腰身后背，落下来多少热辣辣的目光啊。罗兰深吸一口气，拉上了侧身的拉链。身材不如以前紧实，裹到裙子里，还勉强说得过去。昨晚熬得晚了一些，脸色就不能看了，跟旧睡衣匹配的陈旧脸色，被宝石蓝衬托得越发陈旧泛黄，如隔了夜的菜叶子。难怪赵普耀现在看见她，跟看见房间里的一件家具差不多，甚至不如一件家具。看到喜欢的红木家具，赵普耀的眼睛还会流露出欣赏的目光，看见罗兰，眼睛里基本没什么内容了。罗兰抓紧时间对着镜子化了一个淡妆。化完看着镜子，还是觉得不好，怎么看怎么别扭。罗兰醒悟，不光是脸色，自己的整个精神状态，都跟华丽丽的宝石蓝不搭调了。罗兰叹口气，换下宝石蓝裙子，找了一条休闲款的白色棉布裙穿上，又收拾了两件职业套装装进箱子里，把宝石蓝裙子也放进了箱子。宝石蓝裙子晚上穿，化一个浓一点的妆，效果肯定比白天好。罗兰每年都会给自己买几条价格不菲的大品牌宝石蓝裙子，挂在衣帽间里，挂旧了也没有机会穿。衣帽间里的华美衣服，只有在跟着费丽虹开会，冒充费丽虹助手的时候才有机会穿出来见见光。赵普耀现在每次回家，她都穿了一身旧睡衣在忙碌。她的生活里，已经没有宝石蓝裙子的位置，更没有宝石蓝夺目绚丽的光泽。

费丽虹是个急性子，车刚开到罗兰家门口，就按响了喇叭。罗兰收紧心情，关好箱子，去赵萝房间帮赵萝收拾书包。罗兰告诉赵萝自己要跟费阿姨出去两天。罗兰顿了顿，声音提高了一点说："我们去办点事，一会儿把你送到外婆家。"赵萝嘟嘟囔囔地说："你能有什么事办？不就是跟费阿姨去混吃混喝吗？"赵萝说话的腔调跟费丽虹一样，都是直戳罗兰心窝上。罗兰平日里不怎么在意，甚至还挺欣慰，觉得自己的女儿聪明伶俐，不像自己这么笨。这会儿，心里却翻涌起一股黏稠幽暗的情绪，搅得她心烦。吼叫声已经冲到口腔里了，又被她生硬地压了回去，像吞进去一根带刺的仙人掌，刺得她内脏哪儿都不舒服。她不能跟赵萝喊，赵萝不吃这套。

费丽虹又按了一遍喇叭，罗兰才磨磨蹭蹭拎着一个箱子出来，赵萝噘着嘴跟在后面，显得很不高兴。费丽虹不管那么多，没等母女两个在后座上坐稳，就把车发动起来。车速很快，见车就超，见人就过，在大街上像好莱坞警匪片那样狠狠地炫了一把车技。罗兰吓得死死，拉住车窗上面的把手，赵萝倒不怕，大喊过瘾。车开到赵萝的外婆家，赵萝已经眉开眼笑了，下车还不忘夸费丽虹车开得炫，对费丽虹竖起两个表示胜利的手指。

罗兰换到副驾驶座上，把安全带系好，把头靠在座椅上，说："你还真把赵萝给镇住了。她就吃这套。你们两个当母女到蛮合适。"费丽虹说："你不觉得我们两个更像姐妹？"说完一阵嘎嘎大笑。费丽虹的笑声肆无忌惮，畅快淋漓，好像真跟赵萝是一辈。

罗兰看着费丽虹，合身的蓝白格子衬衣扎进牛仔裤里，头发扎成一束马尾，用的也是一根蓝白格子的发带，带着一副宽边太阳镜。费丽虹的身材一点没走形，年轻时候的 B 罩杯看着寒酸，到了这个年纪却成了优势，不下垂不松弛。紧实的身材配着这身小清新的打扮，离得稍远一点，说是二十几岁都能蒙混过去。即使面对面看着，也比实际年龄要年轻。都说女人四十岁以前的长相是爹妈给的，四十岁以后的长相是自己塑造的。女人到了四十岁，拼的是身材和气质。费丽虹恰恰在这两个方面显出了优势。费丽虹年轻时候不漂亮，现在却是一个有魅力的女人。罗兰觉得，费丽虹已经彻底走出了离婚的阴影。现在的费丽虹，从容优雅，成熟知性，拿捏有度。难怪总跟一些比她年轻的小伙子传出绯闻。

罗兰心里不舒服，但装得不在乎地撇撇嘴，说："那就让赵萝叫你姐姐好了。我白赚一个辈分。"

车出城上了高速，罗兰问："这次又是哪个医药公司请你去？"

费丽虹用眼角的余光扫了一眼罗兰的侧面，这个被幸福泡影遮蔽了眼睛的傻瓜，就让她保持住悬念吧。

费丽虹淡淡地说："你猜。"

罗兰哪里猜得到，只好不吭声。

费丽虹说："荷塘月色的女老板我认识，顶楼的温泉洗浴中心特别好，可以泡着温泉晒太阳、看星星。"

罗兰说："你可是越来越会享受了。"

费丽虹笑了笑，说："我整天在手术室开膛破肚，也该慰劳自己一下。作为富婆，你也该好好享受。"

两人有一搭没一搭说着闲话，车子就下了高速，刚刚拐进度假村那条小路，安排在路边的工作人员就用手机通知了赵普耀。停车场在主楼一侧，费丽虹停车的时候，看见赵普耀从主楼往停车场这边走了过来，迈着大步。费丽虹对罗兰说："你老公还挺殷勤的嘛，亲自出来迎接我们。"罗兰心里咯噔了一下，原来是赵普耀组织的会。她庆幸自己没穿那条宝石蓝裙子。

赵普耀老远就对着费丽虹伸出手去，身体呈前倾的姿势，脸上的笑容从嘴角荡漾开来，像涟漪一样在脸上扩散，到了头发里才不见了。赵普耀的声音紧随着笑容飘了过来："累了吧？叫你坐我的车，你偏要自己开。你啊，从小就爱逞强，现在也改不了。下午叫小杨陪你泡个温泉，好好放松，好好休息两天。"赵普耀跟费丽虹说话，语气里有一种亲昵，这种亲昵的语气，似乎要达到一种暧昧的效果。这种语气让罗兰心里很不舒服。费丽虹笑吟吟地看着赵普耀，说："哟，什么时候变得这么会关心人了？罗兰真是会调理人。都说女人是一所大学，你这所大学看来上对了。"赵普耀干巴巴笑了一声，说："我这就叫自找没趣，从小就说不过你。"赵普耀伸出的手终于握到了费丽虹的手，握得紧紧的。罗兰在车里坐不住了，只好硬着头皮下了车，关车门的声音听上去很大，把罗兰自己吓了一跳。

正午的阳关很刺眼，赵普耀眯了一下眼睛才看清楚从车里出来的人是罗兰。赵普耀的脸暗了一下，时间很短，却被罗兰和费丽虹同时捕捉到了。罗兰低了头。费丽虹马上转过去，挽住了罗兰的胳膊，说："赵普耀你别不高兴，罗兰是我叫来的，你们这种会，一点意思都没有，你们男人打牌喝酒，不晓得我们女人多无聊。我叫罗兰来陪我。罗兰也该出来换换环境。罗兰嫁了你，生了赵萝，简直就是卖给你们父女两个了，大门不出二门不迈，都成旧社会的妇女了。罗兰就是耳朵软，几句好话就哄得她心甘情愿当你们父女两个的老妈子。"

赵普耀打着哈哈，说："我真是比窦娥还冤。在我们家，我就是那孺子牛，给她们娘儿俩当牛做马。"

罗兰抓着费丽虹的胳膊，一直不敢放松，手心里都是汗。费丽虹潇洒地用遥控器把后备厢打开，说："你还冤，谁信啊。站在这儿说话，也不怕晒着我们。我倒无所谓，不晒也黑，你家罗兰白瓷样的皮肤，你也舍得晒？赶紧，帮我们把行李拿到房间去。我们可不陪你晒太阳。"

罗兰轻声说："我去帮拿行李。"费丽虹紧紧地挽住罗兰，大声说："你就安安心心叫你家赵普耀服侍你一回吧。我们走。"说完就挽着罗兰走进了主楼。

门口负责登记的女孩笑容灿烂地看着费丽虹说："费院长，我们不知道您带了助手，我先领您去房间，您的助手我们马上安排房间。"

费丽虹看了看女孩胸前的工作卡，说："你是小杨吧？你看好了，这个助手我可用不起，她是你们赵总的太太。"

小杨显然没想到赵太太会来，一时有些慌乱，结巴着说："不好意思，我请示一下赵总，看怎么安排。"费丽虹说："不用请示了，赵太太是我请来的，我跟赵太太住一间，不影响你们赵总工作，我们正好聊聊私房话。"

小杨殷勤地把费丽虹和罗兰领进了二楼东头的一个大套间，窗户对着一个很大的湖，湖的边上长着一些芦苇，中间一大片荷花，还没开花，只一片碧绿的荷叶。费丽虹兴致勃勃地打开窗户，站在窗口吹着风说："这个地方好，我喜欢荷叶，晚上还能听到青蛙叫。"费丽虹努力压制着亢奋的心情，让青蛙叫得更响亮些吧。

简单洗漱完就到了中午，去饭厅吃饭，见到好几个熟人，费丽虹忙着打招呼，顾不上罗兰。赵普耀也很忙，倒是小杨对罗兰比较殷勤，不时关照着。罗兰心神不定，没吃几口就先回了房间。费丽虹吃完中饭回房间，见罗兰已经收拾好自己的东西，要回去。费丽虹按住罗兰的肩膀，问她怎么要走，是不是赵普耀叫她回去的。罗兰极力解释是自己有事。费丽虹抬了抬眼皮，盯着罗兰的眼睛。罗兰垂下了眼皮。费丽虹说："这个赵普耀，我跟他说。我们温泉还没泡呢，走什么走。"

罗兰怎么能走呢，费丽虹刚才问了，邵米米在报社有点事，要晚上才能过来。罗兰要是撤退了，这个戏还怎么结束？

费丽虹马上拨了赵普耀的号码，按下免提，说："赵普耀，你叫罗兰回去的？"赵普耀支支吾吾的。费丽虹板着脸说："该不是你有什么见不得罗兰的事吧？"赵普耀赶紧否认："没有哪能呢。"费丽虹说："没有就好。你要叫罗兰走，我就跟她一块儿回去了。"赵普耀紧张地说："你别走呀，会还没开始呢。叫罗兰留着陪你吧，正好也没有女嘉宾。"费丽虹冲罗兰做个鬼脸，说："你跟罗兰说。"费丽虹把电话递给罗兰，只听见赵普耀在电话里说："你到底有没有脑子啊。"罗兰赶紧把电话按了。

费丽虹拍了拍罗兰的肩膀，说："不理他，我带你泡温泉去。"罗兰表情讪讪的，跟着费丽虹去了位于主楼顶层的浴室。赵普耀包下这儿开会，请的客人除了费丽虹，都是男人，女宾浴室自然没有人。洁白的月牙形浴池，周边布置着高大的绿色植物和白色的躺椅，阳光从玻璃顶棚照下来，蓝莹莹的水面泛着波光。

在更衣室里，费丽虹很快就脱光了自己，她的身材保持得真好，皮肤还紧绷绷的，她快速冲过淋雨，像美人鱼一样滑进水里，温暖的水漫过身体，她舒服得叫了一声。罗兰在更衣室里犹豫着，她已经很多年没有在任何人面前裸露过自己，生孩子之后，身材变形厉害，乳房下垂，大乳房就是容易下垂，平时穿了衣服还看不出来，脱了衣服，简直不忍看，她自己都懒得看。听到费丽虹叫她，只好脱了，用浴巾裹着走了出去。

费丽虹眯着眼睛坐在水里说："有什么不好意思，我当医生，看了不晓得多少丑陋不堪的身体。"罗兰在费丽虹探照灯一样明亮的目光中，拿掉浴巾，快速滑进水里。她站在水中，水正好到了乳房下面的位置，两只下垂的乳房浮在水面上，像两个难看的葫芦，罗兰急着蹲下去，把乳房埋进水里。费丽虹突然叫道："慢，你最近没什么不舒服的感觉？你没发现乳房上有个包块啊？你平时洗澡也不看看自己？亏你还当过护士。叫你每年体检你说没事。"说着，费丽虹的手已经摸到了罗兰的皮肤。费丽虹的手冷冰冰的，手指灵活，柔韧有力。罗兰被费丽虹的话惊得动弹不了，像个木雕一样任由费丽虹检查。费丽虹仔细触摸了罗兰的整个乳房区域，还有颈部，腋下的淋巴组织。检查结束，费丽虹把手放进温泉里洗了洗，说："应该是二期了，周边的淋巴没问题。回去马上住院检查，马上安排手术。"费丽虹恢复了医生的冷静，果断。罗兰木呆呆站着，没有任何反应，费丽虹看见罗兰流了一脸的泪水。费丽虹把罗兰拉到靠池边的地方坐下，水淹到了两人的脖子，乳房埋进水里依然清晰可见。罗兰双手在水里抱住了自己的乳房，问："都要切掉吗？"费丽虹说："要根据检查情况，当然最好是做根治术。"罗兰咬着嘴唇，黑眼球定在眼睛的正中间，被周围的白眼球包围着，一动不动，像一个孤岛。

费丽虹在水里拉住了罗兰的手，罗兰的手在发抖，身体也在发抖。费丽虹搂过罗兰，抱住了她，轻声说："不怕，我给你做手术。"费丽虹长叹一口气，在心里说，终于结束了。她仰头看着玻璃顶棚，阳光已经西斜。透过眼泪，她看见深远的夜空，星星在眨着眼睛。

站在悬崖边上

姑　娘

大叔，拍照也用不着拼命吧？刚刚你差点掉下去呢。下面是万丈深渊，除非孙悟空附体，谁都不可能再跳上来。还好，你反应够快。你这是吓停我心脏的节奏啊。

知道吧？这个悬崖边上，每年都有人掉下去或者跳下去。前年有个女研究生，坠落的瞬间被人抓拍到了。尽管照片上只有一个模糊的白色影子，看上去像一只蝴蝶。发到微博上，立马被转几十万次，上百万人围观，还上了头条。

你要玩微博你就知道，网络江湖卧虎藏龙，平时都潜伏得好好的，一旦有事，高人们就像注射了兴奋剂，立马活跃起来，一夜之间炮制出几十个不同版本的女研究生坠崖故事。不得不佩服这些业余侦探，水平之高，推理之严密，结论之无懈可击。每一个故事都合情合理，貌似真相。相比之下，后来警察的所谓拍照摆 POSE 不小心掉下去的权威结论简直弱爆了。但是，真相究竟是什么，只有鬼知道。

网上就那么回事，一阵风刮来，大家迎着风头卖萌卖俏卖呆装酷装范儿，玩的路数各不相同，有一点却是共同的，没有人真正关心那个坠崖的女研究生。那些业余侦探、网络高人，不过借此秀一下自己的智商，显得自己比别人高明，说白了就是装B。网络上最没意思的就是这点，不管看上去多热闹，不管多少人围观，大家心里都清楚，每个人在乎的关注的只是自己。任何一件成为焦点的事，不过是一小块面团，人人热衷参与到发酵的过程中，把面团发得越大越嗨，似乎每个人都有无限的力量。这种虚幻的感觉，正是我们需要的。

要是很快又出来一件别的事情，大家的注意力马上转移了，发一块新的面团总是比较有趣。要是这块面团发完面包，做完点心了，还没有新的面团出现也不要紧，大家再对这块面包进行深度开发，加上果酱培根酸黄瓜，不就变成三明治了吗？女研究生坠崖之后，好长一段时间没什么社会热点，于是有人收集了历年从这个悬崖掉下去的人数，不管跳崖还是失足坠崖，逐年统计起来，数字很惊人，再配了几张坠崖女孩们的花季照片，就把舆论转到了关于景区安全的方向。后来又有人大代表参与进来，联名质疑景区管委会，说他们只知道卖门票，对景区安全缺乏监管。这一下击中了痛点，引爆了网民的情绪，各个景区都遭到了诟病，满屏都是各路人马在各个景区遭遇各种危险甚至惊险的吐槽。苦大仇深，群情激奋。有几个律师的嗅觉被激活了，跳出来帮女研究生的家人打官司，状告景区管委会。官司还没开打，本来寂寂无闻的律师，已经成了著名律师。

围绕女研究生坠崖，微博上真正热闹了好一阵子。好几拨人借这件事成了网络名人。

这么著名的事件你不知道吗？你不玩微博？现在不玩微博的人很少见了。

经过这一通折腾，面团倒是发得足够大，结果却很滑稽。景区输了官司，赔了钱，就把这个景点关闭了。我早就发现，网络上热闹的事情，不管是什么事，弄到最后，结局总是很滑稽。那个段子怎么说的？苹果 PK 三星，诺基亚消失了；谷歌 PK 微软，雅虎消失了；360PK 金山，卡巴斯基消失了；微博 PK 微信，开心网消失了；淘宝PK 京东，当当消失了；……跳崖者 PK 景区，景点消失了。

景区只要撇得清责任，管你出不出事。说是关闭了，真要上来，谁也拦不住。你是从树林那边绕过来的吧？我也是。绕上来的人还不少，林子里都踩出一条小路来了。

我怎么一下子扯出去这么远。我要说的根本不是这些。我刚才要说什么？对不起，我脑子好像坏掉了。

谢谢。我不急。我想起来了，我刚才想说，我没有打扰你拍照吧？你会不会觉得我多管闲事？我不是一个喜欢管别人闲事的人，但是这上边就我们两个人。你要摔下去了，对我来说就不是什么闲事，而是天大的事。万一警察怀疑是我把你推下去的，我跳进黄河都洗不清。

解释？跟警察解释？大叔，拜托你不要这么呆萌好不好？我跟警察叔叔说，那个大叔，他是自己拍照片不小心掉下去的。借我十个胆子，我也不敢杀人。那个值得我杀一千遍的人，我都放过他了。不管世界糟糕成什么样子，我都不想跟杀人这种事搞到一起。就是不小心吃了熊心豹子胆，我也犯不着杀一个偶然遇到的陌生人啊。一个人怎么会无缘无故杀人呢？杀人是要有动机的嘛，我缺少动机。哪怕激情杀人，也是有诱因的吧？我不是杀人狂魔，神经也没有错乱。怎么会杀人？

警察叔叔不等我说完，早一个大嘴巴扇过来了。有点常识都知道，只要被警察怀疑为犯罪嫌疑人，长一百张嘴也没用。跟警察碰到一起，就是鸡蛋碰石头。什么下场，用脚趾头都想得明白。你要是个屌丝还好，屌丝命贱，摔死个屌丝没人重视。你要是个什么有钱有背景的成功人士，你看上去蛮像哦，上面重视起来，抽调骨干力量组成专案组，再给警察施压定个破案日期。那帮警察为了早日破案，会不惜动用任何手段。冤枉个把好人算什么？我这种女屌丝黑木耳，冤死了跟死只蚂蚁一样，无足轻重。

大叔，不是我接收的负面信息太多了，是负面信息本来就多，想不接收都难。就算你不看自媒体，传统媒体曝出来的冤假错案也够多了。远的不说，前几年浙江那两个姓张的，叔叔和侄儿都被冤枉杀人。幸好命不该绝，遇见贵人，只坐了十几年牢，出来还获得了国家赔偿。最近不还有一个吗？内蒙古的呼格吉勒图，本来是去报案的，被冤枉成杀人犯毙了。才十八岁就被冤死了。过了十八年，真凶都现身十年了，才好不容易翻了案。人都死了，翻案有什么用？还有那些翻不了案的，也许更多。

大叔，你又不是生活在真空中，怎么会不知道这些事？我最不喜欢你们这种人，伪得太厉害。算了，我不跟你争论，每个人都有选择性接收信息的权利，你假装视觉洁癖是你的事。可我不想背一个杀人犯的黑锅去见我爸，让我爸情何以堪啊。

大叔，懂我的意思了吧？你往后退一点，不要在悬崖边晃了，我看着太紧张了。照片拍得差不多了，你也累了，不如坐下来看看风景，这儿的景色很值得看。你坐下来我就不那么紧张了。谢谢你。

你拍的照片真心不错，相机也不错。哈苏，这款相机有点小贵。靖远哥有一款这样的相机，他超喜欢摄影，他拍的照片还上过报纸杂志，他的理想是当摄影师，为美国《国家地理杂志》拍照片呢。哦，你拍了我。靖远哥也喜欢拍我，他拍我的时候不让我看镜头，不让我笑。他说我笑起来没有深度。他喜欢拍有深度的照片。他总是启发我，要我找寻自己内心的样子。他说，他要通过镜头，拍出我丰富的内心，我的脸，只是内心的一个载体。我很想配合靖远哥拍出他喜欢的照片，可我看着镜头就想笑，没心没肺地傻笑。跟他在一起，我的内心很快乐，装不出深度。因为这个，他还跟我发过火，说我傻笑很浅薄。你拍的这张，我两眼空空看着远处的样子，靖远哥一定会喜欢。我不喜欢，我怎么会喜欢如此绝望的我。如果可能，我倒宁愿一辈子只会冲着靖远哥的镜头傻笑。只要快乐，我不在乎自己是不是浅薄。也许，所有快乐都是浅薄的。可是，发生了那么多事，我再也笑不出来了。原来，一个人的内心，真的可以写在脸上，明白无误，彰显无疑。

我们如何变得陌生

谢谢你，大叔，我真心不觉得自己好看。再说，我也不关心这个了。好看不好看，都没什么关系了。照片不用给我，送给靖远哥就更没有必要了。你把照片删除了吧。不想删除你就留着，我无所谓。你怎么处理都没事，没人会找你麻烦，告你侵犯肖像权什么的。

不，我不去庙里烧香。既然你问我，我就告诉你，我是个没什么宗教信仰的人。去庙里烧香的人，也不见得有什么信仰，好多人不过临时抱佛脚。我不赞同这种有事就求佛的态度，太实用主义，这跟我理解的信仰完全不是一回事。

你不也没去吗？一路爬上山来的人，除了我们两个，似乎都到庙里烧香去了。今天好像是个什么佛教的节日。山不在高，有庙就行。庙修在无论多高的山上，都有成群结队的人去烧香，多数人上山就为了在庙里烧一炷香。真可惜了这一山的风景。现在信佛的人越来越多，我们那条街的人都信佛，连我妈都信了。最可笑的是，靖远哥的爸爸也成了居士，在家里专门搞了个佛堂。坐在这里，看着下面的万丈深渊，想到靖远哥的爸爸跪在佛堂里的情景，我觉得太荒唐了。荒唐透顶。不过，这个世界，到处都是荒唐的事情，荒唐已经变得正常了，正常的反而显得荒唐。

我怎么会到这儿来？大叔，我不太明白你的意思，你是问我怎么知道这个地方的吗？靖远哥在这里拍过日出和云海。那个时候这个地方还没有关闭，人比现在多。靖远哥说，到了下午，看风景的人都下山了，剩下几个拍照的，为了等待日出，在这儿待了一个晚上。到了半夜冻得不行，又不敢起来跑动，怕掉下去，就紧紧地靠在一起取暖，把想得起来的歌都唱了一遍。折腾到早上，头晕眼花，看见天边居然升起来两个太阳。靖远哥回去就感冒了，特别严重，高烧不退，住了一个星期院才好。我去医院陪他，他跟我说，老天在惩罚他，怪他没有带着我。他每次拍照都不带我，我知道他怕我吃苦，我一点也不怪他。

靖远哥拍的日出照片，一直是我电脑的桌面。屏保我选了他拍的云海。我一开电脑就能看见这个地方的风景。我还用靖远哥拍的日出P了一张我跟他的合影，我们逆着光，互相凝视。那张照片不小心给靖远哥看到了，他发誓结婚的时候一定带我来这里拍一张那样的照片，肯定比我P出来的更好。靖远哥对我真好，他一直都那么好。好得像一个梦。

对不起，我又说远了。我想说的是，这个地方，我虽然没来过，却很熟。我去过的地方不多，这个地方符合我的所有想象。

果然，我没选错地方。

传说中的仙境就是这个样子吧？风吹得这么柔，像一只可爱的手抚在脸上，风里裹着花香果香和树叶青苔的湿润。好久没有闻到这么好闻的空气了。我一直以为云什么时候都飘在天上，这儿的云就在脚下，离我这么近。这些厚厚的、白白的、变化多端的云，果真壮观得像一片海。看着这些云，真叫人心里发软。要是真能像仙女一样整天在这片云海里游荡，高兴了在上面翻几个跟斗，不高兴了搅它个天翻地覆，往人间下一场倾盆大雨，清洗掉人间的龌龊。那才叫爽。小时候妈妈给我讲仙女下凡的故事，我就不太相信。仙女们为什么放着云淡风轻的神仙日子不过，非要下凡，去到浑浊雾霾的人间过那种烟熏火燎的日子？我要是仙女，让我当女王我都不会下凡到人间。

　　可我成不了仙女，任何人都成不了仙女。不是我悲观。大叔，乐观也没用啊。到了你这岁数，你该比我更清楚，不是所有的梦想都能实现。实际上，大部分的梦想是实现不了的。真正能够实现的梦想，少得可怜。那些少得可怜的实现了梦想的人，都被拿来当作了励志故事的主人公。我们从小听这样的故事，听得太多了。这些被别有用心无限放大的励志故事，不晓得迷惑了多少人，让初涉人世的我们以为只要有梦想，只要付出努力，就能够梦想成真。

　　大叔，不是我偏激。你们那一代，已经习惯把跟你们不同的看法叫偏激。我知道，你们从小热爱集体活动，参与全民狂欢，长大了还是喜欢集体那一套，喜欢大家都一样，一起跳舞，一起打麻将，一起喝酒，一起看养生节目，一起送孩子出国，一起遵守潜规则，一起买房子，一起玩玉，一起信佛，一起搞收藏，一起上当受骗……干什么都一窝蜂，一窝蜂了才踏实。要是有人不想跟你们一窝蜂，你们一准会一窝蜂排斥人家。你们不需要个性，不需要与众不同。我承认，与众不同不一定对，但我更讨厌一窝蜂。一窝蜂的事情最容易掩盖真相，参与的人越多，越没有人想知道真相，哪怕明知道上当受骗，只要没有人说破，大家都可以假装不明真相，能装多久装多久。我告诉你，我就受不了这个。我喜欢搞清楚真相，尽管真相有时候很残酷，我还是不愿意蒙蔽自己。当然了，你也许认为，这是另外一种病态。

　　大叔，你应该跟我父母是一代人吧？五零后？我没猜错。你们那一代，经历的事比我们多多了。我真心不晓得你们为什么要费尽心机吹美丽的肥皂泡迷惑我们。肥皂泡早晚要破，吹得再漂亮有什么用？你们也是打小过来的，什么都明白，为什么要揣着明白装糊涂。不如对我们实话实说。如果我们早一点接触到真相，我们就不会这么脆弱。我们的人生观，也许会更趋向安于平凡，脚踏实地。这样当然不够高大上，不符合你们的期待。你们已经习惯了把人的生活分出个三六九等，连带把梦想也分出个高中低档。但是，在我看来，人的生活不该有什么等级，梦想也没有高低，无所谓对错，只要自己喜欢。幸福感不取决于你过什么样的生活，而是取决于你对生活的认同感。一个喜欢自己生活状态的人，不管这生活状态什么样，都会觉得幸福。很多人的悲剧，不是因为生活得不好，而是再好的生活，他都觉得不够好，还想要更好。其实，永远没有更好的生活，只有你喜欢的生活。

大叔，这不是什么哲理。因为经历的关系，我很早就明白这些。我不要豪宅，不要名车，不要嫁许多女孩梦寐以求的高富帅，不要奢侈无用的包包。我的梦想很简单，做一份自己喜欢的事，嫁一个自己喜欢的人，条件许可的情况下，每年登一座山。

这样的梦想，你一定觉得很容易实现吧？曾经我也以为，它马上就要实现了。那个时候，我心里的幸福，就像这些飘荡在半山腰的云，要多柔软有多柔软。

现在我告诉你，这样一个简单的梦想，永远也实现不了。这样一份朴素的生活，我永远也过不上了。

为什么？你问我为什么？如果你比上帝厉害，我就告诉你了。告诉上帝都没用，上帝也不能起死回生，不过是让人死的时候心里舒服点。你敢说你比上帝厉害？那就不要问我为什么。

谢谢你听我说了这么多废话。我其实不是一个多话的人，我只是好久没说话了。大叔，太阳快落下去了，你赶紧下山吧。我不怕天黑，我已经见过最黑的天，再也不会害怕天黑。我不下山。谢谢，我不需要你陪。庙里也可以住宿，住庙里倒是不用急着下山，从这儿下到庙里，三十分钟差不多了。我不去庙里。我哪儿都不去，这个世界再没有任何地方是我想去的。我就在这儿。这个悬崖边，是最适合我的地方。

不要瞎猜。你真固执，非要猜我一定遇到了什么想不通的事。我只能说，恭喜你猜对了。像我这样两眼空空，一动不动坐在悬崖边上。当然不是遇到了什么大喜事。喜大普奔，我也不奔这儿了。

别白费工夫了，我遇到的事情，打死你也猜不到。要不是亲自遇到，打死我也猜不到。这个疯狂的世界，每天睁开眼睛，都不晓得会遇到什么稀奇古怪不可思议的事情。没有最怪，只有更怪。大家都见怪不怪了。我遇到的事情，要是发生在别人身上，无关我的痛痒，我一定不会觉得有多奇怪。

你早就看出我不对劲，一直假装拍照在这里转悠，暗中保护我？你的戏演得不错，把我都蒙蔽了，我还傻乎乎担心你掉下去。大叔，你还真是好心啊。是不是你们那代人都有英雄情结？也不怪你们，传统媒体老宣传那些不会游泳却要下水救人的傻瓜，一死就成了英雄。你们都中毒太深了。你要英雄救美，你要扮演蜘蛛侠、超人、武林高手、江湖义士……都跟我没关系。我特别郑重地告诉你，不要挡我道，不要用我来成全你。我不需要你救我，你也救不了我。既然你看出来了，我不妨跟你实话实说，我从家里出来，赶了上千公里，支撑我一口气从山下爬到山顶的，只有一个念头，从这里跳下去！

拜托你大叔，收起你的好心，不要扮演治愈系大师，省得浪费了你的口舌。一个无路可走的人，别人说什么都是废话。什么没有过不去的坎，这种陈词滥调，还是不说的好。旁观的人往往觉得自己比当事者清楚，所谓旁观者清，实际上是一个糊涂观点。旁观者根本没有资格说这种话。不是你遇到的坎你怎么知道过得去过不去？我遇到了，才晓得它就是一道过不去的坎。要是过得去，我翻篇就让它过去了。像童话里写的那样，灰姑娘从此过上了幸福的生活。现实跟童话之间，隔了一万条鸿沟都不止。

退一步海阔天空？那更是骗人的鬼话。我告诉你，真实的情况就是，只要被黑暗笼罩了，进一步是黑暗的墙角，退一步也是黑暗的墙角。如果陷入了沼泽地，往前走是烂泥坑沼泽地，往后退还是烂泥坑沼泽地。当一个人没有了前进的路，也不会再有任何后退的路。我一点也没夸张。我一个人赶上千公里的路跑来这里跳崖。你以为我是卖萌撒娇？要卖萌撒娇我就去城里的高楼顶上了，那里多容易引起围观啊。

我承认，你过的桥比我走的路多。那又怎样？过桥的经验不见得能指导走路。被逼到这个份上，只有死亡才是唯一可走的路。实际上，死亡不能算路，路是有长度的，死亡是路的尽头，是对长度的终结。落入绝境的人，死亡是唯一可以逃脱的机会。跳下去就一了百了。这个世界上所有的一切，都不能够再叫我痛苦了，所有的事情，我都不用再去管它了。

我不是一时冲动，更不是犯糊涂。这种事情，有什么好冲动。在那些失眠的晚上，我已经想得很清楚。时间是一条直线，只有一个方向，只能往前，不能往后。上帝也无能为力。所以，一切发生过的事情都无可挽回。在发生了那么多事情之后，别的人都可以假装什么事都没有。妈妈搬了新家，靖远哥的爸爸，在家里设了一个佛堂，请了一尊佛像，偶尔跪拜一下，也心安理得了。我是最无辜的那个，可我，却是唯一要为那些事情买单的人。活着，我要忍受漫长无期没日没夜的煎熬，还有可能把一切说出来，让另一个无辜的人跟我一起受煎熬。我毁了，他也毁了。这是我最不能忍受的。靖远哥是我唯一在乎的人，我不要毁掉他。只要轻轻一跳，就一切 OK，我一个人带走所有的秘密，这样就能保全靖远哥的人生。他永远不知道发生过什么。他知道我喜欢登山，他一定以为我失足掉下了悬崖，发生了意外。意外都是无法掌控的，所以，接受起来不会那么困难。这就是我希望的结果。他当然会伤心，单纯的伤心是可以治愈的，时间会带着他远离悲伤。我相信，因为我死了，他会加倍好好活着。他一定还会爱上一个值得他爱的好女孩。那样，我就安心了。

不要跟我说好死不如赖活，这种发着霉味臭味的心灵鸡汤，我闻着就要吐。好死跟赖活是两种截然不同的人生态度，根本没有可比性。再说了，我更赞同好死。我觉得好死才是对生命的尊重。好死为什么不如赖活？当生命最根本的东西已经丧失，只剩一个无能为力的空虚的肉体，为什么留着这个空虚的皮囊苟延残喘会比给这个空虚的皮囊来一个干净的了结更有意义？我怀疑你们从来不思考这些问题。很多貌似庄严正确有智慧的东西，都经不起追问，一旦追问起来就会漏洞百出。

我在网上查过了，全世界每年 100 万人死于自杀，中国每年有 28.7 万人死于自杀。什么概念？也就是地球上每四秒钟就有一个人死于自杀。这是个很惊人的数字，这个数字还在逐年上升。你不觉得这个数字很有说服力？越来越多的人用自杀证明了：赖活不如好死。

我最听不得好死不如赖活这种话。真的好死不如赖活吗？我知道，你可能一门心思要救我的命。你以为把我劝下山，带离这个危险的悬崖，就是我的救命恩人，我就要感谢你的大恩大德。我告诉你，你这套苟且偷生的理论，根本解决不了我的问题。悲剧？当然是悲剧。我才二十四岁，从没想到人生只有这么短暂，一直以为自己可以活到七老八十，经历人生的各个阶段。可你知道吗？我赖活下去，才是更大的悲剧。那会毁了靖远哥。那样就是两个悲剧。我走投无路了，你知道吗？

为什么是我落入了走投无路的绝境？我招谁惹谁了？我从小就是个乖孩子，虽然天资不是很好，但一直很努力，经历那么多变故，还是一路读到了大学毕业，找了一份公司文员的活，努力养活自己。不抱怨父母，不奢求富贵，不慕虚荣、不爱包包、不追高富帅……命运偏偏跟我过不去，连最低限度的生活可能性，都给我封堵了。上天无路，入地无门。我特么就一悲剧女王。

千万不要跟我提父母。我最讨厌被任何形式的亲情绑架。天底下的父母都一个样，以为当了父母，就有天然的权力对孩子颐指气使。站在父母的立场，觉得给了孩子生命是一件了不得的恩典。父母从来就没有问过孩子，需不需要这样的恩典。反过来，要是哪个孩子胆敢问父母，"你为什么生我"，父母一准大发雷霆。父母为什么生孩子，从来就是一个不能讨论的问题。因为父母们生孩子的理由，基本上跟孩子没有关系。孩子是父母爱情的结晶。这是一句不折不扣的鬼话。在漫长的古代，没有见过面的两个人被婚姻捆绑在一起生孩子。即使今天，又有多少人是因为相爱结婚的？最真实的理由可能是这些跟孩子毫不相干的东西：延续香火、找一个人帮你们把失败的人生翻盘、养儿防老、证明自己是个正常人，或者就是为了生下一个弱小的生命，好让你们找得到被人需要的感觉，跟养狗差不多……甚至什么理由都没有，稀里糊涂做了父母。

大叔，你也是某人的父亲吧？如果你不那么健忘，如果你足够诚实，你可以告诉我，你为什么要生孩子？哦，你是为了延续香火。你看，我没冤枉你吧？我承认，除了个别极端的变态，天下的父母都是爱孩子的。也许这样说更贴切，父母们打着爱的旗号，企图掌控孩子。孩子生出来，如果没有按照你们希望的样子成长，你们一定会暴跳如雷，歇斯底里。这样的事情，我见得多了。不说别人，就是靖远哥，也被他爸硬逼着去考了公务员。因为他爸认为当官才是唯一正途。哪个父母敢说自己没有逼迫过孩子？小时候逼着孩子学习各种技艺，报各种补习班，怕孩子输在起跑线上。长大了逼着孩子去干不喜欢的工作，只因为那种工作更容易出人头地。年龄稍大一点就逼着赶紧结婚生子，甚至逼着孩子跟一个能让家里的利益最大化的对象结婚……

父母尽可以指责孩子没有责任，不懂报恩，自私，啃老，懒惰，没有理想，不成功……父母从来不问，孩子为什么长成了那样。如果孩子是土里的树苗，父母就是土壤，社会环境就是我们的空气。一棵树苗长成什么样，除了种子，土壤和空气也有不可推脱的责任。土壤污染了，或者缺少了某种必不可少的元素，空气里 PM2.5 指数天天超标，怎么能指望树苗长好？大叔，别急着反对，我不用你同意我的观点。你摸着胸口问问你自己，你是一块什么样的土壤？你给孩子提供了什么样的养分？

你刚才说我这么年轻就死了是个悲剧，你为什么不问问，是谁制造了这个悲剧？别以为你是无辜的。要我说，你们人人都参与了制造这个悲剧。还有各种各样的悲剧，你们都跑不脱干系。

父母根本没有资格指责我们。我妈成天打麻将，脾气暴躁，面目狰狞，看什么都不顺眼，买个菜都要跟人吵一架，不就因为卖菜的是个乡下人吗？遇到收税的工商的上门，我看她笑得脸上的粉都掉下来了。我一直以为，我爸要好得多。事实上，我想错了。

很多父母，自己得过且过，苟且偷生，却拼命要求子女活得成功，活得高大上。很多看起来高大上的父母，背地里不晓得有多少见不得人的勾当，靠着不要脸的手段挣到了钱，变成了成功人士，却有脸在孩子面前道貌岸然。我就奇怪了，你们怎么好意思呢？

对不起，大叔，我有点小激动。你提到的亲情话题，刺激了我。我还有什么必要这么激动？没必要了。只需要一分钟，我就跟这个世界切割清楚了。这个悬崖，三千米高，从这里跳起来落到地面只需要一分钟。我来之前在网上查过了，人自由落体的速度是每秒钟五十米。三千米，一分钟就够了。一分钟很短暂，是吧？每一天都有1440分钟，一分钟只是一天的一千四百四十分之一，短暂得我们感觉不到它的存在。可是，站在这里的时候我突然意识到，人飞在空中跟坐在地上对时间的感觉不一样，飞在空中，只有风声在耳边呼啸，一分钟也许会很长。钟表滴答滴答滴答……要滴答六十下。我闭着眼睛，强迫自己不要想，用牙齿咬着下嘴唇，对自己说，跳！可我的腿发起抖来，抖得站不直。摔到地上，会不会一下子摔死？要是没有一下子摔死，会延续多久？那段延续的时间一定很疼。我怕疼，从小就怕。我的腿抖得就像煮烂的面条，用筷子都捞不起来。我一屁股坐在地上，一动不敢动。

这下你知道了吧？我是个没用的胆小鬼。只要一分钟解决的事情，我浪费了几个小时，还在这儿没完没了地受着煎熬。我讨厌自己，我视我自己。杀别人没胆，杀自己也没胆。我这种没用的胆小鬼，就是活该倒霉。难怪世界上所有的倒霉运气都追上了我。

既然不敢跳，就该下山去，要不就去庙里住一晚，明天下山，重新振作起来，好好生活。我知道你会这么说。实话告诉你吧，坐在这儿的几个小时，我想过要不要下山，甚至想过要不要去庙里求一支签。人在胆小犹豫的时候，总想借助别的力量帮自己做决定。可是，想来想去，我想得更加明白，下山没用，抽一支上上签也没什么用。我生命中最要紧的东西已经失去了，再也不可能找回来。我只有这个躯壳。看看你给我拍的照片，眼睛空洞无神，脸上写满了绝望。绝望是我最真实的处境。我不能下去。我要等到天黑。

白天，太阳高悬，到处都亮堂堂明晃晃的，还有这些美景，悠闲的云朵，繁茂的树木花草……所有我眼睛看得见的东西，都在唤起我贪生怕死的本能。难怪有那么多人赖活在这个世上。好死需要勇气啊，没有勇气好死可不就只能赖活吗？赖活只是贪生怕死的借口。我不要赖活，对我来说，赖活就是生不如死。

白天不敢干的事，到了晚上，就敢了。杀人越货都是趁着月黑风高夜。跳崖也一样。跳崖这种事，更适合在黑暗中干。到了晚上，天黑了，伸手不见五指，我的眼睛看不见外面的世界，只能看见我的内心，烂棉絮一样，每一根细小的血管都破损了，无法修复，无法照亮。那个时候，我就有勇气跳了。我一定要跳下去。

站在悬崖边上，可以飞翔，可以坠落。坠落的可能要大于飞翔。我想知道，笨重的身体穿过呼呼的风声，会不会变得轻盈？我还想知道，肉体落地的瞬间，灵魂在哪里？我不再犹豫，不再患得患失，抓住黑暗的影子，我从绝望中跳了出去……

一首诗。它突然蹦到我脑袋里来了。这是我写的诗。从十四岁那年起，我一直偷偷写诗。靖远哥我都没给他看过。

这首诗，是很久以前写的了。当时因为看了一部叫《悬崖》的电视剧。本来，我对电视剧没多大兴趣，那些家庭剧，都是婆婆妈妈的，生活本来就够烦，看那些剧更烦。那些谍战剧，编得要多离奇有多离奇，剧里的敌人要多弱智有多弱智，假得叫人倒胃口。《悬崖》我倒是一集不落看完了，是陪靖远哥看的。《悬崖》也够离奇了，那个女一号，居然怀着孩子去跟人假扮夫妻。故事虽然离奇了一点，但编得还比较靠谱。看到后来，我还有点感动了，觉得那个女人挺不容易的，她的命运，好像随时站在悬崖边上。我喜欢悬崖这个意象，就写了一首诗。

那时候，很多事情已经发生了，但我不知道，我跟靖远哥在一起，成天笑得合不拢嘴，是个浅薄快乐的女生。我怎么会写下这样的句子？无意间，我居然写下了自己的命运。难道，真有什么冥冥之中的神示？指引我一步步走向了悬崖。就像我自己写的那样，站在悬崖边上，抓住黑暗的影子，从绝望中跳出去？

谢谢你大叔。要是几个月前，有人说我的诗写得好，要帮我出诗集，我一定高兴得尖叫起来。可是这会儿，你说什么我都不在乎了。一个星期前，我把所有写满诗的十几个本子全烧了。你也未必真以为我的诗写得好，不过想用这种方式叫我改变主意。不必费心了。功名利禄的诱惑对我不起作用。很多人为了出名，什么都干得出来，无底线无节操。微博上每天上演这种戏，看都看够了。我告诉你，功名利禄，那是我最痛恨的东西。即使你真的觉得我的诗写得好，也改变不了什么。写诗，活下去，用诗歌反抗生活。大叔，你真的很搞笑。那么多写诗的人，写着写着就自杀了。你不会不知道吧？诗歌，从来就不是什么救命稻草。即使是，也救不了我的命。一个人陷入绝望，就像掉入滔天的洪水，抓住一车稻草都没用。

别跟我说写诗了。说破天也没用。除了跳崖，我对什么都不感兴趣。

谢谢你大叔，我不冷。我感觉不到冷。外套你自己穿着吧。冻感冒？好笑，等不到感冒发作，我已经去了另外的地方。那个没有身体的世界，再也不会感冒了。

不！我不去庙里休息，我根本睡不着。站在这儿，我跟彻底解脱获得自由的距离只有一分钟。去了庙里，距离就远了，至少三十分钟。三十分钟，想着就叫我沮丧。

平日里十天半月都不露一下脸的月亮，今晚为什么这么亮，这么圆啊？把周围的云都照出彩色来了。老天你为什么跟我过不去？天黑了你就黑彻底啊，黑得伸手不见五指，黑得像我的心一样。你不给我活路，你还有什么脸让月亮出来捣乱。

该死的月亮，弄出这样的良辰美景。想叫我哭吗？我哭死好了！

哇……呜呜……

我真哭出来了。大叔，没吓着你吧？我自己听着有点瘆人。

什么哭出来就好了。大叔，拜托你不要说了。这种没用的陈词滥调，帮不到我。哭过心里堵得似乎没那么厉害，松动了一点，黑得没

我们如何变得陌生

有缝隙的心里照进来一点月光。但无济于事，我还是难受。哭没用，只有死能解决的问题，怎么能靠哭解决？唯一收获就是，哭过就知道了，眼泪只能让人更加绝望。

谁叫你拉我？谁叫你拉我！你放手！刚刚我站到了悬崖边上，我的腿抖得没那么厉害了。只差一步，最后一步，再往前一步，我就成功了。

你干吗要拉我，你把我拉过来这么远，离悬崖这么远，你以为你救了我是不是？大叔，你救不了我的。你知道我现在什么感觉吗？我的胸腔被打开了，心脏裸露着，周围站着一群饥饿的狼。我怕啊。怕，你懂吗？你不会懂的。你这样的人根本不会懂什么是怕。

没有人需要你的好心。让你的好心见鬼去！你站远点！离我远点！你们这种人，在自己的生活中，也许干尽了坏事，却热衷要在一个陌生人面前扮演好心人。你要真是好心人，就该推我一把，成全我。

求求你了大叔，推我一把！你只要轻轻一推，我就飞起来了。我会一直飞一直飞，飞到月亮上去……

大　叔

姑娘，你的情绪太激烈了。你平静一点好吧？你都说了，跳下去落到地上只要一分钟。这一分钟，就是你握在手里的终极武器。你不妨把这一分钟稍微推后一点，听大叔说几句。反正摧毁一切的终极武器牢牢握在你手里，你想用，它随时会为你所用。你说得对，每个人都有处理自己生命的权利。某些时候，拥有这个权利，才能保证生命的尊严和自由。

听完我的话，你还执意要使用这一分钟，我保证不再拦着你。我也不是一个喜欢多管闲事的人，我自己的事还一团乱麻呢。

情绪平稳些了。那我们说好了，天亮之前，不要再想那件事了。

我要跟你说什么呢？刚才被你这么一吓唬，脑子都有点乱了。我想到哪儿说到哪儿吧。我跟你保证，不管说什么，我今晚只说真话。

不信？你一直在质疑我。不怪你。当下的现实似乎就是，人人都在说假话，唯一的区别是说得多与少。我不谈动机，动机再好，也改变不了说假话的本质是骗人。你也不敢说你从来没有说过假话吧？我不是指责你，也不是为自己辩解。过去说过的假话，无法收回，无法改变。我只能保证，今晚说真话。

你问我如何保证？问得好。你要是当记者，一定是个不好对付的记者。是啊，一个人习惯了说假话，要让他说真话，不是一件容易的事。只有在一种情况下，他没必要说假话。如果他要说的是一生当中最后的话，古人说，人之将死其言也善。更何况，听他说话的人，还是一个就要结束生命的人。

此时此刻，正是这种情况。我们两个手里握着你说的那一分钟，怀着一个共同的目的，到这个悬崖边引爆我们手里的终极武器。天地之间，澄明的月光下，你是一个铁了心要跳崖的人，我也是一个除悬崖没有其他路可走的人。

是啊，太巧了。你的反应很正常，换我也不信。你看到我在这儿拍照，拿着价钱不菲的相机。你如果只相信自己看到的，一定会以为我很有雅兴，是个活得兴致勃勃的所谓成功人士。但是，我告诉你，你亲眼看到的未必就是真相。实际情况跟你看到的刚好相反，我是一个麻烦缠身的失败者，我不得不把自己伪装成一个爱好摄影的人。我希望死后，警察得出的结论是，我为了抓拍某个精彩瞬间，不幸坠崖。这样的结论，有利于我的家人接受这件事。就像你，希望你的靖远哥以为是一次意外。

我们都很善良，要死了还在替别人着想。也许因为我们的这点好心，我们死后，我们死亡的真相将永远不为人知。你看，探寻真相，任何时候都是最难的事情。

我承认我善于伪装。但是，再好的伪装也是有破绽的，跟你聊了这么久你都没有一丝一毫怀疑，除了我善于伪装，你毕竟年轻，缺少经历，很多事情你看不明白。听你说起来似乎很清醒，什么都懂，什么都看得透，其实，看透真没有你说的那么简单。我这把年纪的人，

我们如何变得陌生

怎么能不复杂？复杂是什么？各种经历留在生命里的痕迹。经历得多，痕迹自然就多。以你这个年龄的局限，有些人有些事还真的无法看透。

相比之下，你倒是清澈见底。我一眼就看出来，你是到这儿做蠢事的。不要急着反驳我，在你这个年龄，可以做各种傻事。年轻人做傻事，上帝都会原谅。谁年轻时候不做傻事？傻事做了就做了，即使伤筋动骨，也还有机会修复，甚至，还有机会重来。但是跳崖这种事，对你这个年龄的孩子，的的确确是蠢事，一旦做了再也无法补救。不管你有多么充足的理由，也不管你绝望到什么程度。毕竟，你才二十几岁。年轻就是王道，在你这样的年龄，真没有什么过不去的坎。你想想看，十几岁时要死要活的事情，到了二十几岁，就变得无足轻重。同理，二十几岁时要死要活的事情，到了三十几岁再回过头去看，会觉得很可笑，当年为了这么点破事，差点自杀，幸好没死，要真死了，多不值当啊。把人生拉长一点，给自己多一些机会。

二十几岁，多好的年华。不论发生了什么，活着才是最重要的。你是个很善良的女孩，自己都要跳崖了还担心我掉下去，你嘴上说怕担责任被警察怀疑，我知道你是真怕我掉下去。你们这些小年轻，明明很好，偏要表现得不够好，生怕别人说你们好。跟我们年轻时候正好相反，我们年轻的时候，明明没有那么好，偏要表现得足够好，生怕别人说我们不好。在你们眼里，这就是虚伪了。我承认，在很多方面，我们的确不如你们坦率。我可以说这是时代的原因，一个时代造就一代人。但是，把一切都推给时代，是一种不负责任的行为。我想说的是，任何时代，不管时代的洪流如何滚滚向前，都有一些不会被时代裹挟的人。这就是那些善于思考的人。

我发现你很喜欢思考，尽管有些偏激。我还得说你偏激。是，我承认你说的那些都存在，现实生活，确实有很多不如人意的地方。但你也要看到，那不是全部。有光明就有黑暗，它们是互生的。不存在只有光明的世界，也不存在只有黑暗的世界。即使在最黑暗的地方，也有光明存在。你不是喜欢写诗读诗吗？你有没有读到过这样的诗句：在没有光明的地方，黑暗也是一盏灯。

站在悬崖边上

你拼命保护你靖远哥的生活，宁可自己跳崖，也不希望他受到一点影响。这说明你对这个世界没有死心，你还有爱。你还能这样去爱一个人，就不到真正绝望的时候。

你听大叔一句劝，不管遇到了什么，不要急于一了百了。像你说的，结束生命，只需要一分钟，你先把这一分钟存着，给自己一段时间，把人生拉长一些。你就当发生了十级地震，一切都震塌了，你的内心被夷为平地了，你面对一片废墟，至少应该给自己一个重建的机会。试试吧，说不定能行。先给自己一年，就算一分钟一分钟熬，你也熬过这一年。

好，打住。我答应你，不再说这些劝你的废话。其实也不全是废话。你想想，还是有一点道理的。好，继续说我。刚才说到哪儿了？说到我跟你一样，是到这儿跳崖的。你让我接着编？你以为我编故事？怎么说呢，我比你更希望是故事，最好是别人的故事，跟我不相关。你压根不信是吧？你要不信，我还真没办法。人和人之间要建立信任，确实不容易。你可以试着继续往下听，听完了，你再判断真伪。好吧？

你想想看，当我绕着道，穿过树林爬到这个悬崖边上，看到你的那个瞬间，我是什么感觉？借用你们年轻人的话，瞬间崩溃，不，泪奔。找个废弃的景点跳崖都能遇到同伴！这么小概率的事情被我碰到了，不是奇迹是什么？不管你信不信，反正我信了。我在心里说，你就是上天派来救我的天使。我命不该绝啊。尽管麻烦缠身，除了一死了之，我没有什么办法可想。但是，我不想死。

现在你懂了吧？我执意要救你，是想救自己。跟英雄情结一毛钱关系都没有，我根本不是要在你面前扮演什么好人。我劝你的那些话，每一句都是在劝我自己。碰到你，我才有机会把那些劝解的话说给自己听。因为你，我才有借口拖延着时间，不必马上行动。如果没有碰到你，我一个人呼哧呼哧爬上来，往这儿一站，一点借口都找不到，就只能硬着头皮把自己 over 了。

是你让我活到了现在。要说救命恩人，你才是我的救命恩人。

当然了，同样站在这个悬崖边上，同样选择跳崖，你也许是无辜的，是在为别人的错误或者罪行承担后果，我不是。我是在为自己的行为买单。那句俗话怎么说？出来混，迟早要还的。

我可以说句漂亮的话，相比活着，死亡是一种最轻松的赎罪方式。一直以来，都有人用死亡为自己赎罪，这个世界，除了卑下的生存，一定在某些地方存在着高尚的灵魂。要不然，这个世界真是无可救药了。可我清楚自己跟那些高尚的灵魂之间，隔着十万八千里的距离。我就是一个大俗人。

就像我对你说的，好死不如赖活。你觉得是令人作呕的心灵鸡汤。实际上，这是很多人（包括我）奉行的生活哲学。不管苟活赖活，活着就行。多少功成名就的人，你要告诉他，放弃一切，可以重新活一回，哪怕只能年轻十岁，他都会马上放弃。宁可一无所有，只要还能重新来过。只可惜，没有任何东西能让生命逆转。活到我这个年龄，拼命活也没有多少年了，不想死都要被死神抓住了。跟我比，你多富有啊。你的人生才刚刚开始，还有大把的青春，大把的岁月，就是用来挥霍，也能挥霍一阵子呢。你真让我羡慕嫉妒恨。什么赖活不如好死，你太不把生命当回事了。你看我，即使到了不得不死的时候，我还不甘心呢。为了苟活，我会不惜跟魔鬼签约。

你一定充满了疑问，像我这样的人，怎么会来跳崖？还能有什么事，逼得我连苟活都不能，非要在死神追上我之前自己主动扑上去？

说来话长。好在离天亮还早，我慢慢跟你说。

这个景点为什么关闭，我比你清楚。两年前坠崖的女研究生，是我的学生。你说到她的时候，我一直看着远处，假装对这件事一无所知。假装得并不成功，我无法控制住脸部肌肉的颤抖。我骗不了自己，但我骗过了你。你以为我什么都不知道。你真的很好骗。

我要爆的料才是真正的猛料。微博上热闹的是一群不知情又被故意引入歧途的起哄者。你不过是个围观者，还是外围的。而我是当事人。就在这儿，我眼睁睁看着她掉了下去。

你被惊到了？还要听下去吗？你确定要听？

我跟她的故事没什么新鲜的，就是一个无聊的老男人和一个年轻女孩的故事。这要在我年轻的时候，是了不得的大事，足以让一个人身败名裂。放在现在，这种事情每天都在发生，已经算不得什么了。

我这个年龄的人，一生都处在剧烈的变化当中，该读书的时候在下乡，该工作的时候还在拼命读书，刚学了点知识又进入了市场经济……节奏太快了，我一路都在拼命追赶，生怕被时代甩下。突然有一天从镜子里看见一个陌生得令自己诧异的形象，发福的肚腩，稀疏的头发，倦怠的面容，浑浊无光的眼神。中年甚至初老的景象随处可见，一切都在昭示生活的末日就要来临。还记不记得你说到怕的感觉？你说我不懂什么是怕。我怎么会不懂。只要活着，谁没怕过？说句倚老卖老的话，活到这个年纪，我体验过的怕，只会比你更多更复杂。那天看着镜中的自己，我感觉到的，就是怕。

提到父母，你们年轻人的态度总是一味看不惯，年轻人很少有同情父母的。你不会懂得，你的父母人到中年或者老年，除了你看得到的那些不堪，还有很多你看不到的无奈，还有更多你看到了也不懂的怕和痛。因为你实在太年轻，很多东西无法理解。就像你们年轻女孩看到那些成功的中年男人，好车豪宅，衣冠楚楚，似乎无所不能，到哪儿都是不可缺少的人物，就以为他们一定活得有滋有味，比一般人要幸福得多。其实，完全不是这么回事。

要概括中年男人的生存状态，无聊是一个最准确的词。无聊的工作，看上去很忙碌，很重要，实际情况无非是削尖了脑袋钻营，搞到课题，搞到经费，搞到博导资格，搞到各种资格，搞到各种好处，混迹各处开会，讲些不疼不痒的陈词滥调，跟同样无聊的同行见面打哈哈喝酒，跟稍有姿色的女同行搞搞暧昧。回到家里，同样是无聊的家庭生活。有品位的妻子，有出息的孩子。旁人看着光鲜美满，就像现在市场上卖的桃子，表皮光滑红润艳丽，闻着没有一点桃子味道，里面的肉破棉絮一样粗糙，根本没法吃。

我们如何变得陌生

我的家庭就是这样一枚外表诱人的桃子。两个体面人，以婚姻的名义住在同一个房子里，彼此连交谈的欲望都没有。坦率地说，我的婚姻，早就名存实亡了。我甚至可以说，所有的婚姻，到了我这个岁数，基本上都名存实亡了。要说真相，这就是真相。但是，只要婚姻没有公开解体，父母都会在孩子面前假装恩爱、幸福。不是成心要欺骗孩子，也许孩子早就发现他们在假装。我儿子有时候看我的眼神，几乎明白无误地告诉我："当我傻子啊，你累不累？"父母知道假装没用，根本骗不了谁，还是要彼此配合，非常默契地假装下去。在你们眼里，这些行为除了可笑，还很愚蠢。以你现在的年龄和经历，你很难理解，父母是把恩爱幸福当作一块遮羞布，要遮住彼此在婚姻中的不堪。如果没了这块遮羞布，等于把五脏六腑都暴露在孩子面前了？作为父母，颜面何在？

你现在还是憧憬爱情的年龄，你自然不懂，婚姻，是这个世上最难搞好的事情。我跟我儿子的妈妈，我们曾经也很相爱，我们都下过乡，后来考上大学，在大学里相识。用你们现在的话说，她曾经是我的女神，为了追到她，我费过不少心思。我追她费的心思，比后来跟任何女孩费的心思都多。

刚结婚的时候很幸福。半夜醒来看着她熟睡的面容，心都要化成水的感觉，就想要一辈子对她好。可惜幸福很短暂。有很多年，我们被现实逼迫着，被生活追赶着，几乎无暇他顾。要养孩子，要在各自的行当里奋斗，要评职称，要分房子，要站稳脚跟，要混出模样，要让孩子受尽可能好的教育，要让物质生活跟上周围人的步伐，一步一个台阶地往上走……这个过程，日复一日，看起来波澜不惊，实际上每一天都暗流奔涌，各种煎熬，各种打击，各种不适，各种挣扎，各种脱胎换骨的改变，都在不知不觉中完成了。

在这个过程中，经历了多少你说到的怕？我都不敢去回忆。这些东西，你的父母也一样会经历。他们有多少怕与痛，你肯定从来没有想过。作为一个家庭的孩子，你跟父母朝夕相处，但是，父母生命中有多少无奈，你不会看到。他们让你看到的，是他们成功的部分，他们光彩的部分。在孩子面前，父母永远都在刻意隐瞒真相。这正是你指责的虚伪。要是你公正一点，你会看到，我和你父母这一辈，不管是作为儿女，作为父母，还是作为自己，都挺不容易的。

接受生命里这些脱胎换骨的改变，如同接受自己日益改变的相貌，都是无奈的事情。哪怕你的生命形态已经面目全非，旁人是看不见的，精神层面的东西，更不为人所知。而物质生活的改善，是实实在在看得见摸得着感受得到的。你住在什么样的房子里，你开着什么样的车子，你日常消费的品质，你的孩子送去了什么国家……这些东西，是某种你活得成功与否的标识，这是看得见的生活。就像你们女孩，背什么品牌的包包，用什么品牌的化妆品，穿什么品牌的衣服，去哪里度假……都是看得见的。背后的故事，没有人看见，也没有人在乎。

我们就这样，拼命追赶着看得见的生活，一路小跑，顾不上喘息，更顾不上什么东西落在了身后。我还得庆幸自己追上了同龄人的成功指标，没被落下。

不是没有过疑惑，一个人到底要住多大的房子才会满足？搬了一次又一次家，房子越搬越大，筒子楼搬进单元楼，两居换三居，三居换四居，再换别墅。最有幸福感的一次，真不是搬进别墅，而是从筒子楼搬进单元房。尽管是个两居室，六十多平方米，却让我彻夜不眠，睡到半夜忍不住爬起来，把各个房间的灯打开，把属于自己家的厨房和卫生间打扫了一遍。那个家里的每一件东西，大大小小，柜子书架，哪怕一个灯罩，一个装餐巾纸的盒子……都是我跟孩子妈妈一起去选购的。为了省钱，我们要跑好几个地方，货比三家才决定买一样东西，不觉得辛苦，只觉得开心。后来再搬家，越来越懒得折腾了。说实话，我都有点搬烦了。搬别墅那次，就是孩子妈妈一个人在操心。装修风格，家具什么的，我问都不问，随她去了。搬家那天我在外地开会，孩子妈妈找人算了黄道吉日，等不及我回来就搬了。她反正越来越相信这些东西。我出差回来，她已经搬进去一周了。

住别墅，是孩子妈妈最渴望的。我自己倒真不想住，离学校太远。孩子妈妈一直希望有一个院子养花。当她终于有了自己养花的后院、喝茶的茶室。我再也没有问过她，是不是对生活感到满意了，是不是真的感到幸福。我甚至都不知道她在院子里种了些什么。我们早就不谈各自心里的事情。在家里，她像空气一样，无处不在，但我经常看不到她。想想真不可思议，她也成了我看不见的那一部分生活。

孩子出国后，我们干脆一人住一层，各住各的，懒得再装模作样住一起了。我们像两个房客，相安无事，如果不想碰面，完全做得到

我们如何变得陌生

十天八天不碰面。我很忙，即使不忙，我也假装很忙。她也很忙，她每天把自己打扮得光光鲜鲜出门，她有自己的朋友，有自己的圈子。忙着养花，忙着练瑜伽，忙着跟朋友喝茶结伴旅行，跟一帮信佛的人听经朝拜，跟一群素食主义者吃素餐，跟一群爱心泛滥者去当义工……看她晒在朋友圈的照片，都以为她是一个过着健康生活，有着幸福光景的快乐女人。可是，每当回家看见一个身材臃肿、脸色暗黄的女人，蜷缩在沙发上，两眼无光地看着电视屏幕上的韩剧，我会惊觉，这个青春不在的女人是多么寂寞和无聊。从门口到沙发，最多四五米，上楼的楼梯离沙发更近，顶多三米。我从来没有走过去，把她搂住，哪怕什么也不说。我早就不习惯跟她有亲密的接触。我只是愣怔一秒，然后换了鞋，去了二楼自己的房间。

也不是一点都不在意她，但我没有力气了。一个人要关心另一个人，除了心里在意，还要有力量。这些年，为了追赶看得见的成功，我把自己消耗空了。身体关节像一架锈迹斑斑的机器，血液在日渐狭窄的血管里流动得越来越缓慢。

一切都那么没劲。坦诚地说，只有年轻女孩鲜果鲜花般的面容，能让已经迟缓流动的血液加速流动一会儿。年轻女孩的世界，是一个多么繁茂多么生机勃勃的花园。但是，年龄和道德紧箍咒像一道栅栏，把我拦在外面了。我是个胆小的人，不敢贸然闯入。很长时间，我满足于站在园子外面偷窥，体会一下血液快速流动的感觉。

满园春色关不住，一枝红杏出墙来。后来我才知道我有多么可笑，我给自己设置的障碍，根本不存在。园子里的鲜果鲜花，早就不再满足待在她们的园子里，她们奋力把自己的枝叶伸到外面，花瓣掉到我的脸上脖子上，枝条上的露珠落到我干裂的嘴唇上。这样的诱惑，谁也经不起。我奋不顾身往里冲，甚至做好了头破血流的准备。冲进去了才知道，根本不用头破血流啊。完全是轻轻松松的游戏和交易。这些交易，有的很大，牵扯到工作安排、学位授予、金钱资助，有的却很小，甚至就是一次考试成绩的过关。

我感到惊讶，这一代女孩子确实不一样了，她们似乎无师自通，不知道从哪里谙熟了游戏规则和交换原则。作为年长者，我一直把握

站在悬崖边上

着交换的方向和合理程度，对于超出我能力和会波及生活其他方面的交换，我总是嗅觉灵敏，及时发现，及时规避风险。我很快成了一个老手，谙熟规则，游刃有余。

她出现的时候，我根本不知道，她是这一切的终结者。她是我的研究生，人长得不是很漂亮，但很有特点，嘴唇很厚，额头很突出，皮肤黝黑健康，一头自然卷曲的头发。她从来不化妆，近距离可以闻到她身上淡淡的果木香味。她就像一株树，枝叶繁茂，充满活力。

她不跟我交换什么，她一门心思要拼能力，为此，她考了两年才考上。她出现得不是时候，要是早十多年，我会欣赏她，甚至会毫无私心地帮助她。但是，她成为我研究生的时候，我已经在那些轻松的游戏里玩得久了，我越来越精明，越来越无耻，也越来越大胆。我不再满足于主动送上门的交易，我会主动出击，就像库切小说《耻》里的那个教授，利用自己的成熟、无耻和属于自己的权利，勾引那些涉世不深的女孩。一般的女孩，有一些物质和交换的机会就足以拿下了。可她不行，她是一个相信爱情的傻瓜。但是，她越是拒绝，我越是不能自拔。还能怎么办？我只好假装爱上了她。一个无耻的老男人，玩起爱情游戏，驾轻就熟。

她真是傻啊，她居然相信了我，希望跟我地久天长。

她当时就站在你刚才站着的地方，看着下面的云海，而我就在我现在坐着的位置，忙着调整镜头。正是杜鹃花开的时节，上来拍照的人比较多，我好不容易才避开所有的人，把镜头对准了她。我没有惊动她，先拍了一张侧面，她的侧面不是太好看，她的脸比较圆，侧面的线条太短。但她专注看云海的样子，显得那么迷人。拍完侧面我冲他挥手，叫她看镜头，她没有反应。她又走神了，她上课的时候会走神，跟我聊天的时候也会走神，她似乎是一个随时会走神的女生，我没有在意。尽管前一段时间，她给我的压力比较大，但是一路上，我们已经沟通得很好了。她让我带她登一次山，看一回云海日出，回去就好好过自己的日子，不再跟我纠缠到一起。我心情很轻松，尽量满足她的各种要求，上了山，我还陪她还去庙里求签，她求到了上上签，我求到一只下下签。我看她一路都是高高兴兴的。我哪里知道，她压根儿没打算回去。

我准备喊她一次，还没喊出声，只见她缓缓地回过头来，对着镜头飞快地一笑。我拍了一张，她突然双手伸直，做了一个飞翔的动作，我来不及叫她小心，她已经飞了出去。白色的衣裙很快变成一个看不见的白点。山顶顿时乱作一团，站在悬崖边的人纷纷在往里跑，吓得跑不动的就地坐下了，尖叫声持续不断。

我没有跑，没有叫，脑袋里也没有像通常人们遇到紧急情况那样一片空白。我不敢空白啊，我的脑袋转动着唯一的念头，如何撇清跟她的关系。我飞快地删除了相机里的照片，梳理了一路上山的经过，发现很难撇清跟她的关系。

我额头上冒出了冷汗。更要命的是，我发现人群里有一个人在拍我，我愤怒得掐死他的心都有了。额头上的汗珠滴进了眼睛里，我不敢擦，一直大睁着眼睛，好不容易才看清楚那个对着我拍照的人，居然是我的另外一个学生。我不知道他何时上山的，我一路都没有看到过他。这个成绩很差、不用功的学生，我压根不想招他，但那年跟他一起考我研究生的女孩，表现太过积极主动，引起我老婆的反感。我老婆本来跟我井水不犯河水，相安无事，但是突然到了更年期，一反常态，动不动就闹，医生说她情况比较严重，吓得我不敢招惹。为了安抚老婆的情绪，我招了那个男生。

男生平时不怎么来找我，我对他也不太关注，除了上课，很少看到他，不知道他在忙些什么。他是偶然碰到我们，还是一路跟踪？他跟那个掉下去的女生，到底什么关系？一瞬间，所有的血都冲进了脑袋里，我看见的一切都变得血红。我感觉自己就要晕过去了。这时候，我听见那个学生在喊："大家不要乱。刚刚掉下去的是我师姐，我已经报警了。请大家待在原地不要动，警察一会儿就到。你们千万不要跑动，不能再出事了。"接着我看见他冲过来，不由分说扶住我，大声喊着："导师您没事吧？您千万不要太难过了，师姐也是，太不小心了，站得那么靠边，还摆什么 POSE 嘛。导师，您坐下来。警察一会儿就到了。您要挺住啊。"

我顺势坐在地上。

站在悬崖边上

派出所就在寺庙旁边，没多久，警察就上来了。我们在山顶的人，都一起去了派出所。在派出所，那个男生完全唱了主角，引领了舆论的方向。首先，他证明我们三个是一起上山的，我准备带着他们两个到寺庙查阅一些资料，因为师姐的毕业论文涉及了这个寺庙建立时期的宗教活动，他早就答应师姐，要帮她查阅资料，就陪着一起来了。"上得山来，师姐吵着要先去看云海、拍照片，导师只好带着我们去看云海，没想到师姐拍照不小心，站在悬崖边上，还非要做一个飞翔的动作，师姐拍照片最喜欢做那个飞翔动作，结果杯具了，掉下去了。"这个故事，在警察到来之前，他假装照顾我，扶着我的脑袋，附在我的耳朵边，说了一个基本框架。他真是个撒谎的天才，故事编得滴水不漏。在场的人，除了那个抓拍到坠落瞬间发了微博的小伙子表示怀疑，其他没搞清情况的人都作证她正在拍照，突然伸出双手掉了下去。

警察两天后在山下找到了她。警察的结论是失足跌下。我逃过了所有的惩罚。但是，从那个时候起，我就患上了失眠症。我的体重，从一百八十几斤，瘦成了现在的一百三十几斤。我害怕睡觉，只要睡着，我就梦见站在悬崖边上。有时，我看见悬崖跟山体突然脱开，成了一根四面绝壁的方形柱子，大小刚刚够我的双脚站立，悬崖的绝壁上开满各种颜色的杜鹃花，每一朵都有人脸那么大，仔细看，每一朵都不是花，而是那个女生的脸。

那个电影叫什么？《坏蛋睡得最香》，我根本不是一个完全彻底的坏蛋。我做了坏事睡不着。我天天都会想，要不是我拼命追她，假装爱她，她现在一定还在世上的某一个地方，活得好好的。也许为人妻、为人母了。不管警察的结论是什么，对她的死，我负有不可推卸的责任。

我被良心折磨还不够，还要被那个男生要挟。

出事的时候我吓坏了，把那个男生当了主心骨，一切听凭他安排。报案，给警察编谎话。后来的事，也全靠他，发微博，引导微博走向的，是他。勾兑大 V 帮他师姐打官司要赔偿的，也是他。现在，逼得我走投无路的，还是他。他抓住了我的把柄，无休无止地榨取我。帮他留校，帮他写论文，帮他的论文评奖，帮他争取去国外交流的机会，帮他买房，给他买车……我完全成了他的傀儡和木偶。只要看到他的电话号码，我就浑身哆嗦，不晓得又有什么事。前几天，他突然出现了，约我见面，他告诉我他要结婚，需要一笔钱。我已经被他榨干了，没钱了。我求他放过我。他笑着说："导师，你不是还有别墅吗？我保证，这是最后一次，我结了婚，就不再来麻烦你了。"看着他那张似笑非笑的脸，我皮肤一阵收缩。我真想杀了他。可我没胆。我没有杀人的胆。姑娘，我当时那种怕的感觉，跟你一样啊。他已经完全彻底变成一个坏蛋了。他每一次要挟我都说是最后一次，我早就不相信了。我知道他是永不满足的，只要我活着，就要永远受他的要挟。我告诉他等我几天，我跟他师母商量一下。然后，就奔这儿来了。我不能卖别墅，我不想把孩子妈妈的生活毁掉。我也不想再受他的要挟了。

那个词怎么说的，一死了之。死了就结束了。死了他就威胁不了我了。死了我就自由了。来的路上我还跟自己说，我今年五十七了，很多英年早逝的人，还没有活到我这个年龄。

可我不想死啊。姑娘，大叔厚着脸皮求你，你就答应大叔吧，只有你能救我，给我一个不跳的理由和机会。你不跳了，大叔也不跳。我跟你一起下山，我去跟孩子的妈妈忏悔，去跟那个女生的父母忏悔，我用余生来赎罪。那个混蛋，他要把一切公开，就让他公开好了。我豁出去了，就算身败名裂，就算下地狱，我也认了。姑娘，只要你能重新振作起来，大叔就在地狱里跟你一起熬。

熬过一年，你要还没从绝望中走出来，大叔陪你来跳。

姑娘，你想想吧。不用着急，等太阳出来你再告诉我。一起下山，还是一起跳崖？大叔等你的决定。

姑娘的故事

月光是冷的，大叔投射到姑娘脸上的目光是热的。这目光里的热度，是走投无路的人对生的贪念。大叔的目光刺疼了姑娘脸颊的皮肤。姑娘背过脸去，她受不了这样的目光。听完大叔的故事，她相信大叔说的是真话，有些事，是编不出来的。姑娘很想说，大叔，我救不了你。我连自己都救不了。我们两个绑在一起没用。两个溺水的人，绑在一起只会沉得更快。

大叔坐在月光下，秃了的头顶看起来那么悲伤。姑娘忍住了，什么都没说。就等到天亮吧。天亮了再说。

姑娘望着夜空。月亮被云彩遮住了。姑娘在心里说，大叔，对不起，你把你的故事告诉我了，但我的故事，不能说给你听。一定要说，我就说给月亮听。

我的故事，从哪里说起呢？

姑娘在心里回答自己，从头说起吧，反正离天亮还早呢。

人生要是有个确切的开头，应该是爸爸妈妈制造我的那天。那天到底是哪天，恐怕他们也不能确定。能够确定的，仅仅是我出生的日子。我的医学出生证明和各种证件上都写着那个日期。对那个确定日子里发生的事，我其实一无所知。

四岁之前我没有记忆。四岁之前的日子，只有一片混沌，有些斑斓的色彩飘荡在混沌之上，如果努力想要透过色彩看清混沌里面到底有什么，结果是，连色彩也消失了。面对四岁之前的生命，怎么努力都没用，它就是一片混沌，就像盘古开天辟地之前，人类的记忆，也只是一片混沌。

准确地说，我的记忆，是从四岁那年的生日那天开启的。四岁生日那天的记忆，算是我的处女忆吧？实际上，不光男人有处女情结，女人也有。女人对第一次的记忆，强烈到不可想象。初吻发生在十四岁，已经过去十年，我还记得靖远哥舌头上的味道——草莓味。他跟我见面前嚼了四颗草莓味的口香糖，因为我告诉过他，我喜欢草莓味。当他伸出草莓味的舌头裹住我的舌头，我战栗的牙齿几乎咬伤了他，身体深处的温暖感觉像是从大地中心冒出来的温泉，汩汩流淌。第一次看靖远哥的身体，我已经是大二的学生，虽然之前是我叫嚣着让靖远哥脱光光，他真的脱光了转过身来，昂然地面对着我，我的脸还是红了，滚烫的羞涩令我不敢直视，捂着脸咯咯笑，边笑边逃。第

我们如何变得陌生

一次允许靖远哥进入我的身体，靖远哥像一把用冰做的尖刀，尖锐的刺入之后彻底融化在我的身体里面，那种感觉，再也不可能重复。

女人，到死都会记得这些。每每想起这些，我的心像被谁狠狠捏在手里，全身因缺血而疼痛。

处女忆是我至今保存最完整的记忆。那一天的所有事情，我都记得。早晨，我爸送我去幼儿园，一出门，我爸就把我背在背上。我爸的背很宽，很暖，我爸故意跳着走路，让我在背上颠簸。我喜欢在我爸的背上颠簸，一颠簸我就笑，还用手去揪我爸的耳朵。我爸的耳朵虽然不大，耳垂却又厚又肥。我的样子长得也像我爸。都说女孩像爸爸有福。我是个例外。

那天在幼儿园里，我过得很开心，我跟小豆豆是当天的生日宝宝，全班的小朋友围着我们唱了生日歌，没有蛋糕吃，但老师给了我们两个一人一碗面条，别的小朋友吃的是咖喱饭，我讨厌咖喱饭。我把面条吃得干干净净，老师表扬了我，在我的额头上盖了一个印章。我很少得到老师的印章。长大了我才知道，不是我表现不好，是我爸我妈从来没给幼儿园老师送过礼。

下午，我妈到幼儿园接我，我把小脸仰着给她看我额头上的印章，她居然没有看见。我妈心情不好，她把我抱到自行车后座上，没等我坐稳就把车骑走了。她骑着车在街上走的时候魂不守舍，自行车被地上的坑颠簸了好几次，最终跟一辆摩托撞到一起，把我从后座撞了下来，我的牙齿被撞掉了一颗，嘴唇流了很多血。我妈不管我，抓住那个男人的摩托车不放手。"瞎了你的狗眼了，你往哪儿撞！"我妈喊叫的声音，像是烧红的沙子在飞舞，有一颗飞进我的耳朵里，烫得我的耳朵生疼。周围一下子围起了人墙，人们唾沫横飞，指责那个骑摩托的男人。那个骑摩托的男人跳下摩托车，掀掉头盔，露出一头金黄的头发，他眼里的凶光让我忘记了哭。我妈不管不顾，依然抓住男人的摩托车大喊大叫："你个王八蛋，你瞎了狗眼，你有本事撞死老娘！"我妈声音高昂，越来越多烧红的沙子飞到我脸上。那个男人往后退了一步，突然，抽出一把刀。人群纷纷往后散。我妈住了嘴，男人挥舞起刀，一道耀眼的光，吓得我闭紧了眼睛。我妈的手被刀子划出了一道血痕。摩托车轰鸣而去。我妈吓坏了，颤抖着抱起我，在地上找到了我沾满灰尘的门牙。

人群重新围拢过来。"赶紧报警啊，我记下那小子的摩托车号码了。""警察扫黄抓赌跑得快，出人命了影子都不见。什么世道。""警察敢管？人家是公安局长的小舅子，大名鼎鼎的金毛。""赶紧带孩子去医院检查要紧，孩子摔成这样了，一直都没哭可能不对劲哦。""你没事吧？带着孩子骑车小心点……"

我妈把我抱到自行车后座上，默默推着车往前走，我妈的身体一直在颤抖。我们去了医院，我爸已经焦急地等在医院门口，远远地冲过来抱起我，我在我爸的怀里放声大哭。做检查的时候我睡着了。

第二天醒来，我看见一个巨大的毛绒熊几乎占据了床的一边，我把脸贴着毛绒熊，毛绒熊的绒绒比我妈的胸口还软和。尽管嘴唇很疼，我还是笑了起来。

后来我才知道，我四岁生日那天，我妈之所以情绪反常，是因为我妈的工厂被别的工厂收购了。收购后的工厂属于一家上市公司，职工重新签约进厂，工资翻了一倍。厂里的人都欢欣鼓舞签了约，四十五岁以上的跟厂里签了赔偿协议，拿着钱提前退休了。我妈才三十岁，不符合提前退休的条件，但她下岗了，她们那批工人，她是唯一下岗的。我妈得罪了厂长，因为我妈长得漂亮，是厂花，厂长对我妈垂涎欲滴，一直想潜规则我妈，我妈不从。工厂重组给了厂长最后威逼利诱我妈的机会，厂长对我妈说："这是你最后的机会，你要珍惜。"可我妈没有珍惜。我妈当然很想珍惜工作机会。但厂长肥胖的脸，猪头一般愚蠢的样子，加大了我妈珍惜的难度。那个时候，我妈还很年轻，还有一点心高气傲。我妈把工作服摔到厂长的办公桌上，昂着头走出了办公楼。我妈一路昂着头，挺着笔直的后背走出了工厂大门，回望自己工作了将近十年的工厂，心情很不平静。在我妈三十年的人生中，还从来没有发生过比下岗更大的事情。

要是我妈能预知后来发生的事情，她一定不会骑在车上神思恍惚。跟后来发生的事情相比，这一天的事对我妈来说，实在是个小事。

这样一个处女忆，不够好，但也不能算太坏。要是不发生后来的事，我或许也能活到七老八十，那样，过上若干年，我还能记住什么？或许，是我妈阴沉的脸色、撞掉门牙的疼痛和金发坏人挥起落下令我胆寒的刀光。也可能，我就只记得我爸的后背、盖脑门上的红印章了。记忆都是有选择性的。选择记住美好还是苦难，是截然不同的人生态度。

从那时候算起，又有二十年过去了。十年一个年代，二十年，就是两个年代。

我经常问自己，十年有多长？我不确定，尽管，我二十四岁的生命已经有了两个有记忆的十年。前一个十年，四岁到十四岁。后一个十年，十四岁到二十四岁。单从数字的意义上说，两个十年的时间长度是一样的。但是，从我个人感觉来看，两个十年的长短差异很大。前一个十年好短，几乎稍纵即逝，所谓弹指一挥间，连回忆都是匆忙的，以致后来我越想抓住越是什么都抓不住。后一个十年要漫长得多，尤其是开头那一年，度日如年，完全是一分钟一分钟熬过来的。

我当然知道我的感觉不正常。我认识的人都说小时候过得好慢，一年年盼过年，盼得眼睛都酸了还不到。一上中学时间过得飞快，一眨眼就是一年。大多数人的感觉都是这样，这才是正常的感觉。也有一些吃饱了饭没事干，闲得蛋疼的人非要搞得与众不同。在那些闲得蛋疼的装逼犯眼里，正常就是平庸。这种站着说话不腰疼的腔调，我听着就想吐。我才没有心情装酷。

如果我有选择，我只想跟大多数人一样，过一份正常的日子，做一个感觉正常的人。我只有十四岁以前的日子是正常的，终我一生，即使活到七老八十，长生不死，我都只有十年正常的日子。那个在我感觉中过得飞快的十年，是我一生的好日子。尽管这十年，也不是一帆风顺的，但其中的波折，还在正常范围内，没有摧毁我的正常感觉和正常体验。

也许，我才有资格说，拥有多数人都有的正常生活是多么幸运。

十四岁那年发生的事，对很多正常的人来说，最难忘的一定是初

站在悬崖边上

恋。大人和老师习惯说早恋，老师和大人都不赞同早恋。我举双手赞成早恋。恋爱一定是越早越好，十几岁谈恋爱，不会关心对方是什么样的家庭，有没有房子、车子、票子，唯一在乎的，是我喜欢这个人，我喜欢他的笑，喜欢他的气味，喜欢跟他在一起时心里满满的甜蜜，两个人约着吃一碗刨冰就会幸福得发抖。那种纯粹得像西藏天空的美好感觉，长大了绝对不会再有。早恋是一株美得滴水的嫩芽，可惜，一旦被老师家长发现，只有死路一条。老师和家长，平时看着也还温文尔雅，除了恶狠狠要求我们把功课学好，也尽力教我们向善向美。可是，在合谋掐死早恋的过程中，他们没有一点向善之心，要多恶毒有多恶毒。他们对待杀人犯也不见得有这样多的仇恨。我一直想不明白，大人们为什么要反对早恋？早恋怎么啦？碍着谁了？值得他们这样。难道早恋不是向美向善？后来我就想明白了，大人们的世界里，再没有这样至纯的情感。他们羡慕嫉妒恨。没有美好的人在扼杀别人美好的过程中，一定会产生变态的快意。

我比任何人都恋得更早，我五岁就把靖远哥装在心里了，那年他六岁，他是我爸的朋友郭复生叔叔的儿子。郭叔叔原来跟我爸一个工厂，他们两个都热爱书法，业余时间一起拜师写字，一起考文凭。在工厂被收购之前一起调离了工厂，我爸进了县里的文化馆，郭叔叔进了教育局。那时候，郭叔叔喜欢到文化馆找我爸写字，他们两个写字的时候，我跟靖远哥就在文化馆的院子里喂蚂蚁。

郭叔叔在教育局上班忙，写字就少了，而我爸上班下班都在写字，吃饭的时候都会拿着筷子在桌子上比画。我爸的字很快入选了两次全国的展览，加入了中国书法家协会。我爸在县里成了名人，他是县里第一个加入中国书法家协会的，他的老师才加入省书法家协会。郭叔叔投稿，一次都入选不了，很着急，一下班就到我爸爸单位写字。

那时候字不值钱，没有人花钱买字，但经常有人请我爸帮写个门匾，写个店名什么的。我爸总是乐哈哈写了送给人家，不要钱，上门取字的人，自然不会空手，带两瓶酒或者一条烟，或者给我一条裙子给我妈一件衣服。什么"枫叶服装店""老家豆腐脑""小龙抄手"

……人家把牌匾挂出来，我爸走在街上，看见了，就很自豪。郭叔叔不服气，经常说他写得比我爸好。我爸倒是很谦虚，每次都说："我们水平差不多，我运气好一点点。"私底下，我爸并不认同郭叔叔的字。他说郭叔叔的字写得俗气。他们的老师也说郭叔叔心浮气躁，需要静心多练。哪晓得郭叔叔后来得了大奖，是省里第一个得大奖的人，成绩超过了我爸。省里的电视台报纸都登了郭叔叔获奖的消息。

郭叔叔获奖后，字就开始卖钱了。有些乡里的领导买了郭叔叔的字送县里的领导，甚至有县里的领导买了郭叔叔的字去送给省里的领导。县里、省里都给郭叔叔办了展览，郭叔叔名气越来越大。我妈经常说我爸脑子不如郭叔叔灵活。郭叔叔卖字挣了很多钱，买了房子，买了车。我妈的脸色很难看，她和我爸每次只要说到郭叔叔，就要吵架。我爸的脾气暴躁了好多。其实，我们家的日子也不错，我们也买了房子，虽然没有郭叔叔家的房子大，但是崭新的电梯公寓，比以前那个破平房不知道好多少倍了。住到这样的房子里，我很满意了，不知道我爸我妈为什么老不满意，老要跟郭叔叔一家比。我妈看郭叔叔家买了车，也去考了驾照。我爸黑着脸把我妈的驾照收进抽屉里。他没有那么多钱买车。他的字，有人喜欢，但没有人花大价钱买。花大钱买字的人，都是些老板和官员，他们只买郭叔叔的字。郭叔叔的字卖得越来越好。我爸和我妈吵得越来越厉害。

我懒得管他们，我有自己的烦恼呢。郭叔叔调到省里去了，靖远哥也要跟着转学去省城了。临走之前，靖远哥约我去了德克士，德克士是我们县城唯一的一家洋快餐。我们下午去的，里面的人很少，我跟靖远哥坐在靠窗户的位置上，外面是又乱又脏的街道。我们只点了两杯水，我点的橙汁，靖远哥点的百事可乐。我喝了一口橙汁，冰凉酸酸的橙汁很像我的心情。靖远哥一直低头吸他面前那杯加了冰块的百事可乐，冰块在可乐杯子里发出咔嚓咔嚓的碰撞声。我看着靖远哥，不晓得说什么，眼里慢慢酸起来，要流泪的感觉。靖远哥没抬头，但他看见了我的眼泪，他隔着桌子递给我一张纸巾。他说："不许哭。明年，你考到四中去，我们一起上四中。"我拼命点头，我相信我能考上，我们县一中火箭班每年都有三四个考到省里的四中。喝完水，我们各自回了自己家。一场告别，靖远哥哥总共只说了十八个字，我一个字都没说。

从那时候起，我全部的心思都在学习上，我的生活只有一个目的，我要考到四中去，跟靖远哥一起读高中。我担心靖远哥被别的女生抢走了。我们的语文老师，才跟大学的恋人分开一年，男朋友就跟别人结婚了。语文老师想不通，跟她男朋友结婚的女生，在大学里就追过她男朋友，被断然拒绝。语文老师百思不解，执意去参加他们的婚礼，并在婚礼上质问男友，男友坦诚相告："不是她比你好，她永远比不过你，但有一点，你比不过她，她在我身边，而你，离我三百多公里。"男友的话让语文老师茅塞顿开，一个人的好，原来敌不过三百公里的距离。三百公里，正是我跟靖远哥哥的距离。语文老师的故事，让我做了好几天噩梦，梦见靖远哥看见我不理我，旁边跟着一个高个子的女孩。

从那样的梦中醒来，我就加倍用功。我的成绩稳稳地保持在年级前三名。我在心里盘算着，再有一年，我就能到省城去读书了。

我哪里知道，真正的噩梦降临到我的生活里。十四岁生日过了没多久，我爸被人杀了，就在他平日喜欢散步的河边。杀他的人把他抛尸到河里，大概希望被河水冲得不见踪影。夏天从这条河里落水的人，很少有找得到尸首的。但我爸的尸体被一块石头挡住，第二天一早被到河边晨跑的人发现了。那块有灵性的大石头，没准是我祖上哪一个可爱的先辈，为了不让我爸流落他乡，死无葬身之地，像抱孩子一样死命把我爸抱在了怀里，任江水冲刷，就是没撒手。

我爸不会自杀，我爸是那种胆子很小，杀鸡都不敢，但无比热爱生命的人。不会是什么见鬼的意外，我爸的水性，不可能在没涨水的河里淹死。头一年发洪水的时候，我爸还游到对岸去帮助抗洪抢险。他在洪水里畅游的潇洒身姿，不晓得撩拨过多少站在岸边的女人。

我爸出事之后，我无数次想过，我爸要是不喜欢去江边散步，而跟当地的绝大多数男人那样，光着膀子在街上吃烤串喝啤酒，说不定就不会出事，活个七老八十没问题。我们这个地方的男人喜欢打麻将，喜欢吃烤串喝啤酒，街上一年四季都是大声吆喝、划拳喝酒、敞胸露怀的男人，喝醉了还大打出手，打过了又握手言欢，几张桌子拼到一起继续喝。

我爸才不会跟那些喝酒划拳的男人为伍，我爸是书法家，文化人，街坊邻居见面都管我爸叫余老师。我爸给我起的名字都是与众不同的，余唱晚。我妈姓周，我的名字中间隐了一个周字，渔舟唱晚。多美的意境，一般人根本不懂。

我爸每晚都要去江边散步，有时候拉着我一起去散步。我小时候喜欢跟着去，跟我爸散步很有意思。他一边走一边指点江边的景色给我看，还指点天上的晚霞给我看，一条破破烂烂的江，在我爸眼里，真个是风光无限。谁能想得到，我爸就在他无比热爱的江边出了事。

出事那晚，我爸很晚没回，我妈没当回事，以为他又去办公室写字，写晚了就睡在办公室了。我爸经常一个人去办公室写字，办公室有一张很大的桌子，摆着笔墨纸砚。以前家里地盘小，摆不下写字桌。后来换了房子，我爸有一间书房，我妈却不喜欢我爸在家写字了，她嫌我爸写字的墨太臭。我觉得问题不是墨汁香臭，是我爸的字不卖钱。

在他们恋爱的时候，我爸还想要跟我妈比翼双飞，再不济也要来个红袖添香夜读书。我爸雄心勃勃要改变我妈，星期天，我爸跟我妈手拉手逛城里唯一那家新华书店，我爸还手把手教我妈写毛笔字。这样的好日子没过几个月，我就在我妈身体里安营扎寨，一颗黄豆芽大小的小人儿，却孙猴子一样闹得我妈没有消停日子过。恶心呕吐，双腿水肿，妊娠高血压，我妈被我直接闹进了黄脸婆的行列。出生之后，我妈被我的吃喝拉撒搞得脸都顾不上洗，整天跟奶瓶尿布作战，忙得毛焦火辣，脾气火暴，再也无心向学，更无任何添香情趣。我爸心灰意冷，彻底放弃了对我妈的改造。怪不得贾宝玉把结了婚的女人比作死鱼眼珠子。我爸只能在心底一声叹息，结了婚生了孩子的女人，比死鱼眼珠子还可怕，简直就是一段朽木。我爸只好转过头来培养我的品位，我还小，还是可爱的珍珠小树苗，有望长成我爸希望的样子。他没事就带我去他办公室，教我磨墨，教我辨识墨汁的香味，教我认识砚台，教我看各种字帖。他把字帖翻开，教我把鼻子贴在字上闻书香。我爸说:"好歹你也是书香门第,你太爷爷读过私塾,是个落第秀才。我爸还教我写字是、临帖。颜真卿的《勤礼碑》,我一直临到十岁,作业太多,我妈给我报了各种班,奥数英语、作文、长笛……我就是分成几个我也忙不过来,写字的事就放弃了。"

我记得郭叔叔获奖之前,我们家的气氛还是很好的,我妈跟我爸经常斗嘴。我妈说墨汁臭,我爸就说我妈没文化,不懂,墨的味道不是臭,是香,墨香。闻得来墨香,才叫品位。我妈说不过我爸,但她只要把眼睛一横,柳眉一竖,说:"敢嫌我没品位?"我爸立马投降、认错。我有记忆以来,我妈在家里就是绝对的女神,我爸是忠心男仆。我知道我妈心里是敬重我爸的,好东西先让我爸吃,走在街上,看到我爸写的牌匾,我妈会站下来,多看几眼。

郭叔叔获奖之后,一切都变了。有了郭叔叔做参照,我爸成了我妈眼里的一粒沙子。我妈也走下了神坛,变成了一个庸俗女人。两人吵得厉害的时候,我爸还会动手。

第二天警察敲门,我妈以为我爸忘了带钥匙,穿着睡衣开了门,被气势汹汹的警察吓得眼珠子差点掉地上。警察把我家翻了个底朝天,把我的宝贝电脑抱回了警察局,把我爸的几个记事本,凡是写了字的都拿回了警察局,想找到什么蛛丝马迹,好指引他们破案。毫无线索。电影、电视里智勇双全神勇无比的警察,落到现实里就是一个腆着肥大肚子的壮汉,挂着一脸毫无智慧的横肉。只晓得问我妈:"你们之前吵过架吗?你们的关系怎样?余明亮有没有欠债?有没有什么仇人?在外面有没有什么情感纠葛?你们夫妻感情怎样?你在外面有没有什么感情纠葛?余明亮平时跟什么人交往?……"好像我爸是被我妈谋杀了的。我妈被警察的各种问题问到几乎崩溃。

警察忙乎好多天,我们一家、我们家的邻居、我爸的同事,凡是跟我们家有一丝半毫关系的人,都被警察折腾了个半死。毫无线索。我直接怀疑他们根本破不了案。据说各类案件,最终破了的是少数。警察叔叔破案神勇的事情,大概只在电视剧里。看多了电视剧,因为我妈喜欢看各种垃圾电视剧,宫斗、武侠、家庭、悬疑,我也跟着看了不少,我对家庭剧和宫斗剧不感兴趣,主要看悬疑,悬疑剧里演警察的演员都比较帅，硬朗。是我的菜。不像韩剧、家庭剧、宫斗剧里的男主角，阴柔得让人反胃。我以前还多多少少有点崇拜警察，但是，我爸被杀，警察毫无头绪，只晓得拿各种愚蠢的问题折腾我妈，连我都被他们折腾了一遍。"你爸爸跟你妈妈经常吵架吗？都因为什么问题吵架？"我呸，贫贱夫妻百事哀，还不是因为钱吵架。敢情他们的智商还赶不上我一个初中二年级学生。还躲躲闪闪貌似聪明地拿各种问题试探我，不就是想问我爸我妈有没有情人吗？尼玛直接问啊，这有什么好躲闪的。老子负责任地告诉你们，我爸没有情人，我妈也没有，不是说他们有多好，也不是说他们两个的感情有多深，而是，像他们两个这种底层男女，根本找不到情人。情人是奢侈的，当官有权，土豪有钱，情人是给他们准备的奢侈品。我爸我妈，乐意不乐意都只能相濡以沫，老老实实过日子。

　　几天之间，我妈原本还有一点水色的眼睛干枯成沙漠，残留了几分姿色的脸蛋抽巴萎缩成一张老妇人的脸，身上的气息也完全变了，原本还有一点甜丝丝的清香气息，从警察局回家，就只剩一股子澡堂子里的气息了。身材还维持原状，远远看去还是原来那个人。走近了看就不行了，女人的身材，腰身那个地方最能看出风情，我妈以前走路，腰是要扭的，腰上的肉是活的。我爸出事后，我妈的腰就僵直了，还是那个腰，只剩支撑上半身的功能，再无半点风姿。

　　半年后破了案，杀我爸的凶手是一个流窜犯，在别处杀了几个人，流窜到我们这儿，杀了我爸。后来又流窜到我们这儿杀了一个土豪，据说土豪从歌厅出来被跟踪到河边，杀人抢劫，案子很快破了。嫌犯审问的时候交代出半年前在我们这儿杀了一个人，地点也是河边。但是在法庭上犯罪嫌疑人翻供，只承认了四起杀人案件，坚决不承认我爸是他杀的，嫌犯的律师指出杀我爸这个案子有诸多疑点，比如凶器没找到。律师还指出警察有刑讯逼供的行为。法庭旁听我没去，我妈不让我去。法庭上的事都是我妈告诉我的。我妈骂律师多事，骂嫌犯多事。都杀了四个了，反正是死，翻供有什么用？我明白我妈的意思，她不想再纠缠我爸被杀的事，是时候该画个句号了。律师和嫌犯在法庭上这么一折腾，本来可以画上句号的事，又弄得我妈心里不安。尽管最后，我爸的案子还是算在那个杀人犯的头上，杀人犯很快被执行了死刑。警察立了大功，县里的电视台反复播放这条破了超级大案的新闻。我终于从电视上看到了那个杀人犯，看着不大，实际上也只有二十几岁，电视上说他第一次杀人才二十岁。瘦瘦的高高的，一张看着很无辜的圆脸，眼睛茫然。我不晓得这么个人，怎么会那么残忍地杀人，是杀人呢。

我妈拔掉了电视机的插座，不让我看。我妈怕我做噩梦。我妈不知道，我爸出事后，我根本不做梦。噩梦好梦都不做。我的夜晚，交替在白晃晃的失眠海面上和黑黢黢的睡眠深渊里。

一年后，我妈在街上开了一个卖笔墨纸砚的小店。开店的钱是郭叔叔帮忙出的。我爸出事的第二天，郭叔叔就开车过来了，我爸的后事都是郭叔叔帮忙操办的。从那个时候起，郭叔叔经常开车来看我妈。我妈开了店，县城里凡是郭叔叔的粉丝，都到我妈的店里买笔墨纸砚，我妈的生意一直不错。给我的感觉，我们家的生活水平，并没有因为我爸爸不在而降低。我妈甚至买上了车，虽然只是一辆高尔夫，在我们县里就算不错了。当然，我也听到了很多关于我妈的闲言碎语，都说我妈跟郭叔叔有一腿。还有人说郭叔叔在工厂就追过我妈，无奈在乡下定了亲，退不掉。反正说什么的都有，寡妇门前是非多。我妈不在乎，我也不在乎。作为我爸爸的朋友，郭叔叔对我们一家确实不错，他让我好好考试，要是考到四中，去省城上学，我妈可以到省城去开店陪我。

我爸死后，我再也没有见过太阳，每天看着天都是灰蒙蒙的，太阳也是灰蒙蒙的。我一天一天熬。要不是靖远哥每个假期都来看我，每天给我发短信，我不晓得自己能不能熬过来。靖远哥是我心里唯一还亮着的一盏灯。靠着这盏灯，我把自己熬进了大学。尽管是一个三流大学。

上了大学之后，我慢慢走了出来。我爸一定希望看到我获得幸福。我开始认认真真跟靖远哥谈恋爱，也就是托付终身的意思了。我们说好了，大学毕业就结婚。

我终于毕业了，终于工作了。

我理所当然地以为天下的父母都不希望孩子们把感情当儿戏。我自然想不到，靖远哥跟郭叔叔说了我们想尽快结婚的事，郭叔叔居然摔了一把紫砂壶，那把跟随他多年的紫砂壶，据说很值几个银子，可想他气成什么样子。靖远哥的妈妈一声不吭，把地上的碎片打扫干净，重新给郭叔叔泡了一杯特级花茶。鲁阿姨在家里是个可有可无的角色，他们家的事，都是郭叔叔做主，郭叔叔从来不问她的意见，她倒是要看郭叔叔脸色。靖远哥不怕郭叔叔，真要打起架来，郭叔叔已经不是他的对手，他腾地一声站起来，对着郭叔叔怒目圆睁，两个男人一触即发要打起来的架势，吓得鲁阿姨赶紧把靖远哥拉到厨房里。靖远哥不服气，梗着脖子要往外冲。鲁阿姨拉住靖远哥说"你爸正在气头上，你说啥都没用。再说了，你爸说得对，你跟余唱晚不合适。"鲁阿姨再怎么没地位，她还是靖远哥的妈，尽管没人问她的意见，她其实也是有意见的。她终于逮着机会把自己的意见说了出来。靖远哥不在意他妈说了什么，只要郭叔叔赞同的事，她的意见等于零。不过，鲁阿姨这么一说，靖远哥倒是冷静下来了。

靖远哥审时度势，迅速放弃了容易激化矛盾的正面冲突，采取了另外一种嬉皮笑脸、软磨硬泡的战术。他自以为这样的战术更容易取得胜利。要说还是鲁阿姨了解郭叔叔。靖远哥对形势的估计发生了根本性的错误。从厨房出来，靖远哥刻意保持媚笑的脸赶得上喜剧明星小沈阳了，但不管他怎样跟郭叔叔嬉皮笑脸、软磨硬泡。郭叔叔脸皮紧绷，脸色阴沉，一言不发地看着靖远哥。郭叔叔虽然个子比靖远哥矮了十几公分，看着靖远哥的气势却居高临下，看得靖远哥心里发毛，靖远哥扛了十几分钟终于扛不住自动住了嘴。郭叔叔清了清嗓子，又停顿了一分钟，才提高声音说："郭靖远，你听好了，我不同意你跟余唱晚结婚，你一定要跟她结婚，请你先跟我断绝父子关系。即使断绝了父子关系，我还是不同意你们结婚。"从郭叔叔嘴里吐出的每一个字打到靖远哥的脸上再落到地板上，都像弹珠一样，发出清脆的不容置疑的声音。这就是掷地有声了。比郭叔叔高出一头、强壮一倍的靖远哥根本没有这般气势。靖远哥在郭叔叔的目光下一点点矮下去又努力站直了。靖远哥心里发虚，但还是强撑着针锋相对地说：

"老郭，我也告诉你，我已经二十五岁了，你无权干涉我的婚姻自由。除了余唱晚，我谁也不会娶。"为了表明自己绝不妥协的态度，靖远哥也摔了一个玻璃茶杯，他不敢摔紫砂壶。

郭叔叔再也不看靖远哥一眼，他喝着花茶踱着方步进了书房。过了一会儿，书房传出郭叔叔唱京剧的声音："九里山前风云骤，高屋建瓴统貔貅。运筹帷幄显身手，十面埋伏鬼神愁……"《霸王别姬》，他只唱刘邦这几句唱词，他看不起项羽。靖远哥站在客厅里，像一个被遗弃在拳击台上的失败者，黑灯瞎火，没有观众，没有对手，独自对着空寂的黑暗挥舞拳头。靖远哥黑着脸从自己屋里拧了几件干净衣服，冲下楼，径直跑到我住的出租房里，把自己往床上一扔，看着天花板说："晚儿，我再也不回去了。我们两个不用管他，等他不在家，我去把户口本偷出来，我们就去登记。都什么年代了，还干涉我婚姻自由。大不了我就跟他断绝父子关系。有一个这样不可理喻的父亲，还不如没有。断绝父子关系也是他的损失大，我怕什么？我正在蓬勃向上，他已经日薄西山……"

我让靖远哥住嘴。我把他从床上拉起来，把他拧来的几件衣服塞进他的手里，把他推到门口，让他回家。我不想听他说这样的话，这种意气用事的话解决不了任何问题。郭叔叔只有靖远哥一个儿子，我不可能让靖远哥为了我父子反目。我知道血缘亲情是割裂不断的，它比爱情更加结实粗壮。靖远哥不怕跟郭叔叔翻脸，赌的也是亲情割不断。我没有赌资，我不敢冒险。我是一个缺乏安全感的人，我不能让我跟靖远哥的婚姻蒙上一层阴影。我对靖远哥说，会有办法的，关键要搞清楚，郭叔叔为什么反对我们。靖远哥跳起来，抱着我转圈。他说，还是晚儿聪明。

我想不到，我妈也会加入到反对我们的行列里。我妈的加入，倒是让我明白了一件事情，那些关于她跟郭叔叔的闲言碎语，一定是真的了。可是，那算什么呢？难道因为她跟郭叔叔有一腿，就要葬送我跟靖远哥的幸福？我跟我妈说："我不在乎你跟郭叔叔之间发生过什么事情。"我妈气得要甩我耳光。她尖着嗓子叫："这个世界就只有郭靖远一个男人吗？你还非他不行。"我说："这个世界有多少男人跟我没关系，我只看得见靖远一个。"我妈跟我来硬的不行，就来软的。她说："妈妈这辈子只有一个愿望，到省城来跟你一起生活。你只要放弃靖远，郭叔叔答应在省里给我们买一个房子，就像他家那样的别墅。妈妈这辈子能住上别墅，妈妈死了就能闭上眼睛了。你就可怜可怜你的妈妈……"

都什么时代了，这种干涉儿女婚姻的戏码实在太旧。我懒得听，没等我妈说完，我就跑掉了。我担心我妈要跪在地上求我。

一计不成，我妈又生出一计。我妈回到县里喝了药，被抬到医院抢救，医生给我打电话叫我回去。现在，郭叔叔已经退到了幕后，我妈冲到了前台。

我请了假，在医院照顾我妈。我妈每天没精打采地躺在床上，输液，吃药。也不跟我说话。我问医生，我妈还要住多久，医生说："你妈喝药损坏了内脏，恢复起来很慢。"我怀疑他们是串通好的。一个星期之后，我丢掉了工作。我跟靖远哥说，我妈住在医院，要准备跟我打一场持久战。靖远哥叫我放心，他说那些他们喊来相亲的女孩，他一个都不见。

事情进入了僵持的状态。我妈住在医院，不急不慌，我心里没底，越来越焦虑。我告诫自己，要坚持住，不要对妈妈发火，要忍住，不要刺激她。每一天到了晚上，我都精疲力竭，绝望感越来越强烈。但是，我不会放弃。靖远哥每天给我发短信，告诉我坚持。他还趁周末和长假来看我，给我鼓劲。他说，我们就跟他们比耐力，看谁耗得过谁。

我跟靖远哥，我们两个傻瓜。我们到底把事情想得太简单了。我们都以为，郭叔叔和我妈拼死反对，就因为他们两个曾经有一腿。有了这种关系，又结成亲家，未免不太体面。

我做梦也没有想到，郭叔叔是杀害我爸爸那个人，真正的凶手。就在我陪我妈住院期间，我爸和郭叔叔的书法老师去世了。我去参加了葬礼。葬礼过后，那个书法老师的大儿子拿了一个带锁的盒子交给我，说是他爸爸临终的时候交代过，这个盒子是我爸存在这儿的，要他一定要找到我，把盒子交给我。

我拿了盒子，一个人回到家。盒子的锁很难开，我到街上找开锁匠打了半天才打开。盒子里有几张照片，拍的是我爸的书法作品，还有一本很小的日记本，页面泛黄了。我翻到最后一页，那个日期，正是我爸遇害的日期。我爸在日记里写着：我约了郭复生在河边见面，我保证这是最后一次了。一百万，他要是把卡带来了，我就把证据毁了。我们从此形同陌路。天知道我多么厌恶自己现在的样子，我成了什么？一个敲诈勒索的坏蛋。可是，这本来就是我的，他现在过的生活，本来是我的。一百万而已。我预感他不会给我，他要是没带钱，他一定会杀了我。我上个星期给他打电话，他就很不耐烦。叫我等了这么长时间才来见我。这些东西放在家里不安全，去见他之前，我要拿到老师家里，叫老师替我保管。我要是死了，这就是证据。

我爸没想到，他死了，他的老师没有把证据交出来。既然当时没交，为什么过了十年，又让这些证据回到我手里？

我的手，突然就失去了知觉，日记本和盒子里的东西掉了一地，我悬挂着一双没有知觉的手，硬把地上的东西捡不起来。我跪在地上，用牙齿咬着本子，一页一页看了下去。

看完，我的眼睛全黑了。至少过了好几分钟，我才重新看见了地上的本子和照片。那两张照片，写的是一样的字，一个署名我爸爸，另一个署名郭叔叔。那就是我爸爸帮郭叔叔代笔投的稿，获了大奖的那张字。郭叔叔求我爸代笔，只想能够入选展览，入选两次，申请加入书协。对一个县城里写字的人，加入书协就是最大的理想了。我爸答应得很痛快，他已经加入了，帮助一下自己的同门师弟，也是理所当然。郭叔叔和我爸爸，谁也没想到那张字会获大奖。我把那两张照片摆在一起，多好的字啊。"千载文章非小道，平生利禄是游云。"古朴稚拙的隶书，词句的意思也好。就是这十四个字，葬送他们。

获奖的消息传来，郭叔叔上了电视和报纸，我爸心里有些波澜，但还保持着淡定。郭叔叔请我爸喝酒，给了我爸两千块钱，我爸没要，两个人喝得大醉。我爸跟郭叔叔保证，既然帮了你，这个秘密就让它烂在心里。郭叔叔感动得跪了，说他一定不会忘记我爸的情谊。两个人醉得东倒西歪走在街上，互相搀扶着。这让我爸想起了以前跟老师学字，每次得了老师表扬，两个人都会找小酒馆喝酒，喝醉之后，一路憧憬着未来，跌跌撞撞回到工厂的美好时光。分手的时候，我爸再次对郭叔叔说："你放心。"郭叔叔的眼睛湿润了，我爸拍了拍郭叔叔的肩膀，说："我们是朋友，兄弟。"那种高尚的感觉让我爸心情畅快。可是，当郭叔叔的字开始卖大钱，我爸再也无法淡定了，心里的火苗每一天都在往上蹿，烧得我爸口干舌燥，内脏疼痛。他在屋子里转圈，困兽一样嚎叫，扇自己嘴巴。然后，他就去找了郭叔叔，管郭叔叔要钱，他说："郭复生，你的字卖钱了，你该跟我分成才对。"郭叔叔不敢吭声，把抽屉里所有的钱都拿出来给了我爸。我爸拿到钱，用钱打自己的脸，骂自己下作，堕落，不是人。他再次给郭叔叔保证，不会找他了，他请郭叔叔原谅他，他要买房子，让老婆孩子过好日子。可是，过了不久，又有了第二次。我爸看见郭叔叔日益发达，心里的火焰积攒成了火山，非要喷发一次不可。这一次，我爸不再骂自己了，他不仅拿了钱，还把郭叔叔骂了一顿，威胁要把代笔的事公布出来，直到郭叔叔给他跪下，他才拿了钱走了。后来，一次又一次，我爸只要感觉心里不舒服，火山要爆发，就要去羞辱郭叔叔一顿，拿钱打郭叔叔的脸，骂郭叔叔偷窃了他的成功，威胁郭叔叔分分钟就要戳穿他，让他完蛋。直到郭叔叔跪在地上，像条狗一样痛哭，抱着他的腿求他放过。他心里的火才熄灭了，然后拿了钱走人。回到家，他会平静一段时间。对两个人来说，那真是地狱一般的日子。郭叔叔调走之前，我爸跟他又见了一面，那次，郭叔叔给了我爸三十万。求我爸放过他。他们两个喝醉了，抱头痛哭。两个人回忆起几十年的友谊，我爸扇了自己耳光，他给郭叔叔跪了，告诉郭叔叔他再也不会骚扰他。我爸忍了一年没去找郭叔叔。但是，郭叔叔经常出现在报纸电视上，出现在坊间的谈论中，郭叔叔的名字，就是助燃剂，每次出现，都会让我爸心里的火燃得更旺，我爸又忍不住了，心里的火山，快要把他吞噬了。他又给郭叔叔打了电话，这一次，他要了一百万。结果，送了自己的命。

我去医院接回了我妈，我告诉她我不跟靖远结婚了。但我要出去散散心。我跟靖远哥打了电话，我说我累了，想去爬爬山，回来我就去找他。然后，我抱着盒子来到了这儿，我一分钟都不敢耽误，马上把盒子里的所有东西撕得粉碎，扔下了悬崖。我怕自己也会抱着盒子去找郭叔叔，我要断了这个后路。我不能毁掉靖远哥的生活。

一切都处理好了。我在这个世界上，还有唯一一件事情，就是把自己扔下悬崖。干净彻底地结束。

月亮，你听到姑娘的故事了吗？

月亮不知道什么时候从天上消失了。天终于黑得什么都看不见了。原来，黎明前的黑暗才是真正的黑暗。

姑娘站起来，大叔一个箭步冲过来，挡在姑娘的前面。姑娘从大叔的肩膀看出去，看着天边。天边的云彩一点一点变红，终于，太阳露出了一个小小的弧形，然后，弧形变得更大，变成了半个圆。

姑娘说："大叔，太阳出来了。"

情人史

　　我本来以为失恋是一件惊天动地的大事，情感的八级地震，一定会把心灵震成废墟。但是，没有。我的第一场恋爱，像一只美丽的风筝，越飞越高，终于飞出了我的视线。风筝飞走了，我还完好无损地站在草地上，天是蓝的，草是绿的，阳光撒下来，暖暖地照在身上，周围的人都在欢笑。心里除了淡淡的伤感，没有特别的疼痛。

　　我和我的男朋友是在大学里恋爱的。在学校的时候，我们跟大多数校园恋人一样，一到晚上就躲到小树林里约会。每次在小树林里见了面，说不上五句话，嘴唇就粘到了一起。我其实很想跟男朋友说话，我心里装着许多话。我的男朋友却不喜欢说话，他喜欢用燃烧的舌头去点我的舌头，他想让我跟他一起燃烧，最好烧成灰。我不想把自己烧成灰，一直坚守着最后的底线，不让男朋友突破。男朋友怎么哀求也没用。我害怕怀孕。大一的暑假，我陪水蜜儿去医院做过一次人流，医生的目光，简直就是刀子。水蜜儿从手术台上下来，嘴唇发青，浑身哆嗦。我问她怎么样，她说，疼！她看了我一眼，眼睛里面的黑眼球急速地往后退却。水蜜儿的样子给了我很深的刺激。可是，男朋友不理解我，他像一头发怒的狮子，呼出带火苗的气体。男朋友的样子弄得我心里很难受，我用右手掐自己的左手，使劲地掐，掐出青紫的痕迹。男朋友的喘息慢慢平静下来，身体的热消退了。接下来，我们会坐在一起，很久不说话。有时候，男朋友会因为身体的欲望得不到满足而赌气离开。但是，等我回去，他已经后悔了，站在我们女生宿舍的楼下徘徊。我心里充满了歉意，暗暗下了决心，下一次就让他得逞。但是，等到下一次，同样的话又说了一遍，同样的情节又重复了一次，我还是退缩了。

男朋友青春的身体充满欲望，而我的欲望更多来自心灵。女孩子的身体欲望是滞后的，至少我们那代的女孩是那样。而且，身体欲望让我惊慌失措，我不知道欲望的满足会带来爱情的升华还是消退。没有人能够告诉我这些，我从书里找到的答案五花八门，没有一个能让我安心。

大学毕业的时候，我的男朋友考上了研究生。男朋友要我一起考研，可我当时不想考研，我读书读够了，从六岁读到二十二岁，整整读了十六年，算上幼儿园的三年，我已经读了十九年书了。我对我的男朋友说，我不想读书了，哪怕是一个最破的工作，我也觉得比读书有意思。

说这种话的时候，我想不到，毕业的时候会分回小县城。回到小县城我才知道，一个人出生在小县城是多么不幸的一件事情。小县城最大的特色是旧。街道破旧，街道上的行人，从服装到表情，都给人一种陈旧的感觉。偶尔有几个摩登的男女招摇过市，立刻被众多的白眼包围。仔细看摩登男女的衣着，起码是上一年在省城流行的了。我刚到家，我妈妈就盯着我的无袖连衣裙说，换下来吧，这种裙子穿出去，别人要说闲话的。无袖连衣裙的肩膀宽度至少有十公分，把肩膀盖得严严实实的，只露出了胳膊。

更糟糕的是，分回县教育局之后，县教育局把我分到了县里最偏僻的一个乡村中学当老师。那个乡村中学离县城有七十公里，不通公路，走路要走十几个小时。当一个乡村女教师是我妈妈那代人的崇高理想，到了我这一代，大家的想法已经变了。我对爸爸妈妈说，到那么破的地方去教书，我还不如去海南找水蜜儿。水蜜儿是我从幼儿园到高中的同学，是我在小县城里唯一的死党闺蜜。我考上大学之后，她整天无所事事，跟一帮小混混在街上晃荡。后来，听说海南建省，水蜜儿就跑到海南去了。开始还给我写信，写海口的椰子树多么高大，海边的臭鱼烂虾味道多么难闻，人到了海口全疯了，卖煎饼的原来在老家当教授，擦皮鞋的在老家是机关的处长……水蜜儿的最后一封信告诉我，她准备学美容，美容将来一定是一个赚钱的行业。后来就音信全无了。街坊邻居都说水蜜儿在海南当鸡，水蜜儿的父母在街上根本抬不起头。听了我的话，我爸爸的脸都气黑了，抓起桌子上的饭碗就向我扔了过来。

可怜我的爸爸妈妈教了一辈子小学，老实巴交，从来不知道求人，但是为了我，只好放下面子、厚着脸皮到处送礼，指望把我留在县城的中学或者县城周边的乡村中学。幸好他们一辈子教书育人，教出的学生里面，有几个出息了的，正好管着我的事情。结果出乎意料，我不仅留在了县里，而且分进了政府机关。接到通知那天，我的爸爸妈妈老泪纵横，对我千叮咛万嘱咐，让我一定好好工作，珍惜来之不易的工作机会。爸爸妈妈的眼泪，把我的心弄得很不是滋味。

进了机关才晓得，机关工作无聊透顶。机关是一个论资排辈最严重的地方，科里几个人，数我资历最浅，谁都能把我呼来喝去的，而我，谁也惹不起。我每天上班干的就是些打杂的事情，帮着送个文件啦，到复印室取资料啦，到水房打开水啦……我觉得自己就是一个端茶递水的丫环。

想到要一辈子待在这个小县城里，结婚，生孩子，变成一个小县城的妇女，然后，带着孩子去一趟省城，就要回忆好几年。我的后脊背冒出了冷风。我很后悔没有跟男朋友一起考研。同时，我也庆幸毕业的时候没有跟男朋友分手。回到小县城之后，省城里的男朋友，就像海岸上的灯塔，指引着我的航程。那个时期的我，很像一个溺水的人，把恋爱当成了救命稻草，仿佛抓住它，就抓住了我的命运。在那样的处境下，恋爱的作用被我无限放大了。恋爱在我和现实生活之间筑起了一堵墙。虽然我每天都骑车穿过小县城破旧拥挤的街道去上班，但我的心思不在科里，不在工作上，也不在破旧的小县城里。

对男朋友的思念，像轻轻飘落的雪花，覆盖了我在小县城里发灰发霉的心情。我把恋爱当成了真实的生活，而我在现实生活中的感觉，倒好像在梦游。

我每天上班混日子，下班就回家，关在房间里给我的男朋友写信，我把男朋友的照片摆在桌子上，抬头看着他，微笑一下，然后写：亲爱的，你还好吗？今天晚上没有风，也没有雨，只有思念，思念像夏日的小雨，淋湿了我的心情……

给男朋友写信的时候，身体欲望带来的问题不存在了，距离让我们的身体欲望退到了幕后，而精神的渴望成了舞台上的主角。没有了身体的重量，我的心灵像一片洁白的云，飞上了碧蓝的天空。

我不知道那些美妙的词语是怎么被我写到纸上的，我只知道我心里装满了想对他说的话，我的话就像洪水一样滔滔不绝。我迷上了写信，面对着一张洁白的信纸，我的感情像奔腾的河水，一泻千里，奔向远方。而我的男朋友，就是远方的那个海。他在远方召唤我，等待我，接纳我。我的现实只有苟且，所以格外渴望远方的诗歌和田野。我觉得自己比任何时候都更爱我的男朋友了。

男朋友被我的信震住了。他回信说，他没想到我这么能写，我的才华也许在文学方面。他鼓励我不要光写信，没事也可以给报纸杂志投投稿。我奔腾的情感被男朋友理解成了才华，我有一种挫败感。但我很快就从挫败感中振作起来了，男朋友的信鼓励了我，也激发了我。我开始觉得自己真的有文学方面的才华。我在心里憧憬着，也许，我可以靠我的才华离开这个破旧的小县城，到省里和男朋友相聚。美好的憧憬给我带来了动力，我听从了男朋友的建议，开始写一写零碎的小东西，写完了，按照报纸和杂志的地址寄出去。

第一篇豆腐块发表在省报上的时候，我的男朋友从省城里给我打来了电话。那是男朋友第一次给我打电话，他在电话那头激动地说："蒋琳，我在省报上看见你的文章了，我就知道你行的，你一定要坚持，不要放弃希望，我在省城等着你！"很多的话，无数的词，在心里巨浪一样翻滚，但是，我的嗓子发硬，一句也说不出来。男朋友说："蒋琳，你说话啊！"我拼命地咬舌头，疼痛让发硬的嗓子变得柔软了。我说："你一定要等我！"说完，我就放了电话，躲进走廊尽头的卫生间里。我不想让科里的人看见我哭。我在卫生间里用冷水洗了脸。我的心跳很快，血液奔腾着，把快乐和希望传递到了身体的最末端。我相信，只要努力，用不了多久，我就能到省城跟我的男朋友团聚了。

可是，仅仅一年之后，我和男朋友的关系就出现了变化。男朋友的回信越来越少，他开始在信里劝我面对现实。他在信里给我分析了我们要面对的现实，他的家在省城，他研究生毕业以后不可能分到我所在的这个小县城来。他说，人往高处走。这我能理解，别说他从小在省城长大，就是我，从小在这个小县城长大，分回来也不是心甘情愿的。我男朋友说，现在什么都得靠关系，没有过硬的关系，要想调到省城去，跟白日做梦差不多。我男朋友说他妈妈单位的一个人，分居了二十年，还没有调到一起。如果我们结婚了，我们只能分居两地，每个人一年只有一个月的假期，也就是说，我们一年能见两次面，每次一个月，其余的十个月时间，必须独自度过。我的男朋友问我，什么样的感情经得起这样的分离？

是啊，我们分别才一年多一点，我都想不起他的容貌了，想必我的男朋友也一样，需要拼命把记忆里的碎片组装起来，才有一个有关我的模糊的图像。我们留在对方嘴唇上的温度，早已冷却了。这种冷却，靠着文字是温暖不了的。我男朋友说得对，滚烫的情感变成文字就不再是情感而是才华了。身体的退场，在短时间里也许能让感情更浓烈更纯粹，但是，身体的长时间缺席，会让感情难以为继。我的男朋友，当他想不起我的模样时，他给我写信的热情已经降到了零度以下。我也一样，我给他写信，不再是因为心里的感情像河水一样奔腾，一定要流向大海，而是一种习惯。我刚离开他的时候，总有写也写不完的话，现在，要挖空心思才能写出一张纸。我们之间没有新的经历，记忆也变得模糊不清了。正像我男朋友说的，我们都是凡人。既然是凡人，就不能勉强自己去拥有超人的情感。那样对自己对别人都是一种折磨。

我男朋友的道理说服了我，我选择了面对现实。我给男朋友写了最后一封信。我在信上写道：让我们相忘于江湖。希望你的未来如你希望的那样美好！我男朋友很快寄回了我写给他的所有信件。他写给我的最后一封信，充满了温情。他在信中说："你是一个好姑娘，我知道我失去了这一生最美好的感情，你将来，一定会过得很幸福。那个将来爱上你的人，比我有福。"

我现在仍然要说，我很感谢我的男朋友，他没有直截了当地给我提出分手，也没有不负责任地玩失踪，他很有耐心地给我分析我们面临的问题，然后，把分手的话留给我来说。我男朋友一直让我以为，我们分手，不是因为失去了爱情，而是因为我们不能战胜环境。这对一个女孩的自尊心和自信心，是一种温馨的呵护。失恋最可怕的不是恋爱失败，而是恋爱失败带来的自信心受损。我男朋友的做法，有效地保护了我的自信心。

我的失恋症状是过了很久才表现出来的。刚刚失恋的时候，我每天上班下班，情绪正常，连我的爸爸妈妈都没有发现我失恋了。最早发现我失恋的是梅科员。梅科员很有心计，她喜欢到传达室取信件和报纸，我们科的信件和报纸都是她取回来的。她自己的信件别人发现不了，别人的信件往来她搞得清清楚楚。梅科员正是通过信件的往来，发现我的男朋友已经很久没有给我写信了。

梅科员是一个中年女人，三十六七岁，年轻时候有几分姿色，靠着姿色成功地嫁给了县里某个头头的儿子。像很多无所事事的中年女人一样，除了保养皮肤和传播小道消息，梅科员最热衷的事是给人做媒，机关的人都说梅科员有当媒人的天赋。我们科张科长的老婆王雅丽就是梅科员介绍的。张科长和王雅丽看上去很不般配，张科长高大英俊，引人注目，而王雅丽瘦小干巴，属于掉到人堆里找不着的那类。而且，张科长是大学生，王雅丽只有一个中专文凭，在县医院的药房上班。王雅丽脾气还很臭，她经常到科里来找张科长，张科长见了她，像老鼠见了猫一样。但是，王雅丽的父亲是县人大常委会的主任，当人大常会主任之前是县委书记。张科长娶了王雅丽，仕途马上变得顺畅了，二十六岁就当了科长，是机关最年轻的科长。张科长跟王雅丽的婚姻让我懵懵懂懂地醒悟了一个道理：所有看上去不般配的婚姻，实际上是最般配的。

梅科员是张科长的大恩人，张科长每天都准备了一箩筐恭维话送给梅科员，哄得梅科员眉开眼笑的。科里的人，都管梅科员叫小梅姐姐。小梅姐姐这个酸倒牙根的叫法，就是张科长发明的。

平心而论，张科长对我不错，从来没有支使我去干那些端茶倒水的活，他是科里唯一关心我进步的人，老是鼓励我多学习，尽快掌握机关工作的关键问题。机关工作的关键问题就是写材料，张科长不怕麻烦地给我找来他以前写的材料，都是被领导高度赞赏过的。张科长让我当成范本来学习。张科长说起他写的材料，一副很有成就感的样子。可是，一个人怎么会喜欢那些枯燥乏味的材料？想到自己的青春年华就要浪费在这些狗屁材料里，我就觉得肺里积满了水，喘不上气。

我看不来张科长媚俗的样子。我是一个没有半点城府的人，心里想什么，脸上都明明白白。刘科员和李科员嘲笑我幼稚，他们说，什么叫媚俗，想在机关里混下去，就得见人说人话，见鬼说鬼话，千万不能说真话。刘科员和李科员跟我是一个学校的，比我早毕业几年，算是我的师兄。刘科员和李科员更庸俗，他们两个的老婆虽然比王雅丽漂亮，他们却很羡慕张科长。原因是他们的老婆没有背景。他们告诉我，在官场上，背景很重要。机关里的男人，个个都是官迷，为了当官，什么事情都干得出来。刘科员和李科员对张科长忠心耿耿，科里的活都是他们两个在干，而且任劳任怨。他们总觉得张科长前途无量，只要紧紧跟着张科长，将来一定能混个一官半职。

刘科员和李科员对我说，像我这种没背景的女孩，在机关里的日子本来就不好过，要是得罪了张科长，说不定哪天找个借口就把我弄到乡里去了。和省城的男朋友谈着恋爱的时候，想着自己早晚要到省城去，我很不把刘科员和李科员的话放在心上。但是，失恋之后，我不得不认真对待刘科员和李科员的话了。我可不想到乡里去。我不知道得罪张科长没有，观察了一段时间，张科长不像被我得罪了的样子。但是谁知道呢，张科长城府很深，喜怒从来不放在脸上。好在，张科长始终关心我的进步，学习完张科长的范文，他开始把一些小材料交给我写了。情书写多了，我在写材料的时候也忍不住要抒情，加一些我自己认为华彩的段落。我的两个师兄看了笑得前仰后合，好像我写的不是材料，是小品。张科长不笑，他面无表情地帮我改掉了那些华丽的词句，换上一种更朴素的表达方式。我对比着张科长改的材料，再看看我原来的，发现张科长改的材料明白易懂，条理清晰。再写材料的时候，我就很注意自己的用词了。失恋之后，我对张科长交代的工作比以前上心了。张科长看我领悟比较快，交给我的任务也多了起来。我写的几个小材料得到了领导的认可，张科长在科里表扬了我几次，弄得梅科员心里不舒服，使劲给我小鞋穿，屁大的事就让我跑一趟，跑慢了还冷言冷语。反倒是张科长叫我不要介意梅科员的态度，练好自己的本领最重要。

张科长跟随县里的考察团到香港考察回来，给科里的人都带了礼物，关副科长和我的两个师兄一人一只打火机，我和梅科员是一人一瓶香水。张科长一贯喜欢用小恩小惠笼络人心，以前，我表现得很不屑。这一次，拿到张科长送的香水，我竟然觉得很感动。我猛然发现，失恋已经改变了我跟现实的距离。失恋之前，我一直飞在空中，俯瞰着现实；失恋让我失去了飞翔的翅膀，我掉进了现实的尘埃里。想到这些，我禁不住悲从中来，心灰意冷。

梅科员做媒有瘾，机关里的未婚青年实在太少，满足不了她的媒婆瘾。我刚到科里，梅科员马上把我纳入了她的做媒计划。梅科员对我很热情，忙着给我传授她的人生秘籍，诸如干得好不如嫁得好之类。知道我已经有了男朋友，梅科员就懒得搭理我了。尽管我每天都要把小梅姐姐叫上 N 遍，梅科员对我依然冷淡。

发现我失恋了，梅科员突然对我热情起来，见到我就满脸堆笑，笑得脸上的皱纹从粉底下突显出来。梅科员的笑让我紧张，我宁愿她跟以前一样，看见我的时候脸上冷若冰霜，眼冒寒气。梅科员不光对我笑，有一天还拿了一串珍珠手链来送给我。当着办公室里所有人的面，梅科员笑吟吟地走到我的办公桌前，把一个珍珠手链的盒子打开来，从里面取出一串圆润的珍珠，然后说："蒋琳，好不好看。"我疑惑地看着她，说："好看，小梅姐姐的东西都很时髦。"梅科员的脸笑成了一朵花。她说："蒋琳，你的小嘴巴就是甜。"我说："哪里呀，我说的都是实话，谁不知道小梅姐姐会打扮。"在刘科员和李科

我们如何变得陌生

员的教育下，我比刚进机关的时候，有了长足的进步，鬼话虽然说得不到位，真话却是越说越少了。梅科员热烈的眼风在我脸上扫了一遍，说："把手伸过来。"我看着她，迟疑着。梅科员突然捉住我的手，啪哒一声就把珍珠手链扣在我的手腕上了。梅科员说："喜欢就戴上吧，你的手长得这么漂亮，配一根链子就更好看了。"我慌乱起来，说："小梅姐姐，你这是干什么？"我忙着把珍珠手链往下摘，却怎么都摘不下来。梅科员收起了笑容，说，你要不收就是嫌不好。这可是上等的南海珍珠，市面上买不到的。我说，小梅姐姐你误会了，这么贵重的东西，我实在不配。你看我这双劳动人民的手，戴珍珠简直是糟蹋嘛。梅科员根本不听我的解释，转身就回自己座位上去了。

我举着戴了珍珠手链的手，尴尬地站在那儿。珍珠的幽凉浸入我手腕的皮肤里面，凉意直往后背扩散。关副科长小声地说："黄鼠狼给鸡拜年——没安好心。"关副科长是个老头，在机关干了一辈子，眼看就要船到码头车到站了，连个科长都没混上，一天到晚牢骚满腹。张科长都敬他三分，我们自然不敢惹他，我们从来不叫他关副科长，都叫他关老。关老这种叫法是我的两个师兄发明的，关副科长对这个称呼很满意，我们只要一叫他关老，他立马慈祥起来，不再对我们横挑鼻子竖挑眼。梅科员和关副科长互相不买账，他们像一对乌眼鸡，见面就掐。梅科员怒目圆睁，盯着关副科长说："你说什么？"关副科长慢悠悠地说："我在说歇后语。歇后语晓得吧？劳动人民智慧的结晶呐。老鼠嫁给猫——不要命了。王八看绿豆——对了眼了。我没说错吧？劳动人民的智慧，真是了不得啊。"梅科员吃了个哑巴亏，不好发作，只好说："你可真有学问。"关副科长眼睛望着天花板，突然念出一句："王八吃秤砣，铁了心！"关副科长的样子，特别滑稽。

我的两个师兄幸灾乐祸地看着我，用无比真诚的声音说："收下吧，小蒋，别辜负了小梅姐姐的一片好心。小梅姐姐，你也太偏心了。"梅科员用眼睛扫荡了我的两个师兄一眼，说："就偏心，气死你们！"梅科员说话的时候，眼角眉梢都是笑。我的两个师兄继续跟梅科员打情骂俏，他们说："我们不相信你那么狠心？"梅科员说："就狠心！对你们两个白眼狼，就是要狠心！"梅科员的声音里充满娇俏的味道，听得我浑身起了鸡皮疙瘩。我的两个师兄夸张地叫起来："哇！说我们是白眼狼，我们比窦娥还冤啊。"梅科员的笑声，水淋淋地飞起来。

关副科长听不下去了，他把茶杯端起来，迈着方步走到门口，突然像唱戏那样来了一句道白：："老黄瓜刷绿漆——装嫩啊！"

梅科员的笑声戛然而止。我的两个师兄不敢吭声，赶紧打开本子糊涂乱写装用功。我悄悄坐下来，手上的珍珠链子越来越重，像戴了手铐。我没有把它取下来，也没有还给梅科员。

梅科员成功了，她用一条珍珠手链打开了一条通道，然后开始往我的生活里渗透。但是，一个注定成不了朋友的人，千万不要试图跟她建立更深的联系。要不然，一定会弄成仇人。

送了我珍珠手链没多久，梅科员就约我一起去喝咖啡。就像拒绝不掉她的珍珠项链，我根本拒绝不了跟她一起去喝咖啡的邀请。下班的时候，梅科员站在办公室门口等我，出了办公楼，梅科员就挽起了我的胳膊，就像我们两个是一对闺中密友。我企图挣脱梅科员的胳膊，我说："我去骑车吧。"骑车是一个最好的理由，我们两个都骑车，就不用这么挽在一起了。哪知道梅科员把我挽得更紧了。她说："不用骑了，又没多远，我们两个走走嘛，散散步多有情调。"

我忍着牙疼，跟梅科员一起散步来到街上。咖啡馆的名字叫"小城故事"，大概是小县城当时唯一的咖啡馆，开在一条偏僻的街上。走过去才发现，那条街上居然有几棵梧桐树。咖啡馆里的光线很暗，窗户上挂着紫红色的金丝绒窗帘，录音机里放着《小城故事》，邓丽君甜甜的嗓音和浓浓的烟味一起缭绕在咖啡馆里。

梅科员熟门熟路地走进去，而且，径直上了二楼，在一个靠窗户的位置上坐了下来。夕阳的光透过紫红色的金丝绒窗帘照在梅科员的脸上，使梅科员看上去比平时更老一些。我们刚刚坐下，就从一楼上来了一个小姑娘，小姑娘对着梅科员笑了笑，说："梅姐姐好气色，还来一杯鸟窝？"那个时候，县城里面的上流人物以喝咖啡为荣，喝的不过是速溶咖啡，当时有两个最著名的牌子，雀巢和麦氏。县城的人自以为幽默地管雀巢叫鸟窝。听到鸟窝，我突然想笑，但我没笑出来，我的牙实在太疼了。梅科员说："我来鸟窝，蒋琳你想喝什么。"小姑娘转头看着我，说："蒋小姐，你来杯什么？"我说："麦氏吧。"其实我什么咖啡都不喜欢喝，我点麦氏，是不想跟梅科员喝同一种咖啡。小姑娘微笑着点了点头，然后转身走了。

牙疼一阵一阵地袭击我。我在心里想着，一定要找一个什么借口离开梅科员。

没等我想出借口，小姑娘就端了两杯冒着热气的咖啡上楼来了。小姑娘的身后，跟着一个男人。我恍然大悟，梅科员这是要给我做媒了！小姑娘把咖啡放到桌子上，说："梅姐姐，你的鸟窝。蒋小姐，你的麦氏！"我点点头，说："谢谢。"小姑娘甜甜地一笑，然后下楼去了。

出乎我的意料，跟在小姑娘身后的男人没有坐到我们的桌子上来，也没有跟梅科员打招呼，他坐到另一张桌子上去了。原来是一个陌生人。我松了一口气。

过了一会儿，小姑娘端了一杯咖啡上来，放到男人的桌子上。小姑娘说："先生，你的麦氏。"小姑娘的声音甜甜的腻腻的。

梅科员双手托着下巴，目光灼灼地看着我，我受不了她的目光，只好把头转开，无聊地看着窗外。黄昏悄然降临到梧桐树上。

梅科员说："蒋琳，你可是我们机关的才女，你写的文章我都看了，写得真好！"

我不知道梅科员的葫芦里卖的什么药。我转过头来，看了梅科员，又转头看着窗外，不说话。

梅科员继续说："你一定读了好多书，你最近又读什么好书了，给我推荐几本嘛。"梅科员的声音，让我的手臂上起了一层鸡皮疙瘩。梅科员根本就不喜欢读书，她读报纸都经常读白字。

我盯着窗外暗下来的景色，说："没看什么书，新华书店根本没有新书卖。"

我没有一点要聊天的热情，甚至懒得看着梅科员一眼，窗外的景色看够了，我就低了头用小勺子搅咖啡。

梅科员不介意我的态度，她热情洋溢地问："蒋琳，想买什么书你写个单子给我，我找人到省里给你买嘛。"

我一边搅着咖啡，一边说："算了，太麻烦了。"

梅科员说："不麻烦，我老公经常去省里。对了，你喜欢不喜欢唱歌？"

我说："还行吧。"

梅科员说："太好了，哪天我请你到我家里唱歌吧，我们家可以唱卡拉 OK。你喜欢哪个歌星？"

我说："齐秦吧。"

梅科员叫起来："太巧了！我最最喜欢齐秦了！我有他所有的磁带，哪天请你去我家听歌吧。"梅科员的热情继续升高，真不知道梅科员的哪根神经出了问题。

我真的忍无可忍了。我指了指咖啡杯说："咖啡凉了，快喝吧。"我端起桌子上的咖啡一口喝干了。一股鸡毛的味道。

喝完咖啡，我马上对梅科员说："小梅姐姐，我得走了，我突然想起要陪我妈上医院去看我舅舅。"为了脱身，我只好让我无辜的舅舅住进了医院。说完，不管梅科员有什么反应，赶紧跑了。

第二天上班，我刚停好自行车，就有人在我的肩膀上拍了一把，我回头，看见梅科员正对着我笑。梅科员像是吃错了药，要不然，凭我昨天对她的态度，她还能对我笑？我点点头，赶紧跑回办公室去了。梅科员紧跟着进了办公室，办公室里只有我们两个人。梅科员拉了一张椅子坐在我的对面，脸上的热情像开水锅里的热气，直往我脸上扑。我站起来说，我去打开水。梅科员隔着桌子按住我的肩膀："说，先坐下。"

我只好坐下了。梅科员说："恭喜你了蒋琳。"我说："恭喜什么？"梅科员说："当然是喜事啊，路宇宙看上你了。"我说："小梅姐姐，别拿我开心了，我根本不认识什么路宇宙。"梅科员说："傻瓜，你昨天喝的咖啡还是人家路宇宙请的客。"我突然明白过来了，昨天那个装作不认识梅科员的男人，原来不仅认识，还早就串通好了。梅科员假装请我喝咖啡，找一些废话来折磨我，目的是让那个什么路宇宙仔细看我。看上了，就来告诉我，要是没看上，我永远都不会知道有这样一个阴谋。血一下子涌到了头上，我的脸通红。梅科员误会了我脸上的红晕，她以为我羞怯了。梅科员隔着桌子伸出一个指头在我额头上点了一下，说："你真是傻人有傻福。路宇宙出了名的挑剔，居然一眼看上了你。今天下班路宇宙请客，算是正式见面。等你们正式见了面，我这个红娘就没事了。"梅科员两眼放光，沉浸在当媒人的喜悦当中。我一字一顿地说："对不起，我对什么宇宙太空毫无兴趣！我不需要你做媒！"梅科员脸上的笑容僵硬了一瞬间，随即又绽开来，她说："蒋琳，别开玩笑了，我给人家路宇宙打了保票的，说你保证愿意！"我冷冷地说："是吗？你是我什么人呀？你凭什么替我打保票？你怎么知道我愿意？他看得上我，我还看不上他呢！"说完，我拧了热水瓶打开水去了。

我打了开水回来，梅科员还坐在我对面的椅子上。她抓住我的手说："蒋琳，你别耍小孩子脾气了。路宇宙看上你又不是坏事。嫁人是女人的第二次投胎，嫁得好了，就什么都有了。路书记马上就要到地委当副书记了，前途看涨的。再说，路宇宙又不是那种花花公子，人家正经财经学院毕业的，在银行工作，过几年当个行长还不是小意思。多少女孩想让我介绍我都推了，肥水不流外人田，我第一个想到的就是你。"

我说："小梅姐姐，谢谢你了！你真是好心。不过我现在不急着投第二次胎。"我拿起桌子上过期的报纸看起来，不再理睬梅科员。梅科员翻着白眼球，放开我的手，回自己的座位上去了。

如果换一种方式，我不一定拒绝得这么干脆。我反感的不是路宇宙，我对路宇宙一无所知，连他长什么样子我都没有看清楚，根本谈不上反感。我反感的是他居然在我不知情的情况下，躲在背后观看我，挑选我。咖啡馆的一幕，充满了不平等的暗示，想起来就叫我的心情不舒畅，好像一觉醒来发现脸上盖了块破抹布。那个时候，我对这一类关乎心灵感受和平等自由的事情，非常敏感，而且在意。

我以为事情就这样过去了。梅科员上了一会儿班就走了。关副科长开会去了，我的两个师兄和张科长都下乡搞调研去了。我很高兴他们都不在办公室里，我一个人，反而不觉得无聊。

我真是低估了梅科员做媒的能力。她在我这儿碰了钉子，居然跑到我父母那儿搬救兵。我可怜的爸爸妈妈，一辈子老实巴交地教书育人，他们做梦也想不到他们的女儿可以攀上这样一根高枝，他们的心情一定很不平静。那天我下班回家的时候，我的爸爸妈妈没有像平常一样在厨房里忙碌，他们两个穿着到地区开会才舍得穿的新衣服，坐在厅里等我。我刚进门，我的爸爸妈妈就说："赶紧走吧，别让人家小梅和小路等久了。"我爸爸妈妈又激动，又局促不安。他们脸上的这种表情，一下子刺痛了我。我坐在那把破藤椅上，尽量不看爸爸妈妈的脸。我说："你们能不能不管我的事？我烦死那个梅科员了。谁知道她安的什么心。"说完，我像往常那样打开电视看《米老鼠和唐老鸭》。《米老鼠和唐老鸭》是我最喜欢的动画片，我几乎每天都要看上一会儿。看的时候，我经常像个傻瓜那样大笑。可是，没等我发笑，我妈妈啪的一声关掉了电视。她脸上的表情已经晴转阴了，但她还是耐着性子说："你也该考虑个人问题了。女孩子说到底还是嫁人重要，干得好不如嫁得好。"

我妈妈跟梅科员一个腔调，听着都心烦。我重新打开电视，但是，没等我看清楚电视上的画面，我爸爸已经站到我面前了，新衬衣紧紧地勒着他的脖子。紧张和激动已经让我的爸爸失去了耐心。他说："你到底去不去？"

我梗着脖子，说："不去！要去你们自己去！"

我爸爸用手指着我的鼻子尖说："你以为你是谁啊？路书记的儿子你都不见，你到底想干什么？"我爸爸的手指头又干又瘦，还掉了一些皮。

我爸爸不提路书记的儿子还好，提起来，我的火就呼呼往外冒。我从破藤椅上站起来，后退两步，躲开我爸爸的手指头。我说："没想到你们这么势利，不就是一个路书记的儿子吗？值得你们这样？我告诉你们，就是美国总统我都不见！"

我爸爸说："看把你傲得？也不知道你有什么傲的本领？叫你到

乡下教书的时候你怎么不傲？为了你的工作，我和你妈老脸都舍掉了，你倒有本事傲了！"我爸爸的脸涨得发紫。

我没想到我爸爸会这样说，他的话把我说傻了。我看着我的爸爸，眼睛里面涌起了一层泪水。

我爸爸越说越气，最后，几乎是在喊了："你要是不去跟路书记的儿子见面，你就不要回这个家了！"

我爸爸的喊声像是带着火苗的尖刀，直直穿过了我的身体。那种难忍地痛，一下子把我变得坚硬了。我说："没想到你们这么势利！小的时候，你们不是这么教我的，你们应该早一点教我。"

我爸爸气急败坏地举起手要扇我耳光，被我妈妈拉住了。我趁机跑出了家门。

走到巷子口了，我还听见我妈妈在屋里哭，我爸爸在屋里骂。但是，我懒得管他们。他们是自找的，自作自受。

县城的几条街，用不了几分钟就转完了。破破烂烂的电影院在放武打片，电影院的隔音效果不好，打打杀杀的声音在街上就能听见，我对打打杀杀的电影不感兴趣。录像厅里放的全是色情电影，招揽生意的人贼眉鼠眼，见人就说，"进去看看，双飞、人兽、品种齐全，绝对刺激……"进去的人全都鬼鬼祟祟，贼头贼脑。

我无聊地在街上走着，想到过一会儿还是只能回家，面对父母黑暗的脸色，心里就像堵了一面墙。

我随便坐上了一辆三轮车，然后说："去火车站。"三轮车夫说："单边两块，来回四块。"火车站在离城五公里的地方，每天黄昏的时候有一列慢车经过，每次在车站停三分钟。中学的时候，我和水蜜儿最喜欢骑了自行车到火车站，把自行车支在车站的出口，看从火车站出来的人。我们两个一眼就能认出哪一个人是从外地来的。外地人脸上的陌生表情，让我和水蜜儿想入非非。我和水蜜儿总是感叹上帝不公，世界上有那么多好地方，偏偏把我们生到这么个破县城。

好多年过去了，火车站还是老样子，连慢车到站的时间，都没有变。从车站里出来的人，比以前多了，穿得也比以前光鲜。

我没有一眼认出水蜜儿来。水蜜儿的样子变化很大，她穿着艳丽时尚的衣服，从灰蒙蒙的县城火车站走出来，明亮得让人睁不开眼睛。那个拉我到车站的三轮车夫扔下我就跑，他追着水蜜儿说："小姐，坐我的车吧，去县城十块钱。"水蜜儿眉毛一横，说："十块，你怕是要吃人咯。"水蜜儿一张嘴，一口地道的小县城口音。听得我哈哈大笑。三轮车夫小声说："本地人咯，打扮得太洋盘了。"水蜜儿看见我，惊叫着扑过来。水蜜儿说："你哪个晓得我回来？"我说："自作多情，我才不是来接你的。"水蜜儿笑起来，说，待："在小县城无聊吧？"水蜜儿永远比我的父母更了解我。我说："如果你不走，我就不会这么无聊了。"

　　我们坐三轮车回了水蜜儿的家。一路上，水蜜儿吸引了无数的眼球，县城的小痞子跟在水蜜儿的身后吹口哨。水蜜儿很得意，她说："没想到我这么受欢迎。"水蜜儿还没到家，早有人把水蜜儿回来的消息报告了她的父母。我们回到水蜜儿家时，一条巷子的人都站在外面，只有水蜜儿的父母躲在家里。我的父母看到我和水蜜儿居然坐在一辆三轮车上，嘻嘻哈哈又说又笑，气得说不出话来。水蜜儿热情洋溢的跟邻居们打着招呼。邻居们的表情很尴尬，在他们的想象中，水蜜儿既然在海南当了鸡，回来了一定是不敢见人的，他们大概想不到，水蜜儿居然一点也不羞愧。还没有走到我家的门口，我的爸爸妈妈已经跑进屋，关紧了房门。

　　水蜜儿回来得太及时了！当天晚上，我就住在水蜜儿的家里，跟水蜜儿说了一晚上的悄悄话。水蜜儿起劲地鼓励我离开小县城，她说："外面的世界很精彩。我不明白你窝在这儿能干什么？你在这儿待着，只能越待越傻，越待越没有什么机会。你有文凭，又能写，到哪儿找不到一份工作？这么个破地方，有什么好留恋的？我要是你，早就到省城去了。"

　　水蜜儿从小就擅长煽风点火，她三下两下就把我脑袋里的念头点着了。第二天上班，我坐立不安，没等下班，我就从单位溜出来，回了水蜜儿的家。我的爸爸妈妈看见我没下班就进了水蜜儿家，沉不住气了。从小到大，水蜜儿不知道煽动着我一起干了多少让父母头疼的事情。水蜜儿给我泡的茶还没有凉，我爸爸妈妈就过来把我叫回家去了。他们关上房门警告我，千万不要东想西想的，要是我不好好珍惜来之不易的工作，胆敢跟着水蜜儿出去瞎混，我只要一走出家门，他们就双双吃老鼠药，让我一辈子无家可归。爸爸妈妈的话浇灭了水蜜儿在我心里点起的希望之火。我不像水蜜儿，她从小到大都没有听过父母的话，父母对她的威胁，根本不起作用。我相信父母说得到做得到，我不敢。要是我把父母双双送上了西天，我的下半生一定比在地狱里还可怕。

我爸爸妈妈的脸色一直黑着，他们保证不再逼我跟什么路书记的儿子相亲，我只好给他们保证不跟水蜜儿走。

水蜜儿待了几天就走了。她是回来疗伤的，她在海南爱上了一个男人，她和那个男人一起打拼，为了那个男人，她甚至去色诱银行行长，帮助那个男人搞到了贷款。那个男人的事业有了起色，买了车和房子，然后跟水蜜儿摊牌，说他的老婆孩子马上要从老家来了，希望水蜜儿不要破坏了他的家庭。水蜜儿拿了男人给她的五十万块钱，回家来舔自己的伤口。水蜜儿看着我说："女人总是自以为遇到了爱情，实际上，爱情是女人最应该打破的一个魔咒。"水蜜儿的黑眼球黑得像一潭幽深的水。

老家不是疗伤的地方，这个破县城，根本不是水蜜儿温情的家园。水蜜儿回家的几天，邻居们整天窃窃私语，指指点点。她的父母皱着眉头，终于忍不住问她哪天走。

送水蜜儿走的那天，县城的大街小巷都唱着张雨生的歌《我的未来不是梦》，"我的未来不是梦，我认真地过每一分钟……"

车子载着水蜜儿开出了站台。我站在空空的站台上，心情无比的沮丧。

从火车站出来，我不想回家。火车站旁边有一座小山，一条小路通到山顶。以前，我跟水蜜儿看完从车站里出来的人，总要爬到山顶上，想象我们坐上火车离开这儿去看外面的世界。我站在山顶上，山脚的风景还是老样子。大片的农田里，散落着一个一个的农家小院。

正是黄昏，家家的房顶都冒起了炊烟。山脚下，铁轨向远方延伸着。这条铁轨，曾经让我和水蜜儿的少女时期充满了幻想。几年前，第一次坐上火车去省城上大学的时候，我以为自己从此就要远走高飞了。哪里想得到，火车又把我载了回来。

无聊的工作，势利的父母，庸俗的同事……发霉的现实，没有一点我梦想的样子。想起曾经带给我希望的爱情永远逝去了，伤感就像海浪一样从心底涌起，一浪高过一浪。失恋的症状终于爆发出来，我被内心的绝望和沮丧打倒了，站在山顶上放声大哭起来。

哭完后，绝望的感觉没有那么强烈了。不管愿意不愿意，我只能回家。天色暗了下来，我转身下山，突然发现离我不远的一棵树下站了一个人。我紧张起来，心里想着快点跑，腿脚却发软，根本跑不动。那个人站在树下说："别怕，是我！"居然是张科长！我一下子跌坐到地上。张科长跑了几步，把我从地上拉起来。他说："没有吓着你吧？"我用哭得红肿的眼睛瞪着张科长，目光生硬。张科长不好意思地笑了一下，说："对不起，我没想到会碰上你。我经常到这儿看山脚下的铁轨，想象自己坐上火车，去一个陌生的地方。远方，除了远方我一无所有……"我没想到媚俗的张科长还有这么诗意的心情。张科长叹了一口气，接着说："我一直以为，只有我这么傻，跑到铁路边上做白日梦，没想到你也这么傻。什么了不得的事情，哭得那么伤心。是不是失恋了？"我点点头，然后，又摇摇头。我不想跟人谈失恋的话题。张科长说："小蒋，你别灰心，你这么优秀，一定会遇到好男孩的。"暮色中，张科长的目光看上去有一点忧郁，像一个落难王子。男人忧郁的目光，最容易让我想入非非。每一个女孩的青春梦里，都有一个目光忧郁的落难王子。

我低了头，不敢看张科长忧郁的目光。一列火车从远处开来，惊飞了山顶树枝上的鸟。我在暮色中跑下山去。

张科长忧郁的目光，解除了我对他的反感和排斥。我突然注意到，张科长忧郁的目光经常落在我头顶或者额头的某一个地方，等我用目光去捕捉的时候，他的目光一下就闪开了。有一次在机关食堂吃午饭的时候，我终于用我的目光捉住了张科长的目光，张科长的脸唰地红了，他赶紧端起碗到窗口打了一碗汤。

科里的工作还是老样子。刘科员和李科员一如既往地喜欢拿我和张科长开玩笑。自从我分到科里，他们总爱跟我开这一类的玩笑。只要关副科长和梅科员不在办公室，他们两个总是端着各自的茶杯，晃荡在我的办公桌子周围，敲敲我的桌子说："蒋师妹，张科对你不错嘛。"我的两个师兄喜欢管张科长叫张科。我翻着白眼说："张科长对谁都不错。"他们嘻嘻哈哈地说："不一样哦，当心有人吃醋哦。"说完，意味深长地看一眼梅科员的桌子。我突然对着门口叫一声："小梅姐姐，你回来了！"我的两个师兄立即弹簧一样弹回自己的座位上去了。我的两个师兄发现上了当，表情讪讪的，一起对我瞪眼睛，然后说："没想到你这么调皮！我们还当你老实。"我捂着嘴，尽量把笑声压到最小。

这类无伤大雅的玩笑属于办公室娱乐的范畴。我不好跟我的两个师兄发急翻脸，我要是急了，就是把玩笑当真了。他们拿我跟张科长开玩笑，我就拿梅科员来回敬他们。他们也捞不到什么好果子吃。

枯燥的办公室生活，就像一块钢板，我们的玩笑，是焊接钢板的时候飞舞的火花。这火花是一个亮点，它让钢板松动开了，不那么密不透风。

有一段时间，关副科长在家养病，梅科员跟随丈夫一家外出度假，办公室顿时变得空旷起来。科里的气氛轻松愉快，工作空前高效，张科长没事就到我们办公室里来坐一坐，跟我们瞎聊一通。张科长和我们是校友，跟我的两个师兄是一届的。他们聊起来我才知道，在学校的时候，张科长居然写过诗。说起在学校里写诗的事情，张科长平时干巴巴的眼神变得湿乎乎的。

有一天下午，李师兄和刘师兄干完手里的工作，一人端着一个茶杯，晃荡到我的桌子旁边。李师兄鬼鬼祟祟地说："蒋师妹，我发现了一个秘密。"我抬起头，看看他们两个，不知道他们会说出什么来，也许是我心虚了，我总觉得他们的玩笑越来越露骨。我先发制人，抢着说："我知道了，你爱上了小梅姐姐！"刘师兄笑起来，差一点儿把一口茶水喷出来。李师兄跺着脚说："NO。NO。"我眨了眨眼睛，不等李师兄说话，就抢着说："哦，那是小梅姐姐爱上了你!"李师兄拍着手说："蒋师妹，我发现张科喜欢上你了，这次是真的。"没等我说话，刘师兄眨巴着眼睛说："张科喜欢上师妹不是新闻，师妹这么可爱，机关里人人都喜欢。要师妹喜欢上张科才是新闻。"李师兄笑得手里的茶水都晃荡出来了。我半天才反应过来，说："好啊，你骂张科长是狗! 当心我告诉张科长。"

我跟我的两个师兄正在笑，张科长从外面走了进来。张科长看着我的两个师兄问："笑什么呢，这么开心，中奖了。"我的两个师兄挤眉弄眼地说："没什么，蒋师妹讲了一个笑话。"张科长说："哦，小蒋还会讲笑话? 讲来听听。"我的两个师兄笑得更厉害了。我红了脸，冲过去要打我的两个师兄。张科长伸出手臂把我和两个师兄隔开，我想从张科长的手臂下面钻过去，没想到一头撞进张科长的怀里。我的两个师兄笑得拍起了桌子。我企图突破张科长的阻拦，左冲右突，就是突不过去，每一次都撞到张科长坚实的胸口上。我越急，我的两个师兄越得意，张科长笑起来，越发来劲地阻拦我。每一次撞在张科长的胸口上，都会有一股慌乱的感觉袭击我。我不知道如何处理突如其来的慌乱，为了掩盖我的慌乱，我假装生气了，黑了脸坐回我的座位上。张科长伸着胳膊站在那儿，显得很尴尬。但是，只一秒钟，张科长就放下了胳膊，顺便整理了一下自己的衣服，然后咳嗽了一声，说："下午两点，三楼会议室开会!"张科长说完，谁也不看，就离开了我们的办公室。张科长一走，我就真的生气了。我的两个师兄围过来，瞪大眼睛看着我说："你发什么神经? 你不会当真爱上张科了吧?"我气呼呼地站起来，恶声恶气地说："你们神经病!"说完，把一本材料摔到桌子上，吓得我的两个师兄后退了几步，撞到了桌子角上。

我的两个师兄说得没有错，我发神经了。我当真爱上了张科长。爱情是一颗饱满的种子，拼命想要长出来，到阳光下开花结果。可是，我爱的是不该爱的人。张科长是王雅丽的丈夫。我的感情得不到阳光雨露的滋润，我的爱情土壤非常贫瘠。机关里的每一双眼睛都不怀好意，我不得不小心翼翼，装成若无其事的样子。张科长近在咫尺，我每一次呼吸都闻得到他的气息。每一分钟，我都要跟我的内心搏斗，努力让颤抖的声音听上去显得正常，克制着不用目光去寻找他。我怕管不住自己的目光，一不小心暴露了内心的秘密，借着时尚的潮流，我戴了一副茶色的墨镜。目光可以躲在镜片后面，翻滚的内心却无法平息。每一天到下班的时候，我已经累得筋疲力尽了。但是，回到家里，我却睡不着觉。

奔腾的感情在现实中找不到出路，蓄积成巨大的力量。失眠的晚上，各种疯狂的念头折磨着。我的血液时而燃烧时而冷却，我不知道该怎么办。

女人的一生，最黑暗和最耀眼的，总是爱情。水蜜儿说，爱情是女人的魔咒，既然是魔咒，就没有人躲得开。

关副科长的病养好了，梅科员的假期也结束了。办公室重新拥挤起来，我的两个师兄每天上班都老老实实地坐在自己的位置上，张科长也不到我们的办公室来了。我们办公室的气氛重新变成了一块又冷又硬的铁板。

梅科员给我介绍过路宇宙被我拒绝的事情，不知道怎么传了出去。我一下子在机关出了名。经常有人在机关的食堂或者办公楼的走廊里拦住我说："蒋琳，你真了不起！你敢对权势说不！蒋琳，你太有个性了！"我听不出别人的弦外之音，心里暗暗得意。那个时候，我太年轻了，根本不懂得这件事情的厉害。

机关里那些有阅历的老同志，见了我就摇头。有一天，办公室里只有我和关副科长，关副科长忧心忡忡地说："蒋琳，你连路宇宙都看不上，咱们县里谁还敢找你？这种事情，你还到处宣传，你怎么那么傻呀？总有你的苦头吃。"

姜还是老的辣，老同志一眼就看到了事情的本质。到了这个时候，我总算明白过来了，介绍路宇宙的事情，只有我和梅科员知道，一定是梅科员说出去的。

梅科员对我的报复，这才刚刚开了一个头。

情人史

我的爱情，被我藏在密不透风的心里，我自认为藏得很好。没想到，还是露出了蛛丝马迹。张科长的老婆生了儿子。做满月的那天，机关的人都去了。王雅丽父亲家的小院子，挤满了人。张科长和王雅丽一起抱着孩子到各个桌子上，把孩子递给人看。大家接过孩子，祝福的话、恭维的话雪片般飘落下来。王雅丽生完孩子胖了，脸上油光光的。

　　张科长和王雅丽抱着孩子到我们这一桌来了。我心里慌乱起来，为了掩饰我内心的慌乱，我从张科长的手里接过孩子，我的手碰到了张科长的手，我差一点儿把孩子掉到了地上。王雅丽赶紧把孩子抱了过去。王雅丽对我说，没关系："没生孩子的时候，我也不知道怎么抱孩子。"王雅丽的脸上放着幸福的光芒。我戴着茶色的墨镜，还是没有挡住王雅丽脸上的幸福光芒。张科长的目光太明亮太饱满了，看不到一丝的忧郁。一个幸福的男人看上去总是一种平庸的样子。张科长是幸福的，他温暖坚实的怀抱以前抱着一个王雅丽，现在，又多了一个儿子。张科长和王雅丽的孩子长了一张皱巴巴的脸。我一直以为小孩子是光洁漂亮的。面对一个皱巴巴的丑孩子，我说不出一句恭维和赞美的话。我的额头冒起了冷汗，心里有一个地方，尖锐地痛着。张科长没有看到我额头上的冷汗，梅科员却看到了。梅科员的嘴角始终挂着一丝冷笑。

　　张科长的儿子满月之后，他就到省里学习去了。据说张科长要提升了，提升后，他将是机关最年轻的处级干部。张科长走后，由关副科长负责科里的工作。关副科长的工作积极性空前高涨，每天第一个到科里，最后一个离开。关副科长变得很严肃。

　　梅科员每天瞪着大眼睛，在我的生活里寻找着什么。我的生活里什么都没有，张科长幸福而平庸的目光阻挡了我的内心，爱情停止了生长，我心如死灰。但是，梅科员不放心，水蜜儿的信和省报的来信，都被梅科员拆开看过了。梅科员像个特务，小心翼翼拆了我的信，然后重新封上口。她以为我没有发现。我发现了，我没有揭穿她，我懒得跟她计较。

接到水蜜儿的信我才知道，水蜜儿没有回海南，她在省城开了一家美容院。她到底没有勇气回海南。省报的信是在水蜜儿的信之后来的，我的一篇文章在省报副刊获了奖，省报副刊要开一个笔会，邀请我参加，路费由省报报销。看完信，我马上就去找了关副科长。关副科长笑眯眯地说："好事情，你去吧！"我说："关老，您太好了！我都两年没去过省城了。"关副科长说："既然去了，就多玩两天，看看同学。"关副科长好人做到底，多给了我三天假。从关副科长的办公室出来，我第一次发现小县城的天空是蓝色的。

那是我第一次参加笔会。开笔会太好玩了，除了有领导参加的那次大会，其他时间，大家基本不说写作的事情，放开了活泼，什么玩笑都敢开，什么放肆的话都敢说。参加笔会的人，个个都自命不凡，个性十足。在小县城里待了两年，整天见到的都是毫无个性的人，听到的都是庸俗乏味的话。来到笔会上，我有一种做梦的感觉。我在笔会上受到热烈追捧，赞美的话听得我耳朵发热，我的自信心空前膨胀，自我感觉好得一塌糊涂。我整天轻飘飘的，听到什么都想笑，笑得脸上的肌肉发酸，看见什么都敢胡说八道，生怕自己不够机智有趣。笔会上的每一个人，都不再是生活中本来的样子。

我太喜欢开笔会了，笔会让我远离了真实的生活，小县城里的一切烦恼都退到了幕后，退到了聚光灯照不到的黑暗角落，而我站在明亮的聚光灯下，表演我喜欢的角色。笔会上，我的角色是无知少女，没心没肺，无忧无虑，伶牙俐齿。人人都喜欢我，赞美我，我更喜欢这样一个被我虚构出来的才华横溢无忧无虑的美少女。

笔会的最后一天，晚饭后，我们一起去唱卡拉 OK。那个时候，卡拉 OK 像春风吹遍了大地。一到晚上，大街小巷都传出了跑调的歌声。卡拉 OK 最大限度地欺骗了我们每一个人的感觉，唱卡拉 OK 的时候，人人都觉得自己是歌星。参加开笔会的人，个个都有超强的表现欲，不管唱得多难听，都极其陶醉。明天就要回到正常的生活当中去了，今晚是最后的疯狂。我们轮番上场，激动起来还抢话筒，争当麦霸。唱到半夜，人人都唱晕了。唱歌晕了跟喝醉酒差不多。走回去的路上，大家一路还在唱。我也唱晕了，脑袋里的细胞胡乱跑着，互相冲撞，走起路来高一脚低一脚的，好几次差一点儿绊倒了。

回到宾馆，走过花坛的时候，花坛的阴影里突然站起来一个人，吓了我们一跳。但是，没有人理睬那个人，骂一句神经病，继续唱着歌往前走。我们走过去了，才听见那个人在叫我的名字。我站住了，回头看着那个人，眼睛发花，看不清楚。我摇晃脑袋，让脑袋里面胡乱奔跑的细胞停下来。脑袋里安静了，我的眼睛也不花了，我看见张科长站在花坛旁边。我说："咦，怎么是你？"张科长干净忧郁的样子，让同行的女孩们尖叫了几声。同行的男人们，用疑惑的眼光看看我，看看张科长。这个半夜里等在花坛边的男人，太容易让人想入非非了。一眨眼工夫，大家都散了，单把我和张科长留在花坛边上。

开笔会的几天，我已经把张科长忘了。张科长的出现，一下子把我从笔会的虚无气氛里拉了出来，无知少女的角色演不下去了。我的情绪从高处落到了低处。

我说："你怎么知道我在这儿？"

张科长说："还说呢，你来开笔会也不给我打电话，要不是我打电话回科里，还不知道呢。你真是太不够意思了，到了省城也不跟我联系。还当不当我是你的领导了？"

张科长的声音高昂，兴奋，透着掩饰不住的快乐。

我说："你来了多久了？"

他说："看完新闻就过来了。你们真是太能玩了。"

他居然在这个破花坛边等了五六个小时。我看了一眼他俊朗的面容，心像被什么搓揉了一把。我请他上楼去坐一坐，喝一杯水。他马上就答应了。上楼之后，房间里没有人，和我同一个房间的女孩很懂事地到另外的房间去了。张科长渴急了，一口气喝了三杯水。他喝完水，坐在房间里唯一的一张椅子上，我坐在床上。我们之间相隔不到一米。我说："你就一直等着，没去买水喝？"张科长说："我怕刚走开，你就回来了。你现在是大才女，见你一次不容易呀。"张科长的脸，似乎白了些，看上去很明媚。声音的节奏也变了，不是四平八稳的，有了跳跃感，听起来很俏皮。张科长的样子，跟在小县城的时候很不一样。我看着他，说不出话。在小县城里停止生长的爱情，换了

我们如何变得陌生

一个地方，突然疯长起来，像春天的野草，一眨眼就长满了所有的角落。

一米的距离再也阻挡不住身体的磁场，我们身体的磁场撞在一起，火花飞溅。我想站起来，想扑进张科长的怀里，但是，我的腿发软，心里的力量到达不了腿上，情感和理智以我的身体作战场展开激战。张科长也一样，他紧紧地抓着椅子的扶手，脸色发白，声音发抖。我们努力地把话题引到诗歌上，但是，我们心不在焉，谈着谈着，话题就断了，我听不见他在说什么，只看见他的嘴，湿润的，厚厚的嘴唇，像一个旋涡，要把我吸进去。

张科长站起来，说："我们到河边走走吧。新修的河滨大道风景不错。"他率先出了房间，我费了很大的劲才站起来，跟了出去。

新修的河滨路上没有车，空空荡荡。那一晚的月亮，是鹅黄色的，像用圆规画出来的。我和张科长走在空无一人的河滨路上，我们两个一直在谈诗，我们都绝口不提小县城，好像我们的生活中根本不存在一个小县城。

张科长给我背诵朦胧诗；卑鄙是卑鄙者的通行证……黑夜给了我黑色的眼睛……致橡树……还有海子的面朝大海春暖花开……想到哪首背哪首。张科长会背的诗真多呀，他的声音时而水淋淋的，时而干巴巴的，充满了挣扎的痕迹。走到河滨路的尽头，张科长突然站住了，他不再背诗，他站在那儿，轻轻地抱住了我。张科长嘴里的热气喷到我的脖子上，痒痒的。我呼吸困难，脑袋眩晕，眼睛里有万道金色的光芒，血液带着火苗在我的身体里奔跑。世界消失了，只剩下我和张科长。除了心跳声和呼吸声，我什么都听不见了。

我用颤抖的声音说："跟我走!"我们不敢去宾馆，那个时候的宾馆，要有结婚证才能开房。我带着张科长去了水蜜儿的美容院。我紧紧拉着张科长的手，行走在幽暗的小巷子里。水蜜儿的美容院在小巷子的尽头，我又是第一次去，费了好大的劲，终于找到了。夜虽然深了，"水样年华"的霓虹灯广告还在闪烁。水蜜儿打开门，看了我一眼，看了张科长一眼，什么都没问。她把我和张科长安排到5号贵宾房里。5是我的幸运数字。我和水蜜儿是那样一种朋友，不管多久没有见面，只要重新见到了，就好像昨天才分手。中间相隔的岁月，轻易就被我们跳过去了。

在美容院 5 号贵宾房的长沙发上，我和张科长紧紧地抱在一起，颤抖着寻找对方的嘴唇，我们的身体，高烧般热，嘴唇却冷得像冰。冰冷的嘴唇让张科长有了片刻的清醒，他推开我，发着抖说："我不能！"张科长轮廓分明的脸在美容院暖色的灯光下，显出扭曲的阴影。我伸出双手攀住了张科长的肩膀，我说："我爱你！"张科长抱住我，他说："我也爱你！你一到科里我就爱上你了，你太明亮了，你把灰暗的现实都照亮了！"说完，他高烧一样颤抖起来。他推开我，马上又扑过来，把我更紧地抱进了怀里。在张科长的怀里，我感觉不到身体的形状，我的身体好像化了。疼痛像一枚钉子，尖锐地扎进我的身体里面。我轻轻地叫了一声。疼痛过后，身体的形状重新被我感觉到了。我的身体好像在放大，无限放大，放大到失去了重量，腾空飞升。然后，跌落下来，落到张科长的怀里，无限缩小。张科长紧紧地抱着我，他的眼泪，流到了我的眼睛里面。张科长没想到我是第一次。他捧着我的脸，好像我会碎掉。他说："蒋琳，你会不会恨我？"他的眼睛，有一种让我害怕的空洞。我用热吻堵住了张科长的嘴。我不要他说话。我不要去想我们背后那个黑暗的小县城。我不去想明天。我没有明天。我只要这个夜晚，只要此时此刻。一个疯狂的夜晚，就是女人的一生。爱情的潮水，胀满我的身体，我的内心。我一次又一次被抛进海里，在汹涌澎湃的波浪里拼命挣扎，然后，被潮水送回到岸上。

我终于睡着了，筋疲力尽，心满意足。

张科长走的时候，我还在梦中，他没有叫醒我。我很晚才起来，回到开笔会住的宾馆，开笔会的人已经走完了，我取了我的行李，再一次来到了水蜜儿的美容院。

"水样年华"在一个小巷子深处的院子里，院子里有几棵泡桐树，水蜜儿在泡桐树下安放了一架白色的秋千，我还没进院子就看见她坐在秋千上，长发飘飘，像一个无忧无虑的少女。

水蜜儿什么都不问，我放下行李她就带着我上街去了。我们两个手挽手到街上吃小吃，逛商场。然后，水蜜儿带我去游乐场，游乐场是我大学毕业之后才修起来的。水蜜儿让我先坐海盗船，再坐摩天轮。海盗船让我的五脏六腑全错了位。从海盗船上下来，我站立不稳，扶着栏杆，头晕目眩，水蜜儿还笑得出来，她从小就喜欢新奇刺激的东西。上了摩天轮我才知道，我原来有恐高症。随着摩天轮缓慢升高，我的腿抽起了筋，从脚板心一路抽到了大腿上，脊背，额头，胸口和手心里全是汗，我一动不敢动，紧紧地闭着眼睛。

摩天轮升到最高处的时候，水蜜儿说："你睁开眼睛。"我睁开眼睛，尖叫像子弹一样从嗓子里射出来。水蜜儿说："听我的话，不要去爱别人的丈夫！"我说不出话来，我被恐惧感控制了，全身的每一个细胞都在痉挛。

关副科长多给了我三天假，我却只在省城多待了一天，就坐上了回县城的火车。我不敢再待下去，我怕我控制不住自己，跑到张科长学习的地方去找他。我不能再见张科长了。水蜜儿不带我上摩天轮我也知道，张科长是王雅丽的丈夫，王雅丽是县人大王主任的女儿。即使王雅丽是一个普通人家的女儿，我也没有胆子再跟张科长来往。我从小就不是那种离经叛道的女孩，二十世纪九十年代，在一个小县城里当一个"第三者"，要有当烈士的勇气才行。坐在回小县城的火车上，我的心绝望得像一个黑暗的洞穴。

张科长是十多天之后才回县城的。我需要这个时间和空间来平息内心的风暴。回去上班的第一天，关副科长说有一个下乡的活，我马上就要求派我去。我在乡下待了十几天，每天都深入到田间地头，暴晒在太阳下面，晒得又黑又瘦。乡里的干部很感动。他们哪儿知道我折磨身体是为了让心里安定。我想张科长，疯狂地想。身体的记忆太强烈了。只要空下来，每一个细胞都在渴望他。我在火车上下的决心，几秒钟就土崩瓦解了。

我从乡里回到机关那天，一进办公室，就呼吸到了张科长的气息。张科长回来了！我的脑袋一下子就混乱了，眼睛一阵一阵发潮，

情人史

耳朵一阵一阵轰鸣。我强迫自己走回座位上。我假装忙碌，假装镇定。实际上，我魂不守舍。我把茶叶杯扔进了垃圾桶，把送给打字室的资料送给了关副科长，钢笔就在桌子上，我却到处找，茶杯里的水明明是满的，一口没喝，我却拿起水壶往杯子里续水。一个人有了情人，还想假装若无其事，真的太困难了。一个情人，不是一个蚊子，根本不可能隐藏起来。

下班之前，张科长到我们办公室来了。刘科员和李科员跟张科长开着玩笑，问他什么时候上任。张科长打着哈哈，把在省城里买的礼物送给每一个人。刘科员、李科员和关副科长一人一条领带，梅科员和我一人一个时尚的小化妆包。我从张科长手里接过包，紧紧抓在手里。我不敢看张科长。我想说一声谢谢，但我的嗓子像被绳子勒住了，说不出话。梅科员的眼睛探照灯一样照着我。我相信，什么都逃不出梅科员的眼睛。梅科员是那种在男女问题上格外敏感的女人。我脸红心跳，眼睛周围的皮肤冒出了冷汗。我赶紧出去了。我在厕所里待了很久，用冷水冲洗脸，使劲掐自己的腰，疼痛止住了心跳。我从镜子里看见自己的脸不红了，我才回到办公室。

张科长已经走了，梅科员正和刘科员、李科员一起谈女人和女孩的区别。梅科员说："纯洁是装不出来的，女孩子走路和女人走路，一眼就看得出来不一样。"刘科员和李科员说："小梅姐姐，你不早一点教教我们，我们都结婚了，看出来也没机会了。"梅科员意味深长地看了我一眼，然后说："怎么没机会，男人结了婚就不起外心了？现在的女孩那么贱。"刘科员和李科员一起叫起来："小梅姐姐，你好开放哟。我们哪敢起外心啊。"梅科员眉毛一立，说："男人谁没有外心？你们男人缺少的不是外心，是机会。"梅科员的样子，弄得刘科员和李科员都不敢再跟她谈下去了。他们鬼鬼祟祟地看了我一眼，然后就溜出去了。梅科员哼了一声，拿出指甲刀修起了指甲。

我坐在办公室里，心神不宁，如坐针毡。

晚上，我躺在床上睡不着觉。满脑子都是张科长。想到他正在自己的家里，怀里抱着老婆和孩子。各种疯狂的念头在我的脑袋里横冲直撞。我想随便找一个人结婚，过最不幸福的日子，用我的不幸来折磨张科长。我还想去找王雅丽，把在省城里发生的一切都告诉她，求她放过张科长，然后，我和张科长永远离开小县城……

早上起来，太阳升起，理智又回来了。我彻底否定了晚上的胡思乱想，我不能去找王雅丽，那样会毁了张科长，毁了他的家庭、他的前途。我不想毁了张科长，他要是毁了，我一辈子都不会幸福。爱他就要成全他。可是，我要继续待在科里，总有一天会发疯，总有一天会暴露。我要远走高飞，带着那个晚上的记忆，离开小县城。我要牺牲自己，从张科长的生活中悄悄撤离。爱情，不需要天长地久，只要曾经拥有。我相信，我走了，会一辈子活在他的心里。爱情，短暂就是长久。一夜就是永恒。

经过激烈的冲突和挣扎，我坚定了离开的想法。我的心境变得澄明了，眼睛也清澈了，欲望的火焰被理智的海水浇灭了。我给上次开笔会认识的省报编辑写了信，他回信告诉我，他们正在筹办一张都市报纸，新筹办的都市报实行招聘制，不是铁饭碗，想去的话，把自己的个人资料先寄过去，以我的能力，应该没问题。我马上复印了我的作品和所有资料寄了过去。停薪留职的报告我也打好了，只等着省报那个编辑通知我，我马上交报告走人，我根本不在乎停薪留职报告批不批准。我走了，就不打算回来了。父母那儿我也想好了对策，我就跟他们说我调到省里的报社工作了。他们对报社这种单位无比信任，根本不知道报社已经改革了，实行的是招聘制。

我的计划很完美。可是，没等我安全撤离，王雅丽就打上门来了。王雅丽真是一个愚蠢的女人，她的愚蠢正好被梅科员利用了。

我后来才知道，张科长回家的当天，就暴露了。他的身体背叛了王雅丽，不能再尽丈夫的责任。王雅丽的努力，让张科长的身体瑟瑟发抖，越缩越小。王雅丽一贯自我感觉良好，她的气愤可想而知。王雅丽以为张科长在省城里遇到了大学时候的恋人，旧情复燃了。张科长矢口否认。王雅丽威逼利诱，也没有从张科长那儿得到什么。第二天，梅科员别有用心地去看王雅丽的儿子，王雅丽正在家里伤心落泪。没等梅科员问，王雅丽就把她的怀疑跟跟梅科员说了。梅科员一听，马上就明白了。

我紧锣密鼓地做着撤离准备的时候，梅科员也没有闲着，她调动自己的关系，很快就调查出来，张科长在省城的时候，有一个晚上夜不归宿，那个晚上，我也正好在省城。梅科员简直欣喜若狂，她憋在心里的恶气，总算找到出口了。梅科员把我的种种反常表现和她的调查结果全都告诉了王雅丽。她还进一步煽风点火，把我拒绝路宇宙的事情跟张科长联系起来。

王雅丽一听就炸了，她本来已经是一只火药桶，梅科员又扔进一个火把。不爆炸才怪。

王雅丽冲到我们办公室里骂我的时候，梅科员脸上的笑容藏都藏不住。王雅丽像一阵龙卷风卷过来，把我桌子上的东西横扫到地上，指着我的鼻子说："你这个不要脸的狐狸精！平时装得倒挺像，一脸纯洁，一肚子闷骚！一到科里就勾引张浩渺，我还说呢，梅姐给你介绍路宇宙你都拒绝了。你是存了心不要脸！不要脸！臭不要脸的狐狸精。"

那个时代，骂一个人狐狸精等于在道德上给她判了死刑。王雅丽这么一骂，舆论优势全在她一边了。我根本想不到，几年以后，狐狸精变成了魅力女人的代名词，女人都争做狐狸精，哪怕四十几岁的女人，都要抓住狐狸的尾巴抖几下，释放最后的魅力。我早生了几年，没有遇上狐狸精大行其道的好时候。而等我结婚之后，舆论已经操纵在狐狸精的手里，民众也与时俱进，绝对不再同情黄脸婆。

我低着头，一声不吭。王雅丽的唾沫飞到我的头发上。王雅丽越说越气，她把手伸过来抓我的头发，我站起来，躲开了。王雅丽眼睛通红，嘴唇干得爆了皮，脸上的皮肤暗淡无光。

王雅丽干裂的嘴唇不停地翻动，说出来的话一句比一句恶毒，她说："你欺负到我头上了，我让你看看我是谁！你这个臭不要脸的狐狸精，我整不死你我不叫王雅丽！"

张科长终于进来了，他一把抱住了王雅丽。张科长说："回家！跑到办公室胡闹什么！你怎么骂我都行，人家小蒋是没有出嫁的姑娘，你这么骂人家，你让人家怎么做人。"张科长不说还好，一说，王雅丽更加气愤，她给了张科长一个耳光，说："你还敢护着这个狐

我们如何变得陌生

狸精！张浩渺，我告诉你，你骗了我，绝不会有好下场！"张科长的脸被打出了五个手指印，但他一直紧紧地抱着王雅丽，不让王雅丽冲上来打我。梅科员假装劝解王雅丽，她说："雅丽，别闹了。你闹得我这个媒人都没面子。这种事情，没凭没据的，你这么胡说，当心人家告你诽谤！"梅科员真是恶毒，她的话，句句都是火上浇油。王雅丽被张科长拖出办公室了，又拼命挣脱了，冲过来指着我说："臭不要脸的狐狸精，你自己说，我是不是在诽谤你？你去省城开会的时候，有没有见过张浩渺？"

我不想说话，说出来就是谎话。我厌恶说谎。我一步一步往后退，已经退到墙角了，王雅丽还在逼我。她的唾沫喷到了我的脸上，很腥很臭。张科长再一次抱住了王雅丽，把她拖出了办公室。王雅丽出了办公室就开始哭，她的哭声越来越高，吸引了整个机关的人。

发生在机关的事情，不到半天，就传遍了小县城。我从办公室出来，到火车站旁边的小山上站了半天。等我回家的时候，小巷子里站满了人。我面无表情地走过指指点点的邻居，回到家，我的爸爸什么话都没有说，抬手就给了我一个耳光。我妈妈站在那儿，眼泪像掉线的珠子，直往下滚。我的妈妈哭着说："你都干了些什么呀，你让我们怎么做人啊！"

我站在那儿，心里发冷。父母近在眼前，温暖却远隔千里。小县城的父母都这样，他们在乎的永远是他们的面子。儿女有出息，给他们争了面子，他们就满脸放光。儿女惹了麻烦，丢了他们的脸，他们就站在社会舆论一边，谴责儿女，把他们推出去。

我的心情很麻木，我耐心地等着我的爸爸妈妈安静下来，才说："对不起，让你们丢脸了。我明天就走。"

我爸爸说："赶紧走，走得越远越好。省得在我们的眼皮子底下丢人现眼。"我妈妈重新哭起来，边哭边说："你能到哪儿去？"我笑了笑，说："放心吧，我已经找到地方了，省里新办了一家都市报，我到那儿当记者。麻烦你们到机关帮我交一下停薪留职的申请。"

我爸爸不说话，脸上的表情分明是不信任。我妈妈忧心忡忡地看着我，终于还是忍不住，说："真的到报社工作？"我说："真的。"

我妈妈红着眼睛说:"到了那儿,要好好照顾自己。"

我说:"放心吧!"

其实,最放心的是我。我终于知道,我即使离开了父母,父母也不会伤心了。

第二天上午,我没有到科里去,以后,也永远不会去了。王雅丽让我把计划提前了。几件换洗的衣服已经装好了。火车下午才开,我无聊地等在家里。爸爸妈妈也不出去,家里显得很拥挤。彼此都觉得不自在。时间过得很慢。我从书架上找出一本小说看,书上的字都认识,就是看不懂什么意思。

我没想到,张科长和王雅丽会到我家里来。我妈妈把他们堵在门口,不让他们进来。我妈妈说:"闹也闹了,还想怎么样?"王雅丽说:"阿姨你误会了,我是来给蒋琳道歉的。"王雅丽声音沙哑。我妈妈说:"误会,你大庭广众之下骂我的女儿,现在又说误会。你必须给我的女儿恢复名誉。"王雅丽说:"我就是来找蒋琳商量这个事情的,看怎么做她才满意。"我妈妈把张科长和王雅丽放进了屋。

王雅丽走在前面,她拉着张科长的手。张科长低着头,不看任何人。王雅丽的眼睛肿胀着,脸却是皱巴巴的。王雅丽说:"蒋琳,对不起,昨天我听信谣言,跑到科里骂了你。你看这样好不好,明天你上班的时候,我到科里给你公开道歉,我再写一封道歉信贴在机关的黑板上,让每一个人都看得见。"

王雅丽的话让我的爸爸妈妈跳了起来,我爸爸说:"你侵犯了我女儿的名誉你懂不懂?你要赔偿我女儿的精神损失!"

王雅丽说:"一定赔。叔叔你让蒋琳开个价,多少我都赔。"

我妈妈说:"光贴在机关哪行,至少我们这条街要贴上。昨天的事,街坊邻居都传遍了,谣言传起来快,消起来难。光贴道歉信不行,那些不认识字的邻居又看不到……"

我冲着我爸爸妈妈说:"你们烦不烦,赶紧到街上转转去!我自己的事情自己会解决。我把爸爸妈妈推了出去。"

王雅丽真让我刮目相看,我原来以为她只会意气用事,没想到,她还会忍辱负重。为了张科长的前途,她连这样的屈辱都准备接受。

是谁让王雅丽来的？我一定要搞清楚。对我来说，这才是最重要的问题。

我看着张科长说："谁让她来道歉的？"

王雅丽说："我自己做错了事情，自己要承担责任。蒋琳，我这个人就是不冷静，听见风就是雨，我不该相信梅姐的话，明明知道你得罪了梅姐，梅姐是个报复心很强的人……"

我打断了王雅丽的话，说："我没问你，我也不想知道谁说了什么。"

我心里清楚，王雅丽不可能自己跑来跟我道歉，她要是有这个头脑，昨天就不会跑到办公室骂我了。如果是张科长，他太了不起了，他居然叫王雅丽跑来给我道歉，而且，还准备把道歉信贴到机关的黑板报上。这太无耻了！

我望着张科长，脸色苍白。我咬着牙问："是你吗？"

张科长终于抬起了头，他脸上的表情太复杂了，复杂到不能用一句话形容。我的牙齿发颤，心一直往下坠落。他只要一句话，就会扼杀我一生的爱情。一个男人，如果无耻成这样，哪怕这无耻不是针对我，我也会因为爱过他而感到耻辱。

张科长看了我一眼，然后，看着王雅丽说："王雅丽，你不用听你父亲的话，你不必道歉，你没错！错的是我。我欺骗了你，我对不起你！"

张科长说完转身就走了。王雅丽愣了几秒钟，追了出去。这个结果，王雅丽和他的父亲一定没有想到。

我的心停止了坠落，停止了跳动。

我离开小县城之后，张科长被发配到一个乡里，什么职务都没有了。他用两年的时间才把婚离掉。两年，我不知道他经历了什么，他从来不说。两年里，他给我写了无数封信，他在信里不说离婚的事情，只说他多么想我。我也想他，思念像毒药一样毒害着我的心情，但我不给他写信，也不给他打电话，我对他离婚的事情没有说过一个字。我知道他在乡里的日子不好过，我也一样难过。心情绝望，身体干旱，良心不安。这些，我都没有跟他说过，我不想给他增加任何一点压力，我不能指望他来安慰我。两年里，我从来没有梦见过张科长，倒是王雅丽红肿的眼睛、皱巴巴的脸，总是出现在我的梦中，把我从梦中吓醒过来。

那个时候，真的活得很累。爱上别人的丈夫，他不离婚，你觉得受伤，他离婚，你又受到良心的折磨。

我没有办法缓解内心的压力，只有拼命工作。拼命地采访、写稿件。我每个月的积分，都是报社最高的。我的收入，也是记者中最高的。工作给了我最大的安慰。

还有水蜜儿。她是我最好的朋友。水蜜儿送了我一张"水样年华"的终身免费卡。"水样年华"已经发展成省城最高档的美容院，它的会员，都是一些事业成功的女人，那些有钱人的太太或者包二奶花多少钱也别想成为"水样年华"的会员。水蜜儿在经营上的原则性保证了"水样年华"的品质和地位。这也是"水样年华"获得成功的秘诀。

实在太累的时候，我就到水蜜儿那儿做个全身。水蜜儿每次都让我到5号贵宾房。"水样年华"的每个房间都重新布置过了，5号贵宾房一直保持着原来的样子，那只长沙发，连位置都没有移动过。我相信，如果张科长离不了婚，水蜜儿会一直给我保留着5号贵宾房。等待一个男人离婚的女人有多孤独，水蜜儿是知道的。我每次去"水样年华"，水蜜儿不管多忙，都要来陪我。

幸好只有两年。如果等待的时间更长，我不知道能不能坚持。

张科长离开小县城的时候，真的是一无所有了。离婚剥了他一层皮，然后把他连根拔起。他再也回不去了，他被家乡放逐了。

我到省城的火车站接到了张科长。他瘦了好多，老了好多。他的样子，让我锥心疼痛。我和他在火车站的站台上紧紧拥抱。我在心里发了誓，我要尽我的全部力量，让他幸福。

我和张科长的婚姻，没有得到一个人的祝福，包括我的父母。我们得到的，是许多人的诅咒。

水蜜儿是唯一祝福我的人，她送了我一套最高级的床上用品。她在我们租住的小屋里吃了饭。张科长去洗碗的时候，水蜜儿搂着我，眼泪汪汪地说："蒋琳，你要好好珍惜张浩渺，一个男人肯为你离婚，说明他真的爱你。张浩渺离婚的代价太大了。"

水蜜儿的话，我当时完全不明白。一个付出了昂贵代价离婚的男人，一个为了离婚抛弃了孩子的男人，他获得幸福的障碍太大了。

我和张浩渺的婚姻，是建立在一堆废墟上面的，那堆废墟，是我们抛弃在小县城里的过去。

但是，刚开始的时候，我们是幸福的。我们的身体，我们的心灵，都饱受了思念的折磨。两年的时间，我和张浩渺一直在沙漠里挣扎，我们的身体和精神，都极度的饥渴。历尽艰辛，我们终于相聚在水草丰满的绿洲上，我们苦尽甘来，喜极而泣。

我们的蜜月只有一个星期，这是我能请的最长的假期。我们哪儿都不去，什么都不想，每天，就是在家里，吃饭、做爱、说话。我们放纵了自己。让身体尖叫。让灵魂出窍。让血液里的蜜汁流淌。

蜜月里的男女是生活在真空中的，他们的无私和忘情都达到了极致。蜜月一过，同样的男女，回到生活的尘埃里，就不再有那份无私和忘情。生活的尘埃太具体，太真实了。一个星期之后，我不得不去上班了。张浩渺没有了工作，每个月还要负担他儿子的抚养费。蜜月里，我们说了无数的废话，没有一句谈到过找工作的事情。张浩渺不提，我也不提。我不能催他去找工作。他在工作上一直顺风顺水，突然，以前的生活轨迹断了，将近三十岁了，却要去给自己找工作。这里面的心理落差，他不说，我也能体会。我要给他时间，让他适应自己的新处境。

第一个月，张浩渺没有出去找工作，他每天在家里做饭，看电视。他在省城有很多同学和朋友，但是，他一个都不去联系。我突然发现，男人倒霉的时候，一个朋友都没有。我忙起来，经常回家很晚。我回到家，他总是赶紧给我端水、盛饭，一副心疼的样子。尽管很累，我还是打起精神陪他说话，他在家待了一天了，一定憋了很多的话。我真的太累了，有时候说着话就睡着了。我不知道他什么时候睡的，他睡不着的时候想了些什么。想到他一个人在家，那么漫长的一天，我就心慌。工作轻松的时候，我会早早回家。我们一起去买菜，回到家里，我不让他下厨房，我让他看电视、看报纸。我自己到厨房里忙碌半天，做几个菜。我做菜的水平不如张浩渺。但是，张浩渺很高兴，吃饭的时候，我们会喝一点红酒。饭还没有吃完，我们的目光就开始缠绕。我们的身体不像蜜月时候那么急切了，我们身体的节奏缓慢了，我们懂得了品位每一个细节，享受美妙的过程。在身体欲望消融与释放的过程中，我们的心靠得很近很近。相比做爱，我更喜欢做完爱以后的时光，拥抱着，听着彼此的心跳，爱的感觉弥漫在血管里。

我悄悄地把家里的用品买好，把工资放在桌子上。我知道他每个月要给儿子寄抚养费。但是，到了月底，桌子上的工资没有动。我知道他没有钱，他从小县城出来的时候，只带了几件自己的衣服。但是，他有原则，他不能用我的钱给他儿子当抚养费。我背着他把钱寄给了王雅丽。我不想叫王雅丽和他的儿子看不起他。

三个月之后，张浩渺找到了一份工作，在一家广告公司当文案。张浩渺很兴奋，激动得一个晚上没睡好。我也很高兴。但是，他只上了两个月的班就跟老板吵了一架，愤怒地辞了职。他受不了老板的态度。辞职之后，他跑到酒店里喝得大醉。我回家的时候，他红着眼睛说："什么东西，也敢对我指手画脚的。我当科长的时候，他还在那儿给人家画广告画。"他嘴里喷出浓郁的酒气。他大学毕业的时候，大学生是天之骄子，进了机关，又是机关的宠儿，他没有遇到过挫折。我一句话不敢说，我怕伤了他的自尊心，他的自尊心已经脆弱得不堪一击了。从那以后，他就染上了喝酒的习惯，动不动就喝得大醉。

张浩渺的心态一直调整不过来，找工作的时候挑三拣四，每一份工作都干不久。他的路越来越窄，我不得不动用我的关系替他找工作，而且，还要瞒着他。让他以为是他有才气，人家非要请他出山、帮忙。即使是我费了很大力气替他找的工作，他一样干不久。稍不如

我们如何变得陌生

意就跟老板吵架、辞职。他陷入了一个怪圈，觉得全世界的人都在跟他作对。他怨天尤人，牢骚满腹。他从来不问家用，他早就知道我在给他儿子寄抚养费了，但他装作不知道。他对我的态度越来越强硬，即使失业在家，他也不像以前那样下厨做饭了。他宁可到茶馆打麻将也不回家做饭。只有喝醉了，他才会抱着我，一遍一遍地说对不起。睡不着觉的时候，躺在张浩渺的身边，我会突然觉得他很陌生。我跟第一个男朋友谈了三年恋爱，跟张浩渺却没有谈过恋爱。从暗恋到情人，从情人到夫妻，像一组电影的蒙太奇，中间没有过程。

更多的时候，我什么都不想。我默默承受着。心里实在难过了，我就一个人到街上走，走到筋疲力尽。我从来不责备他，我只责备自己。他是因为我才失去了前途。我只有加倍爱他。我在他面前不叫苦，不抱怨，不给他任何经济的压力。

可是，我没想到，我怀孕了他会不高兴。他居然让我去把孩子打掉。我懵了，傻了，看着他像是不认识了。我尖叫着冲了出去。我在水蜜儿那儿住了两天。水蜜儿也劝我去把孩子打掉。水蜜儿说："你现在的压力已经够大了，再养一个孩子，还不把你压扁了。"我不知道该怎么办，生活突然变得那么黑暗，看不到一丝光。

第三天的时候，张浩渺来接我回家。他新理了头发，胡子刮得干干净净。他一进来就搂住我，他说："回家吧。我们回家。我已经失去了整个世界，不能再失去你。"

孩子三岁之前，张浩渺没有再折腾。他在一家科技公司找到了一个办公室主任的活。这个活很适合他，他在政府机关当过科长，协调各方面关系的能力一般的人比不了，他干起来得心应手。

工作稳定了，张浩渺的心情也明朗了。我们贷款买了房子，日子似乎一天天好起来了。但是，他对我们的女儿始终不像一般父亲那样爱。每次看到我跟女儿疯闹，他都默默走开了。我知道，他想他的儿子了。女儿的出生，挖开了我们婚姻的地基，露出了我们埋葬的废墟。那个废墟里，有他的儿子，还有他对儿子深深的愧疚。对儿子的愧疚阻挡了他对女儿的爱。我不想让愧疚压垮了张浩渺好不容易建立起来的生活信心，更不想让愧疚挤压了他对女儿的爱。我对张浩渺说："我知道你想儿子了，我们现在条件好了，你把儿子接来吧。"张浩渺搂住我狂吻，他的眼里涌满了泪水。他用颤抖的声音说："谢谢你!"

我们一起收拾好了他儿子要住的房间，买了衣服用品，还有男孩子的玩具。张浩渺的心情阳光明媚，他哼着歌，还把女儿抱起来亲，用胡子扎女儿的嫩脖子。女儿嘎嘎的笑声飞满了我们的家。我对张浩渺儿子的到来充满了期待，我相信，两个孩子的笑声，一定会把我们情感上的尘埃洗涤得干干净净。

张浩渺开了公司的车回家接儿子，那是离开小县城之后，他第一次回去。回去之前，他很担心王雅丽不让他把孩子接走，他没想到，王雅丽很痛快地让他把孩子带走了。

我完全想不到，张浩渺带回来的，是王雅丽用仇恨教育出来的儿子。看到那个孩子的瞬间，我吓了一跳，张浩渺和王雅丽的儿子只有六岁，但他的眼神，完全不是一个孩子的样子，他阴郁的眼神让我打了一个寒战。

问题还不是孩子，问题是张浩渺。一个愧疚的父亲，跟一个盲人一样，看不到孩子身上的任何毛病。我让张浩渺把儿子接来，真是大错特错了。张浩渺的儿子来了，张浩渺的眼睛里不仅没有女儿，甚至连我都看不到了。在张浩渺儿子的事情上，我说什么都是错的，做什么都是错的。有一天，他儿子已经吃了五根雪糕了，还要吃。我刚说了一句"嘉伟不吃了，再吃肚肚要疼了"。他儿子咧开嘴就大哭起来。张浩渺瞪了我一眼，转身就从冰箱里拿出了另外的五根雪糕。他说："儿子，尽管吃!"一口气憋在我的心里，硬硬的。我跑到厨房里，深呼吸，再深呼吸。我只能自己把憋在胸口的气软化掉。晚上，张浩渺的儿子发起了烧，拉起了肚子。我抱上女儿，和张浩渺一起带着儿子到医院看病、输液。输完液回家，累得话都不想说了，张浩渺却劈头盖脸就是一顿抱怨。他说："我看出来了，不是你的孩子你根本不心疼。"我说："我叫他不吃了，是你叫他吃的。"张浩渺说："我叫他吃你不会拦着我啊? 我哪知道他已经吃了那么多了。这种事情，都是当妈的操心。要是你女儿，你会这样吗?"张浩渺的眼睛里面，全是仇恨的火焰，好像我是谋杀他儿子的凶手。我抱着女儿回了卧室。我的眼泪流了女儿一脸。

儿子的到来，把我们家分成了两个阵营，我和女儿、他和儿子。他和儿子蛮不讲理，我和女儿忍气吞声。在他儿子的事情上，我一直退缩、忍让。我知道所有的男孩都淘气，但他儿子不是淘气，那个被王雅丽用仇恨培养出来的孩子，心里装满了仇恨，他的仇恨直接针对我，针对我的女儿。吃饭的时候，他故意把碗摔坏，上厕所，他从来不冲，他往我的化妆品里加冷水，他把我们的照片找出来，叫我的女儿撕着玩。我平时不让女儿吃糖，但只要我离开一会儿，他就拿糖给我的女儿吃。他每天尿床，早上醒了也不起来，一定要尿在床上……

这些，我都没法跟张浩渺说，在儿子的问题上，张浩渺已经完全不讲道理了。我只要说他儿子一个不字，他马上反应过度。我不想争吵，只好什么都不说。我们家的空气被毒化了。而且，王雅丽也随着她儿子渗透到我们的家里。王雅丽不管白天晚上，只要想起来，就给她儿子打电话。王雅丽和她儿子讲电话不计成本，没完没了。我越是有急事要用电话回传呼，她儿子越是占着电话不撒手，没话找话。我等不起，只能自己跑到外面找公用电话。这种事情，张浩渺从来看不见，看见了也不说，他唯一的原则就是让他儿子高兴。

我的生活变成了一场噩梦。我不知道这噩梦什么时候结束。我拼命压抑自己，把所有情绪都压在心里，我的心里挤满了污泥浊水。

女儿三岁生日那天，我给女儿买了蛋糕，还给女儿买了一个芭比娃娃，那个漂亮的芭比娃娃。女儿已经要过几次了，我一直舍不得给她买。贷款买房之后，我们的经济压力一直很大。吃过饭，打开蛋糕，把三根蜡烛点上，我去厨房拿切蛋糕的刀，张浩渺去关房间的大灯。我们刚离开，张浩渺的儿子就拿了蛋糕上的蜡烛去点我女儿抱在怀里的芭比娃娃。听到女儿的惊叫，我从厨房跑出来，张浩渺已经把着火的芭比娃娃打掉在地上。因为是夏天，女儿穿了一条无袖的裙子，手臂上烧了一个泡，胸前的衣服烧了一个洞，皮肤红了一大片。女儿惊恐的哭声撕裂了我的理智，我一巴掌扇到了张浩渺儿子的脸上，张浩渺的儿子立即号啕大哭。这一次，张浩渺没有去管他的儿子，他转身去抱女儿。我推开张浩渺，自己抱起女儿往医院去了。

我和女儿在医院的时候，张浩渺把他的儿子送回了小县城，我不知道他是怎么跟王雅丽说的。我带着女儿在医院住了一个星期，回家的时候他已经把儿子送走了。我们再也没有说起他的儿子。

张浩渺重新喝起了酒，而且，经常喝醉。不久，他就再一次失业了。他不管家，不管女儿。那些年，要不是水蜜儿，我有时候真的还不出房贷了。

女儿刚满六岁，我就把她送进了寄宿学校。我不想让张浩渺的冷漠伤害女儿。

张浩渺在失业与就业之间挣扎的时候，我在报社一步一步做到了部门主任。我从来不在张浩渺面前提报社，也从来不谈收入。反正家里的一切，都是我管了。他上班时候挣的钱，全都寄给儿子当了抚养费。不上班的时候，我不知道他儿子的抚养费是怎么解决的。张浩渺对自己日益边缘化的处境，非常敏感。不喝酒的时候可以整天不说一句话，喝了酒就骂社会不公正。连我和我们报社一起骂。从张浩渺嘴里骂出的每一个字，都是一枚钉子，扎在我心里最软的地方。他的样子，依然让我心疼。我不知道怎样才能让他振作起来，至少好好找一份工作。

有时候，我也陪他一起喝酒，喝醉了，和他一起哭。夜里，躺在张浩渺的身边，我觉得心里真的好孤独啊。我知道张浩渺跟我一样孤独。我们争吵，怨恨，冷战，恨不能把对方撕碎。我们在彼此心里留下血淋淋的伤痕，我们在疼痛中彼此折磨。但是，我们没有放弃对方。我们仍然抓住对方的手不松开。不管是精神还是肉体，我们都没有背叛对方。在我们两个的情感中，背叛是最后的一条底线。我们遵守着最后的底线，不敢突破。

刘科员来省城出差那次，张浩渺已经失业在家一段时间了。他刚失业的时候，我让水蜜儿给他找了一个工作，水蜜儿的一个客户叫淡君，做房地产的，公司很大，闲谈中说起要找一个助理。水蜜儿把张浩渺的情况介绍了，淡君很满意，说在政府机关干过的人，懂得把握政策法规。水蜜儿通知张浩渺去面试，张浩渺死活不去。他瞪着眼睛说："我好歹当过科长，叫我去给一个老女人拎包，简直是笑话。"

　　刘科员办完公事，打电话到报社找到了我，说一定要到我们家看看，到家里看过了，又要请我们全家到饭店吃饭。我说应该我们请他的，刘科员不干，我说随便找一个饭店，刘科员也不干，非要去银杏。刘科员的心态很有趣，我知道他已经当了局长了，不光是他，李科员也当了副局长了。留在小县城的人，个个都进步了。我和张浩渺，一个是他过去的领导，一个是他过去的同事。他请我们上银杏，获得的心理快感，无法用金钱计算。况且，他花的是公款。我也就不争了，随他去了银杏。

　　张浩渺显然被饭店的豪华震住了，他当科长的时候，公款吃喝还远没有到豪华的程度，而这些年，他已经跟豪华的一切不沾边了。

　　餐桌上上了茅台。刘科员仍然管张浩渺叫张科，管我叫师妹。刘科员当了局长，气派就不一样了，嗓门也大了，虽然还叫着张浩渺张科，喝起酒来，已经是居高临下的气势了。张浩渺喝了好多酒，一句话不说。酒桌上的气氛一直很沉闷。我们和刘科员真正是话不投机，刘科员喜欢回忆和我们一起工作时候的往事，我和张浩渺却不愿意回首小县城的往事，更不想知道小县城里的熟人在干什么。小县城是我们埋葬在黑暗地底下的废墟，我们不想翻出来，看看什么东西毁灭在废墟里。

　　刘科员喝多了，抓着张浩渺的手说："张科，你要是不走，局长哪儿挡得住，恐怕早就当上县长了。"张浩渺也喝多了，他直愣愣地看着刘科员，好像没有听懂。刘科员打着响亮的哈哈说："张科是要美人不要江山。蒋师妹又看不上我们，我们只有羡慕的份啰。"张浩渺跟着打起了哈哈。我们和刘科员就在哈哈声中分手了。

　　回去之后，张浩渺一夜没睡。他不说话，不闹。就那么安静地坐在那儿。他安静得让我害怕，他喝酒，闹腾，骂我，我都不怕。但他安静了，不说也不骂了。他望着窗外的夜色，眼睛空洞。我真担心他从楼上跳下去。我不敢去睡，一直坐在另外的一只沙发上。后来，熬不住了，就在沙发上睡着了。

我从沙发上醒来，张浩渺已经熬好了稀饭，而且，从外面买了我爱吃的烧麦和凉拌菜。

张浩渺说："亲爱的太太，吃饭了!"他昨天晚上空洞无物的眼睛里面，盈满了笑容。我被他搞糊涂了。我觉得昨天的事情，好像是我做的一个梦。

张浩渺的笑容，让我的心里不踏实。我总觉得什么东西不对劲了。果然，吃完饭，张浩渺说："亲爱的太太，我不能这么待在家里了，我想好了，上次水蜜儿介绍的工作，你让水蜜儿再问问，如果还需要，我愿意去。"

按理说，张浩渺愿意去工作是好事，但我就是觉得哪儿出问题了。张浩渺一夜之间，变成了另外一个人了。

我回家已经很晚了，张浩渺回家更晚。我早已经习惯了他的晚归。自从他给淡君当了助理，他就没有在十二点以前回来过。

那天，我没有睡，开着灯在沙发上看书。我心里乱麻麻的，睡不着。晚上本来没事，安排去报道慈善活动的记者突然病了，抓不到人，只好亲自出马去了一趟，没想到在活动上遇到了路宇宙。我们都不认识对方了，我以前就没有看清楚过路宇宙的样子，我的变化也一定让他认不出来了。我们交换了名片，看到对方的名字，都不由自主地抬起头来，重新看了对方一眼。路宇宙正是那种标准的社会精英模样，低调不张扬的名牌衣服，稳重有分寸的笑容，有教养的声音，冷静的眼神。路宇宙的父亲早就到了省里，当了省里的领导。他父亲的名字，整天出现在报纸的头版上。路宇宙已经是省工行的副行长了。聚集在慈善活动上的，个个都是社会精英。活动很无聊，我拿了慈善活动的资料就要走人。路宇宙追出来，要送我。路宇宙对我很殷勤，有点过分殷勤。我不习惯，也不信任。我拒绝了，自己打车回报社发了稿。

刚到家，路宇宙的短信就发了过来。短信倒是没有一点暧昧色彩，只说：大家是老乡，有什么需要，尽管开口。一定竭尽全力帮忙。我回了两个字：谢谢！我想，我不会找他帮任何忙的。

张浩渺在门厅换鞋的时候，迟疑了一下，暗淡的灯光下，张浩渺的脸看上去比实际上的尺寸要大许多。张浩渺换好鞋，走过来，轻轻地摸了摸我的头发。这个动作，曾经是我们两个之间亲密的前奏，但是，此刻，张浩渺做这个动作并不是要唤起我身体的记忆，他早已经忘记了这个动作在我们情感中的特殊意义。

张浩渺低下头问："看什么书？"我突然闻到了他头发里的香水味道。我使劲吸了一口，没错，是香水味道。大卫·杜夫的清水芙蓉！

她把一只像水滴的香水瓶放到我手里，让我先感受瓶子的魅力。浅浅的蓝瓶子放在我的手里，掌心立马有一种清凉的感觉。

她笑着说："我很喜欢这个瓶子的形状，这种蓝在我视觉上引起清凉的感受。它是大卫·杜夫1996年推出的冷水女士香水，又名清水芙蓉。它的前味是柑橘、黑醋栗、菠萝、蜜瓜、荷花、莲花。中味是五月玫瑰和茉莉。后味是鸢尾兰、香芋、檀香、栗树和琥珀。是花果香调味，有海洋气息，它的后味持续时间很长。淡雅，清洁。"

她介绍得很专业。介绍完了，示意我拧开瓶子，从瓶子里倒出几滴香水，轻轻拍在我的耳朵后面。清凉的花香味烟一样从我的耳后袅袅升起，弥漫进我的鼻子里面，我用力吸了一口，肺里很清新，感觉自己站在清晨的海边，吸饱了海边的空气。然后是玫瑰与茉莉的香从深处漫上来，漫过了鼻子和眼睛。然后是树与果的香缭绕缠绵上来，清洁的感觉顺着血管流动到全身。

她说："1996年以后，我就只爱男色和这款香水了。"她的话，引起了一阵快乐的笑声。我看不出她的年龄，"水样年华"的会员，都是看不出年龄的。她是"水样年华"的超级会员淡君。

那段时间，我给报纸写一个专栏，叫"闻香识女人"。我的素材，全部来自"水样年华"。"水样年华"经常举办"闻香识女人"的活动，会员们在一起介绍各自使用香水的体会。为了将专栏写好，

"水样年华"的每一次"闻香"活动，我都亲自配合主讲人进行体验，我也因此成了半个香水专家。我把专栏写得活色生香。

我没想到，我的香水知识和"闻香"体验，竟然帮助我识破了张浩渺的外遇。

张浩渺的物质生活越来越上台阶了，他开上了奥迪，戴上了欧米伽，穿上了圣洛朗，用的包也换成铁狮达尼了。张浩渺现在经常出入银杏，他眉宇之间的神态不再是局促的，他对豪华场所已经习惯，可以做到熟视无睹了。在任何场合看到他，他都像一个社会精英。他变得心平气和了。他的头衔不再是助理，而是总经理。他忙起来，经常出差，很少回家。

张浩渺每一次回家，头发上和衣服上都散发出"大卫·杜夫"清洁、淡雅的香味。我对他头发里面的香水味道保持沉默，对他经常出差在外也保持沉默。

我曾经是张浩渺的第一个情人，张浩渺现在有了别的情人。生活这出连续剧，不知道怎么发展出这样的情节来。想起来，觉得有点好笑。

张浩渺终于突破了我们感情的底线，我并不像自己想象的那么伤心。日积月累的伤心，把我的心锻造得坚硬了。

我只觉得空虚，却不再疼痛。空虚和疼痛的区别很大。疼痛很尖锐，是一种活着的感觉。空虚却是死亡，消解，感觉的丧失。空虚也不好受，总想找点什么来填补。路宇宙的殷勤，正好乘虚而入，他请我喝茶，我就去喝了。北京人艺的《茶馆》到我们省城来演出，路宇宙搞了贵宾票请我看，我也去了。路宇宙很有耐心，表现得像是真正喜欢我一样。而且，路宇宙很在乎情调。他的大别墅很有情调，他还会调酒，调一种叫什么"天使之吻"的酒。路宇宙关了大灯，只留下一盏紫色的灯。他帮我脱衣服，一件一件地脱，他很小心，好像我是个什么都不懂的小女孩。我任他摆布，我的身体像一个木偶，没有感觉，没有重量，路宇宙也没有重量，空虚覆盖了我。

结束之后，路宇宙坐起来，一件一件给我穿上衣服。他捧着我的脸说："好了！你终于让我睡了！以后，有什么事情，你还是可以来找我。"

我离开路宇宙，像个影子，飘过大街小巷，回到了自己的家里。

那天是星期五，到寄宿学校接我女儿的日子。我忘记了。我回家的时候，已经半夜了。我的女儿坐在门口睡着了。我叫醒她，把她抱回家，抱到床上。女儿用亮晶晶的眼睛看着我说："妈妈，我打一晚上电话都找不到你，你要记得给手机充电。"我说："好。"女儿看了我一眼，放心地闭上眼睛睡了。

我坐在床边，握着女儿的手，看着女儿天使一样的脸，突然感到一阵钻心刺骨的疼痛。

我不是天鹅

一

门砰的一声关上了。秦楚楚靠在墙上，一根冰冷的水管顶着她的背。秦楚楚记得，第一次被关进厕所的时候，突然降临的黑暗把她吓得哭了起来，狭小的厕所里本来什么都没有，门一关上，满眼都是怪物，张牙舞爪地扑向她。关的次数多了，她已经不怕了。

厕所的墙有一股生石灰的味道。秦楚楚闭着眼睛，心里好像有一只小兔子，坐奔右撞，就是找不到出口。如果楚怀冰说得对，她是一只天鹅，她就有一对结实的翅膀，能从黑屋子里飞出去。黑屋子怎么能关得住天鹅？可是，她没有翅膀。每一次关进黑屋子，她都要怀疑楚怀冰骗了她，天鹅怎么能没有翅膀？天知道她有多么讨厌黑屋子。她宁可被楚怀冰打一顿。秦塘镇的街上，每一天都有妈妈在打孩子，孩子在前面惊慌失措地跑，大人拿着扫把在后面气急败坏地追，大人把孩子打哭了，又会搂着孩子到杂货铺买糖果。孩子拿到糖果，眼泪还挂在脸上，已经笑起来了。秦楚楚很羡慕那些挨打的孩子，跟关黑屋子相比，挨打要有趣得多。挨打的时候可以奔跑，跑着跑着，说不定真的就变成天鹅，飞起来了。

在秦塘镇这个地方，大人打了孩子，孩子是不会记仇的。即使女人被男人打了，披头散发地跑回娘家，也不用担心，过不了几天，又被男人兴高采烈地接回来了。秦楚楚觉得，只要能够在街上跑一跑，心里的仇恨也就跑散到风中去了。所以，秦塘镇人的日子在打打闹闹中过得有滋有味，结结实实。

秦楚楚家的日子却冷冷清清，好像随时都要散伙。秦楚楚的爸爸妈妈从来不打架，他们两个都是秦塘镇中学的老师，是镇上的知识分子。学校里别的老师也会吵架打架，只是，不会追到街上去打。秦楚楚的爸爸妈妈不仅不打架，话都很少说，他们说不到一起，语言不通。秦塘镇的孩子，只有秦楚楚很早就理解了什么叫语言不通。楚怀冰说一口字正腔圆的普通话，像电视里的播音员。秦未来说的是秦塘镇的方言。楚怀冰管秦塘镇的方言叫土话。楚怀冰看不起说土话的秦未来，秦未来跟她说话，如果不用普通话，她是不会回答的。楚怀冰不会说秦塘镇的土话，她也不准秦楚楚说，秦楚楚不管跟谁说话，都必须说普通话。楚怀冰平时对秦楚楚很娇惯，秦楚楚打破了碗，弄脏了衣服，弄丢了东西……楚怀冰不仅不批评她，还要反过来安慰她。而这些事情要是发生在别的孩子身上，大人早就拿着扫把追着孩子打到街上去了。但是，只要秦楚楚的嘴里冒出一句秦塘镇的土话，楚怀冰就会毫不留情地把她关进厕所。秦塘镇上别的孩子，谁会因为说秦塘镇的话受到惩罚呢？

秦楚楚不喜欢楚怀冰。楚怀冰的身上没有妈妈的味道，秦楚楚觉得她像电视里或者舞台上的人。尽管，楚怀冰笑的时候，脸又白又亮。但是，她笑得太少了，她老是板着脸。生气的时候，她的脸板得更厚，给秦楚楚一种黑压压的感觉。秦楚楚跟楚怀冰亲不起来。她们之间有一种彬彬有礼的距离感，就像隔着这扇厕所的木门，一个在黑暗里，一个在亮光中。秦楚楚很想要一个圆滚滚胖乎乎的妈妈，像唐小容的妈妈唐桂花那样，脸上随时都冒着热气腾腾的笑容，身上散发出甜甜的点心味道。

许久，秦楚楚睁开眼睛，门的上端有一条缝隙，光线从缝隙里漏进来，她伸出手，用手心接着光线，然后把光线翻到手背上，光线在她的手心手背跳动着，好像那条光线是一条闪光的绳子。

楚怀冰在厕所外面走来走去，她平时走路脚步很轻，但是，每一次把秦楚楚关进厕所里，她的脚步都变得很重，好像腿上绑了沙袋，沉重得抬不动。那些软绵绵慢悠悠的土话从秦楚楚嘴里冒出来，就像一把冰冷的匕首，扎在楚怀冰胸口最软最疼的地方。

楚怀冰并不是一开始就讨厌秦塘镇的土话，恋爱的时候，软绵绵的秦塘镇方言给过她雨雾般的迷惘，甜蜜的忧愁，水润润的情绪。为了爱情，楚怀冰是那样的义无反顾，她放弃了回哈尔滨的机会，把秦塘镇当成了爱情与梦想的故乡。可是，生活就像一个无所不能的魔术师，转眼就把爱情变成了失望。即使到了现在，楚怀冰依然想不明白，那个在大学里跟她一起读普希金的儒雅男人，回到秦塘镇之后，怎么就变成了一个彻头彻尾的庸俗男人，买了一把便宜的小菜要开心，在街上被有点姿色的女人吃了豆腐，也要得意。她更想不到，连风景也会变化，没有了爱情的蒙蔽，秦塘镇的风景也不再有唐诗宋词的意境。秦塘镇的街上，到处是肮脏的破纸片，烂菜叶子。秦塘镇的男人和女人，经常穿着拖鞋和睡衣，站在街上没完没了地谈论张家长李家短。秦塘镇的生活，日复一日，没有一点新意，秦塘镇的天空，大部分时间都是灰蒙蒙的，就像秦塘镇人的面孔，暗淡无光，庸俗无聊。其实，所有的浪漫爱情在婚姻的现实中都会褪去眩目的色彩。但是，楚怀冰接受不了这样平淡的现实。因为爱情是连接她和秦塘镇唯一的桥梁，没有了爱情，她在秦塘镇沦为了永远的外乡人。

幸好有了女儿。秦楚楚的出生，给楚怀冰死水一般的日子带来了希望。她不能让秦楚楚变成秦塘镇的人，她要用自己的双手奋力地把秦楚楚举起来，让秦楚楚从秦塘镇灰暗的天空中飞出去，就像她怀孕时候梦见的那只天鹅。

楚怀冰从小就不让秦楚楚跟秦塘镇的孩子混到一起，她从老家请了一个保姆来带秦楚楚，保姆跟楚怀冰说一样的普通话，她听不懂秦塘镇的话，她只听楚怀冰的话，从不带秦楚楚到街上玩。到了

我们如何变得陌生

上幼儿园的年龄，楚怀冰也没有把秦楚楚送到秦塘镇的幼儿园去。她压根就看不起秦塘镇的幼儿园，那几个没有文化的大妈，只能看着孩子，不让他们到街上乱跑。最让楚怀冰痛心的是，秦塘镇没有少年宫，也请不到钢琴老师。但是，这个也难不倒楚怀冰，秦楚楚刚满月，她就从城里买回来一架钢琴，每天用僵硬的手指在琴键上弹练习曲。楚怀冰小的时候跟一个白俄女人学过琴。等到秦楚楚四岁的时候，楚怀冰的手指已经很柔软了。楚怀冰把秦楚楚抱到琴凳上，开始教秦楚楚弹钢琴。秦塘镇的孩子没有人学钢琴，他们整天在街上疯跑，玩一些踢毽子跳房子的游戏，他们成群结队，自由自在。秦楚楚不明白自己为什么要弹琴。楚怀冰对秦楚楚说，你一定要弹钢琴。弹钢琴的女人，不管多老，都是美的。那个教我钢琴的白俄女人，已经老得不成样子了，但是，只要一坐到钢琴面前，脸上立马焕发出一种美丽的光彩。楚怀冰弹钢琴的时候，眼睛里也闪着光，脸又白又亮。

秦楚楚长到五岁的时候，楚怀冰开始教她练形体。楚怀冰在教室的一面墙上，放了一面大镜子，把上课的桌椅板凳挪到教室的角落里，腾出了一小块水泥空地，铺上一块木板条图案的地板胶。练功的场地虽然简陋，楚怀冰却一点都不马虎，每一次练功，她都要给秦楚楚穿上红色的练功服，软底的舞蹈鞋，她自己穿一身黑色的练功服，头发高高的扎在头顶上。练功服和舞蹈鞋是楚怀冰回哈尔滨的时候买回来的。楚怀冰站在镜子面前，深吸一口气，嘴里轻轻的念着节奏"一嗒嗒二嗒嗒……"镜子里，一黑一红，两个轻盈的身体，旋转着，从秦塘镇的现实中飞了出去。

秦楚楚，你要记住，你不是秦塘镇的孩子，永远不是！你是天鹅，等你的翅膀长结实了，就要从秦塘镇飞出去。

楚怀冰的声音充满力量，每一个字，都像子弹一样射穿了厕所的木门，精确地射进了秦楚楚的耳朵。秦楚楚双腿发软，她靠着墙蹲了下去。

二

秦楚楚对上学充满了期待。上了学，楚怀冰就不能再把她跟秦塘镇的孩子隔离开了，她要跟他们一起跳绳，一起踢毽子，一起成群结队地在街上疯跑，一起到镇外的菜地里躲猫猫……她天天爬在自己家的窗户看镇上的孩子玩，把眼睛都看热了。秦楚楚没想到，上小学的第一天，她就遭到了镇上孩子的孤立和嘲笑。在学校里，大家玩什么都不带她，每一个小团伙都把她排斥在外。出了学校，那些调皮的男生像尾巴一样跟在她的后面喊：癞蛤蟆想吃天鹅肉啦。他们用的是普通话的腔调，却拖着长长的尾音，听上去非常滑稽。秦楚楚回头去看，他们也不跑，笑嘻嘻的学癞蛤蟆叫。秦楚楚无助地站在那儿，不知道该怎么办。一个叫唐小容的女孩满头大汗地冲过来，她站在秦楚楚身边，挽住秦楚楚的手，说，别理他们，他们想当天鹅还当不上呢。天鹅多美啊！唐小容的普通话尽管说得不是很好，但她努力把每一个音都发得尽可能准确。唐小容是一个泼辣的女孩，吵架厉害，打架也敢拼命。唐小容仰起小脸，对着那些男生说，还不快走！她捡起一只落在街上的破棉鞋对着那些男生扔过去，男生们哄笑着跑散了。

唐小容的爸爸是县里的知青，跟唐小容的妈妈结婚后留在了镇上。唐小容到县城的爷爷奶奶家住过一段时间。从县里回来，唐小容就看不起秦塘镇，也看不起秦塘镇的人。唐小容讨厌自己的妈妈唐桂花，唐桂花经常站在街上跟街坊邻居东家长西家短地说个没完了。唐桂花身上的点心味道，肥得像水桶一样的腰身，笑起来浑身肥肉都在颤动的样子，都让她痛苦。唐小容狂热的崇拜楚怀冰。楚怀冰身材苗条，衣着洋气。楚怀冰从来不站在街上跟人聊天，她脸上的表情是那样骄傲。楚怀冰的身上，有一种遥远陌生的城市气息。对一个出生在小镇上而又心比天高的女孩，遥远陌生的城市气息是一种最迷人的气息。唐小容从秦塘镇人的闲谈中，收集了一切

我们如何变得陌生

跟楚怀冰有关的信息，楚怀冰本来可以回大城市生活，却来到了秦塘镇。楚怀冰的行为让她朦朦胧胧地体会到一种爱情，一种在秦塘镇的日常生活中缺少的高贵情感。楚怀冰只要出现在街上，唐小容的目光就会一直追着她。楚怀冰挺拔孤单的背影，总是让唐小容的眼睛里面充满了泪水。

唐小容对秦楚楚的好是复杂的，掺着自卑和羡慕，有一种巴结的成分。秦楚楚很快就跟唐小容成了无话不谈的好朋友。秦楚楚教唐小容说普通话，她带唐小容到家里玩，弹钢琴给唐小容听。钢琴和书房给了唐小容很大的刺激。她从一间整洁的书房和一架陌生的钢琴，窥到了城市生活中最华丽的景致。见到楚怀冰，唐小容非常激动，小脸通红，舌头发硬，狂热的眼神不敢往楚怀冰的脸上看，只是低了头，看着楚怀冰的脚背。秦楚楚感觉到了唐小容的异样。秦楚楚希望楚怀冰对唐小容热情一点。但是，楚怀冰对唐小容非常冷淡，她不看唐小容，只板着脸叫秦楚楚写作业或者练琴。楚怀冰不喜欢秦楚楚跟唐小容交往，她恨不得把秦楚楚跟秦塘镇的空气都隔离起来。楚怀冰的冷淡伤了唐小容的心。唐小容的脸色灰暗了好长时间。秦楚楚感觉到了唐小容的伤心，她用消极怠工来抗议楚怀冰的冷淡，弹琴不用心，练功也敷衍，有时候，干脆躲在唐小容家不回去。母女暗地里较上了劲，原来就不亲密的关系，变得更加疏远了。

唐桂花对秦楚楚很热情，每次见到秦楚楚，脸上的笑容像一朵大丽花。按照唐桂花的理解，两家的孩子好了，两家的大人也要跟着热乎起来。唐桂花在街上碰到楚怀冰，老远就笑起来，声音也很热络。楚老师，忙着呢？楚怀冰目不斜视，直直地从唐桂花的身边走了过去，好像唐桂花是看不见的空气。唐桂花挂在脸上的笑容摘不下来，满脸尴尬地看了看四周。幸好是中午，大家都在午睡，街上没什么人。唐桂花的脸热了半天，心却冷了下来。

从那一天起，一口生冷的气郁积在唐桂花的心里，找不到出口。那一天，是唐小容八岁的生日。放学后，唐小容叫了秦楚楚到家里吃蛋糕。每一年的生日，唐桂花都要给唐小容做一块漂亮的生日蛋糕，唐桂花是秦塘镇饭馆的点心师傅，很擅长做各种糕点。进了家门，唐小容端出了生日蛋糕，圆圆的蛋糕上点缀了一圈新鲜的草莓，蛋糕的中心，开着一朵玫瑰花，围绕着玫瑰，写着小容生日快乐几个字。秦楚楚很羡慕唐小容，但她不把这羡慕说出来，她喜欢被唐小容羡慕的感觉。秦楚楚端端正正地坐在蛋糕面前，眼睛看着唐小容。唐小容忙不迭地切了蛋糕，递到秦楚楚手里。唐小容说，楚楚，快尝尝吧！我妈做的蛋糕很好吃。我给你切了好多草莓，你最喜欢吃草莓的。唐小容脸上，堆了一层讨好的笑容，这笑容让唐桂花很不舒服。唐小容眼巴巴地望着秦楚楚，希望秦楚楚赞美一声生日蛋糕，唐桂花最喜欢别人称赞她做蛋糕的手艺。唐小容已经看出唐桂花对秦楚楚的冷淡了，她希望秦楚楚的称赞能让唐桂花高兴起来。但是，秦楚楚不懂得唐小容的心思，她接过蛋糕，并不急着吃，她把蛋糕放到桌子上，说：谢谢！生日快乐！秦楚楚的普通话和脸上的傲慢表情，像极了楚怀冰。顶在唐桂花心里的冷气变得又冷又硬，唐桂花的脸一下子黑了，她不由分说地把唐小容拖到大街上打了一顿。唐桂花打唐小容，带了表演的性质，她每一下打，都非常夸张。唐桂花边打边骂，我叫你犯贱！我叫你犯贱！我就见不得你那个贱样子！你比别人缺什么？你非要上赶着去巴结人家？大家都在秦塘镇混饭吃，谁又比谁多点毛呀？唐桂花的大嗓门，很快就吸引了一大堆围观的人。秦塘镇的人都跑出来看热闹了，她们假装劝解唐桂花，实际上，每一句话都是火上加油，把唐桂花的怒火烧得更旺了。

秦楚楚完全被唐桂花的举动搞懵了，唐桂花像老鹰抓小鸡一样把唐小容抓到街上的时候，秦楚楚好像也被抓住了，她跟到了街上，试图把唐小容从她妈妈的手里拉出来，但是，秦楚楚很快就被围观的人挤到了外面。秦楚楚手足无措地站在人群的外面，唐桂花的嗓门，震得秦楚楚的耳朵一阵一阵地疼痛。秦楚楚脸色苍白，额头上冒出一阵一阵的冷汗。

秦楚楚担心自己倒在街上，被人踩踏，她努力站好，保持着练功的姿势，腿绷得直直的，她发现，这个姿势让她感觉身体轻盈，同时，又充满力量。而且，像跳舞那样站立着，她的耳朵听不见满街的嘈杂，却听见了树枝上的鸟叫声。不知道过了多久，楚怀冰终于来了。楚怀冰冷冷的目光从众人的脸上扫过，人群一下子安静了，连唐桂花的声音都不由自主地弱了下去。楚怀冰牵住了秦楚楚冰冷的小手，把她带回了家里。楚怀冰的手绵软温暖。楚怀冰用热水给秦楚楚烫了脚，然后给秦楚楚穿上柔软的棉布衣服，把她放进被子里，给她弹了一首钢琴练习曲，秦楚楚在音乐声中睡着了。

秦楚楚睡了很久，醒来，看见楚怀冰坐在床前，握着她的手，目光灼灼的看着她的脸。秦楚楚把眼睛闭上了。

秦楚楚跟楚怀冰的关系，依然是疏远的。但是，她练琴和跳舞比任何时候都用工了，除了上学，她几乎从来不到街上去。偶尔，在上学或者放学的路上看到唐桂花肥胖的身躯，心里除了反感，再也生不出温暖的感觉了。

三

高中毕业，秦楚楚以县文科状元的成绩考上了北京的一所名牌大学。秦塘镇的女孩都不太会读书，唐小容初中毕业就到上海打工去了。秦楚楚之前，从来没有女孩考出这么好的成绩。秦楚楚在县里引起了轰动。秦塘镇的人却一点也不吃惊。在秦塘镇人的眼中，秦楚楚从来就不是秦塘镇的人。从小到大，秦楚楚每一次从街上走过，秦塘镇的人都会说，秦楚楚一点也不像秦塘镇的人，她太洋气了。小镇上的人夸一个人洋气是最大的赞美，洋气不仅包含了气质，还包含了异质。

大学跟高中真的不一样了，只过了一个夏天，就像迈过了一道门槛，青涩的男生女生一下子就长大了，连思维方式都变了，晓得将来的社会，靠的是关系网络，大学里编织的关系，将来是最有用的。到了大学，学习不再是唯一的事情。大家都忙着社交和恋爱。

秦楚楚进入情况比较慢，高考之后，她一直像一只被人放掉了气的皮球，蔫蔫的，脑袋处于空白状态，脑细胞高度松弛，什么东西都进不了记忆。入学好长时间了，秦楚楚看上去还是一副恍恍惚惚的样子。宿舍里面住了四个人，另外三个都很兴奋，回到宿舍就叽叽喳喳说个没完没了，各自的家乡，各自的父母，各自的初恋，高考的种种煎熬，各自高中同学的状况……几个来自天南地北的人突然走到一起，而且，要在同一间宿舍住四年，需要了解的东西太多了。女生之间的亲近，都是在叽叽喳喳的过程中建立起来的。

秦楚楚不习惯跟人家说自己的事情，她用布帘子挡在床前，隔离出一个独立的空间，躲在里面假装睡觉。

同宿舍的女生都觉得秦楚楚很骄傲。能考上这所大学的，个个都有骄傲的资本。宿舍里的另外三个女生都是省城里长大的，本来就有些看不起秦楚楚，省城的人说县里的人都是县份上的，何况秦楚楚连县份上的都不是。在她们看来，一个小镇上的柴禾妞装出一副公主的样子，真的是叫人反感了。宿舍里的另外三个人干脆抱了团，干什么都约在一起，只把秦楚楚落了单。她们以为，秦楚楚一定受不住这样的冷落。她们不知道，秦楚楚早就习惯了独来独往。

四

大学里面，总有高年级的同学热心的组织同乡会。秦楚楚入学不久，就收到了同乡会的邀请。秦楚楚在校园里迷了路，到的时候已经晚了，饭店的门外站了一个脸色红润的男生，很焦急的样子，看见秦楚楚，几步跨下台阶，说，秦楚楚，你总算来了，我还以为你不来了。秦楚楚说，对不起，我迷路了。男生拍了拍脑袋，说，怪我，我该接了你一起来。秦楚楚跟着男生走进了饭店。饭店的包房里坐了两桌子的人，秦楚楚一个都不认识。面色红润的男生拍了拍手，说，安静，现在隆重介绍我们县今年的文科状元，我们秦塘镇的骄傲，秦楚楚同学！桌子上响起了热烈的掌声。面色红润的男生拉过一把椅子，让秦楚楚坐下，然后，递给秦楚楚半杯红酒，他自己也端起一只杯子，说，欢迎秦楚楚同学参加我们的同乡会！秦楚楚举起杯子，喝了一小口。她从来没有喝过酒，一小口下去，脸就热起来，嗓子像着了火。秦楚楚赶紧把酒杯放了。脸色红润的男生端起秦楚楚的酒杯，把剩下的酒干掉了。秦楚楚刚想问面色红润的男生叫什么名字，桌子上一个又高又瘦的男生走过来，直端端看着秦楚楚的眼睛，说，秦楚楚同学，你的普通话说得比中央台的播音员还标准。你能教我说普通话吗？没等秦楚楚说什么，面色红润的男生站起来，挡在秦楚楚的面前，说，你起什么哄。又高又瘦的男生说，唐大少，你干嘛，想当护花使者啊。面色红润的男生昂着头，说，我不能当吗？又高又瘦的男生说，能啊，你唐大少近水楼台。桌子上的人敲着碗喊，谁也别想动唐大少的奶酪！又高又瘦的男生灰溜溜回到了座位上。

同乡聚会，大家说的都是家乡话。秦楚楚小时候因为说秦塘镇的话，被无数次关进过厕所。她对秦塘镇的方言有一种条件反射，只要听到那种软绵绵的腔调，马上联想到黑屋子。满桌子的家乡话，让秦楚楚眼前一阵阵发黑。秦楚楚觉得很无聊，但也不好走，就一直坐在那儿，玩自己的手指头。

聚会结束后，面色红润的男生叫过服务员买了单。从饭店出来，别的男生和女生都一哄而散了，只剩下秦楚楚和面色红润的男生。面色红润的男生说，我送你吧，免得你迷路。

秦楚楚从来没有单独跟男生一起走过路，灯光掩映下的校园，到处是年轻恋人的身影，秦楚楚和面色红润的男生肩并肩走着，秦楚楚不说话，男生也不说话。男生的样子，看上去很紧张。两个人默默地走了一路。到了宿舍楼下，秦楚楚说，谢谢你！男生说，别客气，有什么事你说话，我们两个可是真正的老乡。秦楚楚看着男生的眉毛，说，对不起，我还不知道你叫什么名字。面色红润的男生皱了皱眉毛，说，我是镇上的唐金宝。

唐金宝的脸圆圆的，眼睛不大，鼻梁倒还高，嘴唇厚厚的。秦楚楚的目光，直端端的看着唐金宝，目光后面，是彻底的茫然。

唐金宝持续了一个晚上的好心情一下子灰暗起来。这次同乡聚会，其实是唐金宝特意为秦楚楚安排的。受到邀请的同乡，个个都心

我不是天鹅

知肚明，晓得唐金宝在追求秦楚楚，只有秦楚楚什么都不知道，她连唐金宝是谁都搞不清楚。

五

唐金宝小时候非常顽皮，下河抓鱼，上树掏鸟，用弹弓打人家的玻璃，到镇外的田里偷萝卜……十件淘气的事情，有九件是唐金宝干的。唐金宝的父亲唐大用是镇上的铁匠，坚持不懈地生了三个女孩才终于生下了一个男孩，简直把唐金宝宠上了天，唐金宝在外面闯了祸，唐大用不仅不管，还要充当他的保护伞，把告状的人挡回去。有父亲护着，唐金宝淘起来更加的肆无忌惮。秦塘镇的淘气男孩都怕老师，到了学校，一般都会老实一些。唐金宝不怕老师，他晓得有父亲护着，老师也不敢拿他怎么样，他最怕的人是唐大用。

唐大用是个能人，铁匠活干得好，脑袋也活泛。改革开放不久，他就借钱开了一个小工厂，专门生产缝纫机。唐大用做生意不仅有头脑，也有运气，短短的几年时间，唐大用就把缝纫机卖到了国外，他成了镇上的首富。唐大用当铁匠的时候从来不管唐金宝的学习，镇上的男孩，没几个喜欢读书的，反正读不读书都要生活，随便学个手艺，就能混一辈子。但是，开了工厂，当了厂长，而且，工厂的规模不断扩大，唐大用见的世面大了，想法也改变了。唐金宝是家里的独子，家里的产业，将来就是唐金宝的。唐金宝这么混下去，将来把产业交给他，恐怕几下就败坏完了。

等到唐大用想管唐金宝的时候，唐金宝已经玩野了，根本收不住心思来学习，唐大用对他说的话，左耳进右耳出。工厂大了，要做的事情多了，唐大用也不可能整天盯着唐金宝。唐金宝很叫唐大用伤脑筋。有一次，唐大用从县里开会回来，路过河边的时候，看见唐金宝正站在河堤上往河里跳。学校放了暑假，唐金宝就每天都泡在河里，天黑了都不回家。唐金宝瘦小的身体，晒得黑黝黝的，他张开双臂，突然跃起，一头扎进水里。唐金宝的动作干净利落，在空中划出了一条优美的弧线。唐大用像呛了水一样，咳嗽起来。唐大用把车停在了路边，他忍着咳嗽，冲到河堤上，把泡在水里的唐金宝拎上了岸。

唐大用扯着唐金宝的耳朵把他带到了秦塘镇中学。唐大用在学校的操场上碰到了秦未来，他一只手拧着唐金宝的耳朵，一只手伸过去握住了秦未来的手。秦未来跟唐大用是小学同学，光屁股伙伴，而且，秦未来刚刚当了秦塘镇中学的校长。唐大用开门见山地说，老秦，我没法想了，只有来求你。秦未来刚当校长，心里有很多的宏伟蓝图，每一样，都需要钱，正愁没地方化缘，没想到唐大用找上门来了。秦未来看了一眼唐金宝，唐金宝翻着白眼球，一副很不情愿的表情。秦未来说，淘气的孩子其实是聪明孩子。聪明只要用正了地方，没有不成材的。唐大用看着秦未来，叹了一口气，说，只要你能让金宝读书，将来考个大学，学校里有什么事情，你尽管说。

唐金宝对父亲和校长的谈话没兴趣，他站在一边，无聊地看着操场边上的几棵梧桐树。梧桐树的树干已经被淘气的男生爬得溜光水滑了，叶子却很繁茂，树上有很多的蝉，蝉叫声传进唐金宝的耳朵里，震得唐金宝的耳膜一阵阵发痒。

阳光炙热，站了一会儿，唐大用和秦未来就一起走进办公楼里去了。唐金宝一溜烟跑到了梧桐树下。唐金宝上树的速度很快，三下两下就爬到了梧桐树的树叉上。唐金宝的动作很轻盈，正在卖力尖叫的蝉根本没有察觉。等到蝉察觉到危险，已经被唐金宝捉在手里了。唐金宝换了一个舒服的姿势，在树叉上坐好了，小心翼翼地用水指捏住蝉的翅膀，蝉在唐金宝的手里挣扎，唐金宝开心地笑了起来。

唐金宝玩着手里的蝉，眼睛却时时忙里偷闲地往办公楼看一眼，留心着唐大用什么时候出来。唐金宝没有看见唐大用，却看见了刚刚练完形体从教室里走出来的秦楚楚。唐金宝对秦楚楚并不陌生，小的时候，唐金宝也跟别的男孩一起，嘲笑过秦楚楚，跟在秦楚楚的身后，怪声怪气地叫喊：赖蛤蟆想吃天鹅肉啦。后来，男孩们有别的事情淘气，也就不怎么注意秦楚楚了。唐金宝发现，秦楚楚走路的样子非常好看，挺胸抬头，下巴骄傲的扬起，脚步充满了弹性，身体显得很轻盈。秦楚楚的确跟秦塘镇的女孩不一样，秦塘镇的女孩走路，喜欢东张西望，而且，身体笨重。秦楚楚不像在现实的路上行走。唐金宝突然觉得，秦楚楚真的是一只天鹅，她没有走在路上，而是飞在空中。秦楚楚身上的红色练功服和耀眼的阳光一起撞在唐金宝的眼球上，撞疼了唐金宝的眼睛。唐金宝混沌的头脑被强烈的光线切割成了无数闪亮的碎片。唐金宝看得发呆，手里的蝉趁机飞到了另外一棵树上。

办公室里，唐大用和秦未来很快就谈好了。秦未来提出要搞一个电脑教学室，希望唐大用帮学校购买二十台电脑。他负责让老师给唐金宝补课，保证让唐金宝考上大学。唐大用看着秦未来的脑门，说，二十台够吗？秦未来说，够是不够，一个班有四十个学生呢，上课只能分成两次。唐大用大手一挥，说，那又何必，就四十台吧。唐大用穿着西装，打着一条红色的领带，样子很土，但是，眉宇间，却有了一种气势。相比之下，秦未来躲躲闪闪的心思倒显得畏缩。

电脑很快配置到了学校，唐金宝也没有叫秦未来发愁。暑假结束回到学校的以后，唐金宝像变成了另外一个人，再也不淘气了，学习起来比谁都专心。唐金宝果然聪明，只用了一个学期，成绩就冲到了前几名。唐金宝的样子也有了很大的变化，他很快就长壮了，也张白了，脸色红润，再也不是小时候那种黑瘦的样子。两年之后，唐金宝考上了北京的一所名牌大学，像唐大用希望的那样，学了经济管理。唐金宝成了秦塘镇的家长和老师用来教育孩子的榜样。

那次同乡会之后，唐金宝又安排了几次同乡聚会，每一次，都很正式地给秦楚楚发了请柬，秦楚楚却一次都没有到场。秦楚楚的缺席，让唐金宝的情绪很受挫。唐金宝悄悄到秦楚楚的楼下徘徊了几次，始终没有勇气上去找她。

六

校园戏剧会演，中文系要排演易卜生的《玩偶之家》。秦楚楚报名参加了女一号的竞争。竞争女一号的女同学有十几个，秦楚楚宿舍的另外三个女生也参加了竞争，个个都志在必得，有一个还专门跑到中央戏剧学院，让自己的高中同学辅导小品。秦楚楚什么都没有准备，她背了一段《玩偶之家》的台词："这些话现在我都不相信了。现在我只相信，首先我是一个人，跟你一样的一个人——至少我要学做一个人。托伐，我知道大多数人赞成你的话，并且书本里也是这么说的。可是从今以后我不能一味相信大多数人的话，也不能一味相信书本里说的话。什么事情我都要用自己的脑子想一想，把事情的道理弄明白。"秦楚楚的普通话非常标准，没有一点口音。形体也好，站在舞台上，有一种很专业的范儿。当秦楚楚站在舞台上的时候，她跟舞台仿佛天然一体。

秦楚楚被选出来演娜拉。秦楚楚宿舍的女孩很不服气，她们想不通，为什么会选一个小镇上的女孩来演娜拉，秦楚楚连话剧都没看过，她能演什么话剧？宿舍的几个女孩对秦楚楚冷嘲热讽，她们不放过秦楚楚的小镇背景，她们的话都说得相当刻薄。秦楚楚一笑了之，根本不在乎。秦楚楚最清楚，她不是小镇的女孩，她不是在秦塘镇的现实中长大的，她在现实中没有朋友，她的朋友，都是书里的人物，她是在书本的世界里长大的。那些孤独岁月，陪伴秦楚楚的，除了钢琴，就是书里的人物。在单调寂寞的小镇上，秦楚楚却和书中的人物一起，经历了丰富的生活。

秦楚楚果然没有辜负导演的期望，她演起娜拉来，没有任何障碍，她在后台穿上娜拉的衣服，把头发像娜拉那样梳起来，她的眼神马上就变成了娜拉的眼神。大幕拉开，秦楚楚走上舞台，一步就迈进到娜拉的生活中去了。

我不是天鹅

每一次演到最后,听到舞台上传来"砰"的关门声,秦楚楚都忍不住靠在后台哭。她哭得肆无忌惮,眼泪雨水一样冲在脸上。她的心情相当复杂。

七

唐金宝拉了一个老乡一起到小礼堂来看秦楚楚排练。唐金宝抱着一个保温壶,安安静静地坐在下面,红润的脸上,总是浮着一层紧张的笑容。唐金宝的保温壶里,装着泡好的胖大海水,秦楚楚休息的时候,唐金宝赶紧把保温壶里的水倒出来,递给秦楚楚。秦楚楚对唐金宝非常冷淡,那次同乡聚会之后,她再也没有参加他们的聚会,她不喜欢聚会上的秦塘镇气息。她也不喜欢唐金宝,唐金宝身上的秦塘镇气息,她老远就能闻到。秦楚楚从来不喝唐金宝给她准备的胖大海水,她当着唐金宝的面,拿起一瓶矿泉水喝。唐金宝不生气,也不尴尬。剧组喝的矿泉水,都是唐金宝从超市买来的。唐金宝对所有排练的人都很热情,有几次排练完已经很晚了,唐金宝就请大家去吃宵夜,唐金宝请客的地方,是很高档的海鲜酒楼,买单的时候,唐金宝掏出好几张银行卡。

戏还没有排完,班上就传开了,说秦楚楚有一个青梅竹马的男朋友,是个阔少。正式演出的时候,唐金宝送了一个最大的花蓝,又忙上忙下地帮秦楚楚拍剧照。唐金宝完全是秦楚楚男朋友的作派。秦楚楚什么都不晓得,别人的议论,进不了她的耳朵,她总是独来独往的。要不是郑海帆来问她,她还蒙在鼓里呢。

郑海帆跟秦楚楚一个班的,在剧里扮演娜拉的丈夫海尔茂。秦楚楚在台上的光芒,把很多男生的心都照亮了。但是,有了唐金宝,男生们都不敢轻举妄动了。唐金宝的阔少派头,把好多男生镇住了。穷男生都是自尊的,晓得要碰壁,干脆就躲开,不让自己撞得鼻青脸肿。只有郑海帆不相信秦楚楚会爱上土里土气的唐金宝。

最后一场演出结束后,郑海帆在后台找到了秦楚楚,秦楚楚还穿

我们如何变得陌生

着戏装，脸上挂着泪珠。郑海帆站到秦楚楚的对面，看着秦楚楚说，看着我的眼睛，告诉我，你爱你那个老乡吗？秦楚楚说，不。郑海帆又说，你爱我吗？秦楚楚瞪大眼睛说，不，托伐，我不再爱你了！郑海帆拉起秦楚楚的手，说，秦楚楚，你看清楚了，我不是海尔茂，我是郑海帆。秦楚楚后退着挣脱了郑海帆的手，说，托伐，你放了我！郑海帆说，不！娜拉，我不会放了你的，我爱你！

郑海帆是一个很优秀的男生，热爱运动，长相英俊，谈吐有趣，班里的很多女生都喜欢他。郑海帆这样的男生，受宠惯了，对崇拜和受宠都没有感觉。反倒是秦楚楚这种对他不在乎的样子，格外能够刺激他的征服欲望。戏剧会演结束后，郑海帆开始追求秦楚楚，他的爱情攻势很凶猛，他像个影子一样跟住了秦楚楚，上课霸住了秦楚楚旁边的位置，吃饭跟秦楚楚一张桌子，上图书馆也是，一定要在路上等到秦楚楚，然后一路跟进去。秦楚楚跑步，他也到操场，买了矿泉水跟在秦楚楚身边跑，等到秦楚楚停下来，马上把水递过去……

尽管，郑海帆的暴风骤雨和唐金宝的和风细雨，都没有淋湿秦楚楚的心。但是，郑海帆充满信心，不管秦楚楚的脸色多难看，态度多冷淡，都影响不了郑海帆的心情，他相信自己一定能够征服秦楚楚，征服的过程越曲折越好。郑海帆不着急，他有的是时间和耐心，他可以慢慢地等待和追求。唐金宝却着急了，他等不起，再有一年，他就要毕业了。唐金宝的父亲身体不好，唐金宝一毕业就要回秦塘镇掌管家里的企业。唐金宝一定要在毕业之前追到秦楚楚。

八

寒假的时候，秦楚楚回到了秦塘镇。

在秦楚楚成长的这些年，秦塘镇发生了许多变化。街道扩大了，原来的十字街道，变成了井字，原来的青石板路面，变成了水泥路面。镇外的大片农田，也都不种庄稼了，变成了大大小小的工厂。唐金宝家的工厂，是所有工厂里最大和最气派的。

镇上有了很多外地人，他们平时在工厂里面做工，不做工的时候，就到街上买东西或者东游西逛，他们说着秦塘镇人陌生的方言。到了晚上，好多发廊的门口都亮着颜色暧昧的灯光，一些穿着暴露的外地妹子，热情的招呼过路的人进去坐一坐。

秦塘镇的老人说，镇上的风气被外地来的这些妹子搞坏了。秦塘镇的女人也不喜欢这些外地来的妹子，她们露着白白的大腿坐在发廊的门口，眼睛东瞧西看，把男人的魂都勾跑了。唐小容的爸爸跟一个发廊的女孩公开来往，唐桂花吵了几次，不管用，也就不再吵了。唐小容初中毕业就到上海去了。唐桂花现在满心指望唐小容在上海安家，然后把自己接到上海去。

秦塘镇比以前热闹了许多，显得杂乱无章，生机勃勃。

秦楚楚不太关心秦塘镇的变化，一回到秦塘镇，秦楚楚立马回到了以前的时光里，整天在家里弹琴，读书，楼都很少下。

秦楚楚没有想到唐金宝会来看她，她回到秦塘镇，反而把唐金宝忘记了。唐金宝家早已经从老街上搬走了，唐金宝家在工厂的后面圈了一块地，修了一个很大的庄园，庄园门口的大牌坊上刻着"唐府"两个巨大的字。"唐府"跟秦楚楚家的学校隔了一条河，走路要走十几分钟。唐金宝是开了车来的。唐金宝把车停在操场上，然后给秦楚楚打了一个电话。唐金宝问秦楚楚想不想到县城玩，大学的同学在县城聚会。秦楚楚本来不想到县城玩，但是，她实在不喜欢整天待在家里，楚怀冰老是目光灼灼地看着她，她却没有什么话要跟楚怀冰说。

县城里聚会的，还是学校同乡聚会的那些人。聚会的时候，秦楚楚发现大家都当她是唐金宝的女朋友，甚至拿她和唐金宝打趣，唐金宝一副标准男朋友的样子，处处护着秦楚楚。秦楚楚想解释什么，却感觉无从说起。温软的家乡话，像一张网，罩着一桌子兴致勃勃的人。秦楚楚很快就后悔跟唐金宝到县里玩了，她只得无聊的等着聚会结束。

回去的路上，唐金宝把车开得很慢，他喝了酒，脸比平日里更红。唐金宝心情愉快，一边开车，一边唱歌。唐金宝红润的脸，厚厚的嘴唇，得意扬扬的样子，看上去是那么庸俗和土气。秦楚楚叹了一口气，把目光转到了车外。

　　唐金宝的车载着秦楚楚开进镇上，立马吸引了秦塘镇人的目光。秦塘镇的人都认得唐金宝家的奔驰车。唐金宝开车把秦楚楚送回了学校，整个秦塘镇的人都以为他是秦楚楚的男朋友了。在秦塘镇人的眼里，秦楚楚和唐金宝是相当般配的一对。唐家有钱，秦家有文化，真正是珠联璧合。

　　唐金宝第二天又来了，他把车停在秦塘镇中学，又从车上搬下来一大堆的礼物。站在自己家的阳台上看见唐金宝往车下搬东西，秦楚楚就从房间里下来了，她站在离车几米远的地方，看着唐金宝。唐金宝说，我来看秦校长和楚老师。秦楚楚冷了脸，说，把东西搬回车上吧，别搞得那么庸俗。秦楚楚骄傲地扬着下巴，眼睛里有一种拒人千里的冷漠。唐金宝不敢看秦楚楚，他激荡的心情，一下子变得干巴巴的。唐金宝把东西搬回到车上，两手空空进了秦楚楚的家。秦未来倒是热情，又是泡茶又要留他吃饭。楚怀冰的脸色却很难看。唐金宝一直都怕楚怀冰，楚怀冰坐在那儿不说话就能让屋子里的空气不再流动，唐金宝坐了几分钟就告辞了。

　　唐金宝坐在车上，意识到自己犯了错误，他不该像个暴发户，开了车子在镇上张扬。唐金宝叹了一口气，他不晓得怎样才能追到秦楚楚，秦楚楚要是秦塘镇的女孩就好办了，秦塘镇的女孩，哪一个不巴望嫁给唐金宝？根本用不着唐金宝费心去追。问题是，秦塘镇的女孩，唐金宝一个都看不上。秦楚楚不仅不是秦塘镇的女孩，她压根就不是现实中的女孩。现实中的女孩，爱慕的不过是金钱地位。而秦楚楚是舞台上的天鹅，洁白，高贵，她飞翔在唐金宝的梦中，让唐金宝的心一刻都不得安宁。在秦楚楚的面前，唐金宝总觉得自己就像那只不死心的癞蛤蟆。

　　唐金宝走后，楚怀冰坐立不安。女人的一生，说起来漫长，实际上，关键的地方就几步。就像汽车行驶在路上，拐弯的地方，就几十米。恋爱就是人生路上那最重要的几十米，是女人最容易拐错方向的地方。汽车拐错了，还能再拐回来，人要是拐错了方向，连纠正的机会都没有了。

楚怀冰在房间里走来走去，她忧心忡忡的目光，不时落在秦楚楚的脸上，遇到秦楚楚的目光，又慌忙的躲开了。她想起自己恋爱的时候，父母是拼死反对她嫁到小镇上的。但是，有什么用？恋爱中的女人是最纯粹的。纯粹而愚蠢。

秦楚楚晓得楚怀冰在担心什么。从小到大，楚怀冰从来不关心她喜欢什么，楚怀冰唯一担心的事情就是怕她变成秦塘镇的人。楚怀冰的教育，早就毁了秦楚楚对秦塘镇的感情。秦楚楚从来没有觉得秦塘镇是自己的家乡，更不像别人那样，说起自己的家乡满怀深情。楚怀冰焦虑的目光，小心翼翼的态度，都叫秦楚楚心烦。秦楚楚索性站在楚怀冰的面前，态度生硬地说，你放心吧，我绝对不会跟唐金宝有什么瓜葛，我比你更讨厌秦塘镇。秦楚楚说完，看都不看楚怀冰，转身回自己的房间里去了。

小镇上的假期，真的是太无聊了。秦楚楚在无聊的时候，想起了郑海帆。在秦塘镇灰暗的天空背景下，和郑海帆一起排演话剧的情景，还有郑海帆追求她的种种细节，浮在记忆里，格外明亮。秦楚楚内心对郑海帆的抵触和反感一点一点被明媚的记忆瓦解了。秦楚楚开始想念郑海帆。

九

假期结束回到学校，秦楚楚接受了郑海帆的追求，两个人的感情迅速升温。郑海帆是学中文的男生，虽然没有钱，骨子里倒是有一腔浪漫，他的恋爱花招层出不穷，每一样，都符合秦楚楚对恋爱的浪漫想象。郑海帆仿佛清楚秦楚楚内心的每一个念头，情人节，郑海帆不给秦楚楚送玫瑰和巧克力，他把秦楚楚带到学校的一幢高楼上，站在楼顶对着下面喊，我爱秦楚楚！秦楚楚恐高，郑海帆在高楼顶上的吻，让她晕眩。看到报纸上有话剧演出的消息，用不着秦楚楚说什么，郑海帆就晓得利用周末到商场打工，作产品推销，然后用挣来的钱买两张话剧票请秦楚楚去看。他们两个的缘分因演话剧而起，恋爱的时候，看话剧成了他们恋爱的主要情节。这个情节，非常适合秦楚楚，她不是物质女孩，她的现实感觉很迟钝，她需要的，就是一个悬浮在现实中的舞台。

校园里的恋爱，没有生活与生存的压力，就像是舞台上的剧，因为脱离了现实，更容易显得美好。

杨金宝很快就知道秦楚楚恋爱了，他没有再去找秦楚楚，他很怕看到秦楚楚和郑海帆在一起。但是，有一次，唐金宝还是在校园里看到秦楚楚和郑海帆。唐金宝本来是到学校里面的一个小花园里躲清静的，没想到，那个小花园里，全是成双结对的恋人，秦楚楚和郑海帆也在小花园里，两个人坐在一个凳子上，正在合读一本书，秦楚楚的脸，像一朵娇艳的花，脸上的幸福表情，像是滚动在花瓣上的露珠，晶莹闪亮。读着读着，两个人从书上抬起头来，互相凝视着，然后，慢慢地吻在了一起。唐金宝的眼睛像被尖锐的东西扎伤了，疼痛难忍，全身的血液瞬间就凝固了。

唐金宝没等毕业就回了秦塘镇，他的毕业实习，就在唐大用的工厂当副厂长。毕业之后，唐金宝在工厂当了厂长，唐大用退到幕后，当了顾问。工厂的事情，千头万绪，唐金宝每一天都忙得骨头发酸。但是，越是忙碌越是空虚。唐金宝经常不由自主地走到秦塘镇中学的外面，在空气里捕捉秦楚楚的气息。操场上的梧桐树越长越高了，浓密的树冠高出了学校的围墙，老远就能看见。唐金宝的目光落到梧桐树的树冠上，心情空虚到疼痛。

十

暑假的时候，秦楚楚带着郑海帆回到了秦塘镇。秦楚楚事先没有给家里打招呼，楚怀冰对郑海帆的到来毫无准备，当她听到敲门声，从房间里拉开门，看到站在门口的秦楚楚和郑海帆时，显得那样的惊异。楚怀冰完全超出了郑海帆对小镇中学老师的想象，他被楚怀冰的气质镇住了。楚怀冰用挑剔甚至是敌意的目光看着郑海帆。郑海帆的表现，很快化解了楚怀冰目光中的敌意和挑剔。郑海帆外貌高大俊朗，牙齿洁白整齐，指甲修剪得很干净，普通话说得字正腔圆，谈吐幽默有趣，态度彬彬有礼，神态自信，笑容阳光……郑海帆身上的优点，像闪亮的珍珠，颗颗都那么耀眼。郑海帆的家不在农村，也不在小镇上，而是在西安，西安是一个有文化的古城。这一点，是楚怀冰最看中的。况且，郑海帆说了，他毕业后不回西安，他要留在北京发展。楚怀冰对郑海帆非常满意。郑海帆的出现，像一道阳光，照亮了楚怀冰暗淡的心情。秦未来对郑海帆的态度不咸不淡，郑海帆身上那些在楚怀冰眼里珍珠一样闪光的优点，在秦未来的眼里，却没有任何动人的光彩。

只要秦楚楚和郑海帆出现在秦塘镇的街上，唐金宝的目光，总是远远地追着他们的背影。两个幸福的背影，让唐金宝的心情破碎得收拾不起来。但是，在秦塘镇，唐金宝变得比在学校要勇敢，他不想认输，他不能眼睁睁看着秦楚楚从他的生活中飞走。秦楚楚要是飞走了，他就真的变成了那只吃不到天鹅肉的癞蛤蟆了。唐金宝想要要拼一拼。歌词里不都唱了吗？爱拼才会赢。

唐金宝给秦楚楚打了电话，邀请秦楚楚和郑海帆到他的工厂去参观，秦楚楚很爽快就答应了。唐金宝开着奔驰车到秦塘镇中学的时候，心情相当的复杂了。唐金宝特意把车停到那几棵高大的梧桐树下等着秦楚楚和郑海帆。秦楚楚和郑海帆手牵手地下楼来了。唐金宝把破碎的心情和尖锐的疼痛隐藏起来，像个男子汉一样，换上一副微笑的表情，热情的伸出手，握住了郑海帆的手。

唐金宝领着郑海帆和秦楚楚参观了他家的工厂。秦楚楚和郑海帆都吃了一惊，他们想不到，一个小镇上的工厂，竟然有如此的规模。唐金宝给他们介绍了工厂的一些基本情况，然后带他们到了他的办公室。唐金宝的办公室很大，很气派，摆了很多东西，看上去仍然空荡荡的。唐金宝坐到大转椅上，呼叫秘书给郑海帆和秦楚楚送来了咖啡。咖啡来了，唐金宝坐到会客的沙发上，跟秦楚楚和郑海帆一起喝咖啡。咖啡是真正的巴西咖啡，用精美的意大利咖啡壶煮出来的。唐金宝用小勺轻轻搅动，咖啡的香味袅绕开来。坐在自己办公室里的唐金宝，突然有了一种居高临下的派头。

郑海帆在短暂的时间里，经历了一场内心的风暴。在学校的时候，每一次见到唐金宝，他都有一种很强的心理优势，坐在唐金宝的办公室里，他突然觉得那些自以为是的优越感很可笑。唐金宝敏锐地捕捉到了郑海帆的变化，他不动声色地笑了。秦楚楚安安静静地喝着咖啡，她的目光，平静得像午后的阳光。喝完咖啡，唐金宝又邀请他们到唐府吃晚饭。晚餐是唐金宝精心准备的，县城里最好的宾馆的厨师下午就带了原料过来了，一直忙到晚上。菜一道一道地上，酒一杯一杯地喝。郑海帆兴奋不起来，他完全没有了在学校里的那种自信，谈话的时候心不在焉，前言不搭后语。唐金宝的脸很红，声音也大，他的情绪非常高昂，他在餐桌上大谈中国经济变革与世界经济的趋势，谈他在国外的见闻，他谈笑风生，举手投足充满了自信。秦楚楚不明白发生了什么事情，郑海帆和唐金宝都变得她不认识了。秦楚楚看看郑海帆，再看看唐金宝。秦楚楚看郑海帆的时候，满脸幸福，热烈的目光传达着爱意。秦楚楚的目光落在唐金宝的脸上，就是普通的目光了，清醒冷静，没有温度。秦楚楚的目光，扭转了餐桌上的局势。唐金宝像泄了气的皮球，一下子失去了弹跳的力量。而郑海帆低落的心情鼓涨起来，他重新把握了谈话的方向，谈起了他熟悉的文学。秦楚楚加入了谈话，秦楚楚和郑海帆谈起了他们一起看过的话剧，他们谈论话剧的情节，探讨话剧的内涵，演员的优劣，导演的创新，他们沉浸在话剧带来的美好享受中，忘记了是在唐金宝的家里。他们的目光缠绵在一起，浓浓的爱意交织在他们的目光中。唐金宝灌下去一大杯酒，彻底把自己灌醉了。

从秦塘镇回到学校，郑海帆迫不及待地要和秦楚楚建立起一种更紧密更牢固的联系。于是，两个人在学校外面租了房子同居。一间八平方米的小屋，被秦楚楚布置得温馨浪漫。郑海帆的甜言蜜语，充满了房间，流淌在空气中，让干燥的空气变得湿润。秦楚楚呼吸着这样的空气，觉得自己很幸福了。

郑海帆陶醉在秦楚楚幸福的目光里，渐渐把秦塘镇的经历忘记了。

十一

自从郑海帆到过秦塘镇，唐金宝连欺骗自己的借口都找不出来了，他走到哪儿，都能看见秦楚楚和郑海帆手牵手的样子。秦塘镇太小了，在这么一个小地方，想要把痛苦藏起来，真的太难了。络绎不绝的媒人，加上父亲母亲和姐姐们喋喋不休的追问，催促。唐金宝觉得再待下去，一定要发疯了。他根本无心工作，不断壮大的工厂，简直让他痛恨。要是没有这个工厂，他也可以像别人那样待在北京，不必再回到秦塘镇了。唐金宝在镇上待了一年，又考了研究生，重新回到了学校。

唐金宝回到学校才发现，自己是那么想见到秦楚楚，他马上召集了一次同乡聚会，借同乡聚会的名义去给秦楚楚送请柬。秦楚楚宿舍的人告诉他，秦楚楚已经不住在宿舍里了。站在秦楚楚的宿舍楼下，唐金宝的心情，像飘散的沙子。唐金宝晓得，只有秦楚楚，才能让自己的心情重新聚集起来。他发了疯一样，每天晚上都到秦楚楚的楼下散步，希望见到秦楚楚，把一切都告诉她，就从那个夏天坐在秦塘镇中学的梧桐树上说起。那个夏天，穿红色练功服的秦楚楚和阳光一起，灼伤了唐金宝的眼球。那个夏天之后，他的青春梦里，就只有秦楚楚的了。

唐金宝真的见到了秦楚楚，却什么都没有说。那一天，秦楚楚独自一人，匆匆忙忙回宿舍取东西。从宿舍出来，迎面碰上了唐金宝。唐金宝压制住快跳出嗓子的心，假装偶遇，说，秦楚楚，你不是毕业了吗？怎么还在学校？秦楚楚愣了愣，认出了唐金宝，说，我还有几个月才毕业，你不是毕业回去了吗？唐金宝说，我又考回来读研了。你工作找得怎么样？秦楚楚说，正忙这事。唐金宝掏出一张名片，递给秦楚楚，说，这是我的电话，有什么你尽管说，说不定能帮上忙，我还要在学校呆三年呢。秦楚楚接过名片看了看，说，还是你好，自己家里有工厂，用不着像我们这样到处找工作。我不跟你多说了，晚上还要参加培训。唐金宝说，你给我留个电话，同乡聚会好通知你。你有事也别忘了我这个老乡。秦楚楚说，好的。说完，匆匆忙忙地走了。

秦楚楚走了好久，唐金宝还站在那儿发呆。他的眼前，老是晃动着秦楚楚挺拔轻盈的背影。

十 二

回到宿舍，秦楚楚把唐金宝的手机号码输进手机里，随手就把唐金宝的名片放到桌子上了。她根本没有心思参加同乡会，临近毕业，找工作成了头等大事。秦楚楚和郑海帆原本以为有名牌大学毕业的背景，找工作不是难题。没想到，就业形势不容乐观。别的专业还好一点，学中文的，工作尤其难找。大学生早已不是什么天之骄子，大学扩招之后，大学毕业生像大白菜一样烂了市。严峻的现实，很快就把他们的自信心碰得粉碎。一个普通的职位都不晓得有多少人在抢。早两年毕业的学兄，竟然有去卖肉的。秦楚楚和郑海帆加入了求职的大军，参加各种各样的见面会，招聘会，到处投简历，奔波在北京的地铁和公交车上。晚上回到出租小屋，顾不得别的，忙着交流面试与求职的经历。希望很渺茫，他们经常被沮丧和焦虑的感觉打倒。互相安慰，互相鼓励，然后一起分析形势，寻找对策。甜蜜的情话，解决不了现实的问题，也就顾不得说了。

过了几天，郑海帆在桌子上看到了唐金宝的名片。唐金宝三个字，像砖头一样敲在郑海帆的脑袋上，秦塘镇之行留在郑海帆心里的阴影，瞬间扩大了无数倍。郑海帆焦虑的心情一下子恶劣起来，他把唐金宝的名片放在手掌上玩着，说，哟，你什么时候跟唐大厂长见面了？秦楚楚说，我那天回宿舍取东西碰见他了。他考回来读研了。郑海帆说，怎么没听你说啊？郑海帆的语气很生硬。秦楚楚不解地望着郑海帆，说，我忘记了。郑海帆冷笑起来，说，忘记了？该不是故意隐瞒吧？秦楚楚说，我为什么要隐瞒？我真的是忘记了。秦楚楚的目光像一潭清澈见底的湖水，郑海帆看见自己的影子印在湖里，变了形。他觉得羞愧，他扔掉唐金宝的名片，把秦楚楚搂进怀里。

经过一番捕杀，秦楚楚在北京的一家文学杂志社找到了工作，工资一个月两千块钱，杂志社没有房子，但给秦楚楚租了一间地下室，每个月六百块钱租金杂志社出。郑海帆在一个文化公司找到了一个搞文案的工作，一个月两千五百块钱，不负责住房。郑海帆的公司在西边，离学校不是太远，郑海帆继续租着学校外面那间房子，算是给两个人保留一个小窝。

秦楚楚到了杂志社才知道，除了编稿，还得创收。杂志社不景气，原来靠财政拨钱，后来财政不拨钱了，要自己养活自己。主编负责大头，每年要搞几十万块钱，每个编辑也分了五万块钱的任务。杂志社的人各显神通，到处找钱。秦楚楚顿时感到压力巨大，她平时跟人没有交往，不晓得到哪里拉得来五万块钱。

上班后，秦楚楚感觉到空前地累，到了周末，站在路边，连挤到公交车上的力气都没有了。回一次小屋，路上要花一个半小时，遇到塞车，两个小时也到不了。但是，不管多累，秦楚楚每个周末都会回到那间房子去。她惦记郑海帆。郑海帆刚到公司，处处不顺，创意写一个被枪毙一个，部门经理的脸，黑得像乌云。郑海帆每一次打电话给秦楚楚，都忍不住抱怨自己的处境。秦楚楚知道，他们正处在最艰难的时候，两个人在一起，总可以相互温暖和鼓励。离开一周再回去，小屋显得又乱又脏，房间的空气闻起来有一股发霉的味道，曾经用心布置的小摆设被随随便便扔到了角落里，铺在桌子上的花布被茶水染得看不出原来的颜色……房间的所有细节，都显得破败和零乱，有一种被遗弃的兆头。秦楚楚顾不得劳累，赶紧打扫房间。郑海帆心疼她，不让她打扫，把她手里的抹布扔了。郑海帆说，这个破房间，再打扫还不是破。他的脸色发灰。秦楚楚不理郑海帆，她把抹布捡回来，继续打扫。直到让小屋变得干净整洁。

十 三

接到郑海帆的电话，秦楚楚就有一种很不好的预感。上班之后，他们从来没有在外面约会过。秦楚楚按照约定的时间，赶到了郑海帆说的那家必胜客店。下午时光，人很少，店里很安静。郑海帆已经到了，他坐在靠窗的一张火车坐上。秦楚楚坐到他的对面。郑海帆给秦楚楚点了红茶，自己点了咖啡。红茶和咖啡端上来，冒着袅袅的热气。秦楚楚看着郑海帆，郑海帆也看着秦楚楚。跟秦楚楚目光对接的一瞬间，郑海帆的目光颤抖了一下。郑海帆的家在西安，爸爸是中学老师，妈妈没有职业。他早就跟秦楚楚说过，他一定要在北京扎下根。那个时候，他绝对想不到，扎根要牺牲他和秦楚楚的爱情。郑海帆喝了一口滚烫的咖啡，咖啡一路烫着进到了胃里。秦楚楚的脸，有一点苍白，眼睛显得更加的黑。对着这样一张梦幻般的脸，郑海帆说不出话。追求秦楚楚的时候，他说了太多的话，那些甜言蜜语还在耳边回荡，幸福的感觉还留在他的舌尖，他却要跟别人结婚了。一个能够改变他处境的女人。房子，车，位置。他原来计划用十年奋斗获得的东西，明天就可以拥有了。面对这样的机遇，他实在不敢放弃。奋斗上十年不一定能实现最初的目标，而十年之后，肯定不会再有这样的机会了。参加工作之后，他对自己越来越没有信心。现实比想象的要坚硬。郑海帆的眼睛红了，眼球上汪了一层水。他狠狠地咬了咬自己的舌头，说，楚楚，对不起！我知道我很卑鄙，我不想为自己辩解。秦楚楚睁着黑漆漆的眼睛，不说话。郑海帆抓住秦楚楚的手，很冲动地说，楚楚，我以前真的太天真了，以为我有能力给你幸福。我现在才明白，真正有能力让你幸福的人不是我，是你那个老乡……没等郑海帆说完，秦楚楚就从郑海帆的手里抽出了自己的手，她把红茶端起来，喝了一口，红茶已经不烫了。

我知道他一直爱着你，他考研回来完全是为了你，楚楚，你好好想一想，千万不要错过了人生的机会……秦楚楚不明白郑海帆为什么还在说，他真是太喜欢说话了。从他嘴里吐出来的每一字都像有巫术，它们在秦楚楚的眼前变得很大。秦楚楚想叫他住嘴，但是，说不出话，嗓子被什么东西扭住了。秦楚楚举起杯子，照着郑海帆的嘴巴浇了下去。郑海帆果然闭上了嘴。

秦楚楚一个人在街上走了很久，累了，回到地下室，倒头睡了，没有失眠。第二天起来，心里空落落的，该上班还是上班去了。那个周末，下了班，秦楚楚坐了两个小时的公共汽车，又来到了她和郑海帆租住的小屋，秦楚楚用钥匙去开门，门却打不开了。秦楚楚拔出钥匙，拿在手里反复地看，她好像突然醒悟过来，转身走了。

秦楚楚来到学校，学校的风景，还是记忆中的样子，曾经跟郑海帆约会的小花园里，坐满了陌生的恋人。秦楚楚漫无目的，到处乱走。眼睛里涌起越来越多热乎乎的液体。秦楚楚想找一个地方哭，但是，到处都是人，她一直没有找到地方。热乎乎的眼泪慢慢冷却了，潮水一样退了回去。

十四

秦楚楚病了，发烧，寒冷。秦楚楚觉得脑袋好像涨大了无数倍，房间里所有的东西都在飞，天花板压下来。她躺在地下室那间宿舍里，把所有的衣服和被子都盖在身上，关了灯，房间没了光，分不出白天黑夜。黑暗和寒冷让秦楚楚害怕，她觉得自己就要死了。手机响起来，手机在桌子上发出微弱的绿光，秦楚楚挣扎着拿过手机，接了，却听不清电话里的人在说什么，秦楚楚用力地对着手机说，我要死了。

秦楚楚不晓得自己躺了多久，急促的敲门声也不晓得响了多久。秦楚楚刚开始没反应过来，从来没有人到地下室来找过她。秦楚楚没有女朋友，除了郑海帆，她也没有男朋友。秦楚楚开了灯，想坐起来。但是，眼睛发黑，她想说话，嗓子哑的，发不出声音。秦楚楚用力把桌子上的台灯和书推到了地下，一声巨大的响声之后，秦楚楚看见门开了，冲进来一个黑色的人影。

秦楚楚醒来的时候，在医院里。一间单人病房，床头柜上放着花篮，花篮里的花姹紫嫣红。阳光撒在床上，格外明亮。秦楚楚深吸一口气，肺里，涌进了花香。秦楚楚觉得在做梦，赶紧把眼睛闭上了。阳光在她的眼皮上跳动。突然，阳光被阴影挡住了，阴影落在秦楚楚的眼皮上，很重的感觉。秦楚楚睁开眼睛，看见一张胖胖的红润的脸悬挂在自己的眼睛上，那张脸，受到惊吓一样，快速地缩了回去。

秦楚楚坐起来，抱着膝盖，她觉得身体轻飘飘的，必须靠着点什么，要不然会漂起来。唐金宝站在床边，好像做错了事情，红润的脸上，浮着的笑容紧紧的。

唐金宝说，病成那样也不给我打电话，你还当不当我是你的老乡了？要不是我打电话找你参加同乡聚会，还不晓得你病了。

秦楚楚看着唐金宝，说，谢谢你！秦楚楚脸上的寂寞和冷清，让唐金宝的心情像乱麻一样纠集在一起。

十五

秦楚楚出院之后，唐金宝在杂志社旁边帮她租了一套一居室的公寓房。秦楚楚什么都没说，从地下室里拿了自己的衣服，搬进了公寓房里。她实在害怕了那间冰冷的地下室。生了一场大病，失了一次恋，秦楚楚心灰意冷。

唐金宝每个周末都到公寓来看秦楚楚，还像以前那样，每次来之前，都先给秦楚楚打电话，来的时候，带一些秦楚楚爱吃的水果，有时候，也带一把花。秦楚楚总是长时间不说话，看着房间的某一个地方发呆，好像忘记了唐金宝的存在。秦楚楚的样子，像一只掉了队的天鹅，孤单寂寞。唐金宝很茫然，他不晓得该怎么进行下去，他甚至不敢轻易开口说话，害怕一说话，秦楚楚就像天鹅一样飞走了。唐金宝每次离开公寓，坐着出租车回学校的时候，心情都很沮丧。

十六

秦楚楚没想到楚怀冰会到北京来看她。自从那年带着郑海帆回去了一次，秦楚楚再没有回过秦塘镇。

楚怀冰打话给秦楚楚的时候，人已经在火车站了，她对秦楚楚说，回了一趟哈尔滨，顺便到北京看一看秦楚楚。秦楚楚晓得她不是顺便，是专程。秦楚楚到火车站接了楚怀冰，直接把她带到了住的地方。一路上，楚怀冰都在问秦楚楚杂志社的事情，秦楚楚懒得说，她最不愿意跟楚怀冰说工作上的事情，一个很破的杂志，一份无望的工作，在楚怀冰那儿却是了不得的事。楚怀冰告诉秦楚楚，她从邮局定了一份杂志，每一期杂志到了，她都要从头看到尾，秦楚楚编的稿子，她要反复看好多遍。看到责任编辑秦楚楚几个字，她总是忍不住用手去摸。每一期杂志看完之后，她都仔细地用大信封装起来，整整齐齐地放进书架上。书架专门腾出一层来放杂志。楚怀冰的心情很好，声音露珠般润泽，脸上的表情少女样羞涩。楚怀冰上大学的时候，曾经写过诗，做过文学梦。后来到了小镇上，所有的梦想都烟消云散了。

楚怀冰围绕着杂志说了很多话，绕来绕去，终于问到了她写的那些诗的下落。楚怀冰的样子让秦楚楚很难过，她很想叫楚怀冰别再给杂志投稿了，但是，话到嘴边，还是咽了回去。秦楚楚到杂志社上班后，楚怀冰写了一些诗，寄到了杂志社，当然没有直接寄给秦楚楚，是寄给编辑同志收的，楚怀冰的信被编辑同志随手放到桌子上，秦楚楚整理桌子的时候才发现，信件上落满了灰。秦楚楚一眼就认出了楚怀冰的字迹和楚怀冰一直使用的信封。秦楚楚很仔细地把楚怀冰的诗收起来，放进了自己的抽屉里。

楚怀冰很想到杂志社看一看，秦楚楚没有带她去。楚怀冰以为杂志社是多么神圣的地方呢，秦楚楚不想破坏了她的想象，她不晓得楚怀冰看到杂志社的真实情况，脸色会变成什么样子。

杂志社一人一张破桌子，桌子上堆满了杂乱的书报和稿件，每个编辑都忙着给人谈赞助或者花钱登稿子的事情，遇到那些潜在的客户，女编辑的声音不由自主带出点甜丝丝的味道。

楚怀冰对秦楚楚住的公寓很满意，她说，你们杂志社的条件真不错，刚工作就有这么好的房子，还是一个人住。秦楚楚强压着内心的烦乱，说，你先喝点水，休息一下吧。楚怀冰说，不累，我在车上睡得挺好的。楚怀冰在房间里转来转去，转得秦楚楚眼睛发晕。她晓得楚怀冰想问郑海帆，她一定感觉到了一点什么。跟郑海帆分手的事情，秦楚楚一直都没有告诉楚怀冰，她实在不想再提郑海帆的名字。

听到敲门声，秦楚楚突然想起唐金宝昨天打过电话，让她今天一定在公寓里等他，有重要的话想跟她说。楚怀冰一来，她把唐金宝要来的事忘记了。

唐金宝昨天打电话的时候，已经下了决心，要去跟秦楚楚摊牌了，行就谈婚论嫁，不行就彻底放弃。他再也不想折磨自己了，老是这么不温不火，不死不活，他再坚强的神经也要出问题了。去的时候，照例买了水果。

唐金宝没想到，他在秦楚楚那儿碰到了楚怀冰。秦楚楚打开门，楚怀冰的目光一下子扫在他脸上，像一梭子冷嗖嗖的子弹。唐金宝的决心碰到楚怀冰的目光，就像鸡蛋碰到石头上，顷刻就破了。唐金宝坐了几分钟，手足无措，眼睛不晓得看哪里，他根本招架不住楚怀冰

我不是天鹅

的目光，只好站起来，狼狈地告辞了。

楚怀冰的脸色难看到了极点。楚怀冰不看秦楚楚，她看着墙壁上挂的一幅画，说，秦楚楚，到底发生了什么？你跟郑海帆怎么了？唐金宝又是怎么回事？秦楚楚最烦楚怀冰这种审问犯人的语气，她盯着楚怀冰的脸，用一种玩世不恭的语气说，你都看见了，唐金宝在追我。郑海帆早就跟我分手了，人家找了一个有钱有势的女孩，现在有车有房，滋润得狠。楚怀冰依然看着墙上的画，说，什么时候的事情？你为什么不告诉我？秦楚楚说，半年多了，告诉你有用吗？楚怀冰说，你答应唐金宝了？秦楚楚说，还没有。楚怀冰说，秦楚楚，你可亲口告诉过我，你不会和唐金宝有任何瓜葛。楚怀冰的声音干巴巴的，像金属勺子刮在瓷碗上，听起来刺耳。秦楚楚觉得胸口闷得难受，她大声地说，这个世界瞬息万变，什么都靠不住，何况一句话。楚怀冰站了起来，她很迟缓的转过身，跟秦楚楚面对面站着。她说，秦楚楚，千万不要答应唐金宝，你不能回秦塘镇。你从来就不是秦塘镇的女孩，你是天鹅，你要飞，你需要更广阔的天空。北京有杂志社，有你喜欢的工作，有你实现自己的舞台，还有各种各样的人生机会。楚怀冰的声音湿润了，眼神聚集起来，火苗一样烤在秦楚楚的脸上。秦楚楚往后退了一步，躲开了楚怀冰的目光。工作？舞台？自我实现？人生机会？楚怀冰以为秦楚楚在北京的生活有多么光鲜呢，她不知道秦楚楚住的公寓是唐金宝租的，她不知道秦楚楚还没有完成杂志社的五万块钱任务，看见主编都躲着走。她不知道秦楚楚每个月只有两千块钱的工资，而五环路的房价都要一万五一平米。楚怀冰什么都不知道，她在小镇上呆得太久了。楚怀冰把一个梦做得太久了，她也许真的以为秦楚楚是梦里的天鹅。秦楚楚低下头，看着木板地面。秦楚楚很想说，求求你，不要管我了！我不是什么天鹅！但是，秦楚楚什么都没有说，她一直盯着木板地面，直到眼泪滴到地板上。

十七

　　到了年底，秦楚楚的五万块钱任务还没有完成，主编在会上讲了几次，又把秦楚楚叫到办公室单独谈话。主编说，秦楚楚，我知道大家都很难，管人要钱的滋味不好受，可杂志社现在就这种情况，大家都要多理解。秦楚楚说，我理解。主编说，我知道你很努力，谈了好几家，最后都没有成。这是常有的事，谈一家就成一家，那也太容易了。不要灰心。秦楚楚说，我正在跟一个饮食连锁店谈，那个女老板答应下周跟我见面。秦楚楚底气不足，不敢看主编，要是这次再谈不成，她真的不知道该怎么办。她觉得自己很没用。失败的感觉，每天都浓雾一样笼罩着她。主编说，我听说你男朋友是厂长。我知道他们那个地方，民营企业发展得最好了，各个工厂的效益都很好的。你啊，放着身边的资源不用，舍近求远。这样吧，哪天把你男朋友叫上，我请他吃个饭，跟他谈一谈协办的事情。你的男朋友也是我们杂志社的资源嘛。支持我们杂志社，就是支持你。当然啦，我们的回报也非常优厚，我们会做好对他的工厂的宣传工作，还可以派著名的报告文学作家去写他和他的工厂。超值回报。你把这个协办的协议书给他看看。主编是个快六十岁的老头子了，头顶的头发全没了。秦楚楚站在那儿，看着主编光秃秃的头顶，心里也是光秃秃的。主编把一个大信封递给秦楚楚，秦楚楚接过来拿在手里。秦楚楚看着主编，不晓得说什么。她没有办法跟人解释她跟唐金宝的关系，说实话，她不晓得唐金宝算不算得上是她的男朋友，唐金宝对她很好，但唐金宝从来没有跟她表白过什么。她住着唐金宝给她租的公寓，跟唐金宝却没有任何亲密的关系。她跟唐金宝之间，真的是不明不白。自从上次在公寓碰到楚怀冰之后，唐金宝对她的态度也变得捉摸不定了。他们见面的次数，越来越少了。

秦楚楚沉默不语。主编抬抬手，说，你去吧，好好想想我的建议。抽空把协议给你男朋友看看。

十八

从办公室出来，天已经黑了。秦楚楚低着头往公寓走，她内心恍惚着，走起路来跌跌撞撞。公寓的门厅里，放了一棵圣诞树，彩灯闪闪烁烁。公寓的保安和开电梯的女孩，头上都戴了红白两色的圣诞帽，脸上洋溢着喜气。原来是圣诞节了。

秦楚楚没想到唐金宝在公寓的门口等她，唐金宝的脸红扑扑的，有一种喜气洋洋的表情。西餐厅里的圣诞气氛比街上更加浓郁，不管是外国人还是中国人，脸上一律洋溢着热气腾腾的快乐表情。秦楚楚的内心，格外的冷清。秦楚楚不喜欢过节，越是节日，她的内心就越是冷清。外面的热闹，反而让内心的冷清礁石一样露出来。内心的冷清反映到脸上，秦楚楚的表情始终是清汤寡水的。看着唐金宝红扑扑的脸，秦楚楚觉得自己跟唐金宝真的是两种不起化学反应的物质。

唐金宝喝了一点红酒，脸上发烫，眼睛灼热。秦楚楚冷冷清清的样子，恍恍惚惚的表情，让唐金宝的心动荡不安。秦楚楚真的不是一个现实的女孩啊，唐金宝不知道拿这个梦一样的女孩怎么办。无数次下了决心，见面就摊牌了，但是，真的见了面，唐金宝的决心马上就摇晃了。

秦楚楚喝了红酒，苍白的脸上有了一点红润的色彩，冷清的脸看上去有了一些热气。秦楚楚的目光，说不上热烈，但比平日里柔软了许多。唐金宝说，楚楚，圣诞快乐！

秦楚楚说，圣诞快乐！秦楚楚的声音听上去很伤感，没有一点快乐的感觉。

唐金宝把目光移到桌子上，看着秦楚楚的手，说，楚楚，我想跟

我们如何变得陌生

你说件事，过完圣诞，我就要回秦塘镇了。工厂的事情太多，靠我在北京遥控根本不行。秦楚楚的手在餐桌上握成了拳头。

秦楚楚说，哦，我马上搬家，地下室的那间房子，打扫一下就可以搬进去了。

唐金宝说，楚楚，你误会了。那间公寓你想住多久都行，我会每年把房租交上。秦楚楚松开拳头又重新握紧了。

秦楚楚说，谢谢你了。我会马上搬走。郑海帆明亮快乐的笑脸从她的脑袋里面闪过，就像坐在地铁上看见窗外闪过的广告画面。秦楚楚叹了一口气。

唐金宝一把抓住了秦楚楚的手，秦楚楚的手柔韧修长，没有一点多余的肉。唐金宝说，我不是这个意思，我哪能让你搬回那个破地下室住。楚楚，你不明白我的心，你从来不明白。我晓得我们之间的障碍，我晓得你不愿意回秦塘镇，而我必须回去，工厂离不开我，我这一辈子，只能把自己交给工厂。所以，我说不出口。可是，想到你一个人在这儿受苦，我心里真的难受。想到将来在秦塘镇的生活里没有你，我更难受。所有人都不晓得我为什么突然喜欢读书了，只有我清楚，那是因为你。那个夏天，我坐在梧桐树上，看见你从教室里练了功出来，你穿着红色的练功服，昂着头，走进宿舍楼里去了。我再也忘不了你走路的样子。楚楚，你好好想想，不用马上作决定。我会等着你。一直等到你做出决定。

唐金宝终于把心里的话说出来了，他长长的吐出一口气，放开了秦楚楚的手。他把目光盯在了秦楚楚的眼睛上，秦楚楚的眼睛很大，黑眼球很亮，他看见眼泪从秦楚楚的眼睛周围漫起来，漫过了黑眼球。

十九

圣诞节之后，唐金宝回了秦塘镇。秦楚楚什么都没说，她退掉了公寓房，搬进了地下室。秦楚楚不晓得自己在坚持什么，内心里，她对回秦塘镇生活始终是畏惧的。楚怀冰说得对，秦楚楚从来没有在秦塘镇生活过，她生活了十八年的秦塘镇，不是真正的秦塘镇，那是楚怀冰给她一个人营造的孤岛。真正的秦塘镇，她一点也不了解。

秦楚楚对在北京的生活，还没有绝望，还有所期待，希望遇到别的机会。可是，两年过去了，什么机会都没有。两年的时间，换算成天，每一天，似乎都很慢，但是，换算成年，却很快就过去了。尽管秦楚楚每天都努力的工作，但是，不管是更好的工作机会还是普通的嫁人机会，秦楚楚都没有遇到。那个餐饮连锁店的女老板，见了秦楚楚之后，再没有下文。拖到第二年的五月份，秦楚楚还没有完成前一年的创收任务，主编催得急了，秦楚楚只好厚着脸皮给唐金宝发了一条短信，写短信的时候，秦楚楚的脸烧得厉害，内心像是被小刀一刀一刀刮着，刀刀都见了血，刀刀都感觉疼。唐金宝只回了三个字，请放心。一年五万，唐金宝从工厂直接把钱划到杂志社的账上，杂志社在封三登了几期唐金宝工厂的照片。主编吩咐秦楚楚给唐金宝寄杂志的时候，对秦楚楚说，你男朋友哪天来北京，你别忘了告诉我，我觉得我们杂志社跟他还有合作空间。主编没有放弃跟唐金宝谈合作的事情，唐金宝却没有再到北京来，也许来了，但没有告诉秦楚楚。秦楚楚跟唐金宝的联系非常少，紧紧限于节日的时候发条短信。

有一次，秦楚楚到财务室报账的时候，财务室的大姐看着秦楚楚说，小秦，你咋想的呢，你男朋友一年给杂志五万块钱，你才领两万多块钱工资。不如不上班了，让男朋友直接给你五万块钱。财务室大姐的话，像给了秦楚楚当头一棒，秦楚楚昏昏沉沉的脑袋裂开了一个巨大的口子。秦楚楚一直回避这个问题，她从来不这样去想，她总是对自己说，杂志社用广告回报唐金宝了，我是靠自己的劳动养活自己的。但是，一但被人说破了，她就不可能心安理得了。原来，她一直是靠唐金宝养活的。

我们如何变得陌生

秦楚楚努力维护的内心骄傲，像一个沙堆，被巨浪冲到海里，连一粒沙子都不剩了。秦楚楚再没有力气，甚至再没有理由坚持下去了。唐金宝硕士毕业回北京论文答辩的时候，秦楚楚辞掉了杂志社的工作，跟唐金宝一起回了秦塘镇。

二十

秦楚楚不想举办婚礼，她非常讨厌婚礼上的繁文缛节。唐金宝不同意。唐金宝说，我唐金宝结婚怎么可能不办婚礼，不仅要办，还要大办！办成秦塘镇最豪华的婚礼。秦楚楚没有话说，只好一切不管。筹备婚礼期间，秦楚楚几乎没有出过门，她每天把自己关在小时候睡觉的房间里，读读闲书，或者发发呆。有关婚礼的一切都是唐金宝在操办。刚开始的时候，唐金宝样样事情都来找秦楚楚商量。结婚是两个人的大事，商量起来才热闹。但是，不管唐金宝说什么，秦楚楚都只有一个字，好。唐金宝说把唐府改名为楚园。秦楚楚说，好。唐金宝说婚礼要从省城请乐队。秦楚楚说，好。唐金宝说要去请省城的影楼来拍婚纱照。秦楚楚说，好。秦楚楚一副懒散的样子。唐金宝只好一切都自己做主。尽管简单了，避免了两个人因为意见不同发生争吵，但是，少了争吵的乐趣，本来有趣的事情变得有些乏味。

婚礼一天天临近了，到了拍婚纱照那天，秦楚楚一大早就被唐金宝接到了楚园，换好婚纱，秦楚楚以为是在楚园里拍，楚园的风景无疑是秦塘镇上最好的。省城来的摄影师却要带着他们到街上拍。省城的摄影师很喜欢小镇的风格，美丽的新娘和年轻的富豪，一下子激发了他的创作灵感。秦楚楚不想上街拍照，省城的摄影师对秦楚楚说，我要拍就一定要与众不同，拍出每一个对新人的特殊美感。如果你们不配合，我只好请你们换一个摄影师。省城的摄影师很有大牌脾气。换一个摄影师哪里还来得及，秦楚楚只好跟着来到街上。

秦楚楚一行人走到街上，刚摆开拍摄的阵势，一队婚车开进了秦塘镇的老街。婚车是从上海开来的，刚从在水一方接了唐小容准备往上海开。车队虽然不长，只有八辆车，但是街道很窄，站在街边，身体都擦到了婚车的倒车镜。唐小容要嫁到上海去了。围观的人很多，秦楚楚和唐金宝被人群冲散了，不仅没有办法拍照，就是想挤到街的外面去，也是不可能了。秦楚楚只好挤在人群里，看着婚车通过。从第一辆车上不时扔出一串鞭炮，人群也不时发出一阵惊叫。花车是第二辆，坐在花车里的唐小容开了天窗，半个身子露在车顶上，戴在头上的头饰随风飘动，唐小容挥动手里的鲜花，跟街上的熟人打着招呼，唐小容脸上的笑容，非常的饱满。唐桂花坐在花车后面的那辆车里，她也开着天窗，把脑袋露在车顶上，跟街上的邻居打着招呼。唐桂花笑容满面地说，有空到上海来玩啊。鞭炮声中，唐桂花的嗓子又圆润又明亮。

车队过去了，街上的人转过头就说，看把唐桂花得意成什么样子了，不过是嫁了一个台湾的糟老头，一朵鲜花插到牛粪上。

围观的人散了，街上撒满了鞭炮爆炸后留下的纸屑。秦楚楚脸上的妆被汗水冲掉了，洁白的婚纱上印了几个黑色的手指头印，头上的头饰挤歪了。唐金宝到底忍不住，对摄影师发了火。摄影师很不好意思，一个劲道歉。化装赶紧给秦楚楚补妆，重新摆开阵势。不管摄影师如何调动，大家的情绪始终上不来，勉强拍了几张，摄影师不敢再拍了。说好了第二天在楚园重拍，摄影师自觉有愧，赶紧带着他的人溜了。唐金宝把秦楚楚送回楚园换衣服，放下秦楚楚，气呼呼地到工厂安排第二天的工作去了。秦楚楚换好衣服，一个人慢慢走回家去。走到河边的时候，看见楚怀冰坐在河边，跟河水说着话。秦楚楚回秦塘镇之后，楚怀冰当着秦楚楚的面，把珍藏在书架上的杂志卖给了一个收废品的人。楚怀冰再没有跟秦楚楚说过一句话。所有关于婚事的事情，都是秦未来出面的。

秦楚楚躲在一棵柳树的背后，柳树的枝条被风吹起来，扫在秦楚楚的脸上，秦楚楚用手把柳枝挡开，她的手摸到脸上，发现脸上是湿的，她不晓得是汗水还是眼泪。

二十一

唐金宝家的迎亲队伍，着着实实让秦塘镇人长了一回见识。几十辆迎亲车，一色的黑奔驰，花车是一辆加长的白色林肯，车身上缀满了玫瑰，花车前面，是一辆敞篷的吉普车，敞篷吉普车上，站着两个头戴花冠的漂亮女孩，敞篷吉普车的前面，还有一辆开道的奥迪警车。车队从唐金宝家开出来，先上了镇外的高速公路，开到县城绕了一圈，再从县城开回秦塘镇。开道车进入秦塘镇的街道，吉普车上的女孩就把大把的玫瑰花瓣往车外撒，玫瑰花瓣纷纷扬扬地飘落下来，晃花了秦塘镇人的眼睛。

秦塘镇的人拥到街上，跟随着迎亲的车队，一直来到了秦塘镇中学。中学正在放暑假，校园里面很空旷。大操场上早已经布置好了，红地毯从秦塘镇中学的大门一直铺到秦楚楚家的单元门口，红地毯上，九扇用玫瑰花和百合搭起来的幸福之门，从单元门口一直排到中学校门口，玫瑰和百合散发出浓郁的花香。操场的领操台上，乐队早已经各就各位，乐队是从省歌舞剧院请来的专业乐队，女人穿长裙，男人穿燕尾服，男指挥留一头披肩的长发。花车刚刚下了高速公路，乐队就开始演奏起来，乐队演奏的什么，秦塘镇的人听不懂，但是，乐队的专业派头，很让秦塘镇人开了眼。

迎亲的车队从镇头排到了镇尾。花车停稳后，唐金宝下了车。在秦塘镇人期盼的目光中，秦楚楚穿着洁白的婚纱，挽着父亲秦未来的胳膊，从单元门里慢慢地走了出来。秦未来牵起秦楚楚的手，把它交到新郎唐金宝的手里，秦未来笑容满面，表情热烈。站在唐金宝身边的伴郎，递给唐金宝一个装戒指的首饰盒，唐金宝打开盒子，取出一枚钻戒戴到秦楚楚的手指上，然后牵着秦楚楚的手，在《婚礼进行曲》中穿过红地毯上的九扇幸福之门，一步一步走向花车。戴在秦楚楚手指上的硕大钻戒，在阳光下闪出耀眼的光芒。围观的人群，全都把目光集中到了钻戒上，没有人注意到秦楚楚的表情。秦楚楚冷清的脸色，被浓浓的新娘妆掩盖得密密实实。

站在敞篷车上的女孩，把玫瑰花瓣像下雨一样撒向秦楚楚和唐金宝，花瓣在地上积了厚厚的一层。

花瓣雨中，秦楚楚和唐金宝牵手走向花车的形象，像一幅油画，烙在秦塘镇人的记忆里。秦楚楚出嫁的风光，在秦塘镇是空前绝后的。

迎亲的车队开到河边，过了桥，开向了唐金宝家的庄园。庄园里，有一个盛大的中式婚礼要举行。

车队开出秦塘镇，操场上的乐队撤走了，红地毯和幸福之门也撤走了。街道安静下来，在安静中，秦塘镇人突然醒悟过来，刚才的热闹里面似乎缺了一点什么。

秦塘镇的街道上，到处都是玫瑰花瓣，被行人踩坏的花瓣，散发出浓郁的花香。楚怀冰躺在床上，关紧了窗户，花香依然往她的鼻子里钻，弄得她的鼻黏膜一阵阵发痒，打了一个又一个的喷嚏，眼泪都打出来了。楚怀冰从床上爬起来，在屋子里走来走去，像一只飞进灯罩里面的蚊子，只觉得热和闷。

楚怀冰不晓得自己想干什么，她心里明明已经空了，但又觉得很满，满当当全是乱七八糟的东西。楚怀冰走到街上，走到街道背后的小河边，望着缓缓流动的河水发呆。

秦塘镇的人看见楚怀冰去了河边，他们恍然大悟，迎亲的热闹之中，原来缺了楚怀冰。

二十二

新婚的夜晚，应酬完所有的客人回到新房里，秦楚楚疲倦得浑身都要散了。秦楚楚卸了妆，脸上的冷清再也藏不住，疲倦加上冷清，看起来就是一种厌倦的表情。唐金宝也很累，但他的身体和心情都是激动的，等待了这么多年，心里的潮水起起落落，身体早就像鼓满了风的帆，等待着今晚的远航。但是，唐金宝的激动和喜悦没有得到回应，秦楚楚的嘴唇是冷的，舌头也不灵活，她只是被动地接受着唐金宝的吻，秦楚楚的身体像贫瘠的土地，既不柔软也没有丰沛的水草，干巴巴的，唐金宝顿时觉得很无趣。他草草结束了对秦楚楚身体的探索。唐金宝的内心，突然充满了空虚的感觉。期待中的远航和冒险没有实现，他被搁浅在河道里。唐金宝睡不着。秦楚楚却很快就睡着了，秦楚楚睡着了还是一副紧张的表情，眉头皱在一起，嘴巴紧闭着。没有化装的脸，皮肤松弛发黄。唐金宝看着秦楚楚，突然想起了她跟郑海帆在一起的样子，那个时候，她的脸像娇艳的花，滚动着晶莹的露珠。唐金宝空虚的心里，塞满了沙子。

二十三

楚园的主体建筑是一幢三层的楼房，唐金宝的父母住在一楼，二楼是会客室，饭厅和几间客房。三楼是秦楚楚和唐金宝的主卧室，婴儿房，小客厅，书房和健身房。楚园里的日常生活，有蔡嫂和唐金宝的妈妈负责，秦楚楚用不着操一点心。

结婚之后，秦楚楚更加的懒散了。她既不想介入工厂的工作，也不想介入唐金宝的应酬。她只想躲在楚园里看看书，散散步，睡睡觉。她觉得楚园是一个最安全的牢笼，只要不走出楚园，就什么都不用想。婚礼过后，秦楚楚从来没有回过娘家，连三日后回门的习俗都免了，楚怀冰也从不到楚园来。秦未来每一次来了，秦楚楚的表现很冷淡，冷淡到秦未来觉得无趣。秦未来也不到楚园来了，有什么事情，他宁可到工厂的办公室找唐金宝谈。秦楚楚躲在楚园里面，感觉不到自己是生活在秦塘镇的。楚园里鸟语花香，小桥流水，小径通幽，人迹稀少，很容易让秦楚楚产生一种远离秦塘镇的幻觉。

我不是天鹅

现实的生活，很快就打破了秦楚楚的幻觉。楚园不是世外桃源，更不是秦楚楚的伊甸园。唐金宝的妈妈喜欢热闹，平时总是把唐金宝的三个姐姐召唤到楚园来陪她，四个女人，常年在一楼开了一桌麻将，吃饭的时候，还要加上三个姐姐的老公和孩子，十几个人，一张大圆桌子还不够坐。一顿饭吃下来，秦楚楚的耳朵都被吵麻木了。

即使所有人都不到楚园来，唐金宝也不让秦楚楚在楚园躲清静。唐金宝不是不懂秦楚楚的心思，他懂。他苦恋多年，费尽心机地把秦楚楚从北京带回来，只想给秦楚楚一个安静的楚园，让秦楚楚在里面随心所欲的读书和散步。为了将唐府改名为楚园，他甚至威胁父母他要带着秦楚楚去北京生活，父母终于妥协了。刻一块楚园的牌子，花了十多万。为了秦楚楚，他也算是一掷千金了。秦楚楚是他的天鹅，他不要她去粘任何世俗的灰尘。那个时候，想到秦楚楚超凡脱俗的身影每天在楚园里走来走去，唐金宝就觉得自己很幸福了。

但是，结婚后，秦楚楚不再是飞翔在唐金宝梦里的天鹅，她变成了一个现实中的女人。秦楚楚不善于跟人打交道，她不喜欢唐金宝的那些姐姐姐夫和孩子，她不会打麻将，也从来不晓得要去陪她们打打麻将。她跟她们没有话说，她们说的那些事情，她一点都不想听。她们除了关心她的肚子什么时候鼓起来，根本不关心她在想什么。吃饭的时候，她害怕吵闹，总是很快吃完就上楼去了。她不晓得，在她离开饭桌之后，唐金宝的耳朵里，灌满了姐姐们对她的不满。在那些姐姐们的反复提醒下，唐金宝即使想忘也没办法忘记郑海帆。秦楚楚跟郑海帆的经历，鱼刺一样卡在唐金宝的嗓子里，影响着唐金宝的心情。

唐金宝不再像结婚前那样在意秦楚楚的感受了。晓得秦楚楚不喜欢应酬，唐金宝偏偏要让秦楚楚参加他的应酬。唐金宝很快就发现，带秦楚楚参加应酬，是给他的脸上贴金，经常有意想不到的收获。秦楚楚哪怕素面出场，都会让人眼睛一亮，秦楚楚稍微打扮一下，几乎就是惊艳的效果了。秦楚楚的气质，不是一朝一夕培养得出来的。那些外地的客户根本没想到在一个乡镇上，还能看见秦楚楚这么有气质的女人。

秦楚楚成了唐金宝在应酬场合的漂亮脸面。唐金宝想方设法都要叫秦楚楚陪他参加应酬。来了外地的客户，唐金宝说秦楚楚的普通话说得好，不用他费劲巴力地卷起舌头说普通话。本地的各种应酬，唐金宝也要叫秦楚楚参加，他说秦楚楚是读过大学的女人，不能跟秦塘镇的女人一样，整天待在家里。但是，秦楚楚实在厌恶参加各种应酬，想起那些吃吃喝喝的场面，她就反胃。很快，他们就开始吵架了。秦楚楚和唐金宝的每一次吵架，都跟应酬有关。唐金宝在应酬场面上的形象，是秦楚楚最不能忍受的。秦楚楚的表现，也让唐金宝难以消化。

日子在磕磕碰碰中，一天天过去了。感情一天天消耗，不满和失望一天天积累起来。当不满和失望积累到一定时候，哪怕多出一只蚂蚁的重量，都足以压垮他们的婚姻。

二十四

那天晚上，秦塘镇的镇长过生日，请的都是秦塘镇的头面人物，唐金宝是镇长的座上宾，自然和镇长坐了一桌，镇长高兴了，多喝了几杯，带头讲起了段子。"某村一个老头坐车去高潮村，老头很担心坐过了站，刚坐上去就问，高潮到了没？女售票员说，没到。过几分钟，老头又问，高潮到了没？女售票员说，没到。没几分钟，老头又问，高潮到了没？女售票员火了，大声说，没到！高潮到了我会叫的……"镇长的两颗金色门牙，在灯光里一闪一闪，满桌子人的笑声，掀起了一股又一股的浪。

秦塘镇的应酬，少不了两个内容，喝酒和讲段子，这也是中国特色，满中国的酒桌上，都少不了酒和段子。镇长讲了，桌上的人自然不甘落后，一人一个，讲的人投入，听的人笑得前仰后合，互相捧场，酒桌上的气氛，烈火油烹般热烈。唐金宝喝了酒，本来就红扑扑

我不是天鹅

的脸更红了。唐金宝也讲了一个。唐金宝讲黄段子已经不会犹豫了："上课的时候，老师问学生，怀孕的妇女和烂萝卜有什么相同之处。一学生举手回答：都是虫子惹的祸。老师给了学生六十分。另一个学生回答，原因都是拔晚了。老师给了一百分。"唐金宝讲的黄段子，博得了热烈的喝彩。桌子上的人都说，博士就是博士，讲黄段子都是博士级别的。

秦楚楚笑不出来，酒、黄段子和烟雾混在一起，仿佛一股混浊黏稠的气体，大量混浊的气味吸进肺里，本来清洁空旷的肺，积满了浑浊的雾，呼吸起来格外费力。秦楚楚冷着脸。唐金宝正有求于镇长，他的新工厂需要一块地，要是得罪了镇长，办起来会很麻烦。

秦楚楚的冷脸在一桌子怒放的笑脸中，十分的引人注目。唐金宝的脚在桌子底下碰了秦楚楚几次，秦楚楚不理会唐金宝，她悄悄地把脚往另外一边移动了一些。轮到秦楚楚了，镇长带头起哄，秦楚楚不讲，冷脸结了冰，又硬又僵。秦楚楚最恨黄段子，大部分的黄段子，都是拿女人的隐秘部位取乐。镇长的声音在很高的地方停着，滑不下来。唐金宝脸上挂不住了，他把耳朵贴在秦楚楚的耳朵上说，楚楚，随便讲一个，别让人下不来台。秦楚楚低声说，我讲不来！唐金宝说，别那么当真，不过是应酬。秦楚楚说，我讲不来，我不愿意恶心自己。桌子上的人听不见他们两个在说什么，一起起哄说，晓得你们两个恩爱，想谗我们啊，说出来大家听嘛。唐金宝说，就是，楚楚你说一个，中文系的人说段子，还不是小菜一碟。秦楚楚站起来，说，别给我提什么中文系，我讲不来就是讲不来！秦楚楚说完，也不看唐金宝，转身就走出了饭店。唐金宝被晾在那儿，下不了台。一桌子的人都不晓得说什么，看看唐金宝又看看镇长。镇长跟唐小宝差不多年纪，小时候也跟在秦楚楚的后面喊过癞蛤蟆想吃天鹅肉。但是，镇长到底是在官场历练过了，心里虽然不高兴，面上却看不出来。镇长说，金宝，你赶紧追你老婆去，回去哄哄，人家是女才子，比不得我们秦塘镇的土女人。桌上的人附和着镇长说，就是就是，女才子的脾气也只有金宝这个大博士消受得起。唐金宝说，不管她，女人就是怕惯，一惯就不晓得自己是谁了。桌子上有人说，就是，老婆不打，上房接瓦。博士，咱喝酒！镇长敲了敲桌子说，别瞎鼓动，人家是天鹅，不是我们秦塘镇的土女人，金宝，赶紧追去，好好哄哄。桌子上的人起哄，唐董，天鹅肉不好吃哦！唐金宝梗着脖子说，不管她！喝酒！

二十五

唐金宝喝完酒回去，秦楚楚还没有睡，她坐在沙发上看书。唐金宝拿掉秦楚楚手里的书，说："秦楚楚，你为什么老是跟我过不去，我不晓得我什么地方对不起你，你到底想干什么？"唐金宝喝了酒，脸很红。

"唐金宝，我不想干什么，我就是不喜欢你们酒桌子上这一套。庸俗！"秦楚楚说完，重新拿起了自己的书。

"秦楚楚，我晓得你高雅，可你现在生活在秦塘镇塘你晓不晓得？我是你丈夫你晓不晓得？我们是一个利益共同体你晓不晓得？你这样做就是丢我的脸你晓不晓得？"唐金宝的脸，在灯光下，红得很吓人。

"唐金宝，你还怕我给你丢脸？你晓不晓得你的样子把我的脸都丢完了，你看看你的表现，喝酒，讲黄段子，笑得口水飞到盘子里，活脱脱一个土财主的形象，看着就叫人恶心！"秦楚楚不看唐金宝，她的眼睛看着唐金宝头顶上的水晶灯，水晶灯缀在天花板上，星星一样，亮得刺眼。

"秦楚楚，你总算说了实话，你从来就没有看得起我，郑海帆高雅，你为什么不嫁他？我告诉你，你这种自以为是的样子很可笑哦。你别老以为嫁给我委屈了你，你当初要是能够在北京的地下室里待下去，你也不会回来嫁给！你走投无路了，把我当成收容所，我不晓得你还有什么骄傲的？我跟你说实话哦，我唐金宝想找女人，哪样的女人找不来，哪个女人敢不在我面前乖乖的？你真当自己是天鹅？"

我不是天鹅

唐金宝盯着秦楚楚的脖子，慢声细气地说完这些话，就扔下秦楚楚，上楼去了。

唐金宝不想浪费时间来吵架了，他很忙，工厂里面的事情千头万绪，哪一件都要等他去处理，他每天只能睡六个小时的觉，他的下眼眶，经常是青的，一看就是睡眠不足的症状。唐金宝很珍惜每天那点可怜的睡眠时间，他进到卧室，把自己放在床上，四肢摊开，困意立马浓雾一样弥漫到脑袋里，他来不及去想什么，秦楚楚的样子就在脑海里模糊了。睡眠让唐金宝的记忆轻得像一团棉花，随风飘动。

秦楚楚和唐金宝吵架，从来不像别的夫妻那样大声嚷嚷，他们吵架的时候，比平时还要轻言细语，而且，他们从来不急匆匆地打断对方，总是耐心地听对方把话说完，给对方留出停顿的时间，轮到自己说话，才慢条斯理地把自己那句话说出来。这样吵架，听上去像是在聊天，节奏缓慢，声音轻柔。但是，毕竟是吵架，吵架的两个人，舌头上有火，心里面有毒，随着呢喃柔软的声音飞到对方耳朵里的，全是火焰和毒汁。火焰和毒汁的杀伤力，不会因为声音的轻细节奏的缓慢而减少。相反，缓慢的节奏让语言的杀伤力得到了更充分的发挥。

二十六

水晶灯的光太亮了，亮得秦楚楚没处躲藏。秦楚楚把眼睛从水晶灯上收回来，看着旋转而下的楼梯，楼梯上好像缀满了星星。秦楚楚有一点恍惚，一阵虚弱的感觉几乎击倒了她。秦楚楚觉出冷来。湿透了的衣服吸够了她身体的热气，开始把寒气往皮肤里送。秦楚楚蹲下去，用双手抱着自己。

蔡嫂从二楼上来，给秦楚楚端了一碗热气腾腾的红糖姜汤，秦楚楚接过来喝了，滚热的汤顺着食管流到胃里，迅速从胃扩散到身体的各个部位，皮肤上渗出细密的汗，寒气被挤了出来。秦楚楚打了一个喷嚏，说，谢谢你，蔡嫂。蔡嫂说，少奶奶，我在婴儿房的洗澡间给你放了热水，你洗个热水澡吧。蔡嫂听到秦楚楚和唐金宝吵架了，秦楚楚每一次吵完架，都要到婴儿房睡觉。秦楚楚说，你去睡吧，不用管我了。蔡嫂看着秦楚楚，想说什么，终于没说，转身下楼去了，保姆房在二楼的楼梯后面。蔡嫂不晓得这两个人有什么好吵的。钞票不缺，又有文化。偏偏三天两头吵架。

秦楚楚洗了澡，换了干的衣服。洗澡的时候，脑袋里面热气弥漫，秦楚楚觉得昏昏沉沉的好像要睡过去。洗完澡，秦楚楚开着窗户在充满热气的洗澡间里站了一会儿，大团大团湿乎乎的冷气扑进房间，房间里面的热气顷刻就被外面的冷气裹了出去。秦楚楚关上窗，走出来，客厅的水晶灯已经被蔡嫂关掉了，只开了两盏橙色的小壁灯。整幢房子，寂静无声。楚园里，只有半夜这个时候是最安静的。秦楚楚茫然地站在小客厅里。她不想睡觉，她的脑袋里面，跳跃着无数的念头，好像下雨之前的河面，因为缺氧，无数的鱼奋力地跃出水面，想呼吸到一口氧气，免得窒息死了。

秦楚楚踏着一级一级的旋转楼梯下到二楼，她本来想到园子里走走，透透气的，但是，下到一楼的时候，听到唐金宝母亲的咳嗽声，秦楚楚沿着楼梯退回了三楼。楼上的走廊开着橙色的小壁灯，秦楚楚走过卧室，走过健身房，最后走进走廊尽头的书房去了。

书房是秦楚楚的私人领地，唐金宝从来不进秦楚楚的书房，蔡嫂每天趁秦楚楚睡觉的时间进去打扫卫生，换上几只新鲜的花，其他时间，也是从来不进去的。秦楚楚没有开灯，她在黑暗中摸到了电脑桌前的椅子，然后坐了进去。书房拉了厚厚的窗帘，即使白天，也可以营造出夜晚的感觉。黑夜里，书房更是黑得最彻底的一个地方。房间角落里的蜡梅花，散发出冷冷的香气，黑暗中，腊梅花的冷香是一道明亮的光线，准确地钻进了秦楚楚的鼻子，秦楚楚的鼻子一阵发痒，秦楚楚捂着鼻子，发痒的感觉往上扩散，到了眼睛里，变成了一眶酸楚。秦楚楚在心里说，真的没有什么，结了婚的夫妻吵了一架，在家庭生活中，正常得不能再正常。吵架嘛，当然要使用过急语言，捡最尖最利的武器往对方的软肋上扎，扎得越深越疼越好。吵架的时候，图的是一时痛快，考虑不到后果。每一次吵架，秦楚楚都是这么说服自己的。但是，这一次，她说服不了自己，她面前隆起的不再是一道坎，而是一座山，她怎么都迈不过去了。

二十七

第二天，唐金宝很早就到工厂去了，他要到上海去接国外的客户。唐金宝走的时候，家里静悄悄的。

秦楚楚一晚上都没有睡，她一直坐在书房里。她从窗户看见唐金宝开车出了楚园。

秦楚楚回到卧室，拿了几件厚衣服，简简单单装进旅行箱里。她拖着箱子出了楚园，没有碰到蔡嫂，也没有碰到唐金宝的父母，她晓得蔡嫂上街去了，蔡嫂喜欢一大早去早市买新鲜的蔬菜。唐金宝的父母也上街去了，他们都喜欢一大早起来到街上转一圈。

秦楚楚拖着箱子从房间里走出来，大门砰的一声在她的身后关紧了。她一下子想起了娜拉，当年在舞台上演娜拉的时候，听到砰的关门声，她总是靠在后台肆无忌惮地哭泣。娜拉在两百年前离家出走，秦楚楚在两百年后还是离家出走。想起来就叫人沮丧。秦楚楚晃了晃脑袋，不让自己再去想娜拉。她走进浓浓的雾里。她觉得雾天很好，雾让一切看上去都那么不确定。她在雾里走了一阵，不晓得走到哪里了，站下来，发现自己站在秦塘镇中学的外面。凭着感觉，她居然准确无误地走到中学门口。过了一会儿，楚怀冰提着一个菜篮子从学校门口出来了。雾太浓，看不见楚怀冰的脸。楚怀冰挎着一只菜篮子，低着头，慢慢的走着。楚怀冰的腰变得粗壮了，背没有以前挺得直了。从背后看上去，楚怀冰跟秦塘镇的女人已经没有什么区别了。秦楚楚看着楚怀冰的背影消失在雾中。楚怀冰现在也每天上早市买菜了。秦楚楚想起楚怀冰去北京看她的那次，腰身还是苗条的，背也还是挺得直直的。

离开秦塘镇中学，秦楚楚走到汽车站，赶上了第一班去县城的车。车上很拥挤，秦楚楚好不容易才在最后一排找到了一个靠窗户的位置。车上的味道很不好闻，秦楚楚屏住呼吸，把鼻子埋在围巾里，围巾的气味很好闻，冷冷的腊梅香。车子装满了人，却没有按时开出，司机说要等高速公路开放的信号。车上的人不耐烦了，纷纷站起来，伸了头往外面看，人一动，气味也活跃起来，直往后冲，秦楚楚围巾上的冷香再也抵挡不住车上的气味。重浊的气味冲进秦楚楚的鼻子里，像一股浪，一路冲下去，冲得秦楚楚的五脏六腑都移动了位置。肠胃扭转，一股酸水从秦楚楚的嘴里涌出来，秦楚楚紧紧地闭着嘴巴，强行把酸水吞了下去。秦楚楚心里一惊，老朋友已经超过十多天没有来了。秦楚楚把双手放在小腹上。更多的酸水冒起来，管涌一样，秦楚楚把脸伸到车窗外面，酸水冲出口腔，喷洒在浓雾中，有的被风吹回来，黏黏地挂到了秦楚楚的脸上。